教育部人文社会科学研究青年基金项目『文学伦理学批评视域下的高尔斯华绥戏剧研究』（18YJC752012）资助出版

文学伦理学批评视域下的
约翰·高尔斯华绥戏剧研究

黄晶 著

WUHAN UNIVERSITY PRESS
武汉大学出版社

图书在版编目(CIP)数据

文学伦理学批评视域下的约翰·高尔斯华绥戏剧研究/黄晶著.
—武汉:武汉大学出版社,2023.3(2023.11重印)
ISBN 978-7-307-23408-6

Ⅰ.文…　Ⅱ.黄…　Ⅲ.高尔斯华绥(Galsworthy, John 1867 −
1933)—戏剧文学—文学研究　Ⅳ.I561.073

中国版本图书馆 CIP 数据核字(2022)第 195703 号

责任编辑:李晶晶　　责任校对:鄢春梅　　版式设计:韩闻锦

出版发行:**武汉大学出版社**　(430072　武昌　珞珈山)
　　　　(电子邮箱:cbs22@ whu.edu.cn　网址:www.wdp.com.cn)
印刷:武汉邮科印务有限公司
开本:720×1000　1/16　印张:21.25　字数:316 千字　插页:1
版次:2023 年 3 月第 1 版　　2023 年 11 月第 3 次印刷
ISBN 978-7-307-23408-6　　定价:88.00 元

自　序

　　约翰·高尔斯华绥（John Galsworthy，1867—1933）是 19 世纪末 20 世纪初英国重要的小说家和戏剧家，获得过诺贝尔文学奖和其他一些重要奖项。除了《福赛特世家》三部曲等小说外，还有大量剧作传世。他在英国乃至世界戏剧文学史上都占有重要地位，与萧伯纳齐名。诺贝尔文学奖颁奖致辞这样评价他的戏剧作品——"他的戏剧显示出超乎寻常的丰富思想，综合了极大的独创性和技巧来创造出场景效果，产生正义的、人道的趋向"。著名戏剧评论家 Ford Madox Ford 认为高尔斯华绥"在世时作为小说家的巨大成功模糊了他戏剧上更大的艺术成就"。因此，无论是研究英国戏剧还是研究世界戏剧，高尔斯华绥都是一个举足轻重、不容忽视的剧作家。

　　笔者在武汉大学学习期间最常去图书馆的保存本图书阅览区，一次偶然的机会接触到了高尔斯华绥的剧作 Justice，它打破了我对 20 世纪初英国戏剧的刻板印象。我又细读了高尔斯华绥的其他一些剧作，这些作品不仅表现了极大的独创性和高超的技巧，还富有超乎寻常的丰富内涵，带给笔者很多思考。为什么他的戏剧经常采用开放式的结局？为什么剧作对其反映的社会问题没有一个明确的态度或者结论？高尔斯华绥通过作品究竟要传递什么思想？

　　通过仔细查找、搜集和研读高尔斯华绥的剧作、论著和国内外的相关研究文献，笔者发现高尔斯华绥的戏剧尚有巨大的研究空间。我国国内现有的高尔斯华绥戏剧研究往往将作者和作品所处的语境视为一个静态系统，忽视其流变，因此研究视线比较狭隘，研究结论往往较片面，有失公正。如果想真正理解高尔斯华绥那些带有鲜明时代印记的剧作，就应该回到剧作的政治经济、社会文化和文体风格等历史语境。

聂珍钊教授于 2004 年提出文学伦理学批评的思想，经过近二十年的发展，不仅出现了许多对其进行探讨和研究的理论性文章，形成了较完善的理论体系；在方法论上也不断开拓，众多研究者运用这一批评方法对作家及文学作品进行了阐释性的实践性分析，成为中国文论研究中影响广泛的原创性理论体系，较之西方的伦理批评更能够解决文学研究中的实际问题。

由于文学伦理学批评倡导回到历史现场，关注文本本身，注重对作品伦理意义的挖掘，因此笔者决定从文学伦理学批评视角来拓展和深入高尔斯华绥戏剧研究，以期对高尔斯华绥剧作形成一个较客观和公正的评价。凭借这个想法，笔者本人的选题"文学伦理学批评视域下的约翰·高尔斯华绥戏剧研究"得到教育部人文社会科学研究青年项目的支持，本书即为该项目的最终研究成果。

高尔斯华绥生于维多利亚时代晚期，戏剧创作始于 20 世纪初，创作生涯跨越第一次世界大战。这几十年间，贫富悬殊、阶级对立、社会不公、海外殖民等成为普遍现实，底层民众处境悲惨，工人运动、妇女运动等风起云涌。社会的动荡和转型引发了深层次的伦理道德问题，传统的社会伦理思想受到普遍质疑，新涌现的多种伦理思想相互冲撞和博弈。

高尔斯华绥创作了一系列反映劳资冲突、阶级对立、社会底层困境、审判制度、监狱管理、殖民战争等社会现实问题的伦理道德剧。他努力从人际互动中挖掘人性的情感和道德素养，将人物置于大义与私利之间，从道德选择和行为后果中显现人际伦理的道德原则和价值取向。在不同的环境、不同的层面彰显自由、平等、正义等现代伦理价值，歌颂宽容、友爱等善行，谴责背信弃义、自私自利之劣迹，戏剧作品充满护佑众生、关爱生命的人道主义精神和同情弱者的悲悯情怀。

高尔斯华绥还通过不同社会立场、阶层的戏剧主人公波折的情感经历表现人物的爱情追求和伦理选择，审视其爱情价值理念和道德原则。剧中的主人公们不仅能够突破父权、阶层、金钱等外在因素的制约，表达自由、自主的爱情伦理品质，也能够克服自身的性格缺陷和信念差别，突出忠诚、无私等爱情价值取向。高尔斯华绥也借用一些选择"爱情"而抛弃其他伦理义务及责任的人物，从反面宣扬节制、宽容、理性等爱情伦理。

20世纪前半期，英国传统的家庭伦理秩序受到巨大冲击，女性自由意识、子女自主意识凸显，传统的父权、夫权在家庭伦理体系中衰落，人们对金钱的欲望也磨蚀了家庭成员之间亲情的伦理根基。高尔斯华绥通过夫妻之间的话语权冲突，父母子女之间、平辈之间的尊严、利益冲突以及家庭其他成员之间的伦理关系和矛盾冲突等揭示了英国家庭伦理的演变路径和道德启示，力证平等、信任、尊敬是营造和谐家庭的伦理基础，而超出理性之外的个体欲望将导致亲情、友情毁灭。

高尔斯华绥的社会问题剧、寓言剧、梦幻剧，尤其是其晚期带有实验性质的剧作体现出他从历史、社会制度、道德天性、自我救赎等向度对伦理语境的反思，这些剧作反映了高尔斯华绥"以人为本"的伦理思想本质，他对善良、宽容、和谐人际关系的伦理追求，和以理性建构人间真、善、美的伦理理想。

高尔斯华绥的散文、演讲和信件中有大量他关于戏剧创作的论述，他认为剧作家应具备较高的素养和人道主义情怀；要热爱生活、善于发现真理、敢于反映真理；必须公正、勇于直面社会现实，坚持独立思考，不为流俗所左右。艺术源于自然和生活，其目的在于推动社会进步和发展；艺术的生命在于它的"境界"和"魅力"；好作品应体现生命的尊严。这些艺术思想不仅具有鲜明的时代特色，更凝聚了人文主义之伦理思想。高尔斯华绥一生的戏剧创作充分地体现了这些艺术思想。

20世纪20至40年代，高尔斯华绥的戏剧曾在中国传播，其揭示病苦的批判精神，同情弱势群体的人道情怀，崇尚公平正义的现代价值观，直面现实的写真手法等，对中国话剧的精神蕴涵、艺术面貌以及走向成熟的发展历程等均发挥了重要作用。高尔斯华绥的戏剧对于中国戏剧的意义不仅仅体现在过去，对今天的中国戏剧创作仍然具有重要价值，是值得我国剧坛和学界持续关注的"他山之石"。例如，高氏剧作对弱势群体的热切关注，对公平、正义的大声呼唤，对冷漠、自私的鞭挞，对善良、正直、有担当的人性之光的礼赞，无论是对当今的戏剧创作，还是对净化社会风气而言，都具有十分重要的现实意义，故笔者试图以本书重新"唤醒"我国剧坛和学界对这位世界戏剧名家的记忆。

本书除了深化前人对《银烟盒》《争斗》《正义》《忠诚》等少数几部名剧的研究之外，还将视界拓展到前人较少关注的高尔斯华绥的其他剧作，尤其是短剧，如《欢愉》《愚人》《小个子》《逃亡》《逃脱》《流放》《老式英国人》《森林》《窗户》等，分析高尔斯华绥的艺术思想，考察高氏戏剧在中国的传播与接受历程，力图获得高尔斯华绥戏剧之"全"。

本书查阅考证大量资料，编撰《高尔斯华绥生平大事年表》《高尔斯华绥剧作汉语译本一览表》《高尔斯华绥剧作汉语译名一览表》和 27 部剧作的剧情简介，以便读者和研究者查阅。

在这里笔者要感谢导师郑传寅教授，他将本人领入戏剧研究的广袤天地，并给予谆谆教导；也要感谢聂珍钊教授对于本人文学伦理学批评理论和方法的指点；还要感谢李金云教授在项目研究中对本人的关心和鼓励；最后笔者还要感谢武汉大学出版社编辑老师们，在她们的大力支持和帮助下拙著才能够顺利出版。

作　者

2022 年 8 月

目　录

绪　论

高尔斯华绥在英国乃至世界戏剧文学中都占有重要的地位，他是 20 世纪初期英国最重要的剧作家之一，与萧伯纳齐名，曾获得诺贝尔文学奖和其他一些重要文学奖项。虽然高尔斯华绥因小说《福赛特世家》获得诺贝尔文学奖，但颁奖致辞丝毫没有忽视他的戏剧创作——"他的戏剧显示出超乎寻常的丰富思想，综合了极大的独创性和技巧来创造出场景效果，产生正义的、人道的趋向"①。著名戏剧评论家 Ford Madox Ford 认为高尔斯华绥"在世时作为小说家的巨大成功模糊了他戏剧上更大的艺术成就……他执着地呈现社会冲突，这一点非常适合戏剧……他从感兴趣的每一处社会细节中深挖出戏剧"②。可见，无论是研究英国戏剧还是研究世界戏剧，高尔斯华绥都是一个不容忽视的剧作家。

第一节　高尔斯华绥戏剧研究现状

一、国内高尔斯华绥戏剧的研究现状

高尔斯华绥于 20 世纪初被介绍到中国，初时汉译名为高斯倭绥、

---

① Anders Osterlin, "Nobel Prize Laureates in Literature (Part 2)," in *Dictionary of Literary Biography* (Vol. 330) (Detroit: Gale, 2007). From Literature Resource Center.

② Ford Madox Ford, Galsworthy, Portraits From Life (New York: Houghton, 1937), p. 139. 原句为："Temporal success as novelist obscured his much greater artistic achievement with the drama… [His] dogged determination to present antitheses… was exactly suited to the theatre… Galsworthy picks up every crumb of interest and squeezes the last drop of drama out of a situation."

戈斯华绥、高士华绥、格斯瓦西、伽斯韦尔第和高尔斯华绥，后来逐渐统一为高尔斯华绥。中国的高尔斯华绥戏剧研究主要集中在 20 世纪 20 年代至 40 年代，研究成果主要以四种形式呈现。

(一)专著以及硕博士论文

迄今为止，我国尚很少有研究高尔斯华绥戏剧作品的专著。目前搜集到的资料中学士论文《约翰·高尔斯华绥戏剧的意义和技巧》(朱端民，1943)对高氏戏剧写作技巧和作品主题作了较专业的研究。其他资料如博士论文《系统中的戏剧翻译》(温年芳，2012)、硕士论文《〈银盒〉翻译报告》(李航、张莉莎，2012)、专著《重写与规划：英语戏剧在现代中国的改译和演出(1907—1949)》(安凌，2015)，或在研究外国戏剧的汉译时提及高尔斯华绥剧作的汉译情况，或单纯从翻译的角度来汇报剧本的翻译过程及结果，对戏剧文本的研究涉及较少。

(二)文学论著中的相关篇章

对于高尔斯华绥戏剧作品的评价多见于文学史论和戏剧史论中的相关篇章，代表性著作主要有《20 世纪英国文学史》(王守仁、何宁，2006)、《民国学术丛刊——英国文学史纲》(金东雷，2009)、《二十世纪的英国戏剧》(李醒，1994)、《英国戏剧史》(何其莘，1999)、《现代欧美戏剧史》(陈世雄，2010)等。

《20 世纪英国文学史》指出，高尔斯华绥一类的"爱德华派"作家未能突破现实主义的范式，在创作中注意外部细节的刻画，追求照相式的真实，采用线性叙述和单一的视角。在《民国学术丛刊——英国文学史纲》中，金东雷认为高尔斯华绥早期的几部社会问题剧最能博得世人好誉。他指出高尔斯华绥剧作呈现出自然主义风格，冷静、理智中带着感伤，但高尔斯华绥缺乏萧伯纳的勇气，对资本主义恋恋不舍，因此，高氏的成功更多地依赖其诚恳的性格而非戏剧天分。《二十世纪的英国戏剧》中李醒比较详细地论述了高尔斯华绥的现实主义文艺观，概括分析了《银烟盒》《争斗》《正义》《群众》《忠诚》等作品，指出在第一次世界大战前英国剧坛上有不少批判现实主义剧作家，但就其所揭露社会问题的深度和广度、思想的深刻性和艺术感染力而言，萧伯纳和高尔斯华绥的成就最大。《现代欧美戏剧史》将高尔斯华绥归到现实主义剧作家一类，认为他深受法国福楼拜、莫泊桑，俄国屠格涅夫、托尔斯泰、契科夫等19世纪现实主义大师的影响，语言精练，运用现实主义戏剧技巧，戏剧冲突尖锐，解结自然，往往以悲剧性结局收尾。

（三）译著的序言

高尔斯华绥一生创作了27部剧本，其中18部剧作被译成中文，高氏剧作译本大多是在民国年间译成，剧作《银烟盒》《争斗》《正义》等一剧多译现象突出，不同译者运用了不同的翻译方法。中华人民共和国成立后高尔斯华绥剧作翻译较少，且均为已有的汉译剧作的重译版。译者们将翻译高尔斯华绥剧作的目的、方法、体会以及对所译剧作的评价和研究写入译著的序言中。鲁汀在《犯罪·序言》中对高尔斯华绥老练的处世经验和纯熟的写作技巧推崇备至，正是这两者使该剧带有悲剧成分却又不仅仅给观众以悲的刺激。蒋笈在《〈群众〉译者序》中给予高尔斯华绥高度评价，认为高氏冷静且理智、精细且锐利，有修养，忠于真实；剧中主人公莫尔坚持贯彻自己的思想，毫不妥协；该剧不仅表达了对侵略战争的反抗，更升华了人生真理。

（四）介绍、翻译和评论高尔斯华绥戏剧的单篇论文

1. 民国时期（1919—1948）

民国时期报纸杂志刊登的关于高尔斯华绥及其剧作的近百篇文章是高尔斯华绥国内研究的主要阵地。这些文章大致分为五类，一类是高尔斯华绥创作和生活的快讯，一类是剧作上演的剧照，一类是高氏剧作的汉译分期连载，一类是对高氏剧作、译作的评论与争鸣，最后一类是汉译的国外高氏研究评论。代表性文章有陈西滢的《高斯倭绥之幸运与厄运——读陈大悲先生所译的〈忠友〉》（《晨报副刊》，1923年9月27—30日）、张嘉铸的《货真价实的高斯倭绥》（《晨报副刊·剧刊》，1926年第

6 期)、无介事的《约翰·高尔斯华绥有一部伟大的剧作》(《话剧界》,
1942 年第 12 期)、陈瘦竹的《高尔斯华绥及其〈争强〉》(《学生杂志》,
1945 年第 4 期),以及贝岳翻译的《高尔斯华绥论》(《黄钟》,1933 年第
29 期)、丁望萱翻译的《高尔斯华绥——论其人及其作品》(《读书青
年》,1944 年第 3 期)。

陈西滢在伦敦观看过剧作 Loyalties(多用《忠友》《忠诚》等译名)的
演出,对这部剧作的理解更显深入。他从写作手法、人物描写和语言三
个方面对这部戏剧作出详细评价,认为高尔斯华绥同时看到斗争双方的
合理性而不为任何一方代言,这一点与其他艺术家有显著区别。高氏具
有超乎寻常的艺术节制,正直不偏袒;采用富于技巧的写实手法,不会
让人觉得无趣;对白简单明了,自然且剧情丰富,人物个性鲜明,是学
习写作对白的绝佳典范。陈西滢随后探讨了陈大悲所译 Loyalties 的优点
和不足,推动高氏剧作在中国的翻译。

张嘉铸盛赞高尔斯华绥——他虽然不是一个大戏剧家,但戏剧作品
非常优秀。他认为高尔斯华绥是一个品质高尚的人,以社会问题为剧作
主题来为社会申冤,对社会表示同情且不用夹杂感伤(sentimentality)的
成分。在戏剧手法上高氏既不用巧构(well-made),也不用诙谐讽刺的
语言,描写简洁明了,以微妙的抑制来表现有血有肉的真实的人,由此
演绎出剧作的快感。张嘉麟认为高尔斯华绥的优点和成就均衡地发展了
艺术良心和道德良心,是一个纯粹的艺术家。

无介事对高尔斯华绥的剧作《正义》赞誉有加,认为该剧深深震动
英国社会的民心。他将高氏比喻成一名高超的棋手,冷静、沉着、稳健
且巧妙。陈瘦竹向中国文学界全面地介绍了高尔斯华绥的戏剧观念,认
为高尔斯华绥提出的"置身局外冷眼旁观的态度,远大超脱的眼光和深
刻的同情"①是最难以掌控的戏剧方法;高氏戏剧呈现自然的美感,他
评价《争强》是高氏最成功的作品,因为这部性格悲剧表达的并非两个
阶级表面的争斗,而是两种意志的争斗。

---

① 陈瘦竹:《高尔斯华绥及其〈争强〉》,《学生杂志》,1945,22(4):44.

丁望萱翻译了伊尔闻所著《高尔斯华绥——论其人及其作品》，主要介绍伊尔闻对高尔斯华绥剧作中"资产"这一主题的分析，批评他过于重视该主题而忽视了其他的社会问题；认为高尔斯华绥是一位人道主义者和宿命论者，富于感情而理性成分过少；虽然他同情无产者、蔑视有产者，但对此无计可施。丁望萱的译文和其他国外高尔斯华绥研究论文的汉译为中国剧坛研究高尔斯华绥提供了新的思路。

2. 中华人民共和国成立后(1949—　　)

中华人民共和国成立后，国内学界对高尔斯华绥的研究较多，多数论文以高尔斯华绥的小说为研究对象，讨论其戏剧创作技巧和剧作精神内涵的文章屈指可数，代表性研究有潘绍中的《剧本〈最前的与最后的〉的现实主义意义及其思想局限》(《外语教学与研究》，1964 年第 2 期)、希有的《〈镀金〉不是高尔斯华绥的作品》(《鞍山师范学院学报》，1983 年第 4 期)、周锡山的《高尔斯华绥和他的〈最前的与最后的〉》(《名作欣赏》，1986 年第 1 期)、秦文的《疏离、客观、公正——高尔斯华绥戏剧创作探魅》(《南京师范大学学报》，2000 年第 4 期)、丁萍的《小〈银匣〉中见大讽刺》(《理论界》，2006 年第 6 期)、黄晶的《高尔斯华绥戏剧中国百年传播之考察与分析》(《学术探索》，2014 年第 11 期)。

潘绍中(1964)站在阶级斗争的立场分析该剧，指出高尔斯华绥的批判现实主义艺术服务于他企图"改良"和维护资本主义社会的目的。尽管剧本暴露了资本主义社会的某些黑暗面，但这只是掩盖其反现实主义本质的面具。周锡山(1986)详细品评了《最前的与最后的》一剧中的人物、结构和主题，对高尔斯华绥在英国戏剧史上的重要地位给予较高的评价，认为他与萧伯纳一起为英国戏剧史上继莎士比亚之后的第二次繁荣作出了不可磨灭的贡献。秦文(2000)以《争斗》为例分析在戏剧冲突的构思、人物塑造以及人物对白，高尔斯华绥凸显的疏离态度，客观、公正的手法，由此形成他独特的写作风格，并对现实主义戏剧的发展作出了创造性的贡献。《小〈银匣〉中见大讽刺》(丁萍，2006)分析《银匣》中高尔斯华绥巧妙运用的讽刺手法，有力地抨击了贫富之间受到的差别对待以及资产阶级的伪善和自私，突出了重大的社会主题。

其余的研究资料大致可以归纳为以下七类：

从出版机构研究的角度：主要围绕《现代》《小说月报》《晨报月刊》等杂志，北新书局、开明书店、商务印书馆、中华书局等出版机构展开，这些杂志或出版机构曾有高尔斯华绥作品和评论刊出。

从剧社研究的角度：主要是关于南开新剧和创造社的研究，这些剧团上演过高尔斯华绥的剧作。

从文学史研究的角度：王佐良的《二十世纪的英国文学与世界文学》(《外国文学》，1990 年第 1 期) 和王宁的《二十世纪英国文学概论》(《北京大学学报》，1992 年第 2 期) 等文章站在史论的高度对高尔斯华绥的剧作地位进行简要概述。

从文学流派研究的角度：陈惇的《二十世纪现实主义的重要代表——高尔斯华绥》(《北京师范大学学报》，1993 年第 5 期) 和邓阿宁的《20 世纪世界现实主义文学思潮概论》(《重庆师范学院学报》，2002年第 3 期) 等文章把高尔斯华绥归入现实主义一派的作家之列。

从翻译研究的角度：朱华的《孤岛及沦陷时期外国戏剧改编活动述略》(《上海师范大学学报》，1992 年第 1 期)、陈青生的《抗战时期上海的外国文学译介》(《新文学史料》，1997 年第 4 期)、袁荻涌的《英国文学在现代中国的译介》(《文史杂志》，2011 年第 1 期) 等文章从宏观的角度简单介绍了高尔斯华绥剧作的翻译情况。

从翻译家和中国剧作家研究的角度：这类文章主要研究郭沫若、余上沅、顾仲彝、曹禺等人的戏剧翻译或创作活动，其中提及翻译高尔斯华绥剧作对他们戏剧创作的影响。

从中国戏剧与西方戏剧关系研究的角度：葛聪敏的《"五四"话剧创作与外国文学》(《文学评论》，1987 年第 1 期)、徐吉雨的《中国话剧现实主义戏剧观的形成》(《大众文艺》，2012 年第 4 期)、薛晓金的《易卜生主义及其对中国话剧的影响》(《戏剧》，1997 年第 3 期) 等文章论及高尔斯华绥剧作对中国话剧的影响。

二、国外高尔斯华绥戏剧的研究现状

高尔斯华绥在世时戏剧带给他巨大声誉，他的剧作引起评论界和社会的巨大反响，因而研究者较多。在他过世之后，剧坛对他的关注度迅速降低，直至 20 世纪 70 年代，他的小说《福赛特世家》被拍成电视剧，受到热议，他才重回评论界视野。国外高尔斯华绥研究的成果较多，绝非一两页纸可以梳理完毕，在此只能简单勾勒。

(一) 研究专著及文集

国外研究高尔斯华绥剧作的专著多达五六十部，比较有影响力的有 *John Galsworthy: Some Impressions of My Elders* (John G. Ervine，1922)，*John Galsworthy as a Dramatic Artist* (R. H. Coats，1926)，*John Galsworthy: The Dramatic Artist* (V. Dupont，1943)，*John Galsworthy and the Drama of Social Problems* (E. C. Farris，1974)，*John Galsworthy* (Margery Morgan，1979)，*John Galsworthy: Modern British Dramatists*，1900-1945 (James Gindin，1982)，*John Galsworthy* (Sanford Sternlicht，1987)，*An Excerpt from John Galsworthy* (Sheila Kaye-Smith，1992)。这些研究者对高尔斯华绥及其剧作进行了比较全面、深入的研究，他们的观点独特，这些论著是研究高尔斯华绥的必读书。此外，还有一些英国戏剧史和英国文学史的专著对高尔斯华绥剧作也作了详细的描述、分析与评论，这都是研究高尔斯华绥剧作不可忽视的资料，遗憾的是，迄今为止这些专著汉语译本很难寻觅。

John G. Ervine 对高尔斯华绥的评价比较消极，他认为除《银匣》外，高氏其他作品中的人物并不真实可信，对话与角色不符，角色本质之间的碰撞不深入，人物只是与环境对抗的牺牲品；高氏注重赋予人物质感但忽略人性，他自身的真诚和良知胜过了思想的力量，从而破坏了作品的均衡感和真实性。

R. H. Coats 对高尔斯华绥剧作的研究集中在戏剧主题上，将高尔斯华绥的剧作划归悲剧范畴：社会不公正类的悲剧、社会退步类的悲剧、理想主义的悲剧和社会等级感的悲剧，其余的则是缺乏洞察力的家庭关系剧。

Margery M. Morgan 讨论了高尔斯华绥的自然主义风格，指出他的自然主义具有欧洲哲学和英国文学的双重含义；他的戏剧和小说主题相似但所用的技巧迥然不同；剧作人物没有寓言式的抽象内容，是建立在观察之上的令人信服的个体。

James Gindin 认为高尔斯华绥的剧作来自社会环境但并不照搬环境；他后期剧作简单肤浅，既丧失情感又没有将戏剧与社会议题联系起来；他的大部分短剧只是他短篇小说的戏剧版本。

Sanford Sternlicht 认为高尔斯华绥的戏剧主题来自他所接受的阶级价值观——尊重传统、热爱乡村、公平、支持下层群众、正直、公正、绅士风范与两性行为礼仪；高尔斯华绥是一个理想主义者，他痛恨中上层阶级的极度物质主义、过度占有、冷漠、势利以及实利主义（philistinism），将剧院作为提高民众社会道德意识的阵地。他还认为高尔斯华绥和萧伯纳、巴克一起建立了英国戏剧在文本和表演方面的自然主义和现实主义的标准，成为引领现实主义的重要剧作家，是英国易卜生主义的先锋。

Sheila Kaye-Smith 认为与斯威夫特（Swift）作品中的讽刺相比，高尔斯华绥的讽刺不能给人以酣畅、大气之感，只能算是有教养的悲观主义者在下午茶时间的挖苦闲谈。

（二）研究的单篇论文

高尔斯华绥戏剧的单篇研究论文数量较多，不乏一些视角独特的论述，总体来说，这些研究大致从以下角度进行：

1. 比较文学视野下的研究：这类研究将高尔斯华绥与其他剧作家进行比较，考察他们与高尔斯华绥创作的相互影响，如 John Smith 的 *Faulkner, Galsworthy, and the Bourgeois Apocalypse*（*The Faulkner Journal*, 1997, Vol. 13），Ada Mei Fan 的 *In and Out of Bounds: Marriage,*

Adultery, and Women in the Plays of Henry Arthur Jones, Arthur Wing Pinero, Harley Granville-Barker, John Galsworthy, and W. Somerset Maugham (Ph. D., The University of Rochester, 1988)等。

2. 语言学视野下的研究：研究高尔斯华绥剧作的语言及其影响和修辞手法，如 Marvin Theodore Herric 的 *Current English Usage and the Dramas of Galsworthy*(*American Speech*, 1932, Vol. 7)；Stuart Robertson 的 *American Speech According to Galsworthy*(*American Speech*, 1932, Vol. 7)等。

3. 互文性研究：透过书信研究高尔斯华绥与康拉德(Conrad)、列昂·莱恩(Leon Lion)等作家之间的关系或研究高尔斯华绥的小说、散文与剧作之间的关系。如 Asher B. Wilson 的 *John Galsworthy's Letters to Leon Lion*(Mouton, 1968), J. H. Stape 的 *From "The Most Sympathetic of Friends": John Galsworthy's Letters to Joseph Conrad, 1906–1923*(Corradiana, 2000, Vol. 32)等。

4. 文学流派研究：有的研究者认为高尔斯华绥的作品属于浪漫主义派，有的认为是现实主义派，有的则认为他属于自然主义流派。如 G. Scrigeour 的 *Naturalist Drama and Galsworthy*(*Modern Drama*, 1964, VIII), Alec Frechet 的 *John Galsworthy: L' Homme, Le Romancier, Le Critique Social*(Klincksieck, 1979)等。

5. 文学地位评价：研究高尔斯华绥在英国的戏剧地位及其与英国戏剧传统之间的关系。如 Eric Gillett 的 *Galsworthy's Place in the Theatre* 和 *Galsworthy and the Edwardian Drama*(Listener, 1936, Vol. 1)等。

6. 戏剧主题研究：对高尔斯华绥剧作的社会和道德主题进行总体评价或分析单部剧作的主题意蕴。如 W. J. Scheik 的 *Chance and Impartiality: A Study Based on the Manuscript of Galsworthy's Loyalties*(Texas Studies in Language and Literature, 1975, XVII), William B. Bache 的 *Justice: Galsworthy's Dramatic Tragedy*(Modern Drama, 1960, Vol. 9)和 Eric Gillett 的 *Galsworthy as a Propagandist*(Listener, 1936, Vol. 2)等。

7. 高氏创作的概括性评论：对高尔斯华绥创作生涯的整体性评价

和概括性总结，如 Montrose J. Moses 的 *John Galsworthy*（*The North American Review*，1933，Vol. 235），Louise Collier Willcox 的 *John Galsworthy*（*The North American Review*，1915，Vol. 202）等都值得研究者细读。

通过对国内外高尔斯华绥戏剧研究进行梳理，我们不难发现英美等国的研究者对高尔斯华绥的戏剧研究具有相当的视野广度与理论深度，与欧美等国相比，中国国内高尔斯华绥戏剧研究比较滞后。中国国内高氏戏剧作品的重要研究成果集中在民国时期，大部分作品初时由戏剧从业者汉译，文学界和戏剧界对译本准确度、戏剧技巧展开了激烈争鸣，推动当时中国的戏剧生态良性发展。中华人民共和国成立后，国内学界对高氏戏剧的研究较之同时代其他剧作家、作品的研究，如萧伯纳戏剧研究，研究成果数量不多。如前所述，目前中国国内很少有高尔斯华绥戏剧研究的专著，其他文学论著、学位论文和期刊论文也较少以高尔斯华绥及其戏剧为主要研究对象；另有一些文坛快讯之类的文章则缺乏研究的学术性和专业性；目前也很少看到关于高尔斯华绥的外国研究专著的汉译本。

一方面，高尔斯华绥的大部分剧作尚未进入研究视野。一直以来，学界对高尔斯华绥的正剧讨论较多，且正剧的讨论又集中于 7 部作品——《银烟盒》《争斗》《正义》《逃亡》《欺诈游戏》《忠诚》和《逃脱》，对高氏中晚期剧作研究较少，大部分短剧被忽视。高尔斯华绥戏剧研究焦点的集中性和重复性造成研究空间狭小，研究成果缺乏创新性。另一方面，国内学界对高氏剧作的研究角度比较狭窄。目前国内的研究大多从政治性批评、人物形象分析、语言学或文学流派的角度对高尔斯华绥的剧作进行概括性文本分析，作品与社会政治议题的直接联系被过分夸大，对作品社会语境、伦理内涵和审美价值研究不足，对作品主题的误读也屡见不鲜。此外，虽然 18 部剧作被翻译成 43 个中文译本，但其中36 个译本为民国时期所译，译文语言多为白话文，与现代汉语词义有一定差异，在一定程度上可能造成观者对作品语言和主题理解的偏差。

第二节　文学伦理学批评体系及适用性

　　20世纪80年代以来，文学批评的话语权几乎被西方掌握，中国原创的、具有典型中国特色的文学批评理论和方法则有所匮缺。与此同时文学批评也出现了唯理论倾向，扎实的文本研究受到空洞的理论说教和晦涩的理论术语排挤，研究偏向文学的形式结构、政治文化话语而忽视文学文本本身的伦理价值，虽然后者才是文学作品的精髓所在。

　　文学与伦理学相结合的研究由来已久，但直到19世纪，西方文学伦理学的研究都没有形成一套被广为接受的文学伦理研究和批评的术语，没有建立起文学伦理学的理论体系，与传统的道德批评本质上无甚差异，仅有一个"文学伦理学"的模糊观念。从20世纪二三十年代开始形式主义、语义学的兴起，到四五十年代的现象学和存在主义文论，再到六七十年代的诠释学和接受理论等的异军突起，西方文论研究发生了从作家研究转向作品研究，再转向读者接受研究数次研究重心转移。此外，两次世界大战给人类带来的灾难性创伤也让人们质疑传统的伦理道德观，传统的对作家作品的道德功能和文学与伦理道德关系的研究遇冷，并走向衰落。

　　直到20世纪80年代，文学与伦理学相结合的研究才再次进入大众视野，文学批评出现"伦理转向"，这次转向并不是简单地回归传统，而是被赋予了新的内涵与使命。韦恩·布斯（Wayne Clayson Booth）、玛莎·努斯鲍姆（Martha Nussbaum）、马歇尔·格雷戈里（Marshall W. Gregory）等研究者将文学重新定位为"进行道德探究的场所"①，不仅能够帮助人们"认清自己过分的行为"，还能提供"行为和思想的典

---

　　① Parker David, *Renegotiating Ethics in Literature*, *Philosophy*, *and Theory* (Cambridge：Cambridge University Press，1998)，p. 15.

范"，建立"一种更成熟和慷慨的精神气质"①。玛莎·努斯鲍姆以阿伽门农为例阐释情感在伦理选择过程中的作用，读者不仅能够感受到戏剧文本传递的情感内涵，还能理解这些情感的本质，完善自身已有的同类情感从而形成新的情感。虽然西方学者重视文学中伦理的作用，但是他们的伦理批评学说都有各自的缺陷，并且他们无法弥补这些缺陷，不能从方法论上建立起完善的伦理批评理论体系来摆脱困境。

聂珍钊教授 2004 年提出文学伦理学批评理论，与西方文学的伦理批评不同，聂珍钊教授提出的中国的文学伦理学批评将文学伦理学理论升华为文学伦理学批评方法论，不仅从起源上明确了文学伦理学批评的理论基础，还建立了一系列的批评话语，明确界定了文学伦理学批评的内涵。经过十八年的发展，文学伦理学批评不断拓展、深化，融合伦理学、美学、心理学、语言学、历史学、文化学、生态学、人类学、叙事学，发展成包容兼蓄的跨学科理论体系，在文学、艺术等批评领域中广泛应用，以其鲜明的原创性、民族性和时代性成为在国内外颇具影响力的研究范式和话语体系，成为中国学术走向国际的重要力量。

一、文学伦理学批评的基本原理与方法

文学伦理学批评将人类伦理表达的需求视作文学的起源。人类先祖在原始群居生活和劳作中构建个体与个体之间、个体与集体之间的关系，形成特定的群体秩序，再逐渐发展为民族、人类社会的秩序，这种秩序的本质就是伦理秩序，是人类社会伦理意识的体现。出于表达伦理意识的诉求，人类创造和发展系统的语言和文字，将口头流传的歌谣、传说、史诗、传奇或者生活中的见闻故事记录下来，就形成了文字文本，即文学。故此，文学产生于伦理道德规范的传承和道德教诲的需要②，伦理

---

① Gregory Marshall W., "Ethical Engagements Over Time: Reading and Rereading *David Copperfield* and *Wuthering Heights*" in *Shaped by Stories: The Ethical Power of Narratives*(Notre Dame: University of Notre Dame Press, 2009), pp. 147-148.

② 聂珍钊：《〈文学伦理学批评理论研究〉总序(一)》，北京：北京大学出版社，2020，第 7 页。

也是文学的本质，伦理价值是文学作品最根本的价值。

文学伦理学批评既是一种哲学理论，也是一种方法论。作为一种文学批评理论，他关注文学作品的内在伦理价值，以此为出发点，通过解读文学文本中的典型，阐释作品提供的教训，向读者传递善与美的思想理念。作为一种方法论，他秉持从伦理的角度研究文学作品，研究文学与社会、与作家、与读者之间的联系等各种问题。文学伦理学批评反对理论与文本脱离的文学批评方式，倡导文学批评要回归文本，回归文学的本质，要关注文学的教诲功能和人存在的伦理意义。

文学是历史的组成部分，不同时期的文学有他们产生的特定的历史伦理环境和伦理语境，因此文学批评对作品的理解和阐释必须首先回到作品所在伦理环境和伦理语境。如果忽视这一点，评论者将前人的文学作品置于当今的伦理环境和语境中解读，就极有可能对作品作出不恰当的，甚至是否定的伦理价值判断。因此，文学伦理学批评从一种动态的历史和伦理视角去考察、解读和阐释作家和文学作品，以此来避免对同一位作家、同一部作品的解读因批评者的伦理语境不同而产生的道德判断之悖论。

文学伦理学批评方法是从伦理的立场和角度去解读、分析和阐释文学作品、研究作家以及文学相关问题的一种文学批评方法。他既不同于传统的文学道德批评，也不同于历史主义的文学批评。传统的道德批评站在评论者当时当地的道德立场评判过往的文学作品好与坏的道德价值。历史主义文学批评方法通过文学与历史的互文性参照，考察的是特定时代的社会历史现象，即透过文学看历史、看现实、看社会、看文化。传统的文学道德批评受评论者所处时代的伦理价值标准局限，主观地批评文学，历史主义批评则将文学看作历史现实，由文学批评现实。

文学伦理学批评强调"回到历史的伦理现场，站在当时的伦理立场上解读和阐释文学作品，寻找文学产生的客观伦理原因并解释何以成立，分析作品中导致社会事件和影响人物命运的伦理因素，用伦理的观点对时间、人物、文学等问题给以解释，并从历史的角度作出道德评价"①，这就是文学伦理学批评的基本思想与方法。

二、文学伦理学批评的核心术语

文学伦理学批评旨在从伦理视角阐释文学作品中描写的人的世界以及作品中蕴含的伦理道因素，在对文学文本的分析、解读和阐释中逐渐发展出一套文学伦理学批评的核心术语，如斯芬克斯因子、人性因子与兽性因子、理性意志与自由意志、伦理身份与伦理线、伦理结与伦理选择、伦理秩序等，其中伦理选择是文学伦理学批评的灵魂。

斯芬克斯因子指人类身上存在的人性因子与兽性因子有机聚合的现象，是文学作品内容的基本构成之一，也是阐释文学作品中人物形象的重要信据。兽性因子指人的动物性本能，人无论如何进化，无论进化到何种程度，身上也不同程度地存在动物特性，兽性因子本质上是原欲，是非理性的因素，体现为自由意志(自然意志)。人性因子指人在进化过程中那些使人"之所以能成人"的因素，是理性的因素，体现在人具备伦理意识和分辨善恶的能力，即自由意志。人与兽的本质区别就在于人具有伦理意识，人身上的人性因子能够控制兽性因子，使人具有理性。人性因子和兽性因子之间存在着各种不同比例的组合和不同程度的变形，自由意志和理性意志两种力量也随之交锋、对抗、争斗，两种力量的进退消长推动人物个性呈动态变化，由此衍生出文学作品中脾性各异的芸芸众生。文学作品中人物理性意志和自由意志相互碰撞不仅充实人物形象，使人物情感饱满，在融合故事情节之后聚变成各种伦理冲突，凸显理性意志对自由意志的钳制与利导，最终呈现出各类道德教诲价值。

文学伦理学批评认为文学文本的本质是记录人的伦理道德经验，几乎所有的文学文本都存在一条或多条伦理线，一个或多个伦理结。如果

---

① 聂珍钊：《〈文学伦理学批评理论研究〉总序(一)》，北京：北京大学出版社，2020，第 8 页。

将伦理线视为文本伦理结构的经，那么伦理结是文本伦理结构的纬，经纬交织、缠糅变构出多样化的、各具特色的伦理结构。伦理结数量越多，攀扯的因素越多，解构过程越难，文本的伦理结构就越复杂。解读文本伦理结构的形成，解开其中的伦理结，就是文学伦理学批评分析文本的任务。

伦理秩序、伦理身份和伦理选择密切相关。首先，伦理秩序是被制度化了的人类社会的禁忌，每个民族和社会都有独特的伦理秩序。一切伦理问题的产生都与伦理身份紧密相关，当一个人的伦理身份发生改变，他对自己伦理身份的认同与否决定了他必须遵循的伦理秩序，因而他面临的伦理秩序也随之变化。许多情况下，伦理身份的转变会造成必须遵循的伦理秩序被颠覆，从而决定人的伦理选择。

伦理选择是人类认识自我，认识群体、社会和世界的哲学基础，他着眼于人类现在生活的阶段，通过伦理教化(教诲)的方式解答何为"人的本质"这一重大命题。伦理选择的过程是人通过理性意志约束自由意志作出的，一方面防范兽性因子的恣意妄为，一方面巩固和增强人性因子，努力成为一个有道德的人。当人性因子压制或战胜兽性因子时，人就会作出正确的伦理选择，从而演绎人生精彩、绽放人性光芒。人的一生随地随时都在面临不同的伦理选择(ethical choices)，这些具体的选择组成了整体的伦理选择(ethical selection)，任何人的伦理选择都是在一次次的自我选择中完成的，最终投射在人的行为活动上，积淀、嬗变为人的情感、思想和伦理道德等。

从古至今，文学作品无论是叙事还是抒情，都以人为描写对象，叙述人的伦理选择，描述人在伦理选择过程中产生的情感和体验，以及伦理选择导致的一系列的行为、后果、结局和最终的反思，文学作品整体展现人的伦理选择对自己的人生和他人人生的影响。因此，文学伦理学批评方法应用于文学作品，就是分析和批评作品中对具体伦理选择的描述，对人物的性格、情感、心理、精神进行分析评价。由于伦理选择过程中人的心理和精神状态并非一成不变，而是动态发展的，那么在进行文学作品的分析时也应该"从传统上对性格、心理和精神的分析转移到对伦理选择的分析上来，通过对伦理选择的分析而理解人的心理和精神状态，理解人的情感以及道德"①。

　　聂珍钊教授以莎士比亚的悲剧《哈姆雷特》为例，解读了哈姆雷特复仇的整个过程。哈姆雷特在复仇过程中伦理身份不断变化，对应多个伦理结，哈姆雷特面对伦理结时作出的每一次伦理选择都影响着随后的伦理身份转变、伦理结的构成和伦理选择的难度，他们伦理选择首尾相连、环环相扣。哈姆雷特每一次都无比艰难地进行伦理选择，这些"To be, or not to be, that is the question"的伦理选择构成了哈姆雷特的整个人生伦理选择，形成了最后的悲剧。通过对哈姆雷特每一次伦理选择的分析，就可以明白哈姆雷特悲剧的根源在于他无法在进退维谷中为他的行为作出正确还是错误、符合伦理秩序还是违背伦理秩序的判断，这样的文本批评深化了读者对哈姆雷特人物的理解，对哈姆雷特复仇行为的延宕作出了与"恋母情结""性格说""环境说"等不同的阐释。

　　中国文学、文化中的"教诲"一词由来已久，无论是《尚书·无逸》中周公多次告诫成王"古之人，犹胥训告，胥保惠，胥教诲"，还是《史记·货殖列传》中"故善者因之，其次利道之，其次教诲之……"，"教诲"都意为"教导训诫处世为人之道"。在西方，借文学作品彰善瘅恶、振民育德也是文学的主要功能。无论是古希腊悲剧描写人"本来的样子"和"应该有的样子"，还是19世纪批判现实主义文学中对恶的揭露讽刺、对善的褒扬渴求，都是文学教诲功能的体现。文学伦理学批评承袭中西方文学传统，将"文学作品是一种教诲工具"作为其基本观点。读者在分析评价文学作品人物伦理选择之后，由人推己，成为一个有道德的人，这便实现了文学作品的教诲功能。

三、文学伦理学批评的适用性

　　文学伦理学批评在近二十年的发展中，不仅出现了许多对其进行探

----

　　①　聂珍钊：《文学伦理学批评理论研究》，北京：北京大学出版社，2020，第10页。

讨和研究的理论性文章，形成了较完善的理论体系；也在方法论上不断开拓，众多研究者运用这一批评方法对文学作品、作家进行阐释的实践性分析。总体上看，中国的文学伦理学批评较之西方的伦理批评更能够解决文学研究中的实际问题，成为中国文论研究中影响广泛的原创性理论体系。

除聂珍钊教授外，一大批中国学者如刘茂生、苏晖、吴笛、王立新、杨金才、朱振武等，从各个角度探讨文学伦理学批评的理论和实践，通过对中西方经典文学作品中人物的伦理身份特征、伦理观变化和伦理选择结果的具体分析，阐明了文学伦理学批评的有效性和合理性，拓展了我国文学批评的空间，确立了衡量文学经典的重要价值尺度——文学作品的伦理价值。《文学伦理学批评论文选》（2014）、《〈外国文学研究〉文学伦理学批评论文选》（2018）、"文学伦理学批评建设丛书"、《文学伦理学批评研究》（5卷本）（2020）等专著和文集展示了文学伦理学批评在理论和实践方面的新突破和新成果，充分体现出文学伦理学批评跨文化、跨学科、兼收并蓄等特点。随着一些研究论文在国际期刊的发表和一届届"世界文学伦理学批评研讨会"的召开，文学伦理学批评走出国门，吸引了一批外国文学学者的目光，他们运用文学伦理学批评理论、方法和术语体系对世界各国的作家作品进行深入解读，阐明作品中的伦理内涵和伦理价值，代表研究有日本学者波潟刚（Tsuyoshi Namigata），他运用文学伦理学批评的方法剖析安部公房的小说《他人的脸》中的夫妻伦理，对小说的人物和主题有了全新的认识。

文学伦理学批评在理论架构上借鉴吸收了伦理学、哲学、心理学、社会学、历史学等众多社会科学领域的研究成果，在方法论上融合了马克思主义批评、叙事学、生态批评、后殖民主义批评、存在主义批评、女性主义批评等文学批评方法，具有强大的跨学科性和包容性，能够最大限度地发掘作品的伦理价值。特别是他的一整套术语体系，如伦理身份、伦理选择、伦理结、伦理线、自由意志、理性意志、斯芬克斯因子等，是比较容易理解和掌握的文学批评工具，非常适合用来阐释、剖析古今中外的文学艺术作品。

纵观文学伦理学批评研究取得的海量成果，我们可以发现，作为由中国学者所倡导并积极构建的文学研究方法，文学伦理学批评不仅为文学研究提供新的研究路径与批评范式，他所强调的文学的教诲功能也有助于推动中国当代文学创作和社会伦理的建设，对于推动我国社会主义新时期社会道德感的培养有重要的现实意义，有助于满足当前我国伦理道德建设的现实需求。此外，文学伦理学批评对于构建中国学术话语体系有着重要的启示意义，为中国学术走向世界构建了一整套对话机制，在国际舞台上传达了中国声音、展示了中国形象、增强了中国学术的国际影响力。

第三节　本书的研究方法、内容及意义

高尔斯华绥戏剧从 20 世纪 20 年代引介至中国，一百多年来国内研究的成果有大量重复现象，研究视角和方法仍比较单一；作品与社会政治议题的直接联系被过分夸大；尽管研究逐渐从单一关注意识形态斗争向文本分析角度转变，但对作品内涵研究较为匮乏。目前的研究现状和趋势表明，高尔斯华绥戏剧研究的理论性和创新性总体不足，不仅需要扩展研究对象，深化文本研究，更是亟待采用新的批评理论和方法。

为进一步推进文学伦理学批评理论和实践发展，聂珍钊教授提出在进行文学伦理学批评实践中，不能孤立地解析文本的伦理内涵，而是要全方位考察文本所反映的特定时代及不同民族、国家的伦理观念，也可以尝试对不同文学体裁如诗歌、戏剧、小说等建构伦理批评话语体系，并对"文本的形式如何展现伦理内涵"①进行深入研究。

---

①　聂珍钊：《〈文学伦理学批评理论研究〉总序(一)》，北京：北京大学出版社，2020，第 43 页。

一、研究方法

文学伦理学批评注重对作品伦理价值的挖掘，为高尔斯华绥戏剧研究提供了一个新的视角。

本书主要运用文学伦理学批评体系的基本原理、术语与方法，采用文本细读法，回到历史语境中深入解读高尔斯华绥的全部剧作，尤其是《欢愉》《愚人》《浅梦》《小个子》《逃亡》《逃脱》《流放》《老式英国人》《森林》《窗户》等此前未被研究过的作品。高尔斯华绥从维多利亚时代和温莎王朝时代的英国社会摄取了大量的素材，将其中的政治、经济、社会运动、社会思潮、道德意识、民族伦理观引入他的剧作之中。回到历史的语境和伦理现场中，用文学伦理学批评的理论和方法解读高尔斯华绥戏剧中这些复杂环境中真实繁杂的人物形象、庞杂的人际伦理关系以及对社会矛盾冲突的反应，将有助于深入了解剧作的道德蕴含和伦理价值取向。

本书还综合运用资料(史料)收集、归纳、总结、分析等研究方法，不仅研究高尔斯华绥剧作对历史语境和伦理观念的摄取，同时研究高氏剧作对历史语境和社会伦理观的导向作用，既有微观、横向的个案研究，又有宏观纵向的阐释归纳，在横向与纵向、共时性和历时性的综合意义上形成一个相对完整的研究体系，这也将是高尔斯华绥戏剧研究一次新的实践和探索。

二、主要内容

本书首先全面深入考察高尔斯华绥戏剧伦理叙事的历史语境。高尔斯华绥生于维多利亚时代晚期，戏剧创作始于20世纪初，创作生涯跨越第一次世界大战。期间，英国社会贫富悬殊、阶级对立、社会不公以及海外殖民等成为普遍现实，英国底层民众处境悲惨，工人运动、妇女运动等风起云涌。世纪交替时期新旧社会的动荡、转型和冲突引发了深层次的伦理道德问题，传统的社会伦理思想受到普遍质疑，新涌现的不同伦理思潮冲撞博弈。

本书主要探讨高尔斯华绥戏剧中的社会人际伦理思想。高尔斯华绥创作了大量反映劳资冲突、阶级对立、社会底层困境、审判制度、监狱管理、殖民战争等社会现实问题的伦理道德剧，他努力从剧中人物的伦理身份、伦理选择中挖掘人性的情感和道德素养，将人物置于大义与私利的伦理结之间，从伦理选择和行为后果中显现人际伦理的伦理秩序和价值取向。在不同的语境、不同的层面彰显自由、平等、公正等现代伦理价值，歌颂包容、友爱等善行，谴责背信弃义、自私自利之劣迹，剧中充满护佑众生、关爱生命的人道主义精神和同情弱者的悲悯情怀，体现出高尔斯华绥深厚的人道主义素养。

本书透析高尔斯华绥戏剧中的爱情伦理思想，通过不同社会立场、阶层的戏剧人物波折的情感经历表现人物的爱情追求和伦理选择，审视其爱情价值理念和道德原则。剧中的主人公们不仅能够突破父权、阶层、金钱等外在因素的制约，表达自由、自主的爱情伦理追求，也能够克服自身的性格缺陷和信念差异，突出忠诚、无私等爱情价值取向。高尔斯华绥也借用一些选择"爱情"而抛弃其他伦理义务及责任的人物，从反面宣扬节制、宽容、理性等爱情伦理。总体而言，高尔斯华绥解构并重构了英国社会转型期的爱情伦理秩序。

本书也剖析了高尔斯华绥戏剧中的家庭伦理思想，通过梳理高尔斯华绥剧作中家庭成员之间的伦理身份和矛盾冲突，揭示其剧作中家庭伦理的演变路径和道德启示。20世纪前半期，英国传统的家庭伦理秩序受到巨大冲击，女性自由意识、子女自主意识突显，传统的父权、夫权在家庭伦理体系中衰落，人们对金钱的欲望也磨蚀了家庭成员之间亲情的伦理根基。高尔斯华绥通过夫妻之间的话语权冲突，父母子女之间、平辈之间的尊严、利益冲突，力证平等、信任、尊敬、包容是营造和谐家庭的伦理基础，而超出理性之外的个体欲望将导致亲情毁灭。

本书全面考察高尔斯华绥戏剧中的伦理理想，通过横向、纵向比较高尔斯华绥的社会问题剧、寓言剧、梦幻剧，尤其是其晚期带有实验性质的剧作所体现出的伦理思想，从社会制度、历史伦理语境、道德本质、自我救赎等向度，体察高尔斯华绥对伦理语境的反思，以及其伦理思想的发展和成熟，揭示其"以人为本"的伦理思想本质，对善良、宽容、和谐人际关系的伦理追求和以理性建构人间真、善、美的伦理理想。

　　本书还将概括高尔斯华绥戏剧的艺术特征，厘清高尔斯华绥的戏剧思想。通过搜集整理散见于高尔斯华绥散文、演讲和信件中关于戏剧创作的论述，厘清其中的戏剧艺术思想和伦理思想，探讨二者间的联系，并对其艺术思想与艺术实践——特别是戏剧创作的关系进行辨析。高尔斯华绥认为，剧作家应具备较高的素养和人道主义情怀，包括戏剧家在内的艺术家要热爱生活，善于发现真理，敢于反映真理；艺术家必须公正，勇于直面社会现实，坚持独立思考，不为流俗所左右；艺术源于自然和生活，其目的在于推动社会进步和发展；艺术的生命在于他的"境界"和"魅力"；好作品应体现生命的尊严。这些艺术思想不仅具有鲜明的时代特色，更凝聚了人文主义之伦理思想。他还对当时社会的一些艺术现象和艺术批评方法表达了自己独特的见解。高尔斯华绥一生的戏剧创作充分体现了这些艺术思想。

　　本书最后探察高尔斯华绥戏剧在中国戏剧生态中的传播、接受和影响。高尔斯华绥的戏剧作品在中国的传播始于新文化运动之后，其作品的介绍、翻译、研究和演出深受中国社会戏剧生态的影响。民国时期的高尔斯华绥戏剧传播以作品翻译、评介等为主，主要关注点为作品对资本主义社会阶级斗争和社会不公问题的揭露与批判；高尔斯华绥剧作在国内当时演出虽然场次不多，但因切合时代需要，反响热烈。此外，本研究还将分析高尔斯华绥戏剧与陈大悲、郭沫若、曹禺、顾仲彝、向培良等现代剧作家戏剧创作间的关系，透视其对中国现代戏剧生态的影响，并探讨高尔斯华绥戏剧对中国话剧的现状与未来的意义。

三、意义

　　高尔斯华绥的戏剧距今约有百年历史，虽然他和他的戏剧作品并不像其他一些西方剧作家那样在中国和世界一直是研究的焦点，但他的戏剧作品所蕴含的伦理价值对当今中国戏剧、世界戏剧创作仍然具有重要意义。

本书运用文学伦理学批评理论，系统研究高尔斯华绥的剧作，全面分析他27部戏剧作品的伦理主题、伦理价值以及剧作与伦理、历史语境之间的互动；系统梳理高尔斯华绥的文艺伦理思想，总结其"和谐至上"的戏剧美学观；并对其文艺（戏剧）伦理思想与其艺术（戏剧）实践的关系进行辨析，窥探其伦理观对当时英国剧坛艺术观、伦理价值、审美价值取向的影响。这不仅脱离了过去单纯从社会学视角放大高尔斯华绥戏剧政治寓意的传统研究，更有利于全面、准确、客观地理解高尔斯华绥戏剧蕴含的伦理思想，这对于高尔斯华绥戏剧研究是一种推进。

此外，本研究将高尔斯华绥戏剧置于中国戏剧的生态环境中，全面系统地梳理了高尔斯华绥剧作在中国的翻译、出版、舞台搬演、研究历程，从宏观和微观两个层面探究其对中国剧作家的艺术技巧、剧作的精神蕴含以及对中国话剧生态良性发展的促进。

本书考证、编制《高尔斯华绥剧作汉译本一览表》（见附录二）、《高尔斯华绥剧作汉语译名一览表》（见附录三），并编写全部剧作的剧情简介，以供国内外国文学教学者、研究者、话剧作家等学习、借鉴和研究。

总之，在文学伦理学批评体系的框架下，回归历史伦理语境研究高尔斯华绥的戏剧作品，将有利于全面、准确、客观地理解作品的伦理蕴含。例如，对弱势群体的关注与同情，对公平、正义的大声呼唤，对冷漠、自私的鞭挞，对善良、正直、敢于担当的人性之光的礼赞等。这将不仅对国内近现代话剧研究起到一定的促进作用，也对当今的中国戏剧创作、观众伦理思想和审美情趣的培养具有重要价值和现实意义。

第一章　高尔斯华绥所处的时代及其语境

概　　述

在 20 世纪的英国文坛和剧坛，约翰·高尔斯华绥是一位与萧伯纳齐名的小说家和戏剧家，他一生创作剧本近 30 部，大部分剧作引起强烈的社会反响。出于种种原因，学界尤其是中国国内研究者们对高尔斯华绥作品的研究更多着眼于他的小说和散文，对他的戏剧作品研究相对较少、不够深入，且评价中偏见、误解频现，这与高尔斯华绥在英国文学史和戏剧史上应有的地位不符。特里·伊格尔顿（Terry Eagleton）指出文学与宗教一样主要通过感情和体验发挥作用，19 世纪英国宗教意识形态陷入危机以后，文学自然而然地替代前者起到社会黏合剂的作用。① 文学是人们能够从经验上接近意识形态的最有启发性的方式，他既能自我调整以适应上层知识分子，也能形成一套完整的理论和教义来迎合普通民众的需求。他能够调和各种力量与矛盾，培养人们内心的信仰。文学艺术的文本是一般生产方式、文学生产方式、一般意识形态、作者意识形态和审美意识形态这些因素多重作用下的产品，② 但文学不能仅仅被看作意识形态，研究者也不能简单地从作品中收集政治、经济

---

① Terry Eagleton, *Literary Theory: An Introduction* (2nd edition) (Oxford, UK: Blackwell Publishers Ltd, 1996), p. 22.

② Terry Eagleton, *Criticism and Ideology* (London: Verso, 1978), p. 63.

举权督促议会制定法律,改善平民的生活环境和状况。这一状况促使自由党和保守党在促进社会改革方面展开激烈竞争,政府的精力在自由党和保守党的争斗中耗损严重,行政机构几近瘫痪。内阁实行了诸如"削减生产成本""改良交通设备""加强技术教育"等权宜之计应对经济不景气。1892 年颁布的《小农业持有地法案》没有收到较好的效果。到 1894年政府赤字严重,不得不征重税以弥补亏空。由于政府不能从根本上解决问题,社会矛盾愈积愈深。在 1895 年大选中自由党一败涂地,这标志着"自由放任"经济政策的彻底失败。到维多利亚时代晚期,自由放任主义消失得无影无踪。

整个维多利亚时期英国的工人运动一直没有停歇过,1885 年以前英国工人运动就有了相当的进展。作为世界工厂,英国国力总体上日渐强大,但是贸易的繁荣无法长期掩盖劳工们的苦难。他们长时间在恶劣的条件下工作,到手的报酬仅能勉强糊口。当英国贸易和农业不景气而政府又无所作为时,失业工人采取了极端行动来宣泄心中压抑已久的不满情绪。1886 年 2 月社会民主联盟组织的示威队伍在特拉法加广场和伦敦其他闹市区进行了暴力示威,他们打砸商店,推翻车辆,使伦敦市中心在"暴民"①的控制之下达两个小时之久②。1886—1887 年伦敦和英国其他城市都爆发了类似的劳工"暴动",严重扰乱了正常的社会生活秩序。劳资纠纷的另一个重要因素是传统的"一家一人一厂"的雇主独立经营模式逐渐被大规模的有限公司股东经营模式取代,家庭作坊式的小商业单位在巨头公司挤压下或被兼并或被迫宣告破产;工人们要么失业,要么接受公司苛刻低廉的薪资来保有工作,生活穷困潦倒。仅1888 年英国的工人罢工就多达 500 次,并且这些罢工都旷日持久,最后依赖仲裁的方式解决。当时的工会和一些社会组织专门策划和鼓动工人罢工,然后再由他们出面和工厂主或矿场主进行谈判,以获得他们期

---

① 原著中英文单词为"mob",意为"暴徒,犯罪团伙,乌合之众",是一个道德意义上的贬义词,不含有阶级斗争之意。

② [英]约·阿·兰·马里欧特:《现代英国 1885—1945 年》,姚曾廙译,北京:商务印书馆,1973:72.

待的改善工作条件、提高工资、缩短工时、增加疾病和失业救济等利益。1893年夏季英国爆发了煤矿工人大罢工，在约克郡、兰卡郡和英国中部地区约有不下25万煤矿工人举行罢工。由于煤炭业不景气，工人们收入降低，矿场主们却进一步降低工资，延长工时，在遭到矿工们拒绝后，矿场主们关闭矿洞，形成恶性循环。数月后，羽石（Featherstone）煤矿发生暴动，两名矿工被击毙。这场罢工持续了近4个月，工人们生活困顿不堪，社会各个阶层都饱受其苦，政府迟迟没有出面干预。

在教育方面，这一时期英国开始建立一整套全国性的基础教育、中等教育、专科和大学教育体系。1876年英国政府颁布法令，规定由国家出资补助教育经费，所有公民必须接受初级教育；1891年取消一切教育收费，由国家出资补贴地方教育费用，使英国的初级教育成为免费义务教育。1889年英国政府又颁布专科教育法，授权郡、市一级地方政府举办专科教育。这些举措为爱德华时代英国公民较高的文化水平打下基础。

这一时期英国工商业的蓬勃发展促使大量乡村人口流动到城市。根据人口普查的数据，1801年、1851年和1901年，城镇人口占全国人口的百分比分别为30%、50%和80%。① 大规模的人口流动引起了一系列社会问题，最典型的就是城市的贫穷问题和生活环境肮脏问题。在城市建设方面，1890年英国议会通过法案将城市贫民居住问题调查委员会提出的许多建议法规化，这些法规在一定程度上改善了城市贫民的生活环境，缓解了城市住房拥挤的窘境。

在维多利亚早期，英国女性的自我意识开始觉醒，维多利亚中期以后妇女问题被提高到一个不容忽视的地位。约翰·斯图尔特·穆勒（John Stuart Mill）先后发表《承认妇女的选举权》(*The Admission of Women to the Electoral Franchise*, 1853)、《代议制政府》(*Considerations on*

---

① 该数据来源于 Christopher Daniell 著 *A Traveller's History of England*, Arris Publishing Ltd., 2005.

Representative Government，1861）、《妇女的屈从地位》(The Subjection of Women，1869)和《妇女的参政权》(Women's Suffrage，1869)等文章，强烈呼吁妇女获得参政权、工作权、教育权和婚姻自主权。在《代议制政府》中他提出："性别的差异和身高或者发色方面的差异一样，同政治权利是没有任何关系的……倘若非要说有差别，那就是妇女对好政府的需求比男子更甚……因为她们身体较弱，更需要法律和社会的保护"①。他认为，"妇女在法律上从属于男性本身就是错误的……应该由两性完全平等的原则所取代"②。维多利亚时期激进的政治运动给妇女运动思想以深刻的启发，1866 年英国妇女向议会递交了"女士请愿书"，1867 年穆勒向英国议会提出妇女选举权修正案。自 1870 年起，妇女参政问题成为每年议会的议题之一。1875 年，呈递给议会的妇女议会选举权请愿书达到 1237 份，请愿书签名人数为 370166 人。③ 1887 年英国通过已婚妇女财产法，废除妇女在婚后财产必须交给丈夫管理的旧制。

整个维多利亚时期英国国内男女比例失调，大量单身男性移民国外，国内"剩女"人数激增，她们必须养活自己，工作收入成为除遗产外唯一的生存来源，因此女性也展开了争取工作权的斗争。1897 年 10 月，英国全国性的妇女选举权组织"妇女参政会全国同盟"④成立，英国妇女争取选举权和自由的运动更有组织性，运动成效也更为明显。到维多利亚晚期，已经有相当数量的妇女就业，部分女性还取得行医许可；全国各地也成立了相当数量的妇女选举权协会。陆伟芳认为，维多利亚时代妇女的参政运动不是一个静态的统一体，而是一个不断涌

---

① 　[英]约翰·密尔：《论自由·代议制政府》，康慨译，长沙：湖南文艺出版社，1911：191.

② 　[英]约翰·斯图尔特·穆勒：《妇女的屈从地位》，汪溪译，北京：商务印书馆，1996：255.

③ 　该数据来自 Sophia A. Van Wingerder 的著作 The Women's Suffrage Movement in Britain(1866-1928)第 23 页的表格。

④ 　英文全称为 National Union of Women's Suffrage Societies，简称 NUESS，由当时英国 17 个大型妇女选举权组织联合而成。

动的海洋。①

(二) 社会经济状况

在维多利亚时代早期，农业在经济中所占的比重较大，全国四分之一的成年男子从事与农业直接相关的行业，十岁以上男子有六分之一是农夫，这一数字在维多利亚晚期降至不到十分之一。② 到维多利亚时代晚期，英国已经转型成为一个工业国家，从事煤炭业的矿工占全国人口总额的比例大大超过农业劳动者数量所占比例。1856 年英国人亨利·波塞莫尔爵士宣布发明廉价钢的生产法，其最实用、最重要的成效就是促进铁路和造船业的蓬勃发展。在维多利亚时代早期，英国整体上奉行曼彻斯特学派的自由主义经济原则和边沁学派的功利主义，实行以“自由放任”为核心的经济政策。在 1856—1870 年，英国的煤炭产量从 6500 万吨上升到 1.1 亿吨，铁路里程数从 5000 英里上升到 14500 英里，曼彻斯特等城市基本上发展为铁路城。此外，蒸汽机的改良和电话、电报的使用都促使英国国内贸易呈现一片欣欣向荣之势。这一时期英国的国际贸易和对外投资非常活跃，以煤炭、钢铁制造和棉纺织品为主要出口产品，1845 年至 1875 年间棉产品出口从 9.78 亿码上升到 35.73 亿码，增长了近四倍。

伴随着科技的发展，欧洲国家尤其是德国和意大利的快速工业化，以及美国的迅速崛起，使英国面临来自新兴工业国家日益增加的竞争压力。工业发展一方面导致对原材料的大量需求，促使国家之间展开对原料地的争夺；另一方面，大量的生产导致剩余产品的增加，使得国家之间展开了海外市场的争夺。总体上看，英国与其他欧美国家之间对海外

---

① 陆伟芳：《英国妇女选举权运动》，北京：中国社会科学出版社，2004：68.

② ［英］克拉潘：《现代英国经济史（下卷）》，姚曾廙译，北京：商务印书馆，2009：1. 原著为 J. H. Clapham, *An Economic History of Modern Britain：Machines and National Rivalries*（1887-1914）*with an Epilogue*（1914-1929）（Cambridge：Cambridge University Press，1938）.

殖民地的争夺日益激烈。

从 1874 年开始，英国经历了一次长达三年的经济萧条。农业萧条每况愈下，商品价格不以农产品为标准，常常低廉到不足以支付生产成本的地步；工业衰退，大量企业倒闭，工人失业，劳工纠纷愈演愈烈。1888 年英国经济有了些许回暖的迹象，然而受国际农业和经济发展影响，两年之后英国经济再次停滞，工业投资大幅降低，物价猛跌，农业萧条，失业数字急剧上升，人们的生活水平继续下降。1894 年至 1896 年英国经历了一次物价大跌，直到 1899 年，物价才有所回升，工人工资收入得到轻微改善，就业情况渐趋稳定。

总体上看，维多利亚时代的经济呈现出财富分配严重不均，贫富差距明显的特点。贵族们维持着上流社会的悠闲生活；中产阶级积累财富、享受生活；农民们生活困顿、劳累不堪；工人们拼死劳作、绝望挣扎。

二、社会文化语境

维多利亚时期社会生活中发生的种种动荡在文学中都有着充分的反映，当英国社会长久保持的田园牧歌式的生活面临现实的残酷冲击时，人们的无奈与无助之情油然而生。以今天的视角看，维多利亚时期是一个前进、付出代价和反省循环往复的时期，自由主义、功利主义等思想相继形成和成熟。

(一) 道德伦理意识

1. 自由社会的良善标准与生活原则

回看维多利亚时期的社会风气，人们印象中是以崇尚道德修养和谦虚礼貌而著称的社会风尚。总体来说，这个时代更多地表现出一种"中庸"之道，人们态度温和，重视道德，讲究礼节，遵守传统与习俗，提倡努力工作，为家操劳，为国尽职，反对享乐。工业革命在使英国走向富裕的同时，也引起从家庭到社会、从思想观念到伦理道德的巨大变迁；繁荣的经济和更迭起伏的政治还启发和刺激了英国民众许多新特质的形成。

维多利亚时代的前半期，"曼彻斯特学派"(Manchester School)不仅支配政治，也支配哲学和思想，其核心概念就是"放任和自由"。在这种信条之下，政府对社会的一切问题不予干涉，只是冷眼旁观、听之任之，因为无论何人何事，无论贸易还是殖民地，无论思想还是道德，天地万物都应是自由的。自由主义关注人的生存和自由，生存权和自由权演变成人最基本的权利，其核心是一种较宽泛的伦理学思想——"人人生而平等"。《各属国的政府》(乔治·刘易斯，1841)、《殖民地组织》(阿瑟·米尔斯，1856)等代表性著作都明确反映了当时大众对自由的追求和向往，即便是美洲殖民地的独立也不能改变英国人对"自由"的推崇。① 不可否认的是，随着时代的发展，自由主义自身的局限也逐渐地暴露出来。

维多利亚时代也是一个功利主义思想盛行的时代，最大快乐原则成为行为的唯一以及最高原则。边沁认为，如果一种行为能够促进受该行为影响的人尽可能大程度的快乐，就是好的行为；同时边沁学派认为社会需要法律的维系，法律必须保护社会成员的利益，以道德为衡量约束力的标准；人是社会的根本，社会由人的集合构成，维护个人利益就是维护整个社会利益。② 在功利主义思想指导下，人们普遍相信财富意味着成功和社会地位，人们一旦事业失败，就会陷入孤立无援的境地。大部分人在追逐财富和成功的同时，内心也渐渐焦虑、迷茫，开始不断地质疑原有的一切。穆勒在一定程度上修正和完善了边沁的利己思想，他认为在必要的时候个人应当为他人的幸福牺牲自己的利益，因为人需要良心。当个人利益与社会利益或整体利益发生冲突时，良心、同情心和社会情感就是调节的杠杆；但是无论利己还是利他，在功利主义看来

---

① [英]约·阿·兰·马里欧特：《现代英国1885—1945年》，姚曾廙译，北京：商务印书馆，1973：195.
② 李莉：《当代西方伦理学流派》，沈阳：辽宁人民出版社，1988：5-6.

"善就是快乐，快乐就是善"①。英国近代著名法学家亨利·梅因（Sir Henry James Sumner Maine）认为自边沁时代以来，英国的每一项法律都能受到边沁思想的影响。② 从穆勒的《功利主义》到乔治·穆尔（G. E. Moore）发表《伦理学原理》的四十多年里，以他们为代表的功利主义一直是英国社会的主流思想，为维多利亚时代社会的繁荣创造了有利的政治、思想条件，使英国在近一个世纪里保持着稳定和蓬勃的局面。

　　受功利主义的影响，中下层民众（大多数是劳工）之间盛行彻头彻尾的平民意识，他们追求实际和经验、追求自身的直接利益，满足于过上温饱的生活；他们衡量人价值的标准是勤劳与节俭。因此，这个阶层的人们只有在面临上层阶级（贵族）和新兴贵族（企业主等）的违背"道义"之举时，即分配不公平时才会感觉愤怒，并且借助骚乱和暴动来表达愤怒。社会中上层阶级内部发生了一定分化，知识分子更多地重视公正的理念和正义的行为，他们自觉地批判工业文明，这在维多利亚时期乃至之后很长一段时间内成为英国文明的一个重要的指向。银行家和商人等既注重贵族生活的表面形式，也以物质利益为终极目标。当物质利益这一目标被无限放大时，人们内心的公正、诚实和善良就会被其他恶行劣品所取代，社会世风日下。英国伦敦一位高级警探在日志中记录了当时成群结队的流氓无赖在伦敦街头敲诈勒索，甚至暴力抢劫的景象，而且这些恶棍往往事后能够轻易地从"灯光昏暗的迷宫般的狭窄胡同里"③逃掉。

　　维多利亚时期人和上帝逐渐分离，达尔文的《物种起源》（*The Origin of Species*，1859）给宗教的创世说以有力的打击。许多之前被认为是上帝创造的现象变得可以用科学解释或重现，人们对科学的信仰削弱了对上帝的信仰；宗教道德信念也被极大地动摇，内心失落的民众将救赎的

---

① 李莉：《当代西方伦理学流派》，沈阳：辽宁人民出版社，1988：8.

② Henry Maine, *Lectures on the Early History of Institution*（London：Forgotten Books，2012），p. 397.

③ ［英］斯特德：《英国警察》，何家弘，刘刚译，北京：群众出版社，1989：7.

希望由上帝转向英雄或"超人"。另一方面，资产阶级将"物竞天择，适者生存"这一生物规则运用到社会规则上。社会出现的种种矛盾也使实证主义———一种新的宗教与科学相结合的思想开始出现，他力证在现行制度的情况下社会调和的可能性。阿尼克斯特认为实证主义是思想领域内典型的妥协现象①，他在 20 世纪初期得到进一步发展。

维多利亚时代后期，曼彻斯特学派宣扬的"自由放任"思想体系开始出现裂痕，逐渐破碎瓦解，曾经的经济良策迅速地丧失声望和效用，取而代之的是民众对国家的崇拜。女王即位五十周年庆典和六十周年庆典上民众表现出的对女王的爱戴、拥护与忠诚都说明了维多利亚女王在英国人心中的精神领袖地位。六十周年庆典中表现出的新帝国主义精神和崇拜程度远胜前者，也更加忠实地表达出民众内心深处"伟大帝国"的意志。人们赞美维多利亚女王代表的英帝国和帝国力量。布尔战争（1899）中英军的失利与不幸，更坚定了英国民众誓把战争进行到底的决心，这种帝国主义情绪一直持续到第一次世界大战初期。

2. 女性——"家庭的天使"

工业革命带来了妇女社会阶层的分化，一部分妇女出于生计考虑，走出家庭，从事工业化社会带来的新的高强度的工作；另一部分女性成为专职太太。后者表面上属于地位较高的有闲、有钱阶层，生活得悠闲、自在，但实际上她们只是家庭中的摆设和花瓶，或者仅是家中女仆的"指挥者"②，既丧失一切社会经济功能，也不参与经济活动。在少女时期接受足够的家政教育，婚后成为合格的家庭主妇，这就是她们的人生轨迹。因此，中产阶级妇女只是家庭和丈夫的附庸，不具有"独立的人格"③。相对劳工阶层而言，中产阶级妇女经济条件优渥，社会地

---

① ［苏］阿尼克斯特：《英国文学史纲》，戴镏龄，吴志谦，桂诗春等译，北京：人民文学出版社，1980：461.

② Yaffa Claire Draznin, *Victorian London's Middle-Class Housewife* (Westport, Connecticut & London: Greenwood Press, 2001), p. 5.

③ Martin Pugh, *Women and the Women's Movement in Britain: 1914-1999* (Basingstoke & London: Macmillan, 2000), p. 3.

位较高，受过较好的教育，行为处事模仿贵族，迫切追求一定的政治地位。中下层阶级的妇女则追求独立谋生的权利，希望能够走出家庭、进入社会，就业能够得到保障。不论属于哪个阶层，从事哪种社会分工，妇女的生活和命运都发生着变化。

英国有句谚语"一个英国人的家就是他的城堡"①，对于大部分英国人来说，贯穿维多利亚时期的核心价值观来自对"家庭"概念的认知。衡量一个家庭是否完美的尺度就是收支平衡、不偏不倚、家庭幸福、儿女感恩。从维多利亚时期到"一战"结束后的将近 100 年的时间中，尽管英国各阶层妇女经历不同，但因受到数百年男性统治思想的长期教化和影响，女性社会角色的内涵一直比较固化——女性应该属于家庭，应该柔弱卑微，只能在男性的保护下生活。英国人普遍信仰的基督教更是这种观念的宣扬者，《创世纪》第二章第十八节中说上帝创造女性的目的是给男性一个"帮手"②，女性只是男性身上拆下的一根骨头，她们从属于男性，各种能力都低于男性，欠缺理性，常常犯错，因此她们只具有延续和养育后代的功用。即便英国的统治者是一位令人敬佩的女王，英国女性的社会地位也普遍不高。中产阶级的女性被要求为在外打拼的丈夫提供井井有条的、安宁的家庭生活，家庭必须被打理成为保持虔诚道德的生活场所，这是无需明言的中产阶级妇女的责任。

从众多维多利亚时期的文学作品中可以看出，英国社会以悠闲的生活作为地位象征。一个家庭的妇女是否能够享有悠闲的生活，以及这种悠闲生活的程度是衡量这个家庭荣誉和社会地位的标准，因此闲散生活成为中产阶级普遍追求的目标。妇女出门工作赚钱被认为有失身份、令家族蒙羞的行为。中产阶级妇女不仅被剥夺了工作的想法，她们的言行举止和思想都受到严格束缚。英国妇女运动领袖艾米莱恩·潘克赫斯特（Emmeline Pankhurst）曾经提过，在当时社会中即便一个女孩的父母都

---

①　原句为：The Englishman's home is his castle.

②　邝炳钊：《创世记注释》，上海：上海三联书店，2010：196.（根据邝炳钊博士，该节的译文为"那人独居不好，我要为他造一个配偶帮助他"。）

是"平等选举权的宣扬者",但她接受教育的目的仍是"为男性打造一个富有魅力的家庭",因为社会现实是"男性认为他们比女性优越,而女性也相信这一点"。①

在女性的社会功能和角色方面,维多利亚女王起到了典范作用:她一方面扮演着妻子和母亲的角色,一方面也依赖丈夫和大臣等男性来管理国家,开展政府的各项工作,充分体现了"男尊女卑"的信条——女性的领地在家庭,家庭之外的一切都属于男性。维多利亚时期英国社会文化主流也大肆赞美女性,宣扬女性在家庭中的重要地位和作用。如"家庭是安宁有序的社会基石,妻子和母亲是家庭的核心"②;"家庭是女性最幸福、最能发挥影响的领域……女性的完美就在于她们结合了个人与公共美德——即家庭美德和整个人类的暂时和永恒幸福的热情地结合"③。女性,尤其是中产阶级女性被男性打造成"家庭的天使"④,这个称号极大地满足了女性自尊心,将她们无所事事的闲散生活和依附男性而生存地位变得合情合理,促使她们满足于在家中为丈夫营造"天堂"般的生活。

英国著名女作家弗吉尼亚·伍尔夫(Virginia Woolf)曾在《女人的职业》中将维多利亚时代晚期女性比喻为"房中的天使"⑤——她们优雅、纯洁,擅长管理家庭生活;吃苦耐劳,时刻保持无私奉献的精神;惯于赞同他人的意见,服从他人的意愿。在维多利亚统治后期,每一间英国

---

① Emmeline Pankhurst, "My Own Story" in Marie Mulvey Roberts & Tamae Mizuta, eds., *The Suffragettes*: *Towards Emancipation* (London: Routledge/Thomemmes Press, 1993), p. 7.

② [英]杰里米·帕克斯曼:《英国人》,严维明译,上海:上海译文出版社,2000:242.

③ Josephine M. Guy, *The Victorian Age*: *An Anthology of Sources and Documents* (London& New York: Routledge, 1998), p. 496.

④ Coventry Patmore, *The Angel in the House* (London: Cassell & Company Limited: 1891). 该诗是帕特莫尔为第一任妻子艾米丽创作的爱情叙事诗,诗中陈述他对理想妻子的构想。

⑤ [英]伍尔芙:《伍尔芙随笔全集(第三册)》,乔继堂等主编,北京:中国社会科学出版社,2001:1367.

人的房子里都有一个这样的"天使"。实际上，这些"天使"不过是一台台外表光鲜、没有内在灵魂的家庭机器。

对维多利亚时代的女性来说，她们的职业就是婚姻，婚后只能依靠自己的丈夫。1859年一则报纸评论这样写道：

> 婚姻是妇女的职业，她接受的训练就是为了这种有倚赖的生活。当她找不到丈夫或者失去了丈夫，她就无依无靠，她的事业就失败了……失意的家庭女教师、无依靠的寡妇就属于这类失败……我们社会中的女性不可以不男不女。①

这则评论说明社会普遍认同婚姻是"女性唯一的事业"。当时英国法律规定女性一旦结婚就失去法律权利，只能在丈夫的羽翼下生活，她不拥有独立于丈夫之外的人格和身份，即女性结婚之后就失去作为单身妇女享有的一切权利，她的存在只能排列在丈夫的存在之后。她们既没有法律地位也没有财产权，她的财产自结婚之日起全部归丈夫支配，丈夫对婚前和婚后财产拥有绝对的经营权和收益权。此外，中产阶级妇女除了"家庭天使"之外职业选择面非常狭小，一般只能充当富裕家庭的家庭教师或者陪伴女士，难以独立生活。劳工阶层的妇女生活则更加艰辛，她们的工资水平，尤其是单身女性的工资远远低于男性；就业领域也十分狭窄，只能成为女工或女佣，既是劳动者也是家庭主妇，生活负担沉重且缺乏保障。另外，丈夫没有负担妻子生活的法定义务，一旦丈夫拒绝扶养，如果妻子不外出做工，那么她就只能挨饿。同时，由于受英国传统的男性家长制影响，单身女性即便拥有一定权利，也受到丈夫或者兄弟的管理和支配，不可以自由选择自己的教育和宗教信仰。

总之，通过长期的社会宣传、宗教教化和法制约束，在男性主导的

---

① Judith Worsnop, "A Reevaluation of 'the Problem of Surplus Women' in 19th Century England: The Case of the 1851 Census," Women's Studies International Forum, 1990, Vol. 13, Nos. 1/2: 21-31.

英国社会中女性角色规范已经固化为妇女自身的价值观念，成为维多利亚时期社会中占统治地位的性别和家庭生活观念。大多数女性接受这种规范，固守自己的一方小院。不过，尽管社会普遍认同女性须由男性亲属来保护和扶养这一观念，但女性争取独立和自由的斗争一直在持续。

3. 男性——绅士风格至上

在英国长期的历史发展中，贵族一直是普通民众心中的偶像，他们不仅象征着地位和头衔，也是社会其他阶层追随的目标，向上等人看齐成为一种社会风尚。直到维多利亚时代末期，尽管贵族这类社会精英的数量大幅减少，贵族风格还在一定程度上延续，其中的某些传统价值观念依然存在，中产阶级非常推崇并努力效仿贵族的生活。贵族精神包括四个方面的内涵：勇敢尚武、光明磊落、慷慨好客的骑士精神；爱好自由、自立自强的奋斗精神；强烈的主人意识和社会责任感；以及对知识和文化的尊崇；等等。这些精神也是英国上流社会的精神。尽管贵族精神也有保守的弱点，但一个濒临破产的贵族依然比一个暴发户享有更多的尊敬。无论时代如何变化，贵族的精神在英国一直得以保留和推崇。

在工业大生产中产生的新兴城市中产阶层没有光荣的家族历史，他们积累大量的财富之后千方百计地想要挤入上流社会，贵族式的生活方式和行为风格在某种程度上成为"暴发户"们的精神目标。人们向往有节制的工作、悠闲优雅的闲暇时光，这种社会风气在维多利亚中后期发展到顶点。中层阶级向上流社会看齐，下层民众又模仿中层社会，这种逐层模仿逐渐形成英国自维多利亚时期最重要的民族审美风格——绅士风度。

> (绅士)应该是正直、决不食言的，对人殷勤而有礼貌，勇敢而又乐观地面对生活，坦然地听从命运的安排。他要有信誉，竭尽全力维护自己的荣誉，因此应该偿付所有的债务，特别是赌债；同时在荣誉受损时勇敢地站出来加以捍卫。总之，他要表现出上层社会那种尊严的气势，既有居高临下的风度，又对下属显示慷慨和宽

大为怀。①

这段话全面地描绘出一个绅士应有的行为举止以及绅士风度的内涵，也道出维多利亚时期精神思想的本质，其实绅士风度是中产阶级成功者特性的浓缩——正直、忠实、积极向上、克勤克俭、自尊自助，勇敢无畏。英国社会主体的生活本质上是一种被中产阶级审美价值取向重新塑造过的生活，这导致工业家、企业家在积攒起足够的财富之后，他们的工商业行为就开始松懈，不再以追求利润最大化为生活重心。他们接受并认同贵族精神的结果之一就是他们以及他们的子孙不太愿意继续从事商业经营活动，更多地去从事政治、宗教、文化和慈善等他们认为有意义的事业。和贵族精神一样，绅士风度并不完全代表优秀的品质，他也有一些消极方面，比如推崇稳重而难免过于保守，推崇高雅而难免矫揉造作，推崇平静安宁而难免憎恶竞争。总之，这是一种行为准则与价值标准相矛盾的时代审美精神。

维多利亚时代是一个自相矛盾的时代，以往的审美标准依旧延续并影响着人们的生活，新时代的价值也在发挥作用。他不仅"有稳定和统一的一面，还有丰富多彩与参差不齐的一面，既明显又隐晦"②，繁荣与混乱的交织使人们一方面对经济发展和科学进步持有乐观主义信念，另一方面他们的内心焦躁不安，笼罩着悲观主义思想。总之，这个时代生机无限，但也危机重重。

(二)文艺思潮与大众审美意识

维多利亚早期，浪漫主义盛行英国文坛和艺坛。随着产业革命的深化，机械时代和大工业生产带来的新生活方式的负面影响显现，大多数英国人开始抨击工业制度，深深地眷恋英国传统的平和温馨的生活，强

---

①　钱乘旦，陈晓律：《英国文化模式溯源》，北京：商务印书馆，2003，第306页。

②　吴浩：《自由与传统——二十世纪英国文化》，北京：东方出版社，1994，第9页。

烈的怀旧情绪逐渐弥漫。为此，有人抱怨、有人设法调整、有的人怀疑和痛恨，每种反应都普遍地表现了维多利亚时期人们内心被时代无情碾压的无力感、痛苦和畏缩之情。这种痛苦与矛盾造成大众审美意识上的无限张力。维多利亚时代中晚期"拉斐尔前派兄弟会"(Pre-Raphaelite Brotherhood)①力图避开工业革命，直接回到拉斐尔之前的艺术传统——使用写实主义的手法来描绘风景，可以确切地说现实主义是打着浪漫主义的旗号出现的。

此外，在教育普及政策的推动下，维多利亚时代晚期的普通民众基本上具备了一定的阅读能力，甚至是写作能力，文学上出现了"民治"②倾向，即文学向普通民众开放。在英国文学史上，维多利亚时代的文学作品(尤其是小说)第一次"与广大读者水乳交融"③，其最基本的特征是如实描写，对社会生活现象进行不偏不倚地观察和描述，利用编年式叙述结构、单一叙述视角和写实手法努力地营造一种"写真"般的画面。这一时期的作品总体以写实主义为审美特征，表现普遍意义上的生活经验。狄更斯、乔治·艾略特、哈代等都是现实主义的代表作家，他们的作品在刻画社会现实的同时，表现出强烈的社会使命感、忧患意识和道德意识。

不过，维多利亚早期的浪漫主义文风并没有被现实主义彻底湮没。现实主义小说一方面揭露人性的阴暗丑陋、社会的腐朽肮脏，另一方面也相信改良与进步，相信善良可以克服和改造邪恶，作品中透露出一定的浪漫主义和理想主义色彩。《金银岛》(*Treasure Island*，1883)、《化身博士》(*Dr. Jekyll and Mr. Hyde*，1886)、《乌有乡消息》(*News From Nowhere*，1890)、《道林·格雷的肖像》(*The Picture of Dorian Gray*，

---

① 1848年建立的英国青年画家团体，作品基本上以写实的传统风格为主，画风慎而细致，用色较清新。同时他们反对那些在米开朗基罗和拉斐尔的时代之后偏向机械论的风格主义画家。

② [英]莫狄·勒樊脱：《英国文学史》，柳无忌，曹鸿昭译，南京："国立"编译馆，1947，第330页。

③ 朱虹：《英国小说的黄金时代：1813—1873》，北京：中国社会科学出版社，1973，第5页。

1891）等大行其道的科幻小说不同程度地充溢着浪漫主义的色彩，这些作品或借助科学幻想，预言科技的危害；或探寻世界，希冀发现一个乌托邦；或以梦为舆，憧憬未来的美好世界。在诗歌方面，浪漫的抒情诗歌依然是诗坛主流。浪漫主义诗人讲究诗歌的音乐性，他们技巧娴熟，创作出的诗歌词句优美，感官和情感效果强烈。

在法国文学的影响下，英国文学也表现出一定的自然主义倾向。在法国，自然主义是一种极端的现实主义，他不考虑社会环境的肮脏和丑陋，只反映人的生存，突出人的动物性和偶然性，将人的理性和道德抛诸脑后。在法国自然主义者的笔下，人只是生物遗传和社会经济共同作用的产物。在英国，自然主义的内涵和外延则有着明显的不同，更趋近于古希腊的自然观。最初英国的自然主义倾向反映在华兹华斯、柯勒律治等人的诗歌中，这是一种对一切永恒自然现象的热爱，对自然万事万物的崇敬以及存储自然印象的习惯。格奥尔格·勃兰兑斯（Georg Brandes）甚至认为英国气质的本源是自然主义，他是造成英国现实主义发展的原因。[①] 当然，除了现实主义这股主流之外，维多利亚时期的文艺流派众多，印象主义、象征主义也开始出现，多样化发展的趋势明显。

（三）戏剧生态

与小说和诗歌相比，维多利亚时期戏剧的成就和影响并不显著。英国 16 世纪开始施行的戏剧审查制度和 1737 年的《特许法》严重地妨碍了近代英国戏剧的发展。根据《特许法》，在伦敦能够上演严肃剧目的剧院只有两家，并且上演前必须通过戏剧审查。[②] 1843 年《特许法》被废除后通过了《剧院法》，但那些激进的、反映社会阴暗面和社会下层

---

① ［英］乔治·勃兰兑斯：《十九世纪文学主流·第四分册·英国的自然主义》，徐式谷，江枫，张自谋译，北京：人民文学出版社，1987，第6-7页。

② 《特许法》（*The Licensing Act*）指定的两家剧院为 Drury LaneTheatre 和 Covent Garden Theatre。根据这一法令，剧本上演前须经过宫内大臣（Lord Chamberlain）的审查，审查范围主要是剧作是否存在对王室及其他统治者政治上的批评以及对宗教的讽刺等。

生活及情感的"难登大雅之堂"的戏剧仍然很难通过审查，也没有剧院愿意上演，因为他们不反映中产阶级的生活方式，无法吸引主流观众，从而获得票房收益。

维多利亚时代中期，活跃在剧场里的剧作家有以喜剧和家庭剧见长的泰勒(Tom Taylor)，感伤喜剧和讽刺剧作家拜伦(Henry James Byron)，将法国浪漫主义话剧改编成英国口味的剧作家鲍希考尔特(Dion Boucicault)以及反映当时现实生活的罗伯森(Thomas William Robertson)等。在剧场方面，班克罗夫特(Effie Bancroft)和罗伯森作出了突出贡献，他们对戏剧各个方面进行了改革，创立导演制度，形成布局严谨的作风，提倡舞台上的写实主义。班克罗夫特的剧团大多上演现代剧作，还建立下午演出制和每晚只演一部戏剧的制度，戏剧全用箱式布景，还改进了剧院的座椅设计。鲍希考尔特对作家报酬支付制度和演出制进行改革，首创了"在伦敦外预演"制(Out-of-town Try Over)和"抽成制"。一部戏剧正式上演前，必须先在伦敦以外的其他地区预演，获得成功后才进入伦敦西区的剧院演出。如果某部剧作很受欢迎，原有的作家报酬制度不能保证剧作家的权益，可按演出收入抽成来确保作家利益。这一方法后来也被班克罗夫特应用到支付布景设计师的制作费用，渐渐受到大家的认同。

19世纪70年代英国国内工商业一片萧条，大量投资者将资金注入海外市场，与此相反，英国国内娱乐业开始兴盛起来，伦敦新建了许多大型剧院，这些剧院逐渐向伦敦西部扩张，形成了一个集中的剧院区。[1] 据统计，到90年代，除原有剧场外大约又建造了25座新剧场。[2] 新剧场的观众容纳力较1860年以前修建的剧场要小，但是在包

---

① 这一时期修建的剧院有综艺剧院(The Vaudeville)、第一宫廷剧院(The First Royal Court)、克徕帝林剧院(The Criterion Theatre)、抒情歌剧院(Lyric Opera House)，沙夫茨伯里剧院(Shaftesbury Theatre)、约克公爵剧院(Duke of York's Theatre)等。剧院资料来自：[英]西蒙·特拉斯乐：《剑桥插图英国戏剧史》，刘振前，李毅译，济南：山东画报出版社，2006，第174页。

② 李醒：《二十世纪的英国戏剧》，北京：文化艺术出版社，1994，第56页。

厢、挑台的设计等方面更多地考虑观众厅的视线和舒适程度。在亨利·
欧文（Henry Irving）等人的带领下，剧院的舞台上兴起了一股复古的热
潮，上演了大量的莎士比亚戏剧，上演的戏剧经过训练有素剧团的严格
排练，实行"明星制"，演出过程中小心谨慎地保持原剧的风貌，在舞
台表现力方面也做了重大改进。在排演时，班克罗夫特等人紧抠表演中
的每一个细节，借助有特色的表演消除台词无力造成的负面影响，强调
戏剧演出的整体效果。在欧文领导下兰心剧场（Lyceum Theatre）的舞台
结构已具备现代舞台雏形——换景方式采用可自由移动的平台，戏剧音
乐由交响乐队演奏，群舞场面宏大，现代化的灯光照明等，这些都给西
区剧院带来了极大的繁荣。

　　剧院的繁荣极大地促进了戏剧创作的发展，从维多利亚后期开始，
英国戏剧开始复兴。此外，一部分热爱戏剧的知识分子和剧作家倡议取
缔戏剧审查制度，努力争取艺术创作自由，如琼斯（Henry Arthur Jones）
的《英国戏剧之复兴》（*The Renaissance of the English Drama*，1895）和《国
剧的基础》（*Foundations of a National Drama*，1913）等。虽然直到乔治时
代戏剧审查制度也未被取缔，但戏剧界希望获得自由、提高戏剧品质的
呼声越来越高，为戏剧审查制度的最终废撤作好了铺垫。琼斯和平内罗
（Arthur Wing Pinero）是这一时期舞台上很受欢迎的两位剧作家。平内罗
不仅为第一宫廷剧院创作了一系列成功的闹剧，晚期创作的"问题剧"
还引发了戏剧界对妇女问题的争论。琼斯的问题剧尽管立场含糊不清，
也无明确的解决方案，但他将老套的情节、不落窠臼的剧作架构形式和
新颖睿智的对话相结合，也别有风味。虽然他们二人的剧作对社会问题
探讨得不够深入，但他们的戏剧结构技巧高超善于抓住观众的注意力，
为世纪之交的英国现实主义戏剧对此类问题的关注作了铺垫。

　　这一时期受欢迎的戏剧样式不仅有闹剧（melodrama），在平内罗和
琼斯等剧作家的努力下，"佳构剧"（well-made play）获得了极大的发展。
佳构剧源自法国，又称为结构严谨的戏剧，特点鲜明。首先，剧中人物
大部分是中产阶级；其次，多使用现代写实背景，暗藏浪漫的刺激，如

爱情、婚姻之类的纠葛或者是有异国情调的冒险故事；再次，剧情环环相扣，情节曲折多变，离奇巧妙，每一幕每一场的人物事件安排紧凑，常常运用计谋、误会、乔装改扮、意外等来制造悬念和逆转；最后，剧中高潮发生在误会解开或者秘密揭穿之时，剧中人物善有善报，恶有恶报，或者是"大团圆"式结尾。这种"佳构剧"的构架方式到 20 世纪早期一直是大多数戏剧家的首选，王尔德、萧伯纳、高尔斯华绥、毛姆等人大多采用此种戏剧结构。

在表现手法上，这一时期英国戏剧主要出现了唯美主义和现实主义两个流派。奥斯卡·王尔德(Oscar Wilde)是维多利亚时期唯美主义戏剧的代表人物，他的剧作也被誉为是继谢尔丹、高尔斯密斯之后英国最富戏剧化和文学化的作品，推动了英国戏剧的复兴。唯美主义倡导以纯艺术抗衡维多利亚时代的中产阶级的物质主义、小市民习气和道德体系。王尔德在他的文艺论集《意图》等作品中提出生活反映艺术的思想，而非写实主义提出的艺术反映生活。他认为解决资本主义社会不合理性的唯一办法就是加强社会群体的审美修养，提高民众的审美意识。艺术不应受道德的支配，应该独立于其他思想之外而存在，"为了艺术而艺术"；艺术家应该摆脱功利主义的束缚，也无需刻意为作品增添教育意义。他的剧作《文德米尔夫人的扇子》(*Lady Windermere's Fan*，1892)、《莎乐美》(*Salomé*，1892) 和《认真的重要性》(*The Importance of Being Earnest*，1895)①等描写的都是上流社会的风流韵事和人际交往，以爱情和生活享受为主题，揭示上流社会虚伪和猥琐的本质，稍稍带有问题剧的色彩。虽然唯美主义倡导"为艺术而艺术"，但是仍采用写实主义手法来展现现实生活，在"唯美主义的大旗下以特有的方式表现社会现实"②，具有比较深刻的现实性。总体说来，唯美主义戏剧继承了英国

---

　　① 也译为《不可儿戏》和《名叫厄内斯特的重要性》。王尔德最经典的戏剧作品，被誉为英国现代喜剧的奠基之作。

　　② 张勤主编:《奥斯卡·王尔德作品导读》，武汉：武汉大学出版社，2003，第 6 页。

佳构剧的特点，也受到法国象征主义的影响，带有"感伤喜剧"的痕迹，结构精巧、构思缜密、文笔优美流畅、人物对话精炼，阐明宽以待人、爱心高于道德的思想。受到法国等国戏剧风潮的影响，社会问题成为19世纪英国剧作家们创作题材的重要来源，这种现实主义戏剧以萧伯纳为典型代表。萧伯纳在维多利亚时期的最后十年先后创作剧本《鳏夫的房产》（*Widowers' Houses*，1892）、《华伦夫人的职业》（*Mrs. Warren's Profession*，1893）、《武器与人》（*Arms and the Man*，1894）、《康蒂坦》（*Candida*，1894）和《不可预料》（*You Never Can Tell*，1897），并将这种现实主义风格的戏剧带入爱德华时代和乔治五世时代。这些剧作有的旨在暴露社会现实的阴暗面，有的出于商业目的取悦观众，让人们在笑声中认识到现实。总之，维多利亚时期英国的戏剧开始复兴，但其舞台演出价值要远高于文本的艺术价值。

英国的工业革命和运输业发展使得他在世界经济中占据了前所未有的地位，这种优势地位一直持续到维多利亚王朝末期。工业方面的成就造就了英国政治上的优势地位，其他国家对其政治体制的效仿便是最好的例证。在这一时期英国的资产阶级伦理道德体系逐渐建立完善，自由主义传统下的功利主义占据着英国道德评判体系的主流地位，"判断行为善与恶的尺度就是快乐与痛苦"①的评判标准影响了人们的日常生活规范和准则，影响了广大民众的人生观和价值观，形成了英国特有的妇女道德行为规范和绅士风范。在艺术上，现实主义顺势而生，与其他艺术流派共同绽放在英国文坛上。

1901年1月22日，英国女王维多利亚于82岁高龄去世，举国震惊，英国人民失去了大半个世纪以来生活在他们心中的精神领袖。她的逝世加速了英国向20世纪的过渡，也加快了英国从光辉灿烂走向阴翳灰暗的速度。

---

① 龚群：《当代西方道义论与功利主义研究》，北京：中国人民大学出版社，2002，第338页。

第二节　爱德华与乔治五世时代及其语境

维多利亚女王统治时期结束后，英国在政治上失去了世界领袖的地位，工业和商业上自由自在、唯我独尊的情形也一去不返，更糟糕的是他丧失了海洋和航运霸权，这对一个岛国来说简直是雪上加霜。爱德华时代和乔治时代的英国在政治、经济和社会方面面临着一系列非常艰难的选择，他能否维持维多利亚时代人们的生活水准、保有已经积累的财富仍是未知，这两个时代充满着各种挣扎、冲突和争斗。

一、社会政治经济语境

1901 年 1 月 23 日新国王爱德华七世登上王位，宣誓为人民的幸福和生活的改善而努力。他在位时坚守传统，维护王室，设法调停上、下议院间的矛盾，但是依然无法制止岌岌可危的英国内政冲突。1910 年 5 月 6 日，爱德华七世去世，这对于处于水深火热的英国，不啻一个重大打击。爱德华七世享位虽短，但并非无足轻重，他的逝世使得政坛之争暂告平息，继位的英王乔治五世却面临更加艰难的局势——由议会法引发的上议院与政府之间的激烈冲突，以及即将爆发的第一次世界大战。

(一)社会政治状况

1901 年 11 月 4 日《伦敦日报》刊登了一项公告，宣布英国国王的尊号为："大不列颠及爱尔兰联合王国及海外各殖民地国王、英格兰教会护教者、印度皇帝爱德华第七"①。这个尊号增加了"海外各殖民地国王"的字眼，表明英国国内的新帝国主义情绪持续加深。受经济困难的

---

① ［英］约·阿·兰·马里欧特：《现代英国 1885—1945 年》，姚曾廙译，北京：商务印书馆，1973，第 302 页。

影响，英国政府内阁更替不断，各政党内部也倾轧频频、分裂严重，众议院和上议院也在各种议案上分歧不断，劳工纠纷愈演愈烈。尽管这一时期英国政府在社会福利方面做出了一定的成绩，不过英国社会总体上处于动荡不安之中。

1. 劳工问题

1906 年英国议会大选中出现了一个新的党派——工党，他的 50 名候选人中有 29 人当选为议员，掌握议会的话语权，其代表约翰·伯恩斯（John Burns）更是在当年担任了地方政府事务部大臣。这个工人阶级的政党人数虽少，但比较团结，不像自由党和统一党那样内讧不断。同年，英国国会通过职工争执法案，规定"根据……协议或者联合行动而作出的"或者"为计划或者资助一次职工争执而作出的……"①行为将不受控告，该法案特别规定工会免受一切民事违法行为的控告，将工人暴力运动合法化，加剧了此后工人暴力行为的频度和激烈程度。1910 年12 月的议会大选中工党 56 名候选人有 42 名当选，1913 年国会通过《工会法》，保证工会从事政治活动的权利，也保证工会会员有反对某种政党和主义的权利，而且不影响他们应享受的福利，这些都说明工人阶级在政治上已经有了相当程度的决策力。

当工业化程度高度发展，工人们的社会政治地位和经济地位不相匹配，也寻求不到更好的解决办法时，他们只能通过最直接的方式——罢工来宣泄心中的焦虑和不满，但罢工也无法从根本上解决问题，只能在一定程度上调和薪资双方的冲突。受法律保护，20 世纪初，英国国内工人阶层发起的罢工运动常常伴随着暴力行为，尤以铁路、煤矿和棉纺织业为甚。1911 年初威尔士煤矿发生骚乱。因资方解雇一名犯有酗酒罪的司机，东北铁路工人举行了罢工，此后工人罢工由地方走向全国。6 月全国海员和消防员工会组织罢工；7 月伦敦船坞工人罢工；火车工人和行李车工人也加入罢工以声援海员罢工；8 月，英国全国铁路总罢

---

① ［英］约·阿·兰·马里欧特：《现代英国 1885—1945 年》，姚曾廙译，北京：商务印书馆，1973，第 402 页。

工，有些地区不得不出动军队和警察来维护社会秩序。1912 年 2 月 26 日英国煤矿工人因最低工资标准问题罢工，持续近两个月的罢工使英国全国的工业生产几近瘫痪，造成巨额损失。在这一时期，法国的工团主义逐渐为英国吸收，在汤姆·曼①的号召下，英国工人团体将瘫痪和摧毁现行工业秩序作为达到目的的手段，坚持与雇主们进行无情的、持续不断的骚动和经济斗争，以提高最低工资和缩短工时，从而改善生活。此后数年，英国还爆发了大大小小的各种罢工，劳工纠纷成为英国社会一种普遍的现象。

"一战"期间，联合政府的战时管制措施不仅雇佣女工以增加劳力，还规定熟练工人必须在工厂从事生产，有时甚至强制"劳资双方"作出让步。工人们虽然尽力为国家服务，却并不情愿以自己的休息时间和健康为代价来为雇主和中间人创造高额利润。战争期间甚至出现过军工厂工人罢工的事件(1915 年克莱德军工厂罢工)，这说明战争并不能解决劳工纠纷，只能延缓这些纠纷的爆发而已。

战后英国政府在劳工问题上作出了一些新努力，但是依然没有解决沉疴已久的劳工问题。1919 年至 1921 年间英国发生了约 3000 起劳工纠纷②，每次都围绕工资、工时、工作条件展开，给相关行业造成了直接或间接的巨额损失。1919 年 1 月煤炭工人再次提出提高工资、缩短工时等一系列要求；9 月铁路工人发动罢工；1920 年铁路工人再次罢工；而煤矿业则爆发了自 1920 年 10 月 18 日持续至 11 月 4 日的罢工以及 1921 年夏季一次程度更严重的罢工。1920 年煤炭罢工造成直接经济损失 800 万英镑，矿工们也损失 1500 万英镑的工资，产煤损失合计达 2650 万英镑，间接使 35 万其他行业从业人员失业。1921 年夏季罢工造

---

　　①　汤姆·曼(Tom Mann, 1856—1941 年)，著名的英国劳工运动的组织者和讲演者。

　　②　[英]约·阿·兰·马里欧特：《现代英国 1885—1945 年》，姚曾廙译，北京：商务印书馆，1973，第 848 页。

成直接经济损失 3300 多万英镑①，还令政府机构瘫痪 3 个多月，政府最后不得不增加上亿英镑的开支来补贴工人以结束罢工，恢复国家正常运转。因为劳工斗争逐渐挑战宪法的权威，1926 年英国政府通过矿业相关法案，对煤炭工人的工作时间、工作条件和福利计划作了一些规定，再加上早先的《铁路法》(1921)终于使劳工问题尤其是煤炭行业的劳资争斗有所缓和。20 世纪 20 年代，随着一部分矿井资源枯竭，出现了全部由失业人口组成的矿工村或是绝大多数人口失业的城镇，如何应对资源枯竭带来的就业、社会保障、教育等问题成为政治家们面临的烫手山芋。

2. 教育问题

1902 年英国政府颁布了一系列教育法案，以改变英国中等和专科教育混乱的状态。尽管在维多利亚时期有过一场革命性的教育改革——12 岁之前的孩童必须接受义务教育，但是英国的中等和专科教育依然不够规范和系统，远远落后于德国等国家，以致威胁到英国在工商业方面的优越性。英国制造的产品不仅质量不佳且价格昂贵，缺乏市场竞争力。英国政府意识到忽视中等和专科教育的危害，颁布新的法案规定每个地区设立一个机关来负责初等、专科和中等教育的管理事宜，并由议会拨款来补助地方教育经费的缺口。这些法案极大地振奋了人心，成为英国教育史上的丰碑。在这些法案基础上，英国后来的教育得以快速发展，民众的文化程度和审美水平明显提升。

3. 社会福利

19 世纪上半叶，由于社会财富不断增长，社会经济的繁荣掩盖了贫困阶层的一些生活问题，但是随着经济发展滞后，这部分底层贫民的经济和生活矛盾立刻凸显，解决这些问题迫在眉睫。1905 年英国政府颁布失业工人法；1908 年 70 岁以上老人获得养老金的方案开始实行，这类养老金完全由国库支付，可以保证老人每周至少获得 1 先令的生活

---

① ［英］约·阿·兰·马里欧特：《现代英国 1885—1945 年》，姚曾廙译，北京：商务印书馆，1973，第 867 页。

费。1909年至1910年两年间，养老金的支付金额达到875万英镑，一定程度上保证了国民的生存权。1905年至1906年度这一费用达到14 685 983英镑。这些款项的增加一方面说明英国政府几十年来实施的预防和补救措施没有达到预期的效果；另一方面说明在恶劣的条件下大量工人长时间的工作收入不足以糊口，经济不景气导致社会失业问题严重，需要救助的人口数量大大增多。1911年，劳合·乔治（David Lloyd George）政府颁布了《国民保险法》，根据这一法案，国家不仅对残疾和失业工人，也对所有16~70岁的体力劳动工人以及年薪低于160磅的所有职员都予以一定金额的补助，特别是医药免费。该法案在严格的统计基础上拟定，是一个真正意义上的保险方案，在"一战"开始之后，这个方案一直在不断被修订和扩充。同时，劳工介绍所制度开始在全国推广，1910年英国共开办61个劳工介绍所，到1927年有约400个中央介绍所，地区一级的介绍所有约700个，雇佣人职员超过13 000名①，劳合·乔治政府实施的这些政策，在一定程度上缓解了劳工矛盾。

4. 妇女运动

从维多利亚时代后半期开始，英国妇女不断提出男女地位平等和机会均等的主张。她们首先向教育这座堡垒发起冲击，在她们看来，只有首先通过平等的教育，妇女才可能取得和男性一样的地位。当时除了伦敦和维多利亚两所大学之外，女性无法获得学位；1879年牛津大学创办之后虽然成立了四个女子学院，但直到1907年才同意女性获得学位，而且她们仍然被禁止加入大学管理机构。这种状况一直维持到"一战"之前，1918年一部分妇女获得了地方议会选举权，此后妇女获得和男子一样参加大学管理机构、各种委员会以及担任职务、受奖的权利。

在妇女政治运动方面，以往妇女运动的主要成员是知识女性，1905年妇女选举权问题成为政治焦点，"战斗"妇女异军突起，妇女政治同

---

① ［英］约·阿·兰·马里欧特：《现代英国 1885—1945 年》，姚曾廙译，北京：商务印书馆，1973，第474，478 页。

盟①呼吁劳动妇女加入政治运动，开展争取权利的斗争。但是妇女们大型集会、游行等希望获得公众支持的活动都没有取得实质性的政治效果，她们厌倦了这类温和的、缓慢的、说教性的妇女运动，决定采取非常手段，认为"战斗性"的行动更有成效。同盟会员们在各种场合以各种方式向男性霸权提出挑战，她们干扰大臣集会、干扰选举、会议质询、召开妇女议会等。妇女社会政治同盟号召发动不受任何礼教、习俗甚至是法律约束的运动，引导妇女运动向着暴力方向发展，参与行动的妇女们不惜打砸商店、博物馆和艺术馆，焚毁住宅，甚至在教堂放置炸弹。骚乱中大批妇女被捕，并拒付罚款而入狱，在狱中她们又采取绝食等方式抗议。妇女运动践行者们不仅准备牺牲自由，而且不惜牺牲生命来努力赢得为之奋斗的事业的成功，但是她们这种大规模摧毁公共和私人财产的暴力行动以及其他过激行为也遭到主流社会的批评与谴责，使她们失去了一定范围的舆论与同情。与此同时，政府表现出的无所作为严重打击了妇女们的满腔热情，妇女们的"战斗"行动随着时间的推移和形式的发展愈演愈烈，最后导致政府与妇女运动参与者严重对立。

1914年开始的第一次世界大战给妇女参政运动者们提供了绝世良机，消除了妇女选举权改革道路上的主要障碍。"一战"期间，中产阶级女性纷纷走上工作岗位，组成妇女应急预备队，不仅加入医院提供医疗服务，甚至还代替了各行各业中原本是男子担任的岗位。妇女参与传统男性的工作，获得广泛赞扬与好评，极大地改变了男性对于妇女选举权运动的态度，妇女的社会地位也有了显著提升。面对妇女在战争中扮演的重要角色和发挥的巨大作用，她们顺理成章地进入选民行列。1918年上议院和下议院通过选举改革法，同意一切(除依法失去资格的)年满30岁并拥有土地或住所，并且丈夫也满足选民资格的女性登记成为地方政府的选民。1928年议会又通过平等选举权法，赋予妇女在议会选举权和地方政府选举权方面享有和男子完全相同的地位和权

---

① 　妇女社会政治同盟由潘克赫斯特夫人于1903年创办。

利，妇女们为获得"平等"所持续的长达近一个世纪的选举权斗争终于获得胜利。

(二)社会经济状况

1. 战前经济

维多利亚女王去世后，英国经济的总体平稳状态保持到了 1905 年，但也被认为是无法令人满意的"呆滞"状态①。英国制造遭到来自德国、美国等国家的激烈冲击，交通工具和冷藏机的改良使北美的小麦和南美的肉类以低廉的价格输入英国市场。英国经济学家迈克尔爵士以及英国首相巴尔佛(Gerald Balfour)在 1901 年均表示英国国家财政状况着实令人担忧。人们意识到旧有的国民经济健全标准以及国家不干涉私人经营和自由经济发展的方针已经无力改变国家糟糕的经济状况，越来越多的思想家、政治家和选民开始考虑变革。

1903 年英国取消了进口小麦登记税，开始关税改革，这一举措受到严守自由贸易原则派的攻击，但却深受改革派的欢迎。同年 9 月 18 日殖民大臣约瑟夫·张伯伦(Joseph Chamberlain)等几位主张自由贸易的大臣辞职，这标志着自由贸易在英国的经济政策中的重大撤退。此后，英国经济及税收政策的重点转移到既要保证英国家庭享受质优价廉的食物，又不能增加生活费用，既要保证社会改革所需要的经费又要能给予英国工业家以应得的保护等相关问题上来。

1906 年至 1907 年受到穆勒经济学说影响的财政大臣阿斯奎斯(Herbert Henry Asquith)实施以"节俭"为中心的财政措施。他降低茶叶税，取消了煤炭出口税，减轻较贫困阶层的所得税金，将劳动所得与非劳动所得加以区分，这些政策为养老金方案提供了一定的物质保证。"一战"爆发之前的几年内，受巨额利润的吸引，英国的资金主要流向对外投资，英国的对内投资和建设受到忽视。1908 年开始，英国又经

---

① ［英］克拉潘：《现代英国经济史(下卷)》，姚曾廙译，北京：商务印书馆，2009，第 41 页。

历一次为时三年的经济萧条，制造业工人失业比例达到二十年来之最，直接导致对外投资量进一步增加。到"一战"爆发前夕，英国的财政状况又陷入水深火热之中，什一税①从 77 英镑涨到 130 英镑，涨幅惊人。1911 年英国国内煤炭价格比 1900 年低 20%，食品价格却上涨 9.4%，服装布料价格上涨 12.4%，② 国内的工资涨幅远远低于物价的涨幅，使得民怨沸腾。僵持不下的劳资斗争，再加上其他社会矛盾和国外纷争，英国的经济脉搏在"一战"前已经比较虚弱了。

2. 战时经济

第一次世界大战期间，英国重新审视自己工业方面的不足，发现在钢铁、纺织、机械、电气工程等方面已经落后于德、美等国。英国成立战时联合政府，统一内政，实行经济管制以满足军需，管制从铁路、矿山、兵工厂开始，逐渐向棉纺织业扩展，战争期间工会活动暂停，政府限制雇主利润，由国家管理私营工厂。这种管制为战后英国国家所有制打下基础；在这种战时经济管制之下，工业品产量大幅增加，工人工资随着工作时间变长而增加，但商品利润增加的幅度更高，商品价格成倍增加，通货膨胀严重。政府为了解决财政危机，连续发行战时公债和储蓄券，却加剧物价上涨，致使城市中产阶级受到沉重的打击。与工业发展、产量上升的情况相反，农产品严重紧缺，食物价格疯涨，1917 年英国政府实行限价制和配给制，城市居民度日艰难。到"一战"结束时，英国共计支出战争费用 95 亿 9 千万英镑，战争损失高达 7 亿 5 千万英镑，③ 这些财富的损失，给战后英国的经济打来了毁灭性的打击。

---

① 　什一税(Tithe)是欧洲中世纪基督教会向居民征收的一种宗教捐税，税额为纳税人收获物的十分之一。什一税是西欧中世纪所有教民承受的经常的、强制性的、沉重的赋税负担。大部分西欧国家在 19 世纪时废除了什一税，英国 1936 年废除什一税，是最晚取消什一税的国家。

② 　[英]约·阿·兰·马里欧特：《现代英国 1885—1945 年》，姚曾廙译，北京：商务印书馆，1973，第 670 页。

③ 　[英]约·阿·兰·马里欧特：《现代英国 1885—1945 年》，姚曾廙译，北京：商务印书馆，1973，第 676 页。

3. 战后经济

战争时期繁荣的工业生产并未在战后维持很久。进入 20 世纪 20 年代之后,英国国内工人工资普遍下降,货币和汇率紊乱导致物价降幅更大,许多农场主、工厂主破产,失业大军人数进一步增多。20 年代英国一个奇怪的现象是英国矿工人数较 1911 年增加约 16%,同期的机械采煤技术也取得重大进步——1924 年机械采煤量占总采煤量 19%,1932 年占到 38%——而煤炭产量却大幅下降。1921 年英国贫民人数较之 1919 年增加了 90 万,失业人数也上升至 258 万。[①] 煤矿和铁路工人的大罢工不仅造成接二连三的工业停滞,更使国家经济损失严重,1921 年至 1923 年英国工业再次经历严重萧条,英国上空一片阴霾。

国际方面,"一战"之后英国的许多海外殖民地和属地纷纷独立,脱离对英国的经济依赖,英国失去了相当一部分对外投资利润。20 世纪 20 年代英国政府虽然采取一些措施加速发展经济,但是革新力度不大,经济发展相对于其他欧美国家而言,速度缓慢,英国丧失了世界领主的地位,再也没能恢复维多利亚时期的辉煌霸权。

二、社会文化语境

爱德华时期英国基本上保持了维多利亚时期的社会风格,但是有些变化也在悄然发生。在新世纪初期,呈现在我们眼前的不是一个道德水准不断提升与完善的社会,而是孕育着重大精神危机和道德危机的社会。

自由主义是顺应过去时代的需要逐渐发展起来的、建立在一种已经陈旧的政治哲学和经济制度之上的自由,他代表成功实业家的利益,尽管广大平民有选举权,但本质上并不拥有经济和社会生活的自由。他宣扬的"自由"和"权力"这类伦理学词汇已经不能解决 20 世纪英国层出不

---

① [英]约·阿·兰·马里欧特:《现代英国 1885—1945 年》,姚曾廙译,北京:商务印书馆,1973,第 709 页。

穷的经济政治问题；他根据过去的社会政治经济状况提出和宣传的一系列原则、理据，引起的情感共鸣和所切合的个人品格，都无法继续代表先进的力量，无法弥补人们精神的空白。自由主义呼唤的公平、自由并未实现，功利主义也渐渐堕落成为了利益可以牺牲一切道德的理论，知识分子呼唤的道义也显得空洞苍白。进入新时期，维多利亚时代的传统伦理道德的高台渐趋坍塌，人们对以往自由主义的社会观念和情感已发生重大变化，尽管天赋人权，人人生而平等，但人不平等的实际情况存在，英国民众采用自己独特的方式去适应这些社会变化，改变和重构他们的道德信念、伦理观念和审美意识。

(一)道德伦理意识

1. 实证主义和传统道德的崩塌

实证主义哲学(Positivism)于 19 世纪中叶诞生于法国，进入 20 世纪后，他却成为英国爱德华时代和乔治时代最兴盛的一个哲学学派，英国颇具代表性的实证主义哲学家有摩尔(George Edward Moore)、罗素(Bertrand Russell)、艾耶尔(Alfred Jules Ayer)等。实证主义重视伦理问题和政治问题，将社会问题和政治问题联系起来，以社会改革为哲学目的，并且把社会改革的重心放在伦理道德上。在他们眼里，社会是一个和谐的有机体，解决社会的种种问题最好采用改良的方式。在伦理道德方面，他们认为道德哲学家最多能以柏拉图的方式描绘一幅不同类型的生活画卷，而"哪种生活方式更好这类伦理问题应该是一个纯粹个人化的问题"[①]。1911 年英国颁布施行的《国家保险法》(*National Insurance Act*)标志着传统的国家支持会削弱人们求职、改善自身社会地位以及自力更生的动力这一思想发生重大转变。实证主义哲学不仅激发了现实主义思潮的出现，对于国家立法原则和法律审判原则也颇具影响。

爱德华时期和乔治五世时期，英国经历了种种社会动荡和第一次世

---

① 转引自吴浩：《自由与传统——二十世纪英国文化》，北京：东方出版社，1999，第 71 页。

界大战，不仅产生了大量的社会问题，更引发了深层次的伦理道德问题，尤其是信仰和家庭伦理问题。一方面，"一战"之前英国国内莫名涌动着的战争狂热气氛，英法军备竞赛和海外殖民地争夺的报道等在民众心中渲染出了一种帝国主义的心态。"一战"的爆发也并不令人们震惊，他让这个国家的民族主义沸腾，战争支配了整个国家的经济、政治和人民的生活。另一方面，随着时间的推移，英国在战场上失利，战争陷入恶性循环，英国国内民众情绪渐渐悲观。1916 年战争过半，英国民众对于战争普遍不满，举国上下为战争作出了巨大的牺牲，可是结果却让人失望不已。放眼望去，整个国家弥漫着紧张的气氛，人们祈祷战争早日结束。战争导致传统的信仰和习俗在年轻一代中迅速瓦解甚至颠覆，年轻一代在行为方面更易于随心所欲、放任自流。

　　"一战"后英国不仅政府更迭，经济困难，社会动荡，人们的心理、精神更是发生了重大变化。人们开始怀疑传统价值和理念，产生了严重的心理危机。如果说维多利亚时期人和上帝在逐渐分离，那么"一战"后人们对上帝产生了严重的质疑——在这场持续四年的邪恶战争中，上帝的身影在哪里？1918 年爱德华·格雷（Edward Grey）说他深深地感到"维多利亚时代的文明应该泯灭了"，战争造成的社会现实会让人们更愿意用暴力和武力去解决问题，但本质上战后的文明既"可鄙"，又比以往所有的文明在精神上都"不那么好战"。①

　　爱德华时期劳工运动和冲突反映出人们明确、激烈的反抗精神和意识，20 世纪二三十年代，英国的矿工之间潜意识地存在一种广为流传的信念——通过工人组织和一定的威胁，他们总能获得到所需的利益。工人们的进取心不复如前，他们认为成为"贫民"、靠救济金和失业保险生活并不是一件令人羞耻的事情。20 年代英国贸易、工业和农业的

----

① ［英］克拉潘：《现代英国经济史（下卷）》，姚曾廙译，北京：商务印书馆，2009，第 691-692 页。爱德华·格雷（Edward Grey，1862—1933）在 1905—1916 年间任英国外交大臣，他曾经评价第一次世界大战"灯光正在整个欧洲熄灭；我们有生之年将不会看到他重新点燃"。（"The lamps are going out all over Europe. We shall not see them lit again in our life-time."）

迅速衰退自然而然地加剧了人们对政府的不信任，对生活的焦虑也日益增长。整个英格兰民族在战后表现出一种筋疲力尽、心灰意懒却又火爆冲动的特质。他们对一切都不满，这种普遍的不满情绪反映出维多利亚时代传统价值观和道德理念已经遭到破坏，在英国稳定生活的华丽外表之下是一片黑暗。

2. 妇女与家庭

妇女选举权运动经过长期的斗争终于获得胜利，但这只是一种政治表现，妇女解放还应包含她们在家庭地位、社会风俗和思想意识等方面的解放。然而现实情况是，在女性的深层意识中，家庭仍然是她们生活的中心，母亲是妇女的内在本质，女性的活动依然"是私人的、内部的和家庭的"①，以男性为中心的社会基本意识并没有根本改变。

"一战"结束之后，出于对过去稳定生活的怀念，人们呼唤"天使"回归。一方面，女性积极投身于战争，使她们发现了自己的潜力，视野变得开阔，心灵也更加自由。另一方面，战争给英国带来的精神创伤使得英国人重新考量传统家庭的意义，"母亲"角色的重要性再次回归家庭。从当时的大众宣传、女性从事的职业分布和法律法规中都不难看出，20世纪二三十年代英国社会中女性最流行的形象依然是"母亲与妻子"②，当时发行量大的女性杂志在不断宣扬女性战后新政治地位的同时，也号召她们维持传统家庭中的角色。③ 不过此时"母亲"并不复制维多利亚时期的"家庭天使"的形象，而是更强调女性在家庭之外的自由能够帮助她们更好地完成母亲的职责，在孩子的成长中发挥更大更好的作用。在对家中女孩的教育方面，出于经济原因，大多数中产阶级家庭职业观念明显加强，女孩独自谋生不但不再令家族蒙羞，而且成为司

---

① 陆伟芳：《英国妇女选举权运动》，北京：中国社会科学出版社，2004，第296页。

② 王萍：《现代英国社会中的妇女形象》，南京：江苏人民出版社，2005，第179页。

③ E. Breitenbach, et al., *The Changing Politics of Gender Equality in Britain* (New York：Palgrave Macmillan，2002)，pp. 125-126.

空见惯的现象，政府的教育改革也使之成为现实。此外，人们对于离婚的看法也变得开放，提出离婚以追求理想生活的女性数量比男性更多，据统计，1910 年至 1920 年英国女性离婚成功率上升了近 3.5 倍。① 女性自我意识的觉醒和男性的理解支持使得整个社会对于男女平等的态度发生改变。总之，"一战"之后女性获得自由成为无法改变的现实，她们回归家庭只是一种心理约束。

(二) 文学思潮及审美意识形态

爱德华时期，英国文学主流基本上沿袭现实主义的传统，小说家们用写实手法记载英国社会转型时期的方方面面，从不同角度拓展了英国文学的范畴。一部分写实主义作品带有明显的民族倾向，如吉普林（Joseph Rudyard Kipling）的《吉姆》等小说宣扬带有帝国主义色彩的英雄主义；一部分具有超前意识的作家在作品中表现出对维多利亚传统的质疑，抨击维多利亚时期中产阶级的价值观；一部分作家对现实进行深刻地批判和揭露，如高尔斯华绥在《福赛特世家》三部曲中揭示了资产阶级家庭和社会生活。在战争初期，英国文学对英雄主义的歌颂以诗歌为甚，多反映战争初期英国年轻人的英雄主义情结，饱含激情地歌颂他们的爱国情怀。不过这股短暂的潮流立刻又被写实主义"冷静的观察和描写"所取代，着力表现人类面对战争和死亡时内心的怜悯、恐惧与憎恶之情。W·欧文（Wilfred Owen）的《倒霉青年之歌》（*Anthem for Doomed Youth*，1917）和西格弗赖特·萨松（Siegfried Sassoon）的《进攻》（*Counter-Attack*，1918）代表了当时典型的厌战情绪。

乔治五世时期，现代主义崛起，并占据英国文学的半壁江山。第一次世界大战彻底摧毁了早就饱受质疑的传统理性主义价值观，令知识分子和广大民众陷入道德和价值观的"虚无"之中，为以非理性哲学为基础的现代主义的诞生提供了滋生土壤。现代主义不拘泥于描写外部现实

---

① D. Souhami, *A Woman's Place*：*The Changing Picture of Women in Britain* (Harmondsworth, Middlesex, England : Penguin Books, 1986), p. 70.

世界，而着重关注人的内心世界——置身于混沌无序世界时人内心的孤独、焦虑和痛苦，象征性地表现人类的困惑和"一战"后西方世界的混乱无序状态。如果说批判现实主义在这个时期逐渐转向自然主义，那么现代主义也吸收了自然主义习惯描写病态事物和琐碎细节的特色，逐渐演变出以乔伊斯、伍尔夫为代表的"意识流"。在艺术手法上，现代主义摒弃一切传统的表现技巧，使用意识流、内心独白、象征隐喻、意向堆砌、时空交叉等表现手法，他荒诞不经，空间虚化，语言晦涩，无关理性，只关乎直觉。

（三）戏剧生态

进入 20 世纪，爱德华时期和乔治时期新的社会现实刺激新道德思想的产生，也带来了新的社会风尚、新的文学思潮和戏剧样态，其中最突出的特点就是人们普遍对维多利亚时期道德思想的怀疑和摒弃。虽然维多利亚时代最后十年间"现代"戏剧就已出现，但和英国文学的主流一样，第一次世界大战之前英国戏剧的主导倾向依然是舞台画面上的现实主义。舞台上活跃的演员们大多沿袭了班克罗夫特和欧文的写实主义表现手法，并未大胆创新。在爱德华时期，以王尔德为首的唯美主义悄无声息，英国戏剧的主流继续以社会现实问题为题材，代表人物有萧伯纳、高尔斯华绥、毛姆等，他们用理性的标准对世事作客观的评价，以展现真实的社会。1895 年诞生的电影这时已经在社会上流行开来，对戏剧造成了巨大的冲击，更推动戏剧作品表现真实的人类世界。一方面，由于英国尖锐的国际、国内民族矛盾与阶级冲突，另一方面受到科技进步以及不断涌现的各种哲学思想和文艺思潮的影响，再加上戏剧家本身家庭背景、政治立场以及美学观念的差异，英国戏剧日趋多元化与多样化。

萧伯纳于维多利亚时期开始戏剧创作，受到易卜生影响颇深，他反感唯美主义，崇奉易卜生的戏剧创作思想，作品结构布局严谨，思想深刻。"一战"前，他的剧作《人与超人》(*Man and Superman*，1903)、《皮格马力翁》(*Pygmalion*, 1913)和《圣女贞德》(*Saint Joan*, 1923)等充分体现了他将戏剧作为教育民众的工具、迫使民众重新审视自我的戏剧观念。高尔斯华绥是同时代的另一位剧作家,其剧作大多是社会问题剧,采用写实的手法,戏剧结构非常严谨,他习惯于在剧中提出问题而不明确解决方法。活跃在当时戏剧舞台上还有一支独具一格的、不同于现实主义戏剧的"白菜园派"(Kailyard School),代表人物巴利(James Matthew Barrie)的剧作大多富有奇异的幻想,夹杂着淡淡的忧伤,使观众心驰神往,代表剧《彼得·潘》(*Peter Pan*, 1904)一直到现在都深受大众喜爱。这一时期叶芝等人在爱尔兰的都柏林等地掀起了"爱尔兰戏剧运动",辛格和奥凯西等人创作了一批反映"爱尔兰精神"的剧作,不过这类戏剧在上演时引起轩然大波,引起观众强烈反感,多以失败告终。

戏剧审查官拒绝给萧伯纳等剧作家的作品发放许可直接导致英国戏剧界爆发了一场广泛的反审查运动。1904年威廉·阿彻尔(William Archer)和格兰维尔·巴克(Harley Granville-Barker)倡议仿照欧洲大陆的模式,实现真正的保留剧目轮演制,1910年查尔斯·弗罗曼(Charles Frohman)在约克公爵剧院(Duke of York's Theatre)进行的轮演制实践不被西区观众接受,以失败告终,英国观众似乎更习惯保留剧目长期演出制。

西区的剧院在"一战"前依然迎合中产阶级趣味,不同程度地对深刻反映社会政治斗争和产业斗争的剧作采取了回避态度,受观众追捧的女性角色大多是一些符合维多利亚社会规范、被父权所定义的庄重矜持、贤德温顺的女性。由于社会中下层民众无力支付观剧费用,中上层民众则以游戏的心态去看待剧作所反映的问题,因此剧院扮演着"社会奢侈品"的角色。女演员这个职业较20世纪受到更多人的尊重,更多的女性剧作家出现,女性也参与到剧院的管理事务之中。不仅如此,1908年英国还成立了女演员妇女选举权促进同盟(Actresses' Franchise League),1913年在科勒尼特剧院(The Coronet)还专门组织了一次妇女戏剧演出季。

第一次世界大战爆发后，英国西区的剧院里充斥着一股帝国主义情绪，剧院排练一些军事题材的情节剧以满足士兵和民众的审美需求。随着战争进入僵持状态，士兵和民众产生了强烈的厌战情绪，他们来到剧院希望能够忘却战争的痛苦，哪怕只是暂时性的忘却，于是轻松愉快的、逃避现实的、表现上流社会爱情生活的通俗娱乐剧大行其道。在剧场方面，舞台布景出现大革新，"固定布景"由于经济便捷成为一种时尚。在许多剧院里，几十种不同图形以不同形式组合、叠放起来以营造一种鲜明的现代性。战后，演员经理体系基本上被弃置不用，写实风格的画面也被认为相当过时。

"一战"结束后，人们对美好生活的希望化为泡影，内心失望不已，反映在戏剧中的则是一种刻意的超然与冷漠，戏剧作品中的冷漠与不动声色之下掩藏着人们内心的压抑。英国剧坛上仅有一批"老"剧作家如萧伯纳、巴利、高尔斯华绥等还在从事戏剧创作。20 世纪 20 年代中后期，英国剧坛开始呈现多种风格，戏剧主题也有了很大的拓展，涉及文学、历史、时事，但是社会问题剧数量较少；戏剧以现代风俗喜剧为主，有的还带有神秘色彩，娱乐性剧目占据大半江山。萨默塞特·毛姆创作的 10 部"佳构剧"都成功上演。同时充溢着感伤的怀旧题材的戏剧也流行起来，如诺埃尔·科沃德(Noël Coward)的《堕落的天使》(*Fallen Angels*，1925)。此时还出现了一批"另类"戏剧来挑战商业演出，艺术剧院(The Arts Theatre)、先锋剧社(Pioneers)、凤凰戏剧社(The Phoenix)等戏剧机构或上演一些没有商业价值但艺术性很高的剧作，或用全新的手法来演绎传统的经典的作品。李道增认为直到二十年代末期，英国戏剧的新传统才建立起来，新传统虽然与老传统(现实主义)不同，但"仍得益于那些受排斥的老传统"。①

---

① 李道增，傅英杰：《西方戏剧·剧场史》，北京：清华大学出版社，1999，第 376 页。

小　结

　　不同阶级、阶层的戏剧家有着不同的审美追求，也不可能有一个统一的审美标准和审美趣味。每一部作品都有作家自觉或者不自觉的思想、伦理意识渗透其中。高尔斯华绥的一生跨越维多利亚时代、爱德华时期和乔治五世三个时期，在他生命的 60 多年里，英国社会不断地在繁荣与困窘、和平与战争的曲线中上下起伏。高尔斯华绥的文学和戏剧思想、美学理念形成于维多利亚晚期，戏剧创作始于爱德华时期，终于乔治五世统治时期，因此他的剧作有着这几个时期的强烈印记，但是他的剧作也并不全是对社会现实的照搬和复刻。作为一个跨越两个世纪、三个时代的作家，高尔斯华绥在继承和发扬 19 世纪英国现实主义戏剧传统的同时，又突破传统，在题材和技巧上力求创新，在思想内容和伦理蕴含上力求给观众以反思和引导。带着对这三个时代切身的体验和深刻的感悟，他将个人的认知完整、公正地反映到他的戏剧创作中，创作这些平实不平凡的作品，其剧作中表现出来的哲学思想、人道主义精神、美学观点和写作技巧使他成为 20 世纪英国不容忽视的剧作家。

第二章 高尔斯华绥戏剧中的社会 人际伦理思想

概 述

高尔斯华绥是一位跨世纪的文坛巨匠，出生于维多利亚时代中后期，又经历了爱德华七世和乔治五世时期，与韦尔斯（Herbert George Wells）、阿诺德·贝内特（Enoch Arnold Bennett）一起，被称为爱德华时代文学"三巨头"①。他们继承维多利亚时代文学传统，在情节发展、人物塑造、细节描写等方面遵循写实主义的创作原则，以细腻的笔法反映英国社会从维多利亚时期向现代英国转变过程中的种种社会现实。高尔斯华绥的剧作不仅在舞台上广受好评，《欺诈游戏》《忠诚》《正义》《老式英国人》《逃亡》等剧作也被搬上了大银幕，成为有口皆碑的经典。

不过"爱德华三巨头"也遭到一些现代主义作家的批评，意识流作家弗吉尼亚·伍尔夫批评高尔斯华绥的作品"使我们错过，而不是得到我们所寻求的东西"，"真实……已飘然而去……不肯再被我们所提供的如此不合身的外衣所束缚"，为了达到真实而付出的努力"不仅是浪

---

① 阮炜，徐文博，曹亚军：《20 世纪英国文学史》，青岛：青岛出版社，2004，第 38 页。

费了精力，而且是把精力用错了地方"，以至于"遮蔽了思想的光芒"。① 弗吉尼亚·伍尔夫等人对他的批判使他身后受到嘲讽和贬低，20 世纪 70 年代高尔斯华绥的《福赛特世家》被拍成电视作品，才令他重新回到文学和戏剧研究者的视野。作为一名 20 世纪的英国作家，高尔斯华绥的剧作虽然已经不再辉煌，也不论伍尔夫等现代主义作家如何批评，但高尔斯华绥戏剧创作朴实的技巧，剧作展现的"美"的审美价值和"善"的伦理价值却毋庸置疑，对于文学、戏剧研究者和创作者们有着非同一般的历史价值。

今天，很少有评论对高尔斯华绥作为一名戏剧家的贡献和价值深信不疑。在大部分人看来，令高尔斯华绥声名大震的是他一系列的小说三部曲，但在 20 世纪他也是一位杰出的戏剧家，生前创作了 27 部完整剧作，大部分剧作在当时英国社会引起强烈的反响。美国学者桑福德·斯特恩里希特(Sanford Sternlicht)认为戏剧是高尔斯华绥在世时声誉的制造者，他作为小说家的巨大成功模糊了他戏剧上更大的艺术成就。② 高氏剧中人物身份多样，有律师与法官、警察与罪犯、贵族乡绅与工业大鳄、公司老板与底层劳工、家庭妇女与妓女等；他的戏剧题材涉及财产、恋爱、婚姻、家庭、妇女地位、劳工争斗、法律、战争等；从剧种看，有正剧、喜剧、悲剧、寓言剧、情节剧等。高尔斯华绥以坚定的决心呈现从生活中发现的每一个碎片，用冷静与睿智将这些碎片选择、压缩、组合成某个环境下淋漓尽致的戏剧，为观众呈现了一部当时英国的社会百态。

高尔斯华绥从 1906 年到第一次世界大战爆发前的 8 年时间里共创作了 12 部戏剧作品，这些剧作大多反映社会现实问题，聚焦劳资冲突、阶级对立、社会底层的困境、不公的审判制度、令人发疯的监狱管理、殖民战争等，也有触及婚姻、家庭生活与社会公德等问题的伦理道德

---

① ［英]弗吉尼亚·伍尔夫:《论小说与小说家》，瞿世镜译，上海：上海译文出版社，1986，第 7 页。

② Sanford Sternlicht, *John Galsworthy* (Boston：Twayne, 1987)，p. 22.

剧，彰显了自由、平等、正义等现代价值，剧中拒绝冷漠，护佑众生的人道主义精神和同情弱者的悲悯情怀令人动容。《银烟盒》中议员的妻子白夫人、议员的儿子杰克和女佣的丈夫蒋四，《欢愉》中与人同居的茉莉以及不理解她的女儿卓怡，《争斗》中不惧牺牲的工人领袖罗伯特以及主张用铁腕手段对待罢工工人的董事长安东尼，《长子》中具有新型婚恋观的勋爵长子培尔和女仆符丽德，《正义》中遭受非人折磨的罪犯菲尔德，《愚人》中被讥为"傻瓜"的画家威尔文，《逃亡者》中追求自由、幸福的有夫之妇克莱尔，《乌合之众》中的"反战英雄"、议员莫尔，《小个子》中热心助人却遭到误解的小个子，《一丝爱意》中的牧师斯特兰威等形象，都不同于以往戏剧舞台上的人物形象，具有很强的现实性和时代特征，栩栩如生、个性鲜明。从表现形式和审美形态看，这些作品中既有自然主义风格的写实戏剧，也有抒情性较强、浪漫色彩鲜明的诗剧；大多是篇幅较长的多幕剧，也有只有一场的短剧；大多是令人震撼但又与传统悲剧不太相同的悲剧；也有悲喜混杂的正剧和令人解颐的喜剧与闹剧，这说明高尔斯华绥的编剧技巧已臻娴熟。

　　"一战"前高氏的多数剧作思想与社会生活蕴涵丰富而深刻，时代性和批判性很强，具有较强的艺术感染力，凸显了一位正值盛年时期的剧作家对社会问题的忧虑与民众疾苦的关怀。当然，这个时期英国剧坛上还有许多其他现实主义剧作家，但就其作品的数量、揭露的社会问题的深度和广度、思想的深刻性和艺术感染力来说，皆远不及高尔斯华绥。

第一节　公平与正义

　　从某种意义上说，高尔斯华绥是一个有较强实践性的理想主义者，个人经历让他逐渐形成同情劳动阶层和下层人民的思想。他关注劳资关系、女性权益等社会问题，为废止戏剧审查制度、改善最低工资标准、消除城市贫民窟、推动离婚法制改革和监狱改革而奔走呼号。

　　高尔斯华绥的戏剧作品，尤其是早期作品《银烟盒》《争斗》《正义》等，大都引导人们注意到不平等的社会现实之下的种种悲惨现象。

一、反抗阶级不公

　　《银烟盒：三幕喜剧》(以下简称《银烟盒》)是高尔斯华绥创作的第一部完整的戏剧作品。当时评论界特别关注那些使用易卜生社会剧中自然主义手法而避开情节剧的作家，因此，他于1906年一面世就受到评论家的关注。弗兰克·万农(Frank Vernon)认为《银烟盒》是首批英国自然主义流派戏剧之一。①《银烟盒》《争斗》等剧的问世，使高尔斯华绥被认为是英国最重要的易卜生主义的继承人和改革派戏剧家，但事实上高尔斯华绥本人否认自己受到易卜生的影响，而且他的戏剧作品使用情节剧的手段，尽管有强烈的思想蕴含，却表现出相当的艺术节制性。

　　《银烟盒》里安排了两个不同阶级之间的矛盾，也预示了此后高氏剧作的主题和基调。通过将同一种情况放在两个不同阶层的人物身上进行比较，该剧展现了社会对不同人群执行不同评判标准的事实。议员的儿子偷拿了妓女的钱包，仆妇的丈夫偷拿了主人家的银烟盒，同样的偷窃行径却产生截然不同的结果。议员替儿子归还财物，在律师和法官的刻意帮助和隐瞒下儿子被判无罪；仆妇的丈夫也归还了银烟盒，还是被判有罪，要接受做苦工的惩罚。布莱恩·巴利(Brian Barry)认为正义的诸原则与任何特权主张，如高贵的出身、族群或者种族，都不相容，因为这些特权主张以他人无法自由地接受为基础。②

　　高尔斯华绥把《银烟盒》开场时间背景设置在复活节周的一个晚上，在这个象征着复活和重生的节日中，有人却从平凡的生活走向苦难的深渊。这部戏剧刻画了杰克和蒋四两个人物，前者是一个浪荡的公子哥

---

　　①　Frank Vernon, *The Twentieth Century Theatre*(London: Opoit, 1935), p. 35.
　　②　[英]巴利：《作为公道的正义》，曹海军，允春喜译，南京：江苏人民出版社，2008，第9页。

儿，是富裕的议员白士维的儿子，后者只是一个失业的帮工。深夜年轻的议员之子杰克醉醺醺地回到家，他手里拿着一个女式提包，提包的主人是陪他一晚的妓女。帮工蒋四替醉得不省人事的杰克开门，扶他进屋，而杰克因为没钱付给蒋四做小费，便邀他进家里喝酒作为酬谢；杰克很快睡着，也喝了不少酒的蒋四仗着几分醉意和一瞬间的冲动，决定要让这个小伙子出丑，他偷走了妓女的钱包和桌上的银烟盒。上层阶级犯罪和下层阶级犯罪的不同结局开始逐步显现。妓女前来找杰克索要钱包，杰克的父亲慷慨地给了她一大笔封口费，隐瞒下了儿子的偷窃罪行。白士维质问蒋婶，得知她生活处境艰难，出于维护自己家庭颜面的考虑，也出于一点怜悯之心，他决定不控告蒋四，但白夫人坚决不同意放蒋家一马。侦探以盗窃罪逮捕蒋四，蒋四孤立无援，和侦探发生了争执，后来在法庭上受到了法律严厉的制裁，被判处一个月的苦役。杰克和蒋四犯了相同的罪行，但是蒋四受到了惩处，只因他是穷人，杰克因为是富有的议员的儿子免受惩罚。可见，法律维护富人和上层阶级，打压穷人和下层阶级。蒋四大喊："这就是公正吗？那他呢？他也喝醉了，他也偷了钱包，就是钱让他逍遥法外。"[1]

　　相同的罪行但是遭遇迥然不同。柏拉图曾借色拉叙马霍斯之口说"正义不是别的什么东西，就是强者的利益"[2]。通过这部戏剧，高尔斯华绥呈现给我们这样一个社会——对社会的不同阶层执行不同的评判标准。这部剧真实、自然，人们难以找到任何的造作，也看不到一个刻意的恶人。议员白士维不是个十恶不赦的坏蛋，法官也不是一个坏人，但杰克和蒋四的确受到了差别对待。高尔斯华绥在与友人的信件中提到一开始白士维就被设定为一个缺乏勇气的人，"他自认为讲原则，却总是在事实面前打破原则"[3]。

---

　　[1]　出自《银烟盒》第三幕。

　　[2]　[古希腊]柏拉图：《理想国》，李飞，李景辉译，武汉：华中科技大学出版社，2012，第15页。

　　[3]　H. V. Marrots, *Life Andletters of John Galsworthy* (London：Opoit，1935)，p. 32.

戏剧一开场出现的两个人物——议员儿子杰克和仆妇丈夫蒋四标明了该剧的基调是探讨两个不同阶层之间的关系。杰克让蒋四帮忙开门并请他进客厅喝酒，这似乎是一幅温情的画面，随着银烟盒的丢失，妓女上门讨要钱袋，阶级的概念越来越清晰鲜明。高尔斯华绥在剧中借议员夫人白太太之口谈到了当时英国社会的政党之争。在第一幕第三场中，白太太贬低社会主义者和劳动党人，认为这两派人参与政治完全出于跻身上流社会的自私目的，而非真正的爱国之心；她也并不支持自由党人和保守党，因为这两个政党也出于自私的目的没有阻止社会主义者和劳动党人，因此两者没有本质区别。第二幕第二场银烟盒被找到，侦探通知开庭审理时，阶级"合谋"呼之欲出。参与合谋的成员实力庞大，有自由党员、议员、议员之子、律师和法官。儿子在外面到处借钱、乱开支票，甚至偷拿妓女的钱包，白士维十分反感儿子的放荡行径，但是这种反感并不是出于对其低劣的道德品质的厌恶，而仅仅是因为儿子令他颜面大失。起初他并不想归还妓女的钱，直到妓女威胁要将杰克告上法庭时，他才迫不得已还钱；由于儿子上庭作证势必会给家族名誉抹黑，他立刻大发慈悲，不追究蒋四偷窃银烟盒的行为以避免儿子出庭。在杰克不得不出庭时，他迅速地找到律师罗博尔，后者立刻想出挽救之法——撒谎。当蒋四在法庭上质问杰克偷拿他人钱包的行为时，法官勒令他闭嘴，还直言杰克是否有过偷窃行为与此案无关。这部戏剧让我们注意到富人能够干扰法律公正，因为掌握裁判公正权利的人——法官也受到金钱和权势的影响。正义感是人们价值体系中的最高价值，他是遵守基本正当原则时强烈且通常有效的欲望，这种道德品质是每个身处良性社会的公民都能合理地相互要求的。当正义感和其他动机发生冲突时，正义感绝对地优先。正义的概念运用到法律体系上就是法治（rule of law），他要求公共规则必须得到规范地和不偏颇地贯彻实施。如果法官或者其他拥有话语权者出于特殊利益的影响或者偏见，没有正确地应用规则或者对规则进行错误的阐释，那就是不公正。高尔斯华绥通过该剧表达正义也应对弱者开放的诉求。

在《银烟盒》中，高尔斯华绥不仅对比了社会与法律不平等地对待富人与穷人，也深刻对比了剧中所有人物社会角色与他们细致复杂的人性，反映出了他对社会中下层人群的深切同情。蒋四拿走银烟盒只是出于一时的愤懑；尽管他打老婆，但仍希望能够找到一份稳定的工作来维持家庭的开销，甚至在偷盗钱包后还想着要去国外工作。在失业、重新找工作却又处处碰壁的过程中蒋四迷惑又痛苦；阔太太雇他遛狗，狗的待遇远胜于人，令他心中深感不公。他通过酗酒排遣内心的苦闷，"一个人想要通过劳动的汗水来洗刷灵魂、保持呼吸，但是却不被允许，这就是正义，这就是自由和其他的一切！"①剧中对蒋四的细节描写和话语展现（除了他对蒋婶的打骂之外）无一不渗透着作者对他的同情。美国政治哲学家罗尔斯（John Rawls）指出，由于贫穷，一部分人不能有效地实践他们的权利，但这并不表示他们的自由有局限，只是自由的价值因人而异罢了。② 由于无法实践自己在法庭上申诉的权利，蒋四选择了反抗这一人类社会永恒的主题。加缪（Albert Camus）认为人们反抗的原因可能各不相同，但是"毫无疑问，反抗皆具有正当性"③。达摩克利斯（Damocles）只有在剑下才能跳出更好的舞蹈，在一个社会中唯有理论上的平等掩盖了事实上极大的不平等才可能出现反抗精神。人是随着生产与社会而形成的，土地所有权的不平等，生产手段的迅速变革，为生存而进行的斗争等等都创造了社会的不公平。工业革命、世界市场的争夺必然导致小业主被吞并，大工厂出现、行业垄断形成，种种的对立衍生出一系列不可避免的后果，反抗是必然的。蒋四是一个对社会不公平现象的反抗者。对于自己被判刑，他直言是因为自己没钱，是一个穷人。从最早拿走银烟盒到最后在法庭上质问杰克的喊叫，都是一个生活在社会底层的小人物对时代和社会的反抗，尽管在权利集团的"合谋"面前显得那么地渺小，但这种反抗是正义的。

　　另一部涉及阶层公平的典型剧作是家庭剧《长子》，该剧中不公平

---

　　① 出自 John Galsworthy, *The Silver Box*(Act Ⅱ, Se.Ⅰ), p.38.

　　② John Rawls, *A Theory of Justice* (Oxford: Oxford University Press, 1971), p.204.

　　③ ［法］加缪：《反抗者》，吕永真译，上海：上海译文出版社，2013，第22页。

的对象是婚姻。这部戏剧作品的空间背景从充满失业苦难的城市回归到了安宁的乡村庄园，勋爵沙驰威大言不惭地利用自己的钱、权操控弱者，贵族长子培尔被要求放弃婚约而无需顾及自己和对方的名誉。沙驰威作出这样的安排就是因为对三个人的伦理身份的认知：沙驰威本人是地位最高的一家之主，邓宁是听命于他的仆从，属于下层阶级；儿子培尔靠他生活，是贵族纨绔子弟。她从家庭的一切利害关系和婚姻的本质角度诚恳地劝说儿子放弃与符丽德的婚约。尽管勋爵、夫人和儿女们一起"共谋"劝说培尔放弃爱情，培尔却坚持履行和女仆符丽德的婚约。虽然最终这种家庭式的"合谋"最终没能像《银烟盒》中那样达到预期的目的，剧作的戏剧效果也没有《银烟盒》那么强烈，但这部作品和《银烟盒》有着相同的指向，也使观众深深地感受到了社会规则对贵族、富人的宽容和对平民、穷人的严苛。因此可能并不是剧中剧《阶级》难演，而是他一把扯破了掩盖在阶级表面的温情薄纱，让上层社会的成员们难以接受罢了。

剧中的副管家邓宁是一位反抗阶级压迫不成功的下层平民，培尔是一位有强烈反抗精神但并没有得到预期爱情的贵族子弟，最富有反抗精神的是管家司大涵和女儿符丽德。司大涵既是一名听命于人的管家又是一名心疼女儿的父亲，在他看来父亲的身份、女儿的尊严和个人的尊严更重要。符丽德的社会身份虽然是一名女仆，但她也清楚地认识到自己独立女性的身份，她的爱情不容世俗利益的玷污。尽管嫁给贵族可以过上物质丰富的安逸生活，但这样便会在鄙视中生活，失去生而为人的尊严，即便是下层平民，也要捍卫尊严。当然，司大涵和符丽德捍卫的个人价值不仅属于他们自己，在反抗的过程中由于思考了婚姻和爱情的基础与本质而超越了自己。司大涵和《银烟盒》里的蒋四一样，是一个真正意义上的反抗者。

二、维护劳工权利

《争斗》是高尔斯华绥创作的第三部戏剧，此剧打破陈规，讲述工人群体和中下层人民的苦难。20世纪初期的高尔斯华绥既不像萧伯纳那样为社会主义代言，也不简单地用"善""恶"两分法的道德框架来建构戏剧。《争斗》的特点在于尖锐地暴露了英国资产阶级社会中的劳资矛盾。这部作品超前于他的时代，使人们意识到日益紧张的劳资关系，工会作为协调方的强大作用以及没有积蓄的家庭一旦面临罢工或者失业将会遭受的痛苦；也旨在表明群体"合谋"必须有所妥协，否则就会两败俱伤，造成巨大的悲剧。

戏剧的时间背景设置在圣诞节后的寒冷冬季。参与冲突的三方势力——工人、工会和公司董事会在第一幕登台亮相。罢工已持续了接近三个月，工人们饥寒交迫，公司也遭受了巨大的经济损失。工人代表技师罗伯特和董事长安东尼各不相让，工会希望他们各自让步，其他的工人们和董事们也希望能够尽早解决问题，结束罢工，回归正常的生活。在第二幕中高尔斯华绥以细腻真实的笔触描绘了罢工工人的困苦生活，天寒地冻的时节，煤炭工人却没有煤炭或柴火取暖，有的甚至几天都没有进食。罗伯特和安东尼的强硬态度引起所有其他人的不满，而罗伯特的妻子恩妮在饥寒交迫、贫病交加中痛苦地死去。最后除罗伯特和安东尼之外所有人达成妥协，结束罢工。高尔斯华绥以娴熟的笔法，生动真实地刻画了两个立场对立的人物形象，又以自然主义手法构架情节，描绘经历饥饿与贫困的劳工及家属们的悲惨生活，他还通过讨论罢工问题的工人大会一场戏，栩栩如生地勾勒出劳工阶层面对罢工分歧时的人物群像。就描绘劳工阶级斗争的生动性来说，当时的英国没有一部作品可以与之相提并论。尽管这种斗争非常尖锐，但高尔斯华绥在这部戏里并没有让劳资双方中任何一方取得胜利，而是力图反映劳资之间争斗的复杂性以及他们双方内部的斗争，证明他们之间有相互妥协的可能性。就情感态度而言，高尔斯华绥显然是体恤劳工的，认为他们的要求是合理的，罢工具有正义性。剧中特别强调，工厂主和企业家中间也有个别仁慈的人想要改善工人低下的地位和恶劣的生活条件，大部分罢工工人并非像他们的领袖那样坚持不妥协，他们只希望工资待遇稍稍得以改善，毕竟罢工期间他们的生活更加艰难。最后由于工会的协调和劳资双方的让步，罢工和平结束，这或许是改良主义和实证主义思想的体现，但也恰恰是英国当时劳资之间斗争的真实写照，具有极大的艺术魅力。

在这部剧中我们再次看到了阶层"合谋"，原本利益冲突的双方在某种情况下有可能联合起来，以对抗或者破坏其他的力量。参与合谋的不仅有公司董事、工人、工会，还有教会。董事长安东尼的家人、同僚、职员、仆人或明确或委婉地反对他，但他坚持不提高工人待遇，最后众叛亲离。这些合谋的人是社会中的大部分人，他们只是普通人，具有典型的利己主义思想，正如安东尼的男仆弗罗斯特所说，"这就好比一个人走路快要撞到墙的时候，他一定会转身的，因为他决不会把自己的脑袋去和石头碰"①。罗伯特却不具有这种明哲保身的思想，他是技师，原本工作待遇和收入就比工人们好，生活也不像普通工人那么艰难，但为了实现提高工人待遇的最初目的，他坚持罢工，还捐出自己改造设备得到的 800 英镑的奖金接济其他工人，自己的妻子却挨饿受冻而死。如果把利己思想放到安东尼的身上，他本应见好就收，适当给工人点甜头，让他们尽快复工，因为罢工导致股票跌价，公司失去客户损失惨重，可他坚持不退让，因为他看得更长远，"对工人们退一步，以后就会退无数步，就会无法遏制他们"②。

《争斗》一直以来被认为是描写工人阶级生活最逼真精美的悲剧之一。高尔斯华绥在描绘事件时用了很多相互冲突的语言，如在等待工会领袖哈里斯的时候，工人们在雪地里冻得瑟瑟发抖，董事们在壁炉边热得流汗。阶级冲突在第二幕第二场中达到顶点，其中写到剧中人物对于罢工种种矛盾的反应(恐惧、抗议、赞成、兴奋等)，高尔斯华绥并非要让剧作的含义模糊不清，只是希望更加真实地表现人们多元化的心理和思想动态，他展现的不是历史上作为普遍现象存在的人类的苦难和剥削，而是在特殊的历史条件下发生的一场特殊且残忍的劳资争斗，并且

---

① 原文为："It's like this, if a man comes to a stone wall, 'e doesn't drive 'is 'ead against it, 'e gets over it."（第三幕）

② 原文有两处表达该意的句子，分别是"Give way to the men once and there'll be no end to it."（第一幕）和"Yield one demand, and they will make it six."（第三幕）

因其特殊性，剧作主题更有力地得以渲染。公司董事长安东尼和工人领袖罗伯特都是各自观念的殉道者，罗伯特的妻子更是争斗的牺牲品，他们虽是领导者却被各自领导的团队抛弃，最终的得益者则是那些"合谋"起来放弃或者背叛斗争的人们。

"英国的文学家们一直以具有追求正义的强烈意愿而著称……但是特别具有英国特色的是，英国人梦想的那种正义，并不是一种深藏在内心的，事先设想的观念……而是一种功利的产物。"①19 世纪的英国社会对正义的含义有多种理解，例如正义是尊重一个人的法权，冒犯法权就是不正义；如果法律或制度违背了人应有的权利就是不正义；如果每个人都得到他应得的（无论善还是恶）就是正义；正义就是信守诺言，就是持平、不偏不倚。穆勒把正义放在功利主义之下加以阐释：正义是一种行为规则，也是支持这种规则的情操，违反他的人应该受到惩罚。正义也是一种义务，就像守约、诚实、不伤害他人一样，在功利主义社会他是公共道德法典的一部分，即正义是一种权力，源自最大幸福原则，并且受社会保护。"公正行使的欲望和表达我们作为自由道德人的欲望在本质上是相同的。当一个人具有真实的信念和对正义的正确理解时，这两种欲望以相同的方式激励着他。"②罗伯特和安东尼各自的"正义"就是出于各自立场的"最大幸福原则"和欲望的自我表达。罗伯特和安东尼坚持的是各自对"正义"的信仰，罗伯特认为的"正义"是公平和公正，而工人和雇主的地位不平等，因此他为这种不平等和非正义而斗争。安东尼认为资本和劳动力之间不平等就是"正义"，他们之间的关系就像地球的南北极一样，这是天经地义、不可妥协的，正义也必须高于慈善，所以他采用铁腕来压制劳动力，以此来维持他心中的正义。

高尔斯华绥表面上关注的是工业冲突，是反抗的无产者和长期获胜的权力者在维护各自利益时的权力争夺，是权力争夺中的残酷和艰辛，

---

①　[英]乔治·勃兰兑斯：《十九世纪文学主流·第四分册·英国的自然主义》，徐式谷，江枫，张自谋译，北京：人民文学出版社，1987，第 15 页。

②　John Rawls, *A Theory of Justice* (Oxford: Oxford University Press, 1971), p. 572.

透过这些，他真正关注的是正义与慈善、权力与尊严的关系。如果说高尔斯华绥的许多其他作品是通过不足和软弱来呈现正义与公平，那么这部剧作则是通过力量来呈现同一个主题。为了各自信奉的"正义"，劳资双方的冲突环环相扣，不断斗争，通过剧中主要与次要、个人与群体"合谋"的冲突，高尔斯华绥将现代工业文明的生活形式和内在本质相联系，发掘不同类型的力量。

剧作的最后一幕极具讽刺意义，不论正义具有何种内涵，即便是好人，极端主义者也会不容于这个社会和世界，在他人的"合谋"之下失败。卡尔·波普尔(K. R. Popper)在《开放的社会及其敌人》中指出一旦争端开始，那么所有"原则上有助于结束争端的、建设性情感的激情，如尊敬、热爱，如为共同事业献身等就显得无能为力了"①。如此一来，只可能有两种解决的途径：要么调动情感、最终使用暴力；要么调动理性和公正，最后合乎情理地妥协。在高尔斯华绥看来，当时的社会需要一种均衡的"正义"，在不断发生的冲突和矛盾中，或许只有妥协和退让才能避免更剧烈的破坏，只有建立在忍让和善意之上的社会才能达到一定程度的均衡，这种处理争斗的方式与柏拉图所认为的真正的幸福只有通过正义即安于本分才能实现的观点有相通之处。从悲剧的结局来看，有时候悲剧中崇高的人道主义精神战胜了狭隘的自由，悲剧主人公可以化敌为友或化仇为亲。在高尔斯华绥的戏剧中，这并不是一种逃避和软弱的表现，安东尼和罗伯特最后在一起相视而笑，反而有种惺惺相惜的感觉。

三、罪与罚

高尔斯华绥的第一部戏剧作品《银烟盒》采用了他最熟悉的行业作为剧作的背景。他早年在牛津大学学习法律专业知识，这使他能比其他

---

① ［英］波普尔：《开放社会及其敌人》，郑一明等译，北京：中国社会科学出版社，1998，第357，360页。

剧作家更加真实和深刻地揭露司法制度的阴暗面，引导人们深入地思考法律的真正意义。《银烟盒》中的贫民蒋四偷窃被判处劳役，议员之子杰克的偷窃罪行却在合谋之下被隐匿。正如正义女神蒂克所说，法律是合理的但却并不是公平的。相反，他是报复性的和惩罚性的，他被努力地保持在一个相对平衡的状态以平息社会大众的愤怒。因此，法律并不是正义的最终标准，有可能授予某人权利的法律是坏法律，法律也可能会做正义所不容的事情。法律对杰克来说是善，而对蒋四来说却是恶，法官和律师因为议员白士维的社会地位和财富产生了偏私，这是不公正的。不偏私意义上的公正观念和自由平等观念紧密联系，蒋四在剧终时对法律不公的控诉本质上也是对自由的呼唤和渴望，同样是偷窃罪，两人应该受到相同的处罚，在惩处罪行这种不应该产生偏私的事情上给某人好处就会损害其他人的权利。杰克犯罪有人帮忙掩盖，他日后可以继续逍遥自在，做一个纨绔子弟，而蒋四则要服苦役，终日辛劳。不公正的法律和审判侵犯了蒋四的权利，他应该享有的权利被剥夺。自由党议员白士维本来主张公平公正，可当他的儿子犯罪后，他的公正观念立刻发生变化，认为法律的公正应当与社会财富和权力一样按照阶级来进行分配。单从蒋四的行动看，他偷拿钱包和银烟盒、被捕、接受法庭审判、被判劳役都合乎法律规定和正义原则，但高尔斯华绥并不仅将剧作的着力点放在杰克和蒋四是否都该接受惩罚的问题上，他还引导人们去思考惩罚的效度问题。蒋四失业已久，在重新求职的过程中他四处碰壁，遭受不少白眼，偷走白士维家的东西也是出于内心一时的愤懑，他渴望有机会能努力工作，好好生活，能够养家糊口。可是当他发现贫民不仅在日常生活中受到排挤和压迫，在犯罪后受到惩处时，贫民也遭到区别对待，他对社会的仇视必然加剧，很有可能在心不甘情不愿地服完劳役之后，彻底地变成一个"恶"人。此外，在蒋四服苦役期间，养育子女的家庭重担将会全部压在蒋婶一人身上，可以预见这家人的生活会变得更为艰难。这对社会来说并不是一件好事，或者说，刑罚让事情变得更糟糕，让生活陷入了恶性循环。那么，刑罚的意义就与其初衷背道而驰。

边沁认为快乐和痛苦是人行为的动因，犯罪和惩罚理论也应据此而建，他提出快乐和痛苦的计算法则和苦乐量表来证明快乐和痛苦的不等量，以此作为法律改革的伦理理论支持。边沁建议按照罪行的严重程度来划分罪行，而严重程度应该根据罪行对受害者和社会引起的不幸和痛苦来衡定。尽管这种衡定在法律上并不成立，但是他对法律改革和法律原则的大量论述以及参与法律改革的实践，唤起了一大批有识之士对于政治法律和社会观念改革的要求。此外，边沁主义也批判当时的刑罚制度，认为刑法的目的应当是威慑犯罪者、预防犯罪行为的发生，而不是仅仅强调对罪犯的报复。边沁认为当时英国的法律没有一套健全的量刑标准，对于罪行的分级不尽合理，以过时、残忍、代价高昂的惩罚理念为基础，对罪犯的惩罚往往过于严厉。受边沁思想的影响，高尔斯华绥也反思社会惩罚制度——如果过于严厉的惩罚并没有使人变好，反而造成更沉重的苦难，那么这种惩罚意义何在？大众应当改变对刑罚的观念，养成遵纪守法的习惯，才能形成社会真正的良性循环。以边沁提出的功利原则和功利主义理论基础，19 至 20 世纪英国进行了一系列的立法改革和司法改革，高尔斯华绥的《银烟盒》正顺应了当时法律改革的潮流。

如果说《银烟盒》是高尔斯华绥对"罪与罚"主题的初次尝试，那么他的《正义》则要在这个方面走得更远些。该剧标题直接点明剧目的主旨，并且以巨大的戏剧力量处理当时社会的热点话题。1907 年 9 月高尔斯华绥参观了英国达特摩尔监狱（Dartmoor Prison），受到极大的触动，回来后就开始为改善监狱环境而奔走。1909 年 9 月英国政府颁布了缩小单独关押人群的范围，同年，《正义》一剧也创作完成。

该剧的背景设置在一家律师事务所，为帮助自己的爱人、被丈夫虐待的女人项娜薇，事务所书记员菲尔德篡改支票，贪污了事务所 80 多英镑公款。事发后他企图栽赃已经离职的事务所职员大卫和另一位办事员柯克生，后来在人证物证面前不得不承认罪行，被警察逮捕。在法庭审判时，辩护律师和其他同事都力图证明菲尔德人品良好，是在精神失常的情况下犯罪，最终他还是被判三年监禁。两年之后，菲尔德被保释出狱，回律师事务所祈求得到一份工作，在拒绝事务所老板霍吉姆提出的与项娜薇断绝关系的条件后，被发现捏造保释担保人，面临第二次被捕，他试图挣脱警察追捕，从台阶上跌落摔死。

剧中的人物除了菲尔德和项娜薇之外基本上可以分为两类，一类可以称为"正义派"，以律师事务所老板霍吉姆和法官为代表；另一类可以称为"慈善派"，以霍吉姆之子霍华德、办事员柯克生和律师付勒枚为代表。事务所老板霍吉姆是一位严谨的律师，在发现账目问题后他思维清晰，排除疑虑，找到证据证明菲尔德是罪魁祸首。他认为菲尔德不仅犯罪手段高明，还妄图栽赃嫁祸，用心险恶，坚决不给菲尔德私了的机会；他寻求法律的公正——让坏人进监狱。在法庭上，法官听到项娜薇的陈述后，认定菲尔德和项娜薇犯有通奸罪，在菲尔德的恳求下，他未将项娜薇的名字公之于众，但强烈建议项娜薇和丈夫离婚，否则随时会被丈夫起诉。虽然菲尔德的犯罪理由在道德层面上合情合理，但是他篡改支票、贪污钱财，违背了法律，必须接受惩罚。监狱长汤森也恪尽职责——按照监狱规定每一名罪犯都必须经历单独关押时期，他不因柯克生的求情而给菲尔德以特殊照顾。亚里士多德将正义分为普遍正义和特殊正义，前者要求实行所有的德行，禁止所有的恶行，即必须服从法律。① 布雷德利（A. C. Bradley）认为，"这种秩序正义的严酷性，毫无疑问是可怕的，因为悲剧就是一个可怕的故事；然而，尽管我们害怕、怜悯，我们还是默认了，因为我们的正义感得到了满足"②。人们认可严厉的公正就是因为他满足了人们的正义感。霍吉姆、法官和监狱长都坚信法律代表的正义以及其不可违背性，坚信规则不容打破，恶行再小也不能被容忍，法律对菲尔德严厉的惩罚满足了他们心中的正义感。

霍吉姆之子霍华德是高尔斯华绥的一个剪影，与高尔斯华绥本人的经历相似，这个人物出生于一个中上阶层家庭，接受过牛津大学的高等

---

① ［古希腊］亚里士多德：《尼各马可伦理学》，廖申白译注，北京：商务印书馆，2003，第 130 页。

② ［英］安·塞·布雷德利：《莎士比亚悲剧》，张国强，朱涌协，周祖炎译，上海：上海译文出版社，1992，第 27 页。

法律教育，在家庭的安排下从事法律行业的工作。他对现代西方社会丧失信心，对这个社会中盛行的一切价值观都持批判态度。剧作一开始霍华德就坦言人犯不着和法律较劲，对事务所的法律工作消极应对。在菲尔德亲口承认罪行之后，他希望父亲能够给菲尔德一个改过自新的机会。在他看来人并不是"性本恶"的，而是可以被改造的。事务所的老书记员柯克生除了在得知菲尔德意图栽赃陷害他时沉默了一阵之外，其他时间一直尽量帮助菲尔德。他在法庭上力证菲尔德平时品行尚佳，是唯一去监狱探望菲尔德并恳请监狱长停止对菲尔德单独关押的人。在菲尔德获得保释后他又向霍吉姆说情，请他考虑提供工作给菲尔德。正义不仅仅是一种社会准则，一种个人品质，更是一种情感，一种起源于所有动物都具有的，面对自己或者自己所同情的同类受伤者而想要抵抗或者报复的情感，以及人类所特有的明哲保身的观念。① 柯克生是这部剧作中良知和正义的中心，他是践行教义的基督徒，带有老式的虔诚、友善、一丝不苟，有着毋庸置疑的正直品行。律师付勒枚在法庭上陈述菲尔德犯罪是由于一念之误，以帮助菲尔德获得同情，希望他得到法律的宽恕。这部剧作和《银烟盒》有着显著的区别，《银烟盒》重在揭示法律面前并非人人平等，启发人们思考司法惩罚的不良后果；而《正义》之中强调阶级不公的比重较少，更多地强调司法和监狱制度对人性的摧残，这部作品中其实蕴含了两种不同的正义观。

从 1833 年起，英国司法大臣布鲁厄姆（Brougham）成立了"法令整合皇家委员会"开始进行法律改革。在随后的 100 年里英国的法律条款产生了一些变更和改革，但是这些变更都是"零星的""所有这些改革都是分散的，被阉割限定在特定的区域"②。菲尔德篡改支票的行为构成了"妨害财产罪"和"伪造文书罪"。19 至 20 世纪英国的法律定义如下两种罪行："若盗窃（钞票、股单、汇票、股票等）这些物件，仅构成轻

---

① 龚群：《当代西方道义论与功利主义研究》，北京：中国人民大学出版社，2002，第 335 页。

② ［英］迈克尔·赞德：《英国法：议会立法、法条解释、先例原则及法律改革》，江辉译，北京：中国法制出版社，2014，第 775，776 页。

微盗窃罪(petty larceny)，不成重罪。"(这一条款在1916年的《盗窃法案》中有所变更)。"单纯窃盗(无其他严重情形)之处罚，不得超过五年有期徒刑……偷家畜，扒手，在船中或者码头行窃，仆人偷窃主人物件，得处以十四年有期徒刑；于出寄中行窃遗嘱文物，得处以无期徒刑。"1913《伪造文书法案》(Forgery Act)规定"凡意图欺诈，伪造文书，如遗嘱文件、文契、股票、钞票，或其他有价证券、土地等货物契券……各种文书等，构成重罪，应处十四年有期徒刑；伪造文书若未经定为重罪，即为轻罪，应处二年劳役监禁"①。根据这些法律条款，菲尔德的三年监禁应该算是从轻处罚，或者正如边沁和高尔斯华绥所认为的，是法律和惩罚太过严苛。

犯人在被审判之后会被发配到监狱服刑，那么监狱的情况又是如何呢？

书商艾利夫曾经描绘过英国监狱恶劣的环境："一大批脏兮兮的年轻妇女和一些男人以及一些戴着镣铐的重罪犯混在一起，这些女人大多数是因为放荡和妨害治安而被法官遣送到这儿的。"②监狱中卫生条件恶劣，男女囚犯被混合关押，席地而坐，身心健康状况极为糟糕，看守也十分不负责任。19世纪30年代起，英国监狱实行着隔离制度和沉默制度。前者是将罪犯单独禁闭，除了偶尔见到监狱管理人员之外，囚犯与外界完全隔离，没有任何与人交流的机会，只能自言自语。后者则要求罪犯在白天工作中保持沉默，其他任何时候都不许相互讲话，违者将受重罚。监狱中单人牢房空间狭小，长13.5英尺(约4.1米)，宽7.5英尺(约2.3米)，高9英尺(约2.7米)，有时罪犯在被流放或者派遣至其他地域之前须在囚室里被禁闭18个月，很多罪犯因此疯掉或者自杀。英国的刑罚体系一直以来奉行一种观点，即劳役式监禁是一种恰当的犯罪惩罚方式，英国的监狱会给罪犯提供"工作"，但是这些工作除了消磨时间、使人筋疲力尽之外，并没有更多的意义。进入20世纪后，

————————

① ［英］勒克斯：《英国法》，张季忻译，北京：中国政法大学出版社，2007，第160，163，164页。

② J. A. Sharp, *Judicial Punishment in England* (London：Faber and Faber, 1990)，p. 68.

英国监狱开始改革，罪犯的生活条件得到改善，"工作"的目的不仅是体罚，也使罪犯能够获得一技之长，以便释放后可以谋生。

菲尔德向柯克生哭诉自己被关禁闭，每天空想，内心极度痛苦；最后他精神崩溃，出现幻听，用头撞门。全剧的震撼之处在第三幕第三场，这场戏完全沉默，没有声音只有动作，全场观众的视觉想象空间得以充实，也是全剧中最为流畅的一场。

> 他似乎听到传来了什么声音，开始在牢房中摇着脑袋疯狂地来回踱步。复又倾听，用手抓住自己乱蓬蓬的头发，疯子似的敲击自己的头部，不安地喘气，痛苦地呻吟，胡乱地拍打牢门。①

菲尔德是一个悲剧性的人物，不过在剧中他并不仅仅是一个需要被怜悯的人，更深入地讲，他是一个令人忧伤的情节的组成元素，这个情节的目的是精神崩溃和最后的毁灭。令人怜悯的并不是菲尔德个体本身，而是社会"正义"对罪恶的惩罚所造成的对人性的巨大的扭曲和摧残。菲尔德的悲剧不是源于他人的逼迫和陷害，而是源于他自己的境遇和选择，他也是一个代表性的人物，一个受害者，对毁灭他的力量没有做出多少反抗，但也没有将苦难当作必然来接受。菲尔德的命运不是预先注定好的，他的死亡是出于懦弱或者其他功利主义的原因，既没有纠正任何道德上的不均衡，也无助于社会公正的实现，他存在的唯一希望就是坚持他自己的爱情——帮助项娜薇，不离不弃，虽然最后他们还是因死亡分开。菲尔德信守的是爱情，而非成功的规则，却将自己领上死亡的道路。

在监狱度过几个月后，菲尔德几乎丧失了个性和自我，他入狱前听命于霍吉姆，出狱后求助霍吉姆但不愿放弃项娜薇，加上自身软弱的个性，他的生命价值只能归零，只能通过死亡来反抗这个虚伪的社会，唤起人们对自由的渴求。悲剧中普通人选择死亡的本质是以此为手段来激

---

① John Galsworthy, *Plays* (Second Series) (New York: Charles Scribner's Sons, 1919), pp. 83-84.

发人们寻求超出人生经验之外的生命的意义，即"向死而生"。当合理的生存权利和尊严受到侵害时，人们对生活的合理愿望与对未来的美好憧憬不可能实现，死亡成为他们人生的最后闪光点。

　　高尔斯华绥在第三幕对监狱犯人恶劣处境的真实描写，让《正义》一剧上演后在社会上引起了强烈的反响，时任英国政府内政大臣的温斯顿·丘吉尔立刻着手对英国当时的司法制度和监狱法进行改革，并有效地改善监狱环境。数年之后该剧在美国上演也引起了极大的轰动，美国政府随后也进行了一些司法改革。有些评论因此认为《正义》就是在控诉资本主义的法律体系和监狱条件，如果对这部作品的理解仅限于此，似乎过于简单化了。当人们要追求高于存在本身的生命价值时，必然会遇到种种阻力，且目标越高，阻力就越大。那么他就要奋斗和拼搏，（肉体的或者精神的）牺牲就不可避免。菲尔德伪造收据，企图卷款带着情人和情人的孩子离开，帮助对方摆脱暴虐的丈夫。他取得金钱的方式是错误的，最后因为缺乏经济来源走上不归之路。虽然他的经历令人同情，现实生活也没有实质性改变，但他却在探究人生的意义。事实上，这部作品一方面强调监狱对人，尤其是感性的、神经质的、软弱的人性格的影响；一方面也提出了一个问题："惩罚"的价值究竟是什么？通过对自由和人生价值的否定，该剧引发人们对当下社会制度的反思，对未来社会自由平等的期待，从而使人类趋于完善。从道义的角度上来看，一个文明的社会不应以杀止杀，这种做法实际上是把自己降到了一个罪犯的水平上。犯人在监狱内面临失去朋友和家人关心的痛苦，在监狱这种充满了暴力的地方，独自面对困难和折磨，失去独立性和行动自由，他们深刻地体验到挫折和无助，内心陷入恐惧，严重丧失安全感，最终丧失自我。高尔斯华绥希望废除酷刑，加强对犯人的人权保护，实行更人道、人性化的刑罚。刑罚的威慑和报应功能应转向刑罚的改造功能。这种希望就其本质而言就是一种"人本主义"原则，每个人都应该受到同等程度善意的对待，如果实现了这一点也就实现了大多数人的最大幸福。事实上，对于人类的善来说，人类不要彼此伤害的道德原则比其他任何东西都重要。

　　在《银烟盒》《正义》《争斗》等剧中，高尔斯华绥以不同以往的视角来观察和衡量他生活的阶层，深入下层民众，意识到在这个繁荣的社会中存在着严重的不公平现象，上层阶级享有的特权地位并不合理，也渐渐意识到社会中上阶层个性中的阴暗面——自私、狭隘、虚伪、肤浅和自以为是。这些作品展示了法律系统和社会阶层分割导致的无法消除的不公，暴露出在这一体系下社会成员付出的巨大的人性代价。

"如果正义瓦解，人活在这个世界上就再无意义可言。"①罗尔斯认为，正义是那些能被外在的立法和实施的责任，或者是任何人能外在地加诸于他人的责任，例如通过赏罚加以认可的责任就是一种正义。只有当社会中的每一个人享有平等的权利和自由，且社会原则最有利于社会中的最弱势者②，工作和职位机会公平均等③时，这个社会才是一个正义的社会。高尔斯华绥的这几部作品在一定程度上反映出他的自我描绘、剖析和批评，也传达出对难以跨越的阶级鸿沟积极反抗的意识以及最终无奈认可的矛盾情绪。他希望社会是一个正义的社会，人人都享有平等的权利，能够极大地消除不公，社会的弱势群体能够得到更多的关注和保护，这样的社会和人生才是有意义和价值的。

第二节　争斗与和解

一、劳资争斗中的善

在第一次大战期间，高尔斯华绥仍然关注英国社会劳工问题和阶级问题，他预见战后英国国内将会继续生活在"一战"的阴影之下，创作

---

①　John Rawls, *Lectures on the History of Moral Philosophy* (Massachusetts: Harvard University Press, 2000), p. 158.

②　指的是那些由于天赋或能力较弱，来自低下阶层的贫困家庭，又或者由于在生活中运气较差从而成为社会中收入最少或者社会阶级最低的人。那些由于挥霍或者选择昂贵生活方式而导致贫困潦倒的人不在此列。见 John Rawls, *A Theory of Justice* (Oxford: Oxford University Press, 1971), p. 83.

③　John Rawls, *A Theory of Justice* (Oxford: Oxford University Press, 1971), p. 302. 这是罗尔斯所说的第二条原则中的第二个条件。

了以"一战"结束数年后为时间背景的《根基》一剧，自然主义风格中带有一丝荒诞的意味。高尔斯华绥将该剧定义为"一部越轨的戏剧"（an extravagant play），声明该剧思考的是"人类社会的根基"（the foundations of human society）。

"根基"①一词在剧中体现在四个方面，首先，指的是勋爵德罗蒙蒂家的"地下酒窖"，是房子的"根基"；其次，莱米劝贫民姑娘阿依达攒钱作为日后发展的"根基"；再次，指贵族财富的"根基"；最后，人们讨论的国家和社会的"根基"。高尔斯华绥运用隐喻的手法命名该剧，借"地下室"指社会底层的劳工阶级，借"房屋"指国家，借"地下室的炸弹"喻指劳工阶层的反抗，借"建造房子别忽视地下室"等喻指国家不要忽视底层人民，因为只有他们承载社会之重。此外高尔斯华绥还虚构了一场英国大革命来凸显英国工人阶层普遍高涨的不满情绪。

马克思主义认为一切社会的基础是物质生产。在资本社会，劳工阶级是物质生产的主体，因此他们是社会的基础。在"一战"期间，英国国内的工人运动并未因战争而中断或者停止，英国工党在此期间迅速发展壮大，他主张社会改良，以费边社的渐进社会主义为指导思想，很多感觉被自由主义原则抛弃的自由党人纷纷加入工党，工人阶层的力量大大增强，工人运动此起彼伏，甚至逐渐向暴力运动转变。《根基》中所有人的行为都是围绕着"反压榨劳工"的工人运动产生。对于这场贫富间的斗争，劳工阶层和资产阶级虽然立场不同，但是却有着相似的看法，正是基于对人本性的信任，剧终时双方达成了和解。

"一战"之后，物价飞涨，可是工人们的工资并没有提高，很多工人家庭挨饿受冻。工人莱米在勋爵家修地下煤气管道时发现很多藏酒，想到家中挨饿的老母，心中愤愤不平，留下疑似炸弹的物体。他认为大人物会被革命推翻，而富人与穷人都需要一个新的信仰，即"与人为善"，但善良必须出自真诚，既不是高高在上的施舍也不是病态的多愁善感，应是相互友善。勋爵同情劳工阶层，认为社会所有成员应该携手

---

① 英语单词"foundation"既有"地下室"也有"根基"之意。

恢复社会秩序，应该"与人为善"，这应该是一种不掺杂质的单纯的感情，人们不能妄图占有他人之物。莱米和勋爵有着相似的社会理想，这就奠定了他们此后和解的思想基础。勋爵在家里举办"反劳工压榨大会"，莱米和勋爵两人开诚布公、交换彼此想法，勋爵不仅没有追究莱米留下的炸弹，还提出每周向莱米的母亲提供充足的生活费用，勋爵的善意获得莱米的尊敬。当游行人群欲冲进勋爵家时，莱米站出来替勋爵解围，化解了一场危机。《争斗》中高尔斯华绥笔下劳资双方的代表人物都坚持自己阶层的立场、毫不妥协，双方都坚持自己的"理"，都让人理解他们行为的合理性。而《根基》中高尔斯华绥却从劳资双方的错误着手，达到二者的主动和解。勋爵认为自己的过错就是出生即富，贫民姑娘阿依达痛恨自己生来贫穷。莱米等劳动人民认为工人阶层有他们无法克服的劣根性，对他们平等相待或者抬高他们的地位只会造成他们物欲膨胀，养成"以血换得利益"的惯性思维，后者一旦形成便很难改变。因此，劳方和资方就像双胞胎一样，都有错误，富人不能太过软弱，不能无限制满足穷人的欲望。莱米跳出了工人阶级的范畴，理性地思考劳资双方都存在的问题，使人联想到萧伯纳的《人与超人》中的亨利·斯特拉克(Henry Straker)。从莱米这一人物形象我们可以看出高尔斯华绥已经不再单纯地思考阶级斗争和贫富差距这类社会现象和问题，而是由此深入到国家和社会层面中的"人性"问题，虽然和他"一战"前以阶级斗争为题材的作品相比，从前的那种锋芒毕露的批判性已经大大收敛，但是作品上升到一个新的高度，升华为对整个人类所受苦难的深切同情和怜悯，人道主义的思想大大加强。

德国美学家玛克斯·德索(Max Dessoir)认为真正的悲剧最终并不解决对抗①，生活中的任何时候都无法真正消除冲突和对抗，因为人对自由以及美好世界的追求永不停歇。《根基》也并非解决了劳资冲突问题，勋爵和莱米是两个阶层中的特殊个体，勋爵家免于劳工暴动是因为他是

① [德]玛克斯·德索：《美学与艺术理论》，兰金仁译，北京：中国社会科学出版社，1987，第153页。

个善良的好人，莱米也是少有的能够理性思考的工人。高尔斯华绥并未提出区分友善与否的方法，只是用莱米的话说"坏人会下地狱"。伊格尔顿认为人类个体确实无与伦比的宝贵，普通的经验也许和大量的错觉相互掺杂，但依然能够表达真理。① 正如莱米母亲所说，"最勇敢的快乐就是爱，人们的心灵让世界运转"②。如果心灵丑陋，那么运转的世界也必定充满苦痛；如果人们的心灵善良、充满爱，那么这个世界也会美好。高尔斯华绥想要表达的应该就是重建一种"与人为善"的信仰，来抵御日渐败坏的社会道德和伦理秩序。

高尔斯华绥预见到第一次世界大战并不能解决现有的任何社会问题，工人依旧贫穷，辛苦劳动所得不能填饱肚子。莱米的老母亲在昏黑的天色中赶制只有几分钱工钱的裤子，苦难的生活让她觉得死亡是一种解脱，死亡才会带来快乐。有时候人们觉得活着并没有什么实际意义，"哀莫大于心死"，可如果只有死亡才能令人内心泛起微澜，那他活着对己对人都没有丝毫的意义，决不令人羡慕。在莱米母亲这些贫民看来，战争对于生活的唯一改变就是物价飞涨，英国国内民众笼罩在战争死亡的阴影之下的生活较战前更加艰难，饥饿更甚，那么生活的意义是什么；人们向往什么样的生活；莱米认为生活就是一种疾病，他已经渐入腐烂阶段，急需医治。莱米的母亲认为城市的生活缺乏善意，怀念往昔乡村宁静美好的生活。这也是高尔斯华绥内心的一种渴望，如果说战前的《浅梦》还在乡村生活的安宁和城市生活的喧嚣之间彷徨和犹豫，战后的《根基》已经厌倦了充斥着冷漠和苦难的城市生活，向乡村生活回归。

宣扬人道主义和基督教的仁爱是高尔斯华绥多部剧作的宗旨，在《根基》中高尔斯华绥更是旗帜鲜明地反对一切暴力。他在剧中描写了劳工暴力游行给社会带来的破坏，就像狄更斯的《双城记》表现的那样，

———————

① ［英］特里·伊格尔顿：《甜蜜的暴力——悲剧的观念》，方杰，方宸译，南京：南京大学出版社，2007，第 107 页。

② 原文为："'Tes a brave pleasure, is lovin'... 'Tes the 'eart makes the world go round; 'tesn't nothin' else, in my opinion."

他认为暴力的反抗只能带来鲜血和杀戮，制造仇恨，并不能从根本上解决任何社会问题。暴力革命完全违背了基督教"容忍"和"宽恕"的精神，摧残人们的内心，毁灭灵魂，只有爱才是解决问题的良方，"爱常常要比恨更强有力"①。在一个贵族正在迅速丧失其有效地位和权力，但其意识形态特权仍被一定程度保留的社会历史转型期，高尔斯华绥认为，公正、谨慎、富有同情心、宽容仁慈比起轻率、不公正、铁石心肠和心存报复更能使人们免受伤害。

二、种族冲突中的忠诚

"一战"前欧洲各国的爱国主义就已民族化，对其他民族的人群尤其是犹太人表现出强烈的排斥性，不愿意将其接纳到自己所在的群体中来。英国面临着严重的民族问题，一个典型的例证是英国国内以民族或者民族主义为名的报刊数量大增，从 1871 年的 1 家发展到 1881 年的 13 家，1891 年的 33 家。② 狭隘民族主义由改善内政的诉求演变成右翼民族运动，政治上有明显的排外主义倾向，反犹太主义就是这种排外主义最可悲的代表。高尔斯华绥的《忠诚》被英国上层阶级认定和指责为"反犹太主义"（anti-Semitism），但是大多数的文人却毫无顾虑地支持该剧，认为这部剧作证明一个阶级团结起来保护自己、防御外者的方法是有效的。③ 但是高尔斯华绥创作本剧的意图既不是反映当时社会上的反犹太风潮，也不是说明团体保护的重要性，而是将该剧作为个体对抗某个社会团体的例子。

青年李维斯是一个被英国人认定的"圈外人"，恰巧他是一位犹太

① ［英］狄更斯：《双城记》，罗稷南译，上海：上海译文出版社，1983，第 394 页。

② ［英］霍布斯鲍姆：《民族与民族主义》，李金梅译，上海：上海人民出版社，2000，第 125 页。

③ Margery M. Morgan, "John Galsworthy," in Ian Scott-Kilvert ed., *British Writers*(Vol. 6), (New York: Charles Scribner's Sons, 1979).

人，剧中的冲突因而具有合理性和普遍性。高尔斯华绥本人总是力图保持公平、不带偏见地去看待和权衡剧中的各种力量，力求全面、完整地展示每一种力量，因此很难说该剧是"亲犹太主义"的或是"反犹太主义"的。虽然该剧在上演之后招致了犹太主义和非犹太主义极端分子的强烈愤慨，但该剧仍大获成功。《忠诚》(Loyalties) 不仅是高尔斯华绥戏剧创作以来商业上最成功的剧作，也是他最有影响的剧作之一。有一些评论给这部作品贴上"犯罪剧"(criminal play) 或"侦探剧"(detective play) 的标签，这些评论只关注作品的外在表现形式，而没有深入思考"忠诚"的真正含义；高尔斯华绥本人将该剧定位为"对社会的批评"(critic of society)，无论是政治、国家还是民族宗教问题，所有的党派或团体、友谊或婚姻家庭都涉及"忠诚"这个概念。那么忠诚是什么？哪些行为可以被称之为"忠诚"？假设某个人犯了错，或者其行为违背法律或道德，那么他的家人或者朋友是应该警示、忠告他，还是替他遮掩、成为他的同谋；如果他的错误或罪行被公之于众，那么他的家人或所在的团体是否会受到伤害。从人情上看，家人或团体和他关系越亲密，就越难相信他犯错或犯罪，越倾向于抵制对他的怀疑，就越容易替他隐瞒，家人或团体很可能会遮掩他的错误或者罪行。

犹太青年李维斯在乡绅温瑟家做客，他力图融入当地的乡绅俱乐部里，然而大家内心里都看不起他，觉得他的行为处处有悖上流社会的礼仪，就是个有钱的暴发户。李维斯在温瑟家丢了一大笔钱，其他人并不想帮他找回失窃的财物，李维斯只能报警，然而这使得温瑟等人更为恼火，觉得颜面大失。李维斯找到证据，证明另一位客人退役军官但锡是窃贼，遭到其他所有人的质疑和反对，甚至拿退出俱乐部和当地社交圈威胁他，让他不予追究。李维斯无奈妥协后加入俱乐部的申请还是被拒绝了，加上他又发现了但锡盗窃的新证据，气愤之下向所有人公开真相，但遭到了更严厉的责骂和恐吓。但锡也大骂李维斯是该死的犹太人，李维斯气愤至极，对但锡提出诉讼。在但锡承认偷窃罪行后，李维斯表示愿意撤销诉讼，也不追究钱款。作为一个"新"人，李维斯想要融入当地社交圈的想法无可厚非，他很清楚人们对待自己和但锡的态度完全不同，人们愿意同他交往是因为他的财富，因此他做出让步，希望以丢失的钱款换得加入乡绅俱乐部的机会。这一愿望破灭后，李维斯立刻决定要追查真相，维护自己和民族的尊严。在真相大白之后，他又宽恕但锡的罪行。在整个过程中，不论是起初要融进当地社交圈的努力还是后来对事情真相的探求，他都忠于自己的想法，维护自己的信仰，不惜以一人之力对抗整个团体。

退役军官但锡虽然家境一般，举止也称不上文雅，可是他社交圈的朋友们都相信他，尽力地维护他。将军卡尼吉发现但锡身上有诸多疑点，但仍和温瑟等人一起说服自己相信但锡，在他们的认知中，绅士、军官不可能实施偷窃行为。李维斯找到新证据后，乡绅俱乐部的成员们尽管议论纷纷，但都选择相信但锡是一个正人君子，替但锡名誉受损而愤愤不平；但锡的妻子梅宝发现丈夫言谈举止异常，但她选择性地忽略这些而坚信丈夫的人品高尚，且坚信妻子无论何时都应对丈夫忠诚；律师雅各布放弃代理但锡的诉讼，但愿意尽力拖延法律程序，为但锡出国避难争取时间。在铁一般的证据和事实面前，但锡的家人和朋友们还在尽一切努力保全但锡的名誉，无条件地支持他。他们对但锡无疑是忠诚的，可谓是"忠友"，但他们在忠于夫妻之情和友谊之时，却放弃了对更高层次的真理的追求。他们对但锡的信任和支持并不是出自对这个人内在品质的支持，而是由于他的绅士和军官身份。但锡真实面目暴露后，他们对但锡的支持出自对所在圈子荣誉的维护。如果但锡不是退役军官，也没有绅士身份，很可能得不到他人的支持；而李维斯如果不是犹太血统，在乡绅俱乐部的成员眼中，年轻多金的他至少不会被闭门不纳。所以，他们忠诚的是传统社会伦理规范中对于绅士和荣誉的信仰，而非具体的个人品质。但锡所在的社交圈中只有温瑟的妻子阿黛拉保持了较为清醒的头脑，她在李维斯列举但锡行窃的证据时就相信自己对于事实的判断，认为但锡很可疑，没有盲目相信他，为此招致他人的指责，即她不该为了一个犹太外族人背叛大家。这个指责道出大家心中的信仰，即使但锡有罪，也必须祖护他，因为他是"圈内人"。

退役军官但锡品德并不高尚，他没有多少收入，在看到富有的李维斯之后，见财起意，趁天气恶劣实施偷盗。在事实面前，不仅撒谎，还辱骂李维斯，伤害他的民族尊严。他想尽办法掩饰罪行，欺骗朋友们；他对妻子不忠诚，包养情妇，将偷来的钱用作情妇的分手费。当谎言无法继续掩盖他丑陋的本质之后，他失望透顶，觉得无颜苟活，举枪自杀，用子弹维护自己最后的一丝名誉。但锡并不具备忠诚这种品质，他不忠于自己身份带来的荣誉，不忠于朋友们的信任，更不忠于自己的妻子和家庭，最终只能一死了之。死亡有时候是一种对于苦难和煎熬的幸运的解脱，通过肉体殒灭这种途径避开精神和心灵的折磨，回归生命本质。有时候由于生存的种种限制条件，一个人的存在不一定就是幸福，当生存变得没有尊严和快乐可言时，活着就是一种形而上的痛苦。但锡如果要继续生存下去，就要付出他难以承受的代价，通过对生命本质的回归，他才能捍卫自己残存的一丝信仰，保留一点儿尊严，稍稍提升一下自己的精神价值。

高尔斯华绥借几名剧中女子之口谈到他对忠诚的看法，忠诚应该优于其他品质，有时会产生偏见，有时会带来相互毁灭。这部剧作通过一例犯罪行为引导人们思考正义与忠诚这两种社会美德，这在信仰缺失的"一战"后的英国社会尤为重要。与仁爱和慈善这类通过直接的趋向或本能就能立刻发挥作用的社会美德不同，正义和忠诚这类社会美德带来的利益不是某个单一行动的结果，而是从社会全体或大部分人所同意的整个体系中产生。个别正义行动的结果对个人或者公众可能有害，因为如果人完全着眼于自己每一个行动的后果，他的自爱和仁慈就会变成"他规定的行为标准"，就会"与符合正当和正义的严格规则的行为标准大不一样了"①。乡绅团体中温瑟和卡尼吉等人对但锡罪行的掩饰可能是出自他们认为的团体正义，但实际上，但锡自杀是必然，否则他们的圈子将会名誉扫地。

乡绅俱乐部中的"忠友"们原本都想做正直、诚实、善良和有责任

---

① ［英］大卫·休谟：《论道德原理·论人类理智》，周晓亮译，南京：译林出版社，2010，第125页。

感的人，但是他们根深蒂固的荣誉观、群体思想和伦理意识引发了在情节突转时的人格分裂，他们心中所向往的自我形象和现实的自我之间产生了巨大的鸿沟。在这种分裂中，每个人也相互付出，也显示出人性的闪光点，例如，律师雅各布证实了但锡偷窃和转移赃款的事实后，忠于自己的职业道德和荣誉感，决定终止代理此案。但是，他们的"忠诚"流于形式，失去本意，他们执行的正义和对但锡的忠诚就是对李维斯的不正义和对真理的不忠诚。

从古至今，人类的野心、贪婪、虚荣、自爱、友谊、慷慨、仁慈等情感不同程度地混合在一起，成为人类行动的源泉。《忠诚》一剧糅合这些人类情感，将讽刺与同情结合，展示了社会在迅速变化中的繁荣、脆弱、狭促以及零星的优雅与尊严。李维斯对群体不公正的反抗，显示了人忠于自身信仰和美德的崇高，观众对于"人"的尊严意识和对信仰忠诚的思考被唤醒。一个旧的世界只有打破他原有的准则，借助忠诚或者欺骗才能保留下来，而忠诚或者欺骗都可能与他一直认为的自身所呈现的感性和人性背离。事实上，高尔斯华绥既没有加入文学反犹太主义，也没有参与当时的英国上层阶级任何时髦的思潮或运动，这个故事最终且唯一的法则是忠于真相和正义，尽管正义的尽头很可能是一个尊严尽失的安东尼奥。

三、新旧较量中的宽容

恩格斯说过历史上"每一次新的进步都必然表现为对陈旧的、日渐衰亡的，但为习惯所尊崇的秩序的叛逆"①。维多利亚时期人们丰富的物质财富并不能掩盖英国现实生活中的阴暗和丑恶，从高尔斯华绥的戏剧作品和同时期其他剧作家的作品中，我们看到的更多的是无奈、冷酷与悲惨——剧作家不仅关注现代化大潮中新与旧的较量，而且深入人物

---

① ［德］恩格斯：《马克思恩格斯选集》（第四卷），中共中央马克思恩格斯列宁斯大林著作编译局编，北京：人民出版社，1958，第237页。

的内心世界，关注较量中人的情感世界。在高尔斯华绥的剧作中我们能看到的不仅有浓烈的情感，还有这位剧作家的冷静与理智，他通过剧作试图解决这个时代的矛盾和难题——传统和现代之间如何保持平衡，或者说传统如何应对工业化的鲸吞蚕食。

剧名"Skin Game"（欺诈游戏）①十分切合剧作主题，剧作中"skin game"一词反复出现，尔虞我诈也环环相套。吉儿和父亲、乡绅希尔谈论"寸"与"尺"的关系时，将"得寸进尺"与"得尺弃寸"定义为"skin game"。新贵霍恩到希尔家示威，坚称要赶走佃农、不惜一切代价买下穆琳小姐的庄园以扩建工厂；希尔指责他违背先前的承诺，玩弄"欺诈游戏"。霍恩觉得这个词形容得恰如其分。霍恩派人冒充公爵的法人代表拍得庄园，向希尔宣告自己就是在玩"欺诈游戏"；在艾米提出要以克洛伊的秘密交换，让霍恩退让时，吉儿认为母亲在进行一场"欺诈游戏"。克洛伊为了隐瞒自己过去以"欺诈"谋生的经历不断编织谎言。在霍恩看来，克洛伊的隐瞒就是"欺诈游戏"。希尔家利用这一点逼他让出庄园，也在进行"欺诈游戏"。剧终时希尔感叹事情完全演变成一场"欺诈游戏"。这种种欺诈围绕着"深水镇"乡绅希尔和新兴工业家霍恩两家之间的恩怨发生、发展和结束，反映了英国农村在工业化的紧逼下产生的种种变化与冲突。

高尔斯华绥的很多作品中都有乡村贵族一角，也对这类人物做了较多细致的描写。英国的贵族自孩提起就开始被传递一些贵族阶层独有的伦理价值观，如真诚地信仰上帝和对待周围的一切；谦逊而不骄傲自满；慷慨、大度，做穷人、鳏寡孤独者的保护者，广施恩泽；不戏谑和嘲笑穷人，也不与流氓和恶棍交朋友，不与地位低下和卑贱的人同桌共餐等。乡绅希尔是英国农村旧式贵族的代表，他明白只要有人的存在，争斗就不可避免，但他崇尚高尚的品质——诚实、宽容，对弱者温和，

①　在英语中 skin game 有"欺诈"之意，skin 还有"面子"之意，两个意思在剧中都多次使用。顾仲彝先生借用《诗经·鄘风·相鼠》中的"相鼠有皮，人而无仪。"将该剧翻译为《相鼠有皮》。笔者此处将 skin game 译为"欺诈游戏"。

不追求私利，不沉迷享乐，即便是在自己的家园面临侵害时，也不愿意降低格调做一些有悖绅士品格的行为。英国贵族深入骨髓的优越感在希尔身上体现无疑，然而他光明磊落的行事准则在新兴工业家的商业伎俩面前不堪一击，这也预示在新的时代秩序下，传统上层阶级无法避免的溃败。在希尔身上，这种衰败被刻画得淋漓尽致。新贵霍恩要在乡村开设工厂，他有理想、有抱负，决心打破传统贵族对工业家的不屑。他的陶瓷工厂在创造巨额财富的同时极大地破坏了当地的自然环境，乡村谱写的应该是一幅幅令人神往的田园风情画，浪漫的田园牧歌与质朴勤劳的乡民；然而修建陶瓷工厂给乡村美景以致命的破坏，挖掘陶土后，地面上留下大大小小的矿坑，工厂高耸的、黑烟不断的烟囱和带来烟尘噪音的铁路。他因金钱而冷酷无情，做事不留余地、步步紧逼，因此受到人们的鄙视与厌恶。希尔尽管因为经济原因卖掉了自家农庄的部分土地，但仍以保持乡村和庄园旧有的风貌、保护自己的佃农为己任，并为此感到自豪和骄傲。霍恩办厂不仅破坏了宁静的乡村生活，赶佃农离开住所的行为更深层次地触动了原有的乡村生活秩序，表面上看他只是违背了庄园出售协议，实际上破坏了英国长期以来乡绅保护自己领地上佃农的这种传统伦理责任。霍恩的行为严重地挫伤了希尔长期以来保持的阶级优越感、虚荣心和自尊心，他不得不采取措施来挽回即将可能失去的一切。希尔公平地参与拍卖，尽管自己资金不足，他还是冒着破产的风险参与竞拍，希望能保住庄园，使其不落入霍恩之手，不会被用来建立工厂，自家周围的环境不会被破坏。然而他的努力被霍恩的商业伎俩打败，庄园依然落入霍恩之手。为了保住自己的家园，希尔默许妻子艾米以霍恩长媳克洛伊婚前从事过欺诈职业为由要挟霍恩放弃收购庄园，但是在最终目的达到之时，他深感愧疚，因为这样的行为损害了他和家族的贵族品质。在新阶层崛起、社会工业化的冲击下，旧有的贵族只能依靠放弃原有的风范，效仿新阶层，用他们原本鄙视的行事风格方能取胜，这实际上已经暗示原有贵族、绅士伦理秩序的失败。在这场激烈的冲突中，旧秩序虽然获胜，但这只是一种暂时的、表面性的胜利。霍恩一家虽然因为失去了庄园和土地，失去了名誉而离开该地，但是以他的能力一定会在别处重新发迹，正如三年前来到"深水镇"一样。到那时，他一定实现"回来报仇"的咒誓。旧秩序存在的社会基础已然被新的资产阶级逐渐腐蚀，尽管新的阶层暂时根基不稳，假以时日，新的秩序和势力形成，仅仅依靠个人魅力或者爱情力量不可能从根本上挽回旧势力和旧秩序的颓败之势。

新势力要打破宁静的田园生活，攻占传统势力享有的自然和世界，后者则要坚守阵地，老一辈人传统观念的影响和争斗产生的家族矛盾是他们的主要动力，但这种动力也成了一股强大的破坏力。首先，他破坏友情。一开始希尔和霍恩两家尽管并不友好，但表面上能够和平相处。两家的新生力量吉儿和罗尔夫因为观念相同成为好友，可这份难得的友谊却在各自家庭对家园的攻守之战中渐行渐远，最后消亡。其次，他破坏爱情。家族矛盾争斗双方既然无法通过公平手段获得自己想要的结果，就必然会另辟蹊径，借助某些不光彩的手段，如艾米挖掘克洛伊的不光彩的婚前经历，达到守护自己家园的目的，但是这个真相却破坏了克洛伊原本幸福的婚姻，还使她失去了孩子。

希尔一家认为霍恩金钱至上，没有原则，不守社会习俗，没有信仰，对霍恩及家人嗤之以鼻。但是霍恩有着不输于希尔的强烈守护自己家庭的意愿。儿媳受到的无礼对待让他产生强烈的不满，想要报复希尔家；后来又出于对儿子小家庭幸福的考量，同意返还两个庄园，损失大笔金钱。在霍恩的心中，金钱远没有家人的尊严和幸福重要。相比之下，希尔对家人的保护反而显得不足。他承诺保护佃户们的居所，和霍恩一次交锋失败后，就无力应对。妻子艾米挺身而出，想办法（尽管方法不那么光明磊落）击败霍恩解决了问题，保全了他在佃农面前的地位和尊严，他却表示不满，觉得妻子可怕，最后甚至强调他自己才是"一家之主"，正如霍恩所言他很"虚伪"。在霍恩和希尔为代表的新旧势力的争斗中，真正的牺牲品是那些无辜的平民。剧中的佃农们先是因为希尔能力不足卖掉庄园失去了赖以生存的土地，接着又因为新势力的扩张要失去居所，他们没有自己的财产，土地和房屋都属于他人，如果没有"乡绅"所谓的"庇护"，他们将失去最后的栖身之所，他们是一群被时代奴役得筋疲力尽、即将被新世界淘汰的小人物。

《欺诈游戏》是一部通俗悲喜剧，在伦敦和纽约上演长达一年之久，虽然在情节上受到一些质疑，但却获得巨大的商业价值，是战后高尔斯华绥创作的较优秀的戏剧作品之一。该剧反映了在工业文明的快速发展下英国国内二十年代农村传统社会秩序的破坏和重建，以及由此引发且显现的种种对抗、冲突、危机。桑福德·斯特恩里希特认为该剧结构精湛，同《银烟盒》《争斗》一样，是高尔斯华绥最受欢迎的戏剧之一，比起其他剧作更能经受时间的考验；然而却缺乏确定的道德信仰和改革的热忱。① 玛杰利·摩根认为这是高尔斯华绥晚期最好的戏剧作品，他的客观和疏离在这部剧中超越了以往，发展出一个严酷而且痛苦的结论，他通过自我反省来造成绅士与淑女间的冲突，当绅士们不愿意战斗时，女士们挺身而出，结果却让她们背负罪名。② 由于该剧在"一战"后写成，一些美国评论者认为他讽喻了第一次世界大战，译者顾仲彝也认为该剧影射英国和德国之间的斗争，但是高尔斯华绥本人否认这种看法，他认为这种理解不仅误解了他对战争的反应，也减损了这部作品中复杂的情感和社会视角。大约是受英国几个世纪以来改良主义习俗的影响，高尔斯华绥一直倾向于用温和的手段来解决社会矛盾，他本人十分强调国际主义以及和解。在这部剧中高尔斯华绥再次明确个人观点——开始争斗之前一定要仔细考虑，因为争斗一旦开始，没人知道他会在何时以何种方式结束。争斗双方的初衷可能都合情合理，但争斗的结果往往会毫无意义。通常争斗的一方强调人道主义，试图以人情化解金钱带来的冷漠；另一方强调资本市场金钱、地位至上的冷酷现实。最终，一方获得表面上胜利，然而这种胜利可能和失败一样糟糕，因此尽量和平地、以人性化的方式来对待对手才是解决争端之道。

---

① Sanford Sternlicht, "Nobel Prize Laureates in Literature(Part 2)," *in Dictionary of Literary Biography* (Vol. 330) (Detroit: Gale, 2007). From Literature Resource Center.

② Margery M. Morgan, "John Galsworthy," in Ian Scott-Kilvert ed., *British Writers*(Vol. 6)(New York: Charles Scribner's Sons, 1979), p. 288.

　　《欺诈游戏》中乡绅代表的贵族阶级虽然获得胜利，企业主却宣布日后一定会卷土重来。时隔十年，高尔斯华绥创作《放逐：三幕进化喜剧》（Exiled：An Evolutionary Comedy in Three Acts）来继续新旧阶层之争这一主题，高尔斯华绥本打算以此剧总结自己的戏剧主张，却被评论界和大众所诟病，认为该剧没有焦点，缺乏力量，被"泛滥的同情所伤害"[1]。剧中呈现了 20 世纪 20 年代末英国社会的许多方面，如工人特别是煤炭工人严重失业的状况、"一战"退伍伤残军人没有得到合理妥善安置、青年一代尤其是女性之中享乐主义盛行等，检讨了战后十年间英国政府内政混乱、党争严重的问题，在担忧人民生活的同时也表达了对英国未来发展的信心。

　　剧作的关键词是"演进"，在历史的车轮不断前行的过程中，面对社会的演进，人们该如何应对？相比《欺诈游戏》中乡绅希尔为了保护自己的领地，默许使用欺诈手段来斗争和反抗的行为，《放逐》中的查尔斯爵士表现得相对软弱，"无计可施"，他没有一位应变能力强的妻子帮助，在强势的新工业家面前毫无还手之力。查尔斯是一名没落的低等男爵，他不善经营、面临破产，把继承来的庄园和矿场等全部家产卖给工业大鳄梅泽之后寄希望于通过自己的赛马获胜赢来钱财在英国继续生活，否则只能去海外谋生。随着剧情的发展，在新贵的步步紧逼之下，他一败涂地，从放弃自己的家宅和产业，到无法在国内立足，最后他的救命稻草——赛马也因受伤失去参赛机会。游乡货郎和梅泽看不起他，但朋友伊斯特同情他，煤矿工人和酒馆老板尊敬他，梅泽的女儿琼爱慕他。查尔斯在马匹受伤、希望破灭之后收到了来自琼的结婚提议。一旦同意和琼结婚，他不仅可以免于流浪海外，更可以收回失去的一切——家宅、庄园和矿场。但是查尔斯拒绝了琼的提议，因为这样做有悖于他心中的"贵族品质"——对金钱的漠视和对自由尊严的追求，尽

---

　　[1]　James Gindin, "John Galsworthy, Modern British Dramatists, 1900-1945," in Stanley Weintraub ed., *Dictionary of Literary Biograpghy* (Vol. 10) (Detroit：Gale Research, 1982).

管事业失败，他仍希望保有一个贵族应有的道德和信仰。在梅泽和工人和解之后，他再次拒绝了琼的求婚，出走海外。他的离开与其说是经济失败后的背井离乡，不如说是一种对自由的追求导致的自我放逐。他追求内心的自由，而自由与英雄主义一致，是伟大人物的苦行。一方面查尔斯排斥英国社会的巨大变革，一方面又难以摆脱对英国的热爱。他留恋祖国，骨子里有英国精神，因此即便离开，内心也满是不舍和依恋。越是被放逐，越是难以忘却，就越痛苦，追求自由和尊严的渴望就越强烈。查尔斯自身性格的弱点造成了他最后出走海外的结局，但是他的悲剧不仅是个人性格弱点所造成的，而有着更广阔的社会原因。这场他与工业大鳄之间的较量，反映了落后生产方式同先进生产方式之间的争斗，反映了旧主与新贵两个阶层，两代人之间的伦理矛盾冲突。他们之间的争斗并不是单纯的善与恶的较量，温情与冷酷的对比，而是旧与新、落后与先进之间的竞争，这就突出了该剧的社会意义与伦理意义。

对于旧力量的挣扎，剧中人物观点各异。矿洞一直是查尔斯家的产业，尽管被出售给了梅泽，当矿工们遇到困难时，他们还是习惯于寻求查尔斯家的帮助，希望世代以来他们的"庇护者"、查尔斯家最后的绅士能够帮助他们，维护他们的利益。在得知查尔斯的马匹受伤后，也不肯收回赌注，以示对他的尊敬。这些工人尽管生活贫困，仍然竭尽所能地支持查尔斯；最后梅泽表示要把赛马得到的奖金全部赠给矿工们时，他们坚定地拒绝，与梅泽握手言和。矿工们朴实、忠诚，他们为失去工作而斗争反抗，但是他们依然相信要自食其力，不愿意不劳而获，还凭借善意在一定程度上保全了自己的利益。

游乡货郎是"演进"思想的顺应者，他认为"绅士"这个词早已过时，意指绅士这类人已经被时代淘汰。英国社会中坚力量已经由原来的乡绅阶层转变为新型工业企业家，这一点在剧中显露无遗。高尔斯华绥的关注点也不再是"斗争"，而是这种社会演进的代价。《欺诈游戏》中的佃农们还能在势力尚存的乡绅庇护之下求得一席之地，《放逐》中失业的矿工反而要支持无力自保的乡绅。工业家梅泽不满意矿场的收益，他关闭矿场长达6个月，对矿场进行改造重组，此举从商业的角度来讲是合理的。但是他计划大量使用机械生产，会造成2万余名矿工失业，对于这些失业矿工，作为讲究经济效益的工业家，他不可能有乡绅的"人情味"，采取的措施也不会顾及或者保全工人的利益，工人的生存权益受到严重损害。剧中的赌注登记人明确表示社会演进的代价不应由努力工作却被机器夺走口粮的工人来承担。梅泽认为工业家只需负责创造经济效益，无需为工人提供社会保障；记者认为英国煤炭业的辉煌已经结束；而政府尚未意识到工业化带来的失业问题。矿工们别无奢求，只希望能通过劳动能够养家糊口。可是这样质朴的愿望也要被剥夺，矿工们成了社会演进的牺牲品。除了工人之外，剧中的流浪汉是社会演进的另一类牺牲品。流浪汉"一战"前是一名技师，战争中他负伤，退伍返乡之后发现妻子失踪，无家可归。由于没有得到国家的妥善安置，加之英国国内失业现象严重，伤残退伍士兵根本找不到聊以糊口的工作，他沦落成一名流浪汉！他以身体、家庭为代价为国效忠之后却无法得到社会公正对待，心中充满愤怒，因此当他看到梅泽将街上一个流浪妇女送进监狱时，顿起报复之心，却错伤查尔斯的马。当时的英国政府对如何保护社会弱者权益、维护社会正义，反应比较迟缓，政党间的相互倾轧消耗了太多精力。高尔斯华绥认为如果所有的政党和各行业的人们能够凝聚起来，英国可以变好。在顺应社会变革的历史事实同时，他也引发观众对社会演进的代价、维护社会弱势群体权益和公义等问题的思考。

《放逐》除了引发人们思考社会公义，也表现了当时社会的两种主流思想——大企业主、资产阶级赞赏工业进步带来物质的极大丰富和财富的增长；小资产阶级则担忧工业进步会带来破坏性后果。剧作在赞同社会和国家进步的同时，对难以为继的现实生活饱含忧伤。剧中的摄影师伊斯特是悲观派的代表，他热爱动物，认为"狗比人友善"，觉得现代工业文明破坏了自然的灵气，英国穷人的生活没有希望，正是出于这样的想法，他决定离开英国。剧中其他人物尽管觉得英国内政混乱，人民生活穷苦，但对生活仍抱有希望，认为只要大家都保有一种英国风范，英国就不会垮掉。高尔斯华绥在剧中表达的英国风范就是仁慈、宽容和团结。站在工业资本家的立场上，梅泽十分讨厌工人，但是当了解到流浪汉的坎坷经历和悲惨境遇时，他原谅了流浪汉打算撞伤他的参赛马匹①的意图和诬陷他的行为，并承诺将奖金全部赠给工人；工人们也因此感受到梅泽的善意，原谅了他之前的恶劣的言论和行为，与他握手言和。连游乡小贩也希望政治家们放下党派之见，共商国策。高尔斯华绥相信善意、宽容能够使人们团结在一起，治愈英格兰的痼疾。

从人性的角度来说，《放逐》的真正含义是传统的胜利。传统道德体系中的正直、善良、宽容这些人类的温情和优秀品质超越了工业化社会中盛行的功利主义和享乐主义，超越现实取得了精神上的最终胜利，这才是最伟大的。

第三节　战争与和平

从 1914 年第一次世界大战爆发之后到逝世之前，高尔斯华绥一共创作完成了戏剧作品 15 部，其中几部短剧是由他的短篇小说改编而成。这些剧作大多反映英国"一战"后的现实生活，现实性与时代性仍然是其特色，对底层群众的关怀和对上流社会的揭露批判仍然是其重要的价值取向。例如，从侧面描写第一次世界大战的《败北》，正面揭露殖民者罪恶的《森林》，表现"一战"后英国信仰缺失的《忠诚》，谴责工业新贵与旧式乡绅、佃农"斗法"的《欺诈游戏》，反映英国煤炭工人失业、"一战"中伤残军人没有得到妥善安置、战后英国内政混乱、党争严重的《放逐》，描写犯人无法忍受监狱里狗一般的生活而越狱的《逃脱》，揭露无良记者不顾新闻伦理为吸引眼球歪曲事实的《一场闹剧》等都是例证。

---

①　这匹马的名字叫作"演进"（Evolution），高尔斯华绥以该词命名马匹有暗喻之意。

一、爱国的狭隘与大义

《乌合之众》是高尔斯华绥在第一次世界大战前写的最后一部有战争背景的戏剧。"一战"开始之后生理、心理和道德上受到强烈冲击的他又接连改编和创作了《败北》(Defeat)和《太阳》(The Sun)两部反映战争影响人们心理状况的剧作。《乌合之众》以布尔战争(Boer War)为时代背景，描绘了1914年初英国国内的紧张气氛，高尔斯华绥以剧作中的一些情感元素清晰地表达他对于这种紧张气氛的反应。这部剧作在英国上演时大受欢迎，玛杰利·摩根甚至认为这部剧作如果不是在1914年3月上演可能会更加知名①，因为不久之后在英国国内侵略主义占据上风，和平主义不受欢迎，不过1920年这部剧作在美国上演时受到了热烈的欢迎和较高的评价。

高尔斯华绥一直强烈反对帝国主义以及在领土扩张主义之下进行的波尔战争，这部剧作来自高尔斯华绥早年与康拉德殖民地旅行的部分经历，也是他第一次涉及战争题材，在他前期戏剧创作中独树一帜，具有强烈的情景剧风格，尤其是其中颇具行动性的两场暴民的场景。

剧中主人公莫尔让人回忆起易卜生的《人民公敌》(An Enemy of the People，1882)以及阿瑟·米勒的《炼狱》(The Crucible，1953)。莫尔并不反对战争，只是坚持英国这样一个强国对布尔这样一个小国发动战争是不正义的，因此与其说莫尔是一个和平主义者，倒不如说他是一个正义的信奉者。莫尔本人是一名议员，岳父是一位将军，妻弟是上校军官，家中保姆的儿子也在军中效力。在这样的家庭中，他本该和其他人一样支持战争，可是情况却恰恰相反。他坚持战争双方应该水平相当，大国不应该干涉小国。战争气氛愈演愈烈，越来越多的人站到了莫尔的对立面：教区牧师认为个人理性应该退让于国家和民族情感之后；秘书

---

① Margery M. Morgan, "John Galsworhty", in Ian Scott-Kilvert ed, *Brithish Writers* (Vol. 6) (New York: Charles Scribner's Sons, 1979), p. 288.

反对他发表反战演讲；报纸编辑禁止刊发莫尔不爱国的言论；地方议会的四位议员也以绝交为威胁，要求他不再发表反战演讲；妻子和女儿再三请求他为了家庭放弃自己的想法。面对大家的指责，他坚持不随波逐流，人云亦云，坚信灵魂和信仰不能被出卖。最终暴民们冲进他家中，他丧命于童子军刀下。黑格尔认为，悲剧往往反映过去和现在的斗争，悲剧英雄则是斗争的牺牲品。莫尔就是一个群体与个体斗争的牺牲品。

《乌合之众》中的暴民行为很难用社会道德理论来解释，勒庞（Gustave Le Bon）指出当时的时代特征之一是群体的无意识行为代替了个人的有意识行为，战争和社会工业的发展破坏了人们长期以来的信仰，"当古老的社会柱石一根又一根倾倒之时，群体的势力便成为唯一无可匹敌的力量，而且他的声势还会不断壮大"①。《长子》的合谋者尚且局限在家庭范围内，《银烟盒》的合谋者属于法律范畴，《争斗》的合谋者分属劳工和有产者两个不同的阶层，而《乌合之众》的合谋者则是除莫尔以外的所有社会成员——不分阶级，不论贫富，无论老幼，无关亲疏。莫尔对正义的固守使他成了群体"合谋"之下的牺牲品，这个合谋群体的庞大使莫尔的殉道成为必然。正义除了具有法律和政治内涵之外，也是人的一种品质。② 这种品质使人向正确的选择前进，会令他处事公正，不偏不倚。在高尔斯华绥的引导下，人们接受了莫尔这种正义品质。戏剧尾声中，莫尔雕像下镌刻的话语明确表达了人们对具有正义美德之人的敬佩。

微型剧《败北》改编自高尔斯华绥的同名短篇小说，剧中人物简单，仅一名英国军官和一名德国女子。"一战"期间的某个晚上，女子与军官聊到战争，女子先说自己是俄国人，后来承认自己是德国人，但却痛恨战争和自己的国家，因为战争消灭掉了德国人的善良之心。军官不喜欢杀戮和战争，但认为自己必须履行军人的职责，他劝告女子，善良和

---

① ［法］勒庞：《引论》，《乌合之众：大众心理研究》，波洛译，北京：中国华侨出版社，2013，第29、36页。

② ［古希腊］亚里士多德：《尼各马克伦理学》，廖申白译注，北京：商务印书馆，2003，第126页。

美仍然存在。这时突然传来英军胜利、德军战败的消息，原本两人之间友好的氛围立刻被打破，军官高兴得尖叫，迅速离开；女子则撕碎军官留下的钞票，跪地哭泣，后又高唱德语爱国歌曲，与屋外街上的英国歌曲《统治不列颠》形成鲜明的对比。

战争给生活带来极大苦难，人们渴望战争早日结束。女子对战争持消极态度，她眼中全是战争的苦难——家园被毁，她背井离乡，为了生计受人侮辱。她逐渐抛弃掉对上帝与爱的信仰，她厌恶战争和战争中的人，也厌恶自己的祖国。战争以国籍来评判人的品质，让人变得残酷、冷血，带来仇恨和杀戮。女子认为人们发动战争的目的是获取财富，参战的国家都很可恶；战争也让人不珍惜生命，变得愚蠢。高尔斯华绥意在借女子之口反映战争对人们心灵的摧残，特别是摧毁了人们的信仰。女子感叹人只需为了自己活着，军官则认为除了自己，还有很多值得珍爱的事物。两人之间交谈的微妙平衡被突如其来的战争胜利的消息打破，这种失衡证明哪怕是在最绝望的情况之下，人也不会只爱自己——爱国情怀是无论如何也抛不开的。

"爱国主义"（patriotism）由拉丁语中"父亲"（pater）一词演变而来，词根"patria"意为"祖国"。在历史的长河中，爱国主义表现为对祖辈繁衍生息的土地和所建立的国家的依恋之情。在工业革命引起的人类社会从农业社会向工业社会的转变中，爱国主义囊括了更多对国家风俗和传统的热爱，对国家历史的骄傲以及为国家利益牺牲等意义。[①] 18世纪，爱国主义的内涵被一定程度的歪曲，到19世纪晚期，爱国主义随着国家权力的日益强大和民族主义思潮的日渐兴起，逐渐成为服务国家和民族的政治思想工具。一个国家向其他国家发动战争，士兵们的确在保家卫国，但却不能被认为出于爱国主义思想，因为他们过于强调祖国的特殊利益而不是全体人类的利益。女子鄙视自己的国家并非不爱国的表现，正好相反，这体现出一种浓烈的爱国情怀。事实上，她鄙视的是祖

---

① M. G. Dietz, "Patriotism: A Brief History of the Term," in lgor Primoratz ed., *Patriotism* (New York: Humanity Books, 2002), pp. 202-212.

国参战，是对国家的失望，因为战争破坏了祖国的荣誉和人们传统的伦理价值观，而珍视祖国的荣誉比捍卫他的利益更重要，更具有精神价值。如果一个国家通过兼并和吞食他国来获取或者扩张自己的利益，那么人们难免会质疑他增加民众福祉的能力和决心，如果国强而民弱，国昌而民衰，国富而民贫，那于民何益呢？当女子得知祖国战败，她并没有因为厌恶祖国和战争而流露出一丝的解脱、释然，反而陷入极度的悲伤。

军官是高尔斯华绥赋予这个黑暗的战争世界的一丝亮光，在某种程度上可以说是战争中的"圣方济各"。他本性善良，也坚信战争中也有很多善良的人，他因女子的悲伤而驻足，不因她的职业和国籍而轻视、仇视她。他同情女子的不幸遭遇，鼓励她相信生活，相信生命，战争使人们的生命短暂，更值得珍惜。他相信在战争的丑恶背后一定存在善良和美，人类不应该相互厮杀，尽管他没有杀过德国人，但他不因此显得懦弱。军官的爱国情怀十分明确，士兵们必须勇敢地履行自己的职责，如果生命只有一次，最好将其献给国家，因为勇于将个人的生死置之度外，乐于牺牲自我，奋力保家卫国是爱国主义的最高表达。① 因此在他听到祖国胜利的消息时兴奋地尖叫，但立刻意识到在德国女子面前此举欠妥，因此迅速离开。爱国主义在某些场合与整个人类利益的冲突此时表现得十分明显。

《败北》一剧从侧面展现了"一战"开始之后英国国内明显的"狭隘的爱国主义"现象。许多民众对敌对国表现出强烈的恐惧或仇恨心理，敌对国的人或物无论善恶好坏一律遭到排斥。剧中的女子一开始说自己是俄国人，后来痛诉因为自己德国人的身份，她曾经教授过的教会信众甚至孩子们都排斥她。战争使社会对人的判断标准由个人品质转向国籍。虽然一个民族通过狭隘的爱国主义团结在一起，但是不得不承认人的整体认知水平下降，失去了应有的理性。本来爱国主义是一个人对所属国家的热爱和忠诚，但是在排外思潮的影响下，变得狭隘与极端。英国在

---

① John Somerville, "Patriotism and War," *Ethics* 91(1981): 568.

第一次世界大战开始后的前两年一直处于劣势，大小战斗和战役中很少获胜，饱受饥饿和死亡威胁的英国民众渐渐地失去了战争初期的兴奋和狂热，变得消极、气馁。人们认为上帝没能拯救受苦难的人类，普遍失去对上帝的信仰，觉得世界变得丑陋和邪恶，在剧中表现为女子不再相信世界上有善良的存在。

继《乌合之众》后高尔斯华绥又一次站在人类的高度思考爱国主义、战争与人性。首先，人们应该用何种方式和态度爱国，是理性、明辨是非，还是盲目冲动、偏激地爱国；其次，国家利益和整个人类社会的利益哪一个更应该在战争中受到关注，或者说，哪一个应该被优先考虑；再次，人们应该如何面对战争带来的思想和精神上的破坏，如何修复原有的伦理，或者重塑新型价值观，这些都是高尔斯华绥试图带给我们的思索。

二、战争的阴影与光明

战争是一场悲剧，其中必定有苦难。即便无辜，参加者也得经历或接受苦难。有时苦难可以得到一定程度的补偿，受苦的原因也可以被理解，但最重要的是伦理道德得到重申或调和，《太阳》就是一部强调战后伦理道德调和的剧作。

该剧创作于 1919 年，是一部"单场"（a scene）剧。士兵杰克历经四年战争后返回家乡，准备迎娶未婚妻黛茜，但是她却爱上了另一名男子吉姆，后者也刚从战争炼狱中返回，并且冲动好斗，最后杰克望着明媚的阳光，唱着歌儿离去。在非常短小的剧作中，高尔斯华绥向我们展现了亲历战争的两名士兵不同的行为与心理。士兵杰克是"爱"的代表，象征着复活与祥和。他唱着歌出现在和黛茜约定的地点，高兴地回忆战前两人离别时约定结婚的情景，然而黛茜拒绝他的亲吻，再加上吉姆的出现，使他明白战争之后物是人非，他自嘲运气不好，遇上了"威尔士贼"。在黛茜明确地选择爱人后，他拒绝了吉姆提出的决斗提议，愿意退出，并劝黛茜不要愧疚和难过，因为战争已经带给太多人悲伤，大家应该好好享受明媚的阳光。与杰克相反，吉姆则是"恨"的代表，象征着杀戮及死亡。他曾亲眼见到上千人在几分钟内死去，也亲手杀过不少敌军士兵，战争让他性情大变，觉得任何想要的东西都得靠抢夺才能得到，无需顾忌礼义廉耻。杰克到来前他就准备拔刀相向，当杰克表示成全黛茜和他时，他的第一反应不是羞愧、感激或开心，而是质疑，他质疑杰克的自嘲、质疑杰克对黛茜的爱情、质疑杰克的仁慈，甚至因杰克拒绝决斗而愤怒。杰克走后，他认为杰克一定是疯了。

　　杰克和吉姆两个人都是战争的受害者，他们冒着生命危险参加战争，历经战争的死亡威胁，战争在他们身上留下了不同的痕迹，以不同方式夺走了他们原有的生活。吉姆受到战争的负面影响巨大，他是一个战斗英雄，但战争结束后他仍沉溺在地狱般的经历中无法自拔，人生观和价值观发生了翻天覆地的变化。战前的他应该也是一个热爱和平生活的人，战争的杀戮让他的期待落空，这种生命的落差使他内心倍感愤怒，认为暴力可以解决一切争端。他是一个悲剧人物，在道德上并不高尚且令人极为不快，战争让他丧失道德和理性，被残酷的命运掌控和击败。失去理性的吉姆无法感受人性的宽容和仁善，春日明媚的阳光无法照亮他的心灵，他的心灵重建将异常艰难。在战争炼狱中幸存下来的杰克失去了爱人，但他并没有悲伤，而是从战争经历中领悟到人生不应该再有争斗和悲伤，他更着眼于人的未来，他看到太阳，愿意去享受阳光。阳光象征着人类的光明和自由，追求自由、渴求幸福是人类信仰的一种必然。杰克是一个真正的勇士，他不仅能够在战争的阴霾前表现出无所畏惧的信心，也能够在被爱人抛弃时表现出宽恕和乐观的品质。黑格尔认为在跌宕起伏的情感经历之后，悲剧的最终归宿是平静与和谐，其中注入了"同永恒正义的和解"①之美。高尔斯华绥借助杰克的勇敢把明辨、节制、冷静、理性等崇高的情感散布给每一位观众。这位士兵和高尔斯华绥其他剧中的英雄一样都具有宏伟有力的情感，使人们的心

---

　　① ［德］布洛赫：《论黑格尔的哲学艺术》，载刘小枫主编《现代型中的审美精神——经典美学文选》，上海：学林出版社，1997，第 781 页。

灵受到震撼，而人们又不会像对待那些高不可攀的大英雄一样把这种情感当作遥不可及之物。

高尔斯华绥紧跟时代的步伐，密切关注战后社会秩序的混乱、伦理道德的解体，他通过笔下的人物，表现出一种深切的人道主义关怀。人与人之间的相互信赖和关心让人觉得温暖，不由自主地热泪盈眶，内心深处的种种仁慈和友爱被激活，引发美的体验，这正是修复和重构战后人类社会正常伦理道德秩序的良方。正如剧中杰克所唱到的：

> 在这雪白的田野上，
> 今夜我将在此游荡，
> 班卓琴弦根根奏响，
> 暗夜小鬼放声歌唱，
> 啊，世界多么明亮！①

三、殖民的罪恶与抗争

20 世纪 20 年代英国内政混乱，工人失业严重，经济危机不断，许多海外市场被美国、日本、德国占领，再加上一些国家设置了很高的关税壁垒，英国出口能力大为减弱。资本的趋利本能让英国加剧对海外殖民地的掠夺，黄金和钻石等成为掠夺的重要目标。以苏伊士运河为例，苏伊士运河股票的原始价位为 400 万英镑，四年后上涨到 900 万英镑②，仅股票一项就给英国资本家带来巨额利润。

英国的殖民行为带有明显的政治帝国主义色彩，他们占领灌木、丛林、沼泽甚至寸草不生的荒漠地带，因为这就意味着获得领土和资源，

---

① 原文为："I'll be right there tonight where the fields are snowy white; Banjos ringing, darkies singing. All the world seems bright!"

② Robin Brooke-Smith, *The Scramble for Africa: Documents and Debates* (Basingstoke, Hampshire: Macmillan Education Ltd., 1987), p. 8.

也增强了在外交中讨价还价的能力。乌尔夫(L. S. Woolf)指出，瓜分和吞并殖民地的第一步几乎都是"由商人或资本家同探险家或他们的代理人合作的结果"①。

殖民战争除了政治和经济原因之外，还出于一种更深层次的"民族、种族优越论"的心理因素。前法国总理茹·费里(Jules François Camille Ferry)曾经总结过必须进行殖民扩张的原因：

> 先生们，我们必须大声地、诚实地说出来！我们必须公开地说，事实上高等种族对低等种族拥有支配权……
>
> 我重申，优等民族拥有支配权是因为他们负有责任。他们有责任去教化劣等民族……在早期历史上，这些责任经常被误解；……但在我们的时代，我坚持认为欧洲民族将以他们的慷慨、伟大和真诚来履行这种高级文明使命。……民族国家只有他们所展示的力量和活动才彰显伟大，而不是通过散布和平之光……
>
> 散布和平之光而没有行动，没有参与世界事务，游离于欧洲联盟之外，只把结盟看作一个陷阱一种冒险，不像一个大国那样去参与到非洲或东方的扩张，请相信这就是放弃，会比在你们想象的更短的时间内，从第一流的国家之列沉沦到第三和第四流。②

殖民思想弥漫英国和整个欧洲大陆，高尔斯华绥基于英国的殖民事实和对殖民思想的批判，创作《森林》一剧，反思殖民战争，揭露殖民主义的罪恶。该剧虽抛弃了他常用的"佳构剧"式戏剧结构，但情节上仍环环相扣，不仅展现英国社会殖民状况，表现自然与文明之间、自然与人之间、人与人之间的角逐，还带有强烈的反帝国主义宣传册的性质。

---

① 转引自孙红旗：《殖民主义与非洲专论》，徐州：中国矿业大学出版社，2008，第32页。

② 转引自孙红旗：《殖民主义与非洲专论》，中国矿业大学出版社，2008，第40-41页。

　　该剧共四幕，第一幕描写伦敦金融大佬和政治家等人组织探险，第二幕和第三幕讲述探险队在非洲丛林里的经历，第四幕再次转回现代文明城市。金融大佬巴斯特普和政治家斯坦福斯、贝顿等人计划资助一支探险队去比利时属刚果殖民地。表面上这支探险队是为了"了解当地的奴隶贸易"，其实这几人别有用意，斯坦福斯等自由党人打算以此作为与比利时开战的借口。巴斯特普借此抬高南非股票价格，准备大赚一笔。他还以赞助蒸汽机船为条件，向刚果人兹波士购买殖民地消息。贝顿打算以此转移国内对其印度苦力计划的关注，以便该计划在议会通过。这是剧中出现的第一个"合谋"，在这个"合谋"中我们可以看出殖民主义的本质就是打着道德的幌子，从事以金钱为目的的肮脏勾当。为了掩饰他们的"合谋"，他们计划邀请探险作家特拉戈参与探险，要求特拉戈沿途报道见闻，向公众揭示奴隶贸易的真相。探险队里还有另一桩"合谋"，探险队长司鲁德听从队员萨迈的建议，以侦察奴隶贸易和找寻珍稀动物之名哄骗动物学家赫里克、土著侍女阿米娜和其他队员穿过丛林去抢夺钻石矿。洛克耶上校、科力、动物学家在得知真相后也相继参与到"合谋"中来，最终走向死亡。土著人中也产生了一桩"合谋"，动物学家的侍女阿米娜不愿给探险队带路，遭受司鲁德虐待，逃走后与哥哥萨枚达等土著居民合谋，赶走以侵略和占有为目的的探险队，保护自己部落的领地和居民。

　　英国诗人丁尼生对大自然"红牙血爪"的描述贯穿于整部《森林》中。在高尔斯华绥的笔下，高楼林立的英国城市就是一片辽阔的"森林"，其中蕴含着各种力量的争斗，自然世界的"丛林法则"①在这里争斗得更加激烈。文明世界里的巴斯特普毫无道德底线；秘书法莱尔一心奉承他，以谋取私利；报纸主编、圣经协会主席贝顿每天活在帝国主义的美梦里，要实现白种人夺取非洲的理想。文明世界的"斗士"司鲁德拥有巨大的探险欲望，他总是"迎难而上"，向前跨越不退缩。在他眼中，几个土著人的命根本不算什么，重要的是占有钻石矿，这意味着可以扩

---

　　① 原文为："Your own— tooth and claw— my boy, forest law."

106

大英帝国的版图并给国旗上再增添一枚星。"斗士"科力认为帝国需要那些敢于用自己的身躯去挑战不可能的勇士。洛克耶上校出于帝国军人的荣誉感加入战斗；动物学家赫里克表面上尊重生命，然而在他的心里，阿米娜远不如他的一条狗重要，在阿米娜被司鲁德虐打时，他也只是忙着给青蛙标本贴标签。整个探险队里只有弗兰克是文明世界里正义和理性的代表。在他心中，以土著人为盾抵御食人族与奴隶主压榨鞭打奴隶别无二致，都是对生命的藐视，为荣誉而战要比为金钱和领地而战好上十倍。

在文明社会中，人类的信仰、尊严和荣誉感被金钱吞噬殆尽，而这些在貌似落后愚昧的原始部族里却被完好地保留着。土著女子阿米娜是全剧出现的唯一女性，也是高尔斯华绥创作的女性人物中极具特色的一位。她爱上了来自文明社会的动物学家，是一个女版的"泰山"；她在任何时候都保有自己的美德，为自己的诚实而骄傲，竭力保护自己的爱人，忠于自己的部落。赫里克骂她无耻、诡计多端，但这两个词语用在探险队这帮占领别人领土的帝国主义分子身上更为恰当。在土著看来，白人无耻至极，他们嘴里说着效忠上帝，解放奴隶，却尽可能地夺走非洲一切财富——领土、象牙和奴隶。在《森林》中世界的一切都颠倒了，原始社会的人忠于誓言、诚实，具备了相当的美德，是真正意义上的"文明人"；工业文明社会中的人狡诈、欺骗、邪恶，失去了美德，是真正未开化的"原始人"。一如《格列佛游记·慧骃国》中的低等生物——"耶胡"（Yahoo），他们外形似人，丑陋，好吃懒做，贪得无厌，常为一种发亮的石头大打出手，不惜发动大规模的"战争"。最终来自文明世界的探险队被森林吞噬，文明世界的资本家却获得巨大经济利益。在巴斯特普的操控下，他拥有的股票价格大涨，进项丰厚。在探险队成员司鲁德、洛克耶上校和科力身上我们看到了那个时代非常典型的"爱国主义"和"民族主义"思想。19世纪末期开始，在英国的中下阶层中，爱国主义和民族主义的内涵就已经转向种族沙文主义、帝国主义及右翼的排外思想。他们在"一战"后并没有得到缓和，中下层民众将英国国内内政混乱、经济崩溃带来的不满情绪转嫁到海外，转嫁到别的民族头上，他们也成为高层政客和资本家利益驱动下的牺牲品，换来的仅仅是可以忽略不计的歉疚和微薄的抚恤金。在高尔斯华绥的笔下，西方文明社会就是人们逐层厮杀的社会，站在利益金字塔顶端的资本家以他人生命为代价获取财富。

这部作品还让人们对长期以来西方世界在宗教信仰与自由主义思想的发展中建立的"人人平等"的观念产生怀疑，因为在这部作品中，我们处处看到的是文明社会的不平等。土著人的生命在文明人眼里一钱不值，他们淳朴的友谊和爱情连狗都不如，探险队甚至以土著人为盾牌抵御食人族。这根本不是"人人平等"，而是打着"人道主义干涉"的幌子进行的殖民行为，是帝国主义对全球资源进行的不公正分配。照卢梭所说，平等分为自然的和社会的两类，其中，社会的平等与利益相关，是权力的平等。① 在非洲殖民中，因为牵涉到利益，殖民地的原住民没有任何社会权利可言，连生存权都受到来自白人的威胁，他们只能借助自然的平等，借助森林来保有自己生存的权利。就人的自然属性而言，无论是土著人还是英国人都具有平等的人格，没有高低贵贱之分，但是由于社会文明程度的不同，他们被赋予了不平等的属性。

自由、平等和正义是文明社会人类的行为准则，人们以此来判断人和社会的"真、善、美"。但是，文艺复兴以来理性信仰的一系列信念如"天赋人权""人生而平等""人生而自由"等在 20 世纪工业文明社会尤其是"一战"之后难以为继。剧中医生弗兰克反复念道："上帝啊，这是一个腐朽的世界，大家只想着赚钱，你的行为之道已不复存在！"②他认识到人们为了金钱而堕落。

和《败北》《太阳》所反映的一样，人类丧失了信仰，只不过前二者是因为战争的杀戮和残酷而丧失，《森林》则是因为金钱和政治利益驱动的殖民罪恶而丧失。《森林》不仅让人们反思战争、反思人类行为和

---

① ［法］卢梭：《论人类不平等的起源和基础》，李常山译，北京：商务印书馆，1962，第 70 页。

② 原文为："It's a bad world, Master, and you have lost your way in it! Just to make money!"

美德，更让人思考信仰的意义。作为一名人道主义者，高尔斯华绥在时代的感召下，深入思考人与自然、人与人之间的关系，思考人类社会面临的重重危机，具有强烈的忧患意识。

小　结

高尔斯华绥在《福尔赛世家·骑虎》第十章中提到维多利亚女王的逝世是"一个时代的消失"——"道德变了，习尚变了，人变成猿猴的远亲……这是一个给人自由镀了金的时代"①。尽管维多利亚女王时代消失了，但是第一次世界大战之前英国社会的各个方面仍承续了维多利亚时期的道德和伦理观念，社会运动频繁，新的道德、思潮不断涌现，与旧的传统行为规范、道德、伦理秩序交锋，人们在彷徨、挣扎中前行。"一战"前，高尔斯华绥的剧作以英国国内民众的社会生活为蓝本，向人们再现当时英国社会生活的方方面面，表现出了他强烈的人道主义精神，具有鲜明的反叛精神。高尔斯华绥在"一战"中前往法国从事医疗救助工作，亲眼看见了数以万计的死亡，这段经历开启了他思想上的巨大转变。

第一次世界大战后作为战胜国的英国，其社会环境发生了巨大的变化，尤其是旧有的思想观念和社会伦理道德体系受到前所未有的质疑，人们的信仰被颠覆。这一时期的剧作不同于前一时期的剧作，虽然人物个性不如前一时期鲜明，但是剧作对哲理性、象征性的追求十分突出。这些剧作在内容上偏重于叩问人性和反思伦理道德，表现向度上向"内"用力，表现手法上引入象征手法，艺术旨趣上追求哲理性，审美形态上悲剧减少，正剧、喜剧增多。例如，描写"一战"结束后返乡的士兵杰克发现未婚妻另有所爱后唱着歌离去的《太阳》，借勋爵德罗蒙

---

① ［英］高尔斯华绥：《福尔赛世家》（第二部），周煦良译，上海：上海译文出版社，1982，第90页。

性人物整体个性鲜明、受人瞩目，也颇有特点。他们中的一部分虽然身处英国上层社会，看似温文尔雅，却心胸狭隘，遵循并竭力维持英国社会传统的爱情伦理秩序，对女性价值评价浮于表面。

在人类历史上，奴隶会被打上烙印以标明其低下的地位和所属权关系。尽管 20 世纪的英国社会，已经标榜是一个文明的社会，但已婚女性必须佩戴结婚戒指，婚戒即是一个隐形的标示其所属权和屈从地位的金属烙印。讽刺生活闹剧《烙印》讲述的是某教区新搬来的住户切林吉尔夫人从泥沼中救出小狗，法官和教区牧师两家人到她家休息，愉快的闲聊中突然落荒而逃的小故事。切林吉尔夫人奋不顾身跳入泥潭解救小狗，并将其带回家中救治，因为家中有男式衣物和修容用品，两家人默认她是已婚妇女，对她恭维不已。然而当从马车夫口中得知她和丈夫刚搬到此地，来历不明，且有些关于二人的流言蜚语时，法官和牧师立刻有所动摇和迟疑。在发现切林吉尔夫人没有佩戴结婚戒指后，他们顾不上道别，慌张离开，在法官和教区牧师两家人的心中，切林吉尔夫人和男子同住却没有佩戴结婚戒指，她立刻从"天使"被降格成为一个不道德的女人。其实切林吉尔夫人不过是在洗浴时将戒指取下，忘了佩戴而已。高尔斯华绥在剧中赋予她一个特别的姓氏——"切林吉尔"①，在由男性掌握话语权的英国伦理秩序中，一名女性即使颇具美德，若无合法丈夫，也会被社会主流视作洪水猛兽，受到孤立、排挤甚至驱逐。切林吉尔夫人的存在就是挑战种种给女性打下的烙印。剧中两位男性人物法官和牧师本来是公正和仁善的代表，但他们非但不感恩图报，反而彻底无视女子对他们的帮助，用匆忙间忘记佩戴结婚戒指这一点瑕疵就轻易否定女子助人为乐、乐善好施的优良品质。这两位上层阶级男性思想狭隘，固守社会传统爱情伦理对女性的规约，对女性抱有刻板印象，他们才是真正被打上烙印的人。

剧作《逃亡者》中作家马里斯是一个典型的英国社会中产阶级男性代表，女主人公克莱尔是马里斯的朋友，她爱慕马里斯，是自由爱情的

---

① 英文为"Challenger"，意为"挑战者"。

象征。马里斯未能准确地定位自己对于克莱尔的伦理身份——恋人还是朋友，间接导致了克莱尔的悲惨结局。马里斯对漂亮的克莱尔很有好感，他迎合克莱尔对婚姻的不满，极力鼓动她离开监狱般的家庭生活，去外面寻找更广阔的天地。当克莱尔离家三天之后处于无钱、无居所的困境时，他再次鼓动克莱尔要不惜一切代价保持自己灵魂的自由和独立，克莱尔也因此更加坚定了反抗社会、寻求自己命运的决心，拒绝了丈夫对婚姻的挽留。这些都应该是一位恋人才会做出行为。随后克莱尔又独自艰辛坚持了三个月，在这三个月内，马里斯除了言语上称赞她是一个勇敢的逃脱者之外，并没有对克莱尔的困窘的生活提供任何实际帮助。这期间马里斯的行为又让人觉得他只是一位克莱尔的普通朋友，他遵从社会传统爱情秩序，不敢也不愿主动明示自己的爱意。在克莱尔表达了对他的爱恋后，他才进入恋人的身份，收留了漂亮的克莱尔并与她同居。后来克莱尔的丈夫提出离婚诉讼，马里斯名誉扫地，收入来源减少，与克莱尔的生活入不敷出。事实上，他是克莱尔离家的直接诱因，没有他的鼓动，克莱尔很难真正坚定地踏出家门，但他在克莱尔离家期间承受的压力比起克莱尔要小得多，仅仅是工作和收入减少，就让他精神几乎崩溃，只能依赖安眠药入睡。他对自己身份认识不清，鼓动克莱尔离家，接受克莱尔的爱情，却无法承担这些行为的现实后果，甚至最后还依赖克莱尔变卖母亲遗物来支付账单。马里斯的懦弱无能和自私，让克莱尔深陷自责和绝望，只能失望地离开马里斯。马里斯不是一个敢作敢当的人，他的高谈虚论远超实际能力，他对自己认识不清，在克莱尔苦苦挣扎煎熬时不能做出合适的行为选择，他是一个纯粹的理想主义者，思想上追求自由的爱情，但在实际生活中他践行的却是传统的爱情伦理秩序，是克莱尔悲剧的幕后推手，他也因此令人不喜和鄙视。

剧作《一丝爱意》以乡村为背景，剧中男性人物较多，不同于高尔斯华绥在《烙印》等其他剧作中塑造的淳朴乡村民众形象，该剧中大部分农夫面目可憎，既粗俗又冷漠。乡村牧师斯特兰威买下农夫捕捉到的云雀，将其放飞。村民并不认同斯特兰威的仁善之心，还加以嘲讽。斯特兰威妻子常与爱人结伴外出，斯特兰威虽然苦恼这位"情敌"但也未采取措施阻拦二人，包括一些少年在内的男性村民们对此也十分不满，认为斯特兰威是个懦夫，居然无力管束妻子的出轨行为，当面讽刺他是个"俄尔普斯"①。一位村民有着与斯特兰威相似的经历，但是他采取了与斯特兰威截然不同的处理方式——杀死情敌来维护自己的"尊严"。他们鲁莽粗暴地干预斯特兰威的私生活，并以此为借口将斯特兰威驱逐出村庄，在斯特兰威向他们告别时，他们甚至欢呼不已。这些村民坚守的是当时英国乡村男性群体"男权"至上的思想，男性的主宰地位不容挑衅、质疑，女性只能依附男性。他们甚至冥顽，不但鄙视轻贱女性，更将男性个体的不同行为视为对传统的挑衅，用语言或武力将"挑衅者"排挤出他们的生活。

　　伦理秩序对人性的残害和自由的扼杀并非只在古代社会，即便是在近代西方社会也是一样。资本主义环境中，社会的发展通常以牺牲个人的全面发展为代价，个人的发展受到社会政治、经济和历史环境、社会伦理秩序的种种制约，常常在"天理"和"人欲"之间摇摆、斗争。家庭剧《长子》是一部反映不同阶层之间爱情婚恋的剧作，剧中的好几段恋爱关系均受到家中脾气暴躁、言行傲慢的男主人沙驰威勋爵的干预。

　　长子是英国家庭，尤其是贵族家庭中一个非常重要的角色，其重要性并不仅仅体现在父母子女的亲情上，更多地体现在家族继承方面。早在中世纪，欧洲大陆和英国的家庭就开始施行长男继承制，即贵族家庭只能由家中的第一个男孩继承家业，其余的男性子孙一般会从军或者承担教职，家族中的女性成员毫无继承权可言。如果家中没有男性子孙，继承权则落入家族中的旁系男性亲属之手，女性成员只能寄人篱下。长男继承的家业包括家族的贵族头衔和法律规定的"限定继承的不动产"（entail）——庄园、土地及其他不动产。家族长男继承制度在英国保持了几百年，随着时代的进步和社会的发展，家族资产"限定继承"的法律被废除，家中的女性开始有权利继承不动产部分，直到1925年，贵族头衔依然只能由家中长男或长孙继承。从19世纪末开始英国的许多

———————

　　①　希腊神话人物 Orpheus，以对妻子的痴情与爱恋著称。

大庄园逐渐缺少流动资金，而维持和修缮庄园里几百年传下来的老屋需要庞大的资金，因此贵族庄园或多或少地存在债务问题，这使得他们的优越生活难以维持。于是，许多英国贵族家庭继承人选择与国内外新兴工业巨头的女继承人联姻，以此解决家族资金短缺的问题。

在这部剧作中高尔斯华绥像《银烟盒》一样，安排双线结构，设置两桩平行的婚事作为比较。一桩是威廉·沙驰威勋爵家的二管家邓宁的婚事，另一桩是勋爵长子培尔的婚事。邓宁因为一件小事与村子里的姑娘萝丝发生了一些误会，引起一些风言风语，萝丝名誉受损。沙驰威认为要平息流言蜚语，邓宁必须跟萝丝结婚，以免连带伤害自家名誉。勋爵长子培尔爱上了家中大管家之女符丽德，两人私订终身，可是勋爵要求培尔与富家女子玛蓓结婚以维护家族名誉和贵族身份。

沙驰威对邓宁和长子的婚姻安排源自他对自身伦理身份的认知。依据英国当时的历史语境和社会秩序，他是一家之主，掌握家中经济大权，因此他高高在上，家中其他成员都是他的附庸，都必须服从他的安排。他遵循英国社会传统婚恋规范，认定恋爱婚姻必须门当户对，他的儿子只能娶嫁妆丰厚的贵族小姐，维护家族的贵族血统和社会地位；在名誉家风面前，个人的爱情根本不值一提。如果放任管家、儿子去自由恋爱，就是对社会既定爱情伦理秩序的反叛，会葬送家族名誉，就是冒天下之大不韪。二管家起初婉拒他的提议，沙驰威立刻以职位为要挟，不娶萝丝就立刻解雇邓宁。长子培尔拒绝抛弃女仆，按父亲安排结婚，沙驰威便威胁如果儿子不照做，就不帮他偿还欠下的巨额债务，并且剥夺他的继承权。邓宁和儿子若不俯首听命，不仅失去经济来源，更无法在当地社会立足。沙驰威勋爵恪守传统贵族行为规范和伦理秩序，爱情自由于他而言是一种伦理禁忌，他对阶级荣誉的看重远甚于对人性的重视，"理性"是他的行为规范，对他人的情感不屑一顾。

二管家邓宁社会地位较低，他非常清楚失去勋爵家工作后他将难以再找到一份条件相当的工作，经济收入对他的重要性远远超过一位妻子，于是他做出了选择——放弃反抗，与萝丝结婚，以不幸福的婚姻来维系这一份工作。这也说明，在他的伦理认知中妻子也仅仅是一个附庸的，帮助男性达到目的的"工具"，他本质上也是传统爱情伦理的遵行者。而萝丝在这桩婚事上的个人意愿从头至尾都没有被提起过，因为一些流言蜚语，她就要开始一段没有爱情基础的婚姻，也从另一个角度说明在当时以男性为主导的英国社会，女性的爱情自由意志往往是被忽视和损害的对象。

长子培尔和《银烟盒》中的议员之子比较相似，是一位受过良好教育，但无所事事、游手好闲的贵族子弟。他离家在外，欠下大笔债务，没有独立经济来源，负债累累便回家乞求父亲替他偿还债务。他被符丽德的美貌吸引，展开追求，两人私下订婚。长子培尔不惧父亲金钱和继承权的威胁，选择坚持自由恋爱。沙驰威随后将拆散儿子和女仆爱情的任务强加给妻子。勋爵夫人从阶层身份出发，认为不同阶级之间形成的婚姻不会幸福，爱情并不是婚姻的必要基础。她站在母亲立场，希望儿子能够有安稳富足的生活，于是从家庭利害关系和婚姻的本质角度劝说儿子放弃和符丽德结婚的打算。家里的几位小姐和次子哈利也以贵族身份反对培尔与符丽德相恋，他们选择的出发点就是贵族地位和财产。培尔坚持和符丽德在一起并向她提出私奔请求。符丽德看出培尔性格中的不成熟，也为了维护自己的女性尊严，理性地选择离开勋爵家，摆脱低人一等的社会身份。无论是作为一个社会成员还是家庭成员，培尔都无力承担两个身份应尽的责任和义务，即便在他的坚持下收获爱情，走入婚姻，恐怕也只能依赖父亲经济上给予支持，他自己无力承担、维持一个独立的婚姻。

高尔斯华绥在剧作《玻璃窗》中安排了一个和培尔有些类似的人物。富家少爷约尼整日活在自己的幻想和诗歌的世界里，时而感伤，时而反叛气十足，梦想作出些英雄行为，拯救一位美丽的姑娘，达到自己人生的圆满。他选择骑士作为自己的伦理身份，带着这样的人生幻想，他认定家里新来的女仆斐丝是他爱情的对象，他要拯救斐丝。但事实上斐丝并不是一个安于平淡生活的人，这样一来约尼的爱情行为就显得十分荒唐可笑。他对母亲恶言相向，责备母亲不相信理想、内心满怀恶意，决定带斐丝离家出走。当他打包好离家出走的行李(烟斗、巧克力、书本和手风琴），要求斐丝和他离开时却遭到拒绝，他又固执地堵在斐丝房间门口不让她离开。在与母亲谈判时，他以离家出走要挟母亲留下斐丝，可是斐丝根本不愿意承诺留下，她早已有心上人，并且约好两人一起远走高飞。作为一个纯粹的理想主义者，约尼的爱情伦理观更为古旧和可笑，他既瞧不起讲求实际的母亲，也不了解选定的爱人斐丝，对现实一无所知，对爱情亦无所感，仅凭一腔文人幻想就希望改变世界、拯救人类，结果只能是一场徒劳。斐丝的离开也证明若婚姻建立在同情、空想而非真情实感的爱情之上，即便可以改善女性的生活，也不会被新时代的女性接受。

二、女性：追求幸福爱情的艰难

《欢愉》①（Joy）创作于 1906 年，是高尔斯华绥创作的第一部婚恋题材剧作，该剧上演之后反响平平，很多评论家认为他不是一部成功的作品。James Gindin 认为该剧戏剧性欠佳，力量冲突较弱，复杂程度不高，人物情感渲染较少。② Ashley Dukes 认为高尔斯华绥并不适合创作此类题材剧作。③ 如果从当时女性对自由婚恋的需求来说，这部剧作的确不像其他一些社会主题作品那样蕴含着丰富的力量和激烈的伦理冲突，但这部看似平淡的作品却真实地反映出在追寻幸福婚姻意识觉醒的初期，女性面对家庭、亲友和爱人时内心的彷徨、挣扎与妥协。

《欢愉》中的母亲茉莉以高尔斯华绥妻子艾达为原型，作品里有两条爱情线索，分别展现的是母亲茉莉冲破英国社会传统爱情伦理秩序、追求自己爱情的努力和女儿卓怡从懵懂到情窦初开的过程。

---

① 该剧名《欢愉》与剧中少女卓怡名字的英文单词都是"Joy"。

② James Gindin, "John Galsworthy, Modern British Dramatists: 1900–1945," in Stanley Weintraub ed., *Dictionary of Literary Biography* (Vol. 10) (Detroit: Gale Research, 1982).

③ Ashley Dukes, "England: John Galsworthy, Modern Dramatists," in *Twentieth-Century Literary Criticism* (Vol. 45) (Detroit: Gale Research, 1992).

　　茉莉与丈夫结婚多年，丈夫去海外谋生，多年不归，杳无音讯，茉莉不得不担负起赚钱养家的重担，她无暇照顾女儿卓怡，将其送到退休上校、舅舅汤姆家生活。茉莉在工作中爱上了矿场投资者莫里斯，趁莫里斯去矿场考察之便将他带到舅舅家，希望能够得到女儿的赞同。

　　她的恋情也遭到女儿卓怡的激烈反对和威胁，茉莉气愤不已，责备女儿不理解她的痛苦，太自私。舅舅告诫她多为孩子考虑，不要做出有损名誉之举，她坦言舅舅对她太残忍。家中其他亲友也纷纷劝诫茉莉应该做一个合格的好母亲，不要只顾自己快乐，无视女儿的痛苦。孤立无援的茉莉坚定地表示不会因为对卓怡的愧疚，自己就会像行尸走肉一般过完后半生。面对卓怡的执意反对和亲友的道德说教，伤心之下她毅然离去。

　　茉莉非常孤独，她为女儿、为生计苦苦打拼多年，渴望能得到关爱和依靠，如果继续按照约定俗成的母亲和妻子的社会身份去生活，为名存实亡的丈夫和女儿牺牲她的爱情，她往后余生将是一片晦暗。内心的极度苦闷让她毅然决然地选择追求自己的爱情。茉莉对爱情的向往和追求，虽然是受当时英国社会利己主义思想和女性解放思想的影响，更基本的出发点是她意识到自身的伦理身份——她首先是一个人，一个独立存在的社会个体，一个女人，然后才是母亲和妻子的身份。丈夫的缺席，生活的磋磨让她在遇到爱情之后恍然大悟，女性不应该只为了家庭而活，更应该为自己而活，并且希望通过自己的幸福正面影响女儿对爱情的态度。

　　少女卓怡长期被寄养在舅爷家中，舅婆对她负管教之责。她正值豆蔻年华，反感舅婆教养的那套淑女行为规范。她爱自己的母亲，盼望母亲将自己接回伦敦家中。她初见母亲十分开心，不住地撒娇。然而当听闻母亲的恋人莫里斯也会到访时，她立刻表示强烈反对，觉得母亲会被夺走。她偷听到莫里斯的矿场经济状况不好之后，更是以公开此事为由要挟母亲离开莫里斯。她以为自己能带给母亲全部的快乐，希望母亲在她和莫里斯之间作出选择，却适得其反。

　　父亲常年离家让卓怡缺乏父爱，母亲又要承担养家重任，四处奔波，她寄住亲戚家中，舅婆拜金，家庭教师墨守成规，她只能从母亲那里得到些许爱与温暖，以此度过一段没有安全感的青春少女期。少女卓怡只有女儿这一个伦理身份，她的原生家庭造成她对母亲情感上的独占欲，她将母亲的新恋情与自己对立起来，认为母亲男友势必会削弱母亲对她的关注，减少母亲与她的相处时光。在觉得自己将要被抛弃时，她想尽办法赶走莫里斯。作为女儿，她依恋母亲却未能体察母亲生活的辛劳，未能体察母亲内心的苦闷。在舅婆和家庭教师的教导下，她接受英国传统女性家庭婚恋伦理思想，认为母亲与莫里斯的爱情不道德，谴责母亲对爱情的追求。卓怡没有恋爱过，不知爱情滋味，因此无法站在女性的伦理身份上作出选择。剧终时，高尔斯华绥安排卓怡接受了追求者狄克的爱情，在狄克的劝说和安慰下，卓怡渐渐平复心情，初尝爱情的甜蜜。

对比高尔斯华绥的第一部剧作《银烟盒》，这部作品的社会影响面相对较小，而且上演后也没有得到广泛的关注和接受，但是如果我们把这部剧作和高尔斯华绥一贯践行的生活、哲学风格联系起来，那么他反而更忠实于生活，更真实可信。19 世纪末 20 世纪初，社会的主流婚恋思想依旧奉行维多利亚时期的婚恋伦理秩序，女性被教导要服从家中男性成员，要忍耐克己，为家庭牺牲一切。茉莉是在这样的思想熏陶下成长起来的，然而她的婚姻不幸，不仅缺少丈夫的关爱，更需要独自承担抚养女儿的重担，生活中缺少交流的对象，内心孤独不堪。当内心长久的压抑与自我意识的觉醒、社会的妇女解放思潮相遇，她对自身的伦理身份认识发生转变，开始主动追求女性身份的幸福，哪怕遭到绝大部分人的反对，她也不愿意妥协、放弃。她相信追求爱情的幸福、实现人生的价值并不意味着放弃自身的道德品质，她的选择从本质上没有损害任何人的利益，所以她不愿意放弃爱情。面对女儿的责备，她虽然愤怒，但是作为一位母亲，她相信一旦女儿能够感受爱情，就会理解她。从表面上看，茉莉和卓怡没有达成谅解，但在剧末时初尝爱情滋味的卓怡已经有谅解母亲的趋向，因此，这是一部走向"和谐"的剧作。

这部剧作因为爱情导致的冲突比较强烈，剧中老、中、青三代人爱情伦理观念的龃龉、困惑、惘然、双重效果、误解、事与愿违的策略、自我毁灭以及自我隔离，都让该剧达到应有的戏剧效果。从自然的生理角度讲，女性天性温和，因此在一部以女性为主的婚恋题材的剧作中，不可能有像《银烟盒》和《争斗》那样激烈的社会阶层冲突。茉莉在追求自己幸福的过程中与自己的长辈、同辈、晚辈产生的冲突，达到了实际应有的极限；如果冲突太过激烈，反而显得用力过猛，矫揉造作。茉莉的表妹乐蒂是剧中唯一一个同情并支持茉莉的女性，她的婚姻也不是建立在爱情的基础之上，她的丈夫厄尼斯心胸狭隘、顽固蛮横、人品不佳。当厄尼斯批评、讥讽茉莉和莫里斯二人恋情时，她勇敢、坚决地维护他们，反驳丈夫。乐蒂和茉莉是剧中的中生代，她们接受老一辈传统婚恋伦理观的教育接受门当户对、缺乏爱情的婚姻，一个丈夫不知所踪，另一个丈夫言行傲慢，她们俩的婚姻都不幸福。相较于茉莉明确而坚决地反抗名存实亡的婚姻，乐蒂对婚姻的反抗显得较为委婉隐晦。她不顺从丈夫，更不盲从，而是在赞同的人和事上坚持自己的看法，大胆地站出来维护亲友的爱情和尊严，或者说，她是一个隐藏的"茉莉"，她的自由婚恋伦理意识开始觉醒。

高尔斯华绥第一部爱情婚恋题材的剧作以少女卓怡开启甜蜜的爱情而结束，这或许是高尔斯华绥本人和艾达的爱情在历经十年不被家族理解、支持之后得到完满结局的一个缩影，或许是 20 世纪初妇女解放意识迸发得还不那么炙热，以及女性依旧受传统爱情伦理观念束缚而造成两性冲突不那么激烈的反映，或许饱含了高尔斯华绥对所有那些勇于冲破束缚、追求幸福的女性们的美好祝福。

高尔斯华绥塑造了多个追求幸福爱情的女性形象。与茉莉相比，《一丝爱意》中牧师斯特兰威的妻子毕翠斯却让人感到不适，她追求爱情和幸福的方法太过不当，造成了斯特兰威内心强烈的痛苦。毕翠斯和牧师新婚不久就离家出走，与恋人公然同居，她丝毫没有爱过斯特兰威，要求斯特兰威不提出离婚，在保持婚姻关系的同时保留婚外恋关系以保全恋人名誉。毕翠斯完全可以放弃妻子的身份，选择和斯特兰威离婚。追求自己的爱情无可厚非，但她结婚前就打定主意要背叛婚姻，甚至提出过分的要求，她的自由意志主导了全部行为，完全不考虑斯特兰威的感受，她恣意的行为使得斯特兰威被本地社交圈驱逐，她对他生活造成的严重伤害没有丝毫愧疚，她对爱情的追求彻底违背社会的基本道德行为规范。

《一丝爱意》是高尔斯华绥从男性的视角来描写爱情的剧作。在高尔斯华绥的剧作中，大部分的婚姻是不幸福的，而造就不幸婚姻的原因多是婚姻双方性格不合、疏离和冷漠，他也很少如此含蓄地批评追求自由恋爱的女性。加缪认为，纯粹的自由乃是杀人的自由，无限自由的欲望意味着否定他人与扼杀怜悯。[1]人的自由本质上是别人的或是自己的不自由，他妨碍别人或自己的生活，以异己的形式作用于人类大脑，自由一旦被决定，便不可逆转，最终转化成宿命，为此人们必须付出某种代价。大家认可并接受自律的个体用自己的自由意志来抗争外在的命运，但是如果这个个体用他人的自由为代价来抗争命运，就很难被社会伦理秩序接受和认可。在观众看来，比起不知丈夫踪迹的茉莉和《逃亡者》中的克莱尔，毕翠斯完全没有道德可言，她有追求爱情的理想并以实际行动来得到爱情，但却没有承担打破世俗婚恋伦理秩序后果的勇气，让斯特兰威独自面对村民的嘲弄和辱骂，颜面全无，只能远避他乡。对情爱的追求是否需遵循一定的道德底线？自由意志和理性意志要怎样才能达到平衡？追求情爱过程中应以何种伦理身份作出何种伦理选择？重重行为是否能不顾一切地以损害他人的利益为代价？《一丝爱意》让人思考在追求自由爱情和幸福婚姻的过程中"为人之道"。

《欢愉》中的茉莉追求个人幸福的勇敢和决绝得到了同龄女性的支持，而《逃亡者》中的克莱尔却没有这种好运。克莱尔与性格刻板的丈夫没有共同语言，她的闺中密友多萝茜在她离家出走之后不仅没有在精神上支持克莱尔，也没有在物质上给予克莱尔些许帮助。多萝茜劝告克莱尔向婚姻妥协，不要因为虚无的爱情放弃现有的金钱、地位和声誉，她教克莱尔如何从不幸福的婚姻中为自己谋求最大的利益。事实上，多

---

① ［法］加缪：《反抗者》，吕永真译，上海：上海译文出版社，2013，第50页。

萝茜的婚姻状况比克莱尔要糟糕很多，她的丈夫爱德华垂涎克莱尔的美色，多萝茜对此心知肚明，但她选择默认和忍受丈夫的无礼行径。她受传统婚恋伦理观影响颇深，她与丈夫达成谅解协议，宁可维持表面的婚姻关系，也不愿意放弃舒适安逸的上层社会生活，她是一个典型的利己主义者。在她看来，克莱尔离家出走，坚持离婚之举就是在毁灭自己、毁灭亲人。多萝茜还是一个典型的实用主义者，她的理性意志占据了她的全部思想，现实到近乎冷酷无情。在克莱尔第二次拒绝她的劝说之后，她明白克莱尔永远不会再回到她们往日的生活圈子里了，她知晓克莱尔的"丑闻"还会连累自己的名誉，于是就将克莱尔踢出了自己的社交圈。《逃亡者》中还塑造了一位传统婚恋秩序的守护者形象——马里斯家的帮佣米勒大妈。她工作粗心、态度敷衍，她本能地厌恶克莱尔，同情马里斯，认为美貌的克莱尔是导致马里斯收入锐减、靠安眠药度日的罪魁祸首，她总是对克莱尔冷嘲热讽，她的恶毒话语和马里斯的毫无作为让克莱尔无法继续在马里斯家中容身。

鲁迅先生曾指出女性无法真正获取婚姻自由的原因是没有经济大权。他认为妇女出走以后一旦丧失经济来源，只可能有两种结局——回来或堕落。这本质上是女性身份在"社会人"还是"家庭人"之间的确定。只有当妇女能够从家庭里走出来，自由参与社会活动，获得婚姻之外的职业，实现经济独立，才有真正获得"解放"和"自由"的可能。[①] 直至20世纪，人类社会的主流伦理体系大多由男性权势掌控者建立的，这种父系社会的伦理秩序占据着社会各方面制度的主导地位，妇女居于屈从的地位。戏剧是对生活的模仿，其中的无辜者一次次地被命运撕裂、摧残，也必然会反映在剧作中。克莱尔是一位传统道德观和婚姻观的反叛者，她不安于命运的安排，也不屈从于家庭、父母、朋友的劝说和阻挠，挣扎着追求生存、自由和幸福，但是由于传统社会伦理秩序和道德观念的强势，她成了时代的牺牲品。克莱尔的自杀是一次不成功的对自

---

　　① 鲁迅，《娜拉走后怎样》，载洪治纲主编《鲁迅经典文存》，上海：上海大学出版社，2004，第172页。

由婚恋的尝试，尽管在现代社会中，这可能被认为是一种颇受人赞赏的方式，但这种消极的自我肯定实质上破坏了当时社会所奉行的功利主义"一切以最终结果为上"的本质。对自己"堕落女子"的认知而导致的自杀行为，实则反映了当时社会一种失控的伦理价值观——如果结局必须是毁灭，那么带着一种夸大的、反叛的姿态，表现出一种贵族式的轻视，才能从毁灭中获得价值。《逃亡者》最后克莱尔的悲惨结局引人深思，女性的自我意识觉醒、自我身份的认知，还有对幸福生活的追求是否只有离家出走这一种行为选择；这种行为方式是否能真正帮助女性实现她们的行为目标；如果不能，那么影响行为目标实现的原因又是什么；如何才能改变这些因素，这或许是高尔斯华绥创作这部戏剧的真实意图。

第二节　自由爱情伦理思想的建构

马克思主义认为经济基础决定上层建筑，只有当妇女取得了工作的权利，拥有稳定的收入，经济独立，不需要依靠所谓的"保护者"，她们才能在社会生活中获得生存的权利和地位，改变传统的婚恋伦理观念。"一战"以前，高尔斯华绥剧作中的男性大多习惯性地维护传统的爱情伦理秩序，少数男性虽有打破传统的想法，但却流于空谈。剧作中的女性要么勇敢打破陈规追求自由爱情却以自杀结束；要么被传统女性框架固化，逆来顺受、委曲求全；要么功利至上，冷漠无情。"一战"爆发之后，英国女性的政治、经济和社会地位较"一战"前有了明显的改观，英国妇女的屈从地位开始改变，高尔斯华绥剧作中的自由爱情伦理思想开始逐步建立。

一、男性：宽容与理性

随着女性社会地位的提升，男性在爱情、家庭中的角色逐渐发生了一些变化，总体上趋向于能够给予女性越来越多的尊重，家庭和婚姻也更多地建立在爱情的基础之上。

《烙印》中的马车夫在法官和牧师眼中粗鄙不堪，但他对女性的道德认知要比法官和牧师更宽容更深刻。他从切林吉尔夫妻乐善好施的行为认定这对夫妻是天使般的人物。车夫貌似无知，却有着强烈的理性认识，不肤浅地以貌人取人，也不轻信流言蜚语，以所见之事实来评价他人。《长子》中勋爵池沙威一家对邓宁与村姑的流言、长子培尔爱恋女仆的"丑事"，呈现了不同的看法。大女婿科思反对邓宁娶萝丝，他认为，即便男性的行为误损了女性名誉，也不应该强迫二人结婚，这样的婚姻不会幸福。婚姻不能只顾面子。二女婿认为婚姻不是儿戏，不可仅凭美貌就空谈爱情，也不能只考虑金钱和地位，婚姻的基础和内在更为重要。这两位已婚男士既宽容又富有理性，他们的爱情婚姻观念与20世纪初英国社会主流爱情伦理观念有了较大差异，他们更注重婚姻的内在，这正是社会伦理秩序演进的表现。

《一丝爱意》牧师斯特兰威是一位典型的人道主义者，一直将圣徒方济各的道德行为作为自己的行为准绳，牧师的身份和他所坚守的道德规范让他友善仁爱，他爱恋妻子，但是妻子的出轨行为和对他的利用让他受尽乡民的嘲讽和排斥。丈夫的身份让他妒火焚心，恨不得杀掉妻子的情人，他身处地狱似的煎熬之中，甚至开始怀疑上帝的存在，精神几近崩溃，想借自杀以寻求解脱。在他身上兽性因子和人性因子的交锋十分剧烈，他内心深处两种极端的思想不停地交织、斗争。可是在最后关头他回归理智，选择放弃自杀，回归上帝怀抱，祈求上帝赐予勇气，离开村庄继续前行。

短剧《太阳》也出现了类似的情节，战争结束，杰克返乡，一路上想着回家后与未婚妻黛西完婚，开始甜蜜生活，然而不曾想黛西已另投吉姆怀抱。吉姆和杰克对爱情的态度也截然不同，吉姆主动争取爱情，不惜以武力相搏；杰克也深爱未婚妻黛西，但是作为一名从战场上九死一生回来的战士，他显然更懂得生命的重要意义。他尊重黛茜的选择，真诚地希望黛茜幸福，不强人之难，宽容大度。《一丝爱意》中的牧师斯特兰威，虽然答应妻子离开的要求，但他的内心痛苦不堪。《太阳》中的杰克发自内心地尊重女性，他选择放手成全黛茜和吉姆的爱情，他的内心是快乐的，战争使他明白人应该放下争斗和仇恨，放弃也是一种成全，也是对自己爱情的捍卫。可见，战争对于人们的情爱思想产生了较大的影响，在潜移默化之中改造着过去的爱情伦理秩序的内涵。

《最前的与最后的》中的拉里为人善良，女子汪姐被丈夫虐打逃离家庭，拉里与汪姐相爱了。当汪姐被丈夫找到时，为了保护汪姐，不让她再回到饱受虐待的痛苦生活，拉里不慎错手杀人，并且拒绝抛下汪姐独自脱逃。理性意志让他坚守道德底线，勇敢地承担责任，不逃避自己犯下的过错，不牵连家人。拉里身上的斯芬克斯因子的争斗显现出他性格中软弱的成分，带有些《正义》中小书记员菲尔德的特质。

二、女性：自由与忠诚

维多利亚时期的婚姻道德观对女性的要求比较严苛，如果一个女性无法做到忠贞，那么她就会变成下贱低俗之人，丧失原有的社会地位，受到各种侮辱；而且一旦失足，就万劫不复，因此一位女性必须稳重且节制。可若男性犯错，人们则要宽容许多，一次勇敢的行为就可以令他被原来的社交圈子和阶层重新接纳。

《卓怡》中茉莉的舅婆妮珥受旧式英国女性爱情婚姻伦理观念荼毒，反对一切爱情，不允许家中有人谈情说爱，更是带着异样的眼光去打量莫里斯和茉莉，言语中满是鄙薄和讥讽。当冷漠、吝啬、刻薄、贪婪的她带着根深蒂固的维多利亚时代的婚恋思想去评判外甥女茉莉、管教侄孙女卓怡时，她俨然成为了一个"加害者"，成了母女俩爱情道路上的绊脚石。

在《忠诚》一剧中维多利亚时期的传统女性对爱情、婚姻的"忠诚"表现尤为突出。但锡的妻子梅宝深爱丈夫，坚信丈夫是一个懂廉耻知礼仪的人，认为忠于丈夫应是妻子的首要标准。丈夫偷盗消息传出，她拒绝到外地避风头，因为此举无疑会坐实丈夫偷窃之名，有损丈夫声誉，妻子应该和丈夫共渡难关，这时梅宝的忠诚令观众钦佩。在但锡向她坦白自己的偷窃行为并还有一个情妇之后，她仍表示会忠于丈夫，一直陪伴他，不离不弃。观众可能会被梅宝的宽容所打动，但也能更强烈地感受到她对但锡的爱，梅宝理智地选择忠实于自己的爱情与婚姻。

"一战"之后英国女性以独立的姿态跨进社会甚至登上政治舞台，但当时部分女性对"解放"和"现代"的含义有误差，特别是一些出身贫苦但好逸恶劳的下层社会女性，她们追求爱情的绝对自由，随意运用一切能够调动的手段，包括色相，来达到目的。她们放任自己的欲望，彻底脱离社会爱情婚姻伦理的约束。《放逐》中工业大鳄梅泽的女儿琼是一位享乐主义女性的典型代表，她家境富有，厌恶贫穷；她爱慕查尔斯，为了能与他结婚，再三提出愿以金钱换取与查尔斯的婚姻。她认为现代女性只需享乐，不需要道德和信仰。

高尔斯华绥塑造的另一位比较特殊的女性形象是《玻璃窗》中的斐丝，她有着鲜明的时代个性。首先，她不认可自己女儿的身份，她鄙视安分守拙的父亲。父亲帮她找到工作，劝她不要过于随心所欲，要放低生活期望，才能幸福快乐。可她根本听不进去，听信了陌生男子的巧言利诱，便打算与之私奔，过有钱的悠闲日子。另外，她不认可自己母亲的身份，不把自己视为传宗接代的角色，拒绝承担养育子女的义务，不愿意为了他人而牺牲自己的意愿。于是她产下私生子两天后就将其杀死。在旧有的伦理道德秩序被冲破甚至被颠覆的时代，斐丝的兽性因子失去控制，她放纵生理、心理欲求，看似在追求自由与独立人格，但已在道德层面放弃了她的人格。她年轻貌美，毫不掩饰自己的欲望，引发人们对当时社会独立女性的思考——这样的女性到底是美还是丑，是善还是恶？应以何种标准评价她们？

《有家室的人》中女仆卡米拉与斐丝相比，她的行为似乎更低劣，高尔斯华绥或许是出于民族情结，将她设定为一个法国女性。她对毕尔德体贴殷勤，使得毕尔德难以抗拒她的诱惑。在得知女主人要离家时，她甚至主动热切地将女主人的物品打包好。她是一个有野心，希望能够拥有较高社会和经济地位的女性，然而当她发现毕尔德的可怕之后，宁愿成为毕尔德的情妇。卡米拉是一个纯粹的享乐主义者，她的伦理观只有自由而毫无爱情的忠诚。

小　结

从高尔斯华绥塑造的男性人物身上，可以看出他对新旧时代交替时期爱情婚姻等两性关系问题的一些思考。首先，婚姻的基础是什么？是两情相悦的爱情，还是阶级之间的门当户对？是面子和荣誉的维护，还是地位与金钱的交易，抑或是慈善与施舍？在面临女性对自由爱情和婚姻的追求时应该，是冲动地鼓励，还是冷眼旁观，抑或是理性地阻止？高尔斯华绥剧作中的男性人物站在不同的立场、以不同的身份作出了不同的选择和决定，推动着剧情的发展和人物思想的变化。

高尔斯华绥认为爱情和婚姻应该发自本心，与名利、地位、事业、金钱无关；认为女性有主动追求爱情的自由，她们为这种自由而牺牲其他也应该是发自自身本愿，其他人无权利去不负责任地推动、诱导她们。

在"一战"之后由于女性社会地位的提高、自由思潮的勃兴和功利主义的风靡等历史语境的变化，高尔斯华绥深刻体会到英国传统的爱情伦理秩序和观念的沉疴，传统爱情伦理秩序在新时代的冲击下已经难以匹配新时代下的社会现实与伦理要求。男性逐渐软弱无能，无法承担传统社会秩序中男性角色的责任与义务，女性则显现出勇敢果决的品质。高尔斯华绥赞同女性勇敢地追求自由与爱情，同时他也在考虑女性应该采用何种方式实现爱情自由、生活幸福的目标。

有人认为，高尔斯华绥的弱点就在于不争不斗，但这恰恰也是他的优点，"战斗不算好事情"①，战斗往往需要付出巨大的代价，不是所有的人都能够意志坚强、充满斗志，成为打破陈规的战士。一时的输赢

---

① 鲁迅：《娜拉走后怎样》，载洪治纲主编《鲁迅经典文存》，上海：上海大学出版社，2004，第173页。

也不能成为判断善恶的标准，如果能够减少争斗，以较少的牺牲达到和谐共赢，那才是最佳效应。伴随着女性地位的提升，以及社会新型爱情伦理秩序的建构，重构何种家庭关系、采取何种重构方式是高尔斯华绥接下来要探讨的问题。

第四章　高尔斯华绥戏剧中的
家庭伦理思想

概　述

高尔斯华绥在《欢愉》《长子》《逃亡者》《烙印》《一丝爱意》等创作于"一战"之前的爱情主题剧作中表达了他对当时社会主流的爱情婚姻观的厌恶以及对自由爱情婚姻的渴求。"一战"后英国社会的基本单元"家庭"，无论结构还是秩序都发生了很大变化，父权衰落、夫权瓦解、亲情泯没都是不讳的事实，与之相对的是妻子、子女等家庭成员变得自主、自立、自强。高尔斯华绥本人对于家庭、女性和男性在家庭中的角色有了不同的看法，现实社会思想、经济、政治等各方面的动荡令高尔斯华绥感到不安和焦虑，内心中渴望安宁的生活，并寄希望于家庭的回归。他将社会的变革比喻成潮水，认为只有当潮水开始消退时，新事物才有希望呈现，而这种希望源自家庭。

潮水越过维多利亚时代的堤防，卷走了财产、习尚和道德，卷走了歌曲和古老的艺术形式形式——潮水沾在他嘴里，带来了血一样的咸味，在这座长眠着维多利亚主义的高门山脚下哆喋着。……这些潮水在完成其取消和毁灭财产的定时狂热之后，就会平静下来；当别人的创造和财产充分地遭到粉碎和打击之后，这些潮水就会平息退落，而新的事物、新的财产就会从……——家庭的本能中——升了起来。①

第一节　父权衰落与子女自主

剧作《长子》中勋爵池沙威运用自己一家之主的权威干涉、操控长子培尔的婚事，虽然他未能说服长子放弃爱情，但他手握家中大权，如果有人不听他安排就只能离开。该剧已经初现传统"维多利亚式"家庭父权的动摇。

高尔斯华绥 1920 年又创作了一部家庭问题剧《有家室的人》，剧中他通过真实刻画父辈和子辈之间婚姻问题上的不同选择展现两代人之间家庭伦理观差异，体现了新时期英国社会家庭伦理秩序的变化。毕尔德本人在当地享有较高声望，在外人眼中他是一个成功人士，经营的公司盈利丰厚、政治前途良好，令人尤为羡慕的是他有一个"完美"的家庭。毕尔德具有极强的传统家庭观念——女子只能依附男子，必须在男子的保护下生活。他厌恶一切有新思想、追求自由的女性，他的任何决定都是正确的，妻女们只需遵从；他厌恶战争，并不是源自战争带来的生离死别，而是因为战争让女性脱离男性的掌控。毕尔德有一种根深蒂固的占有感，口口声声说人"生而自由"，但是内心却否认女性也拥有自由的权力，对女儿有着强烈的控制欲。大女儿阿茜妮谎称学习绘画，离家六个月，毕尔德因参选镇长，来接女儿回家，却发现女儿实则与男友盖伊未婚同居。阿茜妮深爱男友，但因害怕自己步父母婚姻的后尘，迟迟不答应盖伊的求婚。毕尔德觉得女儿的行为实在太丢家族脸面，破坏家族声誉，要求女儿斩断爱情回家居住，被女儿断然拒绝。父女之间爆发

---

① ［英］约翰·高尔斯华绥：《出租》，周煦良译，上海：上海译文出版社，1978，第 329 页。

冲突，毕尔德对女儿大打出手，被告上法庭。二女儿莫姐喜爱表演，准备离家去实现自己的演员梦想，她畏惧父亲的威严，一直不敢告诉父亲。毕尔德得知二女儿的打算后气愤万分，在他看来，女子出门工作就是丢父母的脸面。

毕尔德是一个"老式英国人"，他努力工作，谋取经济富足，捞取政治资本，博得好名声。他履行"维多利亚式"婚姻中一家之主的职责，维护自己的家长权威，约束妻子和女儿的一言一行。但是毕尔德维护的只是父权制的家庭伦理秩序的空壳，他并不是一个真正传统道德和家庭伦理秩序的坚守者，道德规范只是他用来维持父权的工具。在他的心中，妻子和女儿必须以他为马首是瞻，尽管妻子和女儿在法庭上否认他打人的事实，维护他的声誉，他还是气愤不已，要取消女儿的继承权，坚持让妻子和女儿付出代价。他无法克制自己的情欲，与家里女仆暧昧不清，在被妻子发现后，他竭力辩解，将责任全部推给女仆，妻子对她彻底失望，准备离家出走，他还责备妻子离家是"不道德"的行为。他认为妻子的离开是对自己的背叛，而且怀疑理性克制自己欲望的正确性，他决定抛开理性、丢开个人名誉、放纵欲望，要求女仆当他的情妇。

在这种婚姻中，他虽也曾克制过自己的情欲，但在几十年的婚姻生活中他也数度出轨家中女仆，妻子和女儿为维护他的面子，每次隐忍不发。毕尔德表面的正直形象与他龌龊不堪的内心之间的强烈反差给妻子和女儿造成巨大的心理阴影，令他的人品大打折扣。他先是放弃父亲的身份，暴打女儿，闹上法庭，结果一步错步步错，在接二连三的意外中他又数次放弃父亲身份、放弃丈夫的身份，做出不合时宜甚至不道德的行为，最终失去他的社会身份(镇司法官职务)。在失去一切身份之后，他只是一个坐在壁炉前叹息的老人。从毕尔德身上，高尔斯华绥展现了18至19世纪"维多利亚式"婚姻观对人性的摧残，他不仅残害了一代人，也给下一代人的婚恋心理造成极强的负面影响。

大女儿阿茜妮和飞行员盖伊自由恋爱，却一直不肯正式结婚，十分恐惧婚姻生活，害怕婚后两人变得面目可憎，但最终在盖伊和母亲的劝说下克服心中的恐惧，和盖伊注册结婚。二女儿莫姐看透父亲的虚伪嘴脸，决意离家去从事自己喜爱的工作，实现演员梦想，并不将是否能得到父亲的经济支持放在心上。阿茜妮和莫姐已经具有或者将有一定的独立经济能力，父亲的要挟对她们不起作用，她们更关注自己的幸福生活和人生价值。妻子茉莉娅提出离婚，她丝毫不在乎毕尔德断绝供给生活费的威胁，理直气壮地认为自己应该得到赡养费用。这些都说明以往父权制家庭通过经济操控女性生活和思想的方式已经被社会的一系列变革打破，女性已经从依附父亲、兄弟或丈夫的生活中逐渐摆脱出来，成为自己婚姻的掌控者，在家庭事务中拥有话语权。

女儿们和妻子的自立自主并不意味着她们抛弃妻子和女儿的身份，弃家庭于不顾。在毕尔德出庭受审时，阿茜妮和莫姐选择隐瞒父亲虐打她们的真相来维护父亲的名誉，使父亲免于刑事责任，她们坚定地选择女儿的身份，爱自己的父亲，爱自己的家；在毕尔德声名狼藉，被社会谴责、抛弃时，已经离家的茉莉娅选择回归家庭，默默地向毕尔德提供家庭的温暖和支持。正如毕尔德的兄长拉尔夫所言，妻女们的这些选择和行为也需要巨大的勇气。

从戏剧开端时的意气风发、志骄意满，到剧终时的步履蹒跚、意气消沉，毕尔德的转变正是英国社会在 20 世纪前半期传统家庭秩序逐渐解体、父权衰落的真实再现。另一部剧作《玻璃窗》也向观众们展现了"一战"之后英国典型中产阶级家庭中父权制的衰落。马彻家的一家之主杰弗里和儿子约尼一心想要成为绅士、骑士，觉得"世界上只有丑恶"，认为人类的所有行为应该"利他"，要拯救受苦受难的弱小、帮助他人。父子两人都是天真的梦想者和纯粹的理想主义者，尽管父亲马彻和儿子理想相同，但并没能尽到为父之责和一家之主的责任。他对家庭的事情漠不关心，整天沉迷于自己的空想研究之中。尽管在家中他最早发现新雇的女仆斐丝和儿子约尼之间关系不太正常，但他并没有重视，转头责怪妻子琼没有管理好家庭、对一切视而不见。在儿子与斐丝的关系越来越暧昧时，他委婉地同斐丝谈论此事，希望斐丝主动离开，反被斐丝戏弄。之后他把一切问题都推给妻子处理，妻子付钱让斐丝离开，受到儿子责备。这时马彻保持沉默，既不出面支持妻子，制止儿子，也不顾妻子的行为是出自他的要求，甚至责备妻子没有采取温和的方式，不应该用高压手段逼迫儿子和斐丝。马彻整日活在自己的哲学空想中，在实际生活中没有责任感，没有担当。从家庭的角度看，他的温和与友善显得懦弱无用，其父亲身份只是一个空衔。

父权的衰落并不意味着家庭的解体。《有家室的人》中毕尔德的兄长拉尔夫要开明许多，虽然他的成长和教育背景与毕尔德相同，但他清楚地看到时代的改变，在新时代中每一位家庭成员都应该享有相同的自由与平等，相互理解与尊重，这样才能家庭和睦。他认为如果毕尔德和女儿们都能采取比较温和的方式，事态就不会恶化，棘手的家庭问题完全可以妥善解决。拉尔夫实质上是高尔斯华绥在这部剧中的代言人，他倡导用温和而非激进的方式解决家庭争端，减少或者避免家庭成员之间的相互伤害；家人相处之道就在于各自控制好自己的天性。人应该用自己的理性意志管理好自由意志，这是高尔斯华绥对新时代家庭内部诸多矛盾的探索和尝试后得出的结论，也是从人道主义角度出发的家庭伦理秩序的根基。

第二节　夫权瓦解与女性自由

1879 年一部妇女解放运动宣言书《玩偶之家》诞生，剧中的女主人公娜拉不堪丈夫的欺骗，女性自我意识觉醒，毅然离家出走。该剧展示了娜拉的自我意识觉醒的过程和勇于反抗的精神，但他只以娜拉出走为最终结局。出走之后娜拉的生活和精神状态却不得而知。如果高尔斯华绥本人没能在父亲去世后继承巨额的遗产，那他和艾达的爱情也不一定有完满的结局。女性离开家庭、寻找自身价值后可能会面临什么样的生活呢？女性离开丈夫之后，家庭伦理秩序会发生何种变化呢？试图走出不幸婚姻的女性不一定都像《欢愉》中的茉莉那样有不错的运气，遇上一个爱她且有能力保护她的人。继《欢愉》之后，时隔三年，高尔斯华绥创作了另一部以女性反抗婚姻束缚、追求个性自由为主题的戏剧作品《逃亡者》，这也是"逃亡三部曲"中的第一部，该剧从现实的角度展示出中产阶级女性摆脱夫权控制、离家出走后的困境，她们只有两个选择——回归或者毁灭。

《逃亡者》中克莱尔的丈夫乔治在捍卫自己家庭的完整性时表现出了坚决的意志力和强烈的主动性。乔治是当时城市中上层社会男性的典型代表，他是伯爵之子，有钱有地位。他对妻子的定位比较明确——"漂亮的家庭女主人"，他明确自己的家庭职责——保证妻子克莱尔衣食无忧。在和克莱尔的生活中他敏锐地觉察到与妻子之间存在隔阂，希望能与妻子开诚布公地交谈以消除隔阂，或者能像当时社会"大部分夫妇"那样带着隔阂一起生活，维护家庭的完整性。这也是当时英国社会中非常典型的夫妻相处方式。他和克莱尔的生活观念并不相同，他更看重一个完美家庭的形式基础，而克莱尔更看重家庭完美的情感基础。妻子离家之后，他首先尝试自己说服克莱尔回家，其后又求助于克莱尔的好友和兄长，试图通过他们打消妻子离婚的念头，恢复往日平静的家庭生活。在发现妻子和作家马里斯的暧昧关系后，他非常愤怒，差点不顾风度和马里斯打斗，这是他出于丈夫尊严的一种维护。此后的半年多时间里，他多次派律师劝告克莱尔，并且提出只要克莱尔不离婚，他不仅可以接受分居，还会向她提供生活费用，也不再追究马里斯的责任。乔治是一个善良的现实主义者，他充分估计到脱离丈夫保护的女性将会面对的社会敌意以及独自谋生的艰难，他认为克莱尔是在犯一个大错，再三表示接受克莱尔回家，这种宽容给他这个人物增添了几分光彩，这也表现出高尔斯华绥内心深处无法摆脱的矛盾。这种矛盾不只在他的剧作中有所体现，也在当时英国知识分子身上有所体现。他们有着强烈的社会良知，对种种社会不公相当愤慨，对自己享有的社会特权内疚不安，但是他们无法赞同暴力、激进的方式，这是他们受自身生活环境约束而无法企及的。

克莱尔与乔治之间存在隔阂，他们之间没有共同语言，尽管彼此都意识到这个问题，克莱尔也曾向丈夫解释自己的选择，但是传统家庭观念和夫权观念根深蒂固的乔治无法接纳和赞同克莱尔的想法，只是一心维护家庭的完整。克莱尔在作家马里斯的鼓励下，不顾兄长的劝告和好友的反对，坚持离开家庭，摆脱监狱般的生活。离家后的克莱尔没有收入来源，只得寻求作家的保护和帮助，她拒绝律师提出的优渥条件，被误认为和马里斯有婚外情。数月之后，克莱尔仍然拒绝兄长让她回家的建议，坚持结束貌合神离的婚姻。马里斯认为她是一个勇敢的"逃亡者"，接受了她的爱情。克莱尔的离婚官司导致马里斯逐渐失去工作，生活日渐困窘，克莱尔为了不连累马里斯，典当了母亲留下的项链替他偿还债务，在结清生活费用之后，离开了马里斯。最后克莱尔为了生存来到餐厅，即将步入堕落的深渊，然而她仍不后悔改变对生活的信仰，离开家庭。在被酒客言语侮辱之后，她内心痛苦挣扎，选择自杀。

在那个时代，养尊处优的贵族妇女或者上层妇女的一生都需要一个"保护者"，否则难以在社会立足。高尔斯华绥通过《逃亡者》展示了妇女的脆弱与人性的弱点。克莱尔是一个非常"好"的、善良的女子，她出身良好，未出嫁时受到父母的"保护"，结婚后，有钱有势的丈夫担当"保护者"一职，她一生平顺，毫无生活的后顾之忧。但是在她选择离家出走之后，她的"好"和善良并不能让她独自在当时的真实世界中存活。

英国社会文明的传统观念一直将婚姻和上帝联系在一起，婚姻是上帝的恩惠，神圣不可侵犯，不容亵渎，一旦成为夫妻就不可离婚，否则就违反了上帝的旨意。这种根深蒂固的婚姻观念一直延续到 20 世纪，在当时的英国离婚被视为"丑闻"，英王爱德华八世的离婚也付出了退位的代价。离开丈夫庇佑后，克莱尔的生活发生了巨大变化，虽然兄长和丈夫都表示如果她能回归家庭就能获得原谅，继续享受养尊处优的生活，但是她不愿身心被禁锢，坚持离婚。她希望摆脱夫权的影响，转而选择与她有共同语言、理解和支持她追求自由的马里斯作为爱人、保护者，但是马里斯性格软弱，并没有强大的经济实力和较高的社会地位来应对克莱尔离婚造成的负面影响，无法为她提供实质性的"庇护"。出于良善的道德品质，克莱尔离开马里斯，既没了经济来源也失去精神支撑，在社会的残酷现实中"为五斗米折腰"。克莱尔勇敢地与自己"理应"遵照的上流社会的家庭婚姻生活抗争，离开安逸舒适却空虚的生活，进入自由却残酷的现实生活后，克莱尔发现自己唯一能存活的方式竟然是出卖自己。她在被迫接受"堕落"的生活方式后，一直无法摆脱长期贵族教育形成的女性伦理观念的重负。她追求爱情和自由，却又难以接受自己堕落的现实，无法实现自己期望的人生意义，她的生活与她的道德认知严重背离，内心产生深重的罪孽感，她无法接受自己身份的转变，内心极度孤独，面对善良军官的询问，她再也无法忍受这种煎熬，最终自杀，用死亡来化解内心的矛盾与挣扎，达到内心的解脱。

逃离家庭庇佑的克莱尔在坚持自己个体的完整性这点上非常坚强，但这种坚强并不足以应对残酷的现实。桑福德·斯特恩里希特认为克莱尔是现代英国所有戏剧中最好的女性之一，在那个时代只有阿瑟·平内罗的《谭格瑞的续弦夫人》中的女主角才能和她相提并论。① 较之易卜生的娜拉，高尔斯华绥更详细地描绘了克莱尔离家出走后的生活，创造出完整的时空感，使得克莱尔的堕落既有强烈的现实感，又让人动容。《逃亡者》这部悲剧告诉人们一个事实：在一个既有的伦理秩序被打乱的时代，伦理身份发生转变时，一种伦理身份对应的善良不一定能够在另一种伦理身份中得到补偿。同样地，一种伦理身份时选择的勇敢行为也不一定获得另一种伦理身份的成功和幸福，只不过观众通过剧中的善良和勇敢获得了纯粹且高尚的"净化"，这种"净化"就是对观众的补偿。

剧中年轻男子盖伊深爱阿茜妮，尽管阿茜妮受父亲影响惧怕婚姻，他一直竭力安慰和鼓励阿茜妮，承诺永远不干涉她的自由，不会像她父亲那样控制婚姻和家庭。盖伊是"一战"后年轻一代男子的缩影，他们发自内心地尊重和爱护女性，而不是拘泥于传统绅士风范的形式，他们将自己的婚姻建立在爱情的基础上，并且赋予婚姻以新的内涵——自由与平等。

---

① Sanford Sternlicht, *John Galsworthy* (Boston: Twayne Publishers, 1987), p. 22.

　　与《玻璃窗》中的马彻相似,《欺诈游戏》中的希尔是个老乡绅, 在最初受到陶瓷厂厂主霍恩威胁夺走自己家园时, 他也曾竭力抵制, 然而他奉行的诚实、宽和、温和的老式商业伦理规范敌不过现代商人的算计、无底线的商业诡道。在他一筹莫展之际, 妻子艾米主动承担起保护家园的职责, 但是他并没有给予足够的支持和理解, 斥责妻子"以其人之道还治其人之身"的行动有悖贵族风范, 降低了贵族的格调。尽管最后妻子设法保全了家园, 他也没有丝毫感谢, 反而批评妻子手段毒辣, 懊恼自己因此丧失了家主地位。这类男性虽然享受着家庭中丈夫的身份, 但是他们"德不配位", 在妻子或家庭需要他们坚定地承担丈夫职责时他们退缩不前, 只能享受丈夫权利而不承担丈夫的责任, 从本质上这是家庭伦理秩序中夫权旁落的象征。

　　"一战"之后由于女性地位的提高和英国传统道德伦理信仰的沦丧, 女性的自由空间扩大很多, 她们在自由的空间中确立自己独立女性的身份, 自立自尊, 表现出了勇敢的品质, 或勇敢追逐自己的梦想, 或成为家庭中的实际主人。《根基》中德罗蒙蒂勋爵家面临炸弹威胁和暴民冲击危险时, 勋爵的妻子奈尔并没有像《乌合之众》中莫尔的妻子凯瑟琳那样独善其身, 而是坚定地留守家宅, 要与勋爵共渡难关。《欺诈游戏》中乡绅希尔的夫人艾米在丈夫无法保全家庭时, 勇敢地站出来, 面对挑战, 出谋划策, 尽管她的谋划有失磊落, 她被误解, 被斥责, 她仍然坚持承担保卫家庭之责。艾米并不是选择了乡绅妻子的身份就变成冷漠的机器, 她仍保有女性的怜悯之心, 克洛伊在拍卖场几乎晕厥时, 她迅速递上嗅盐施以援手, 克洛伊投水自尽被救起时, 她当机立断迅速宴请医生。她的智慧、果敢和善良远超剧中其他男性。

　　在通俗剧《有家室的人》中女性勇敢地摆脱夫权制度操控这一主题表现得更加充分。剧中妻子茉莉娅在毕尔德的家庭中一直尽全力扮演着一个好妻子、好母亲的角色, 维护家庭的名誉与尊严, 几十年的婚姻生活中她对丈夫的多次出轨行为隐忍不发。女儿阿茜妮和莫妲从小看到父亲对母亲的冷漠和不忠, 厌恶父亲对家庭的掌控, 因此惧怕婚姻, 厌恶家庭, 迫切希望摆脱家庭束缚。在女儿的眼中母亲就像是父亲买回来的一件家具，一个摆设，可茱莉娅却一直在尽全力用自己的方式反抗毕尔德的夫权。茱莉娅意识到自己的婚姻和家庭生活方式给女儿们的生活造成了巨大的阴影，于是她暗中支持大女儿阿茜妮对爱情的追求，想尽办法消除女儿对婚姻的恐惧，为女儿点燃幸福婚姻的希望，她默许二女儿莫妲对职业工作的追求，鼓励她勇敢踏出家门，打破桎梏为实现梦想努力。在两个女儿相继离家后，丈夫又一次与女仆的不轨行为彻底激怒了茱莉娅，她也决定离开，追求自己的自由。

《玻璃窗》也是一部家庭剧，家中女性成员母亲琼和女儿玛丽与家中的男性成员截然不同，她们看似平淡乏味却理智冷静，琼非常看重现实，玛丽则有些像《愚人》中的女儿安。一开始，母亲琼给观众留下的是一个平庸冷漠的印象，在家人高谈阔论各自理想时，她却满心盘算着家里的各种开销和生活琐事。她明确反对雇佣斐丝做女仆，在她看来，斐丝连自己的亲生孩子都可以杀害，天性残忍，而忏悔不会改变人的天性，因此不能仅凭斐丝忏悔过就认为斐丝已经是一个改过自新的善良人。在丈夫和儿子的坚持下，她无奈接受斐丝来家中帮佣，她一眼看穿斐丝本性和来家里帮佣的不纯动机，本不愿降格理会这个"坏女人"，可是丈夫和儿子的无能又使得她不得不插手，利诱斐丝离开。尽管她厌恶斐丝的行事作风和好逸恶劳的想法，但斐丝被人欺骗之后，她还是宽宥了斐丝。她清楚儿子对斐丝的感情并不是真正的爱情。琼是一个活在现实里的人，在母亲和自由女性两种身份中间来回切换，她冷静、理智、有信仰，认为人只能自我拯救，"自助者天助"，如果完全寄希望于"人助"而不"自立"，那么"人助"则毫无意义，唯有自助、自立、自强，才能赢得尊严和权力。空谈理想脱离现实社会的丈夫已经不再集家庭中的夫权与父权于一身。琼内心鄙视只会空谈的丈夫，也不愿去奉承丈夫所说的骑士理想。她坚信人应该有道德伦理信仰，这种信仰不应远离她们所处的时代，不能脱离实际生活，空喊口号，而是能够使人格升华。她承担家庭的重责、她的理性意志和她的思想境界让她成为真正的一家之主。

琼和《欺诈游戏》中的艾米比较接近，她们都在丈夫无力保护自己的家园和家人时不顾误解、不畏惧自己名誉受损，勇敢承担家庭责任。更大程度的女性勇敢与自由还表现在《逃脱》中给麦特提供帮助的贵族妇女和出门散步的已婚女子身上，前者不惧麦特身份，同情他的选择，大胆给麦特提供食物和丈夫的衣物，协助他逃避狱警追捕；后者则凭直觉判断麦特是个好人，愿意乘坐麦特驾驶的车辆。

女性地位的提高并不意味着所有的女性都能够自由追求自己的幸福和快乐，一部分女性依旧是夫权制度下男性利益争斗的牺牲品。《欺诈游戏》中克洛伊曾因父亲破产，为了维持生计不得已从事过不体面的职业，婚后她深爱丈夫，渴望过平静幸福的生活。但是在家族、阶层的面子、金钱利益面前，她的过往被翻出来当作诛伐之利器，她声誉尽毁，被夫家埋怨抛弃，生活理想破灭，成为斗争的无辜牺牲品。《最前的与最后的》一剧中，女子汪姐被无赖丈夫虐待，好不容易逃离魔掌后遇到拉里，与他相爱，拉里为保护她不再陷入魔掌，错手杀死汪姐丈夫，她又开始过上提心吊胆的生活，最后和拉里一同服毒自杀。她们渴望幸福，但残酷的社会现实和命运的阴差阳错使她们最终走上毁灭的道路。

从高尔斯华绥剧作中我们可以发现不同年代的妇女受历史语境的影响，她们接受的伦理秩序的教育对她们的伦理选择影响十分明显。剧作中的青年女性们渴望自由，并付诸实践追求自由实现理想，伴随她们的伦理身份的选择，是英国传统家庭秩序的父权和夫权制的衰落与瓦解；而剧作中大多数中老年女性们无论婚姻幸福与否，无论经历过怎样的彷徨与困苦，最后她们的选择都趋向于回归家庭，她们忠于自己内心的道德规约，和身为妻子、母亲或女儿的身份。或许在剧作中高尔斯华绥心中，家庭依然是女子爱情和人生的最后归宿，也是能给予人内心平和的避风港。《有家室的人》中毕尔德出轨女仆、暴打女儿等种种行径被揭破，孑然一身之时，茉莉亚选择原谅丈夫、回归家庭。《天台》中毕顿夫妇争吵了一辈子，毕顿太太对毕顿先生百般挑剔，可是最后面对大火时，她却不肯舍弃丈夫逃生，被推上救生滑道后不停叮嘱丈夫一定要赶紧下来，别再跟自己对着干。

高尔斯华绥剧作中对家庭夫妻关系的描绘，对男性角色行为的勾勒以及对女性角色情感的刻画，不仅反映了个人的心理，也反映了当时历史语境中家庭单位的共同特征。

第三节　金钱欲望与亲情友情

20 世纪初期英国家庭伦理秩序的混乱不仅表现在父权和夫权的衰落和瓦解，也在很大程度上表现在有一些家庭成员在欲望的驱使下对金钱的执着追求，甚至不惜牺牲亲情和友情。高尔斯华绥剧作也深刻地反映了这一主题。

《欢愉》中茉莉和女儿卓怡的爱情是主线，但是其他个性鲜明的女性角色体现出的家庭成员中的亲情也不容忽视。茉莉的婶婶妮珥是一个典型的维多利亚时代的老年妇女，她的婚姻生活其实并不幸福，丈夫汤姆收入不多，家里虽入不敷出，但还需维持表面光鲜，因此她必须精打细算，将每一分钱花在刀刃上，以维持家庭的基本生活。即使这样，她还被嘲讽，丈夫说她斤斤计较，从苍蝇腿上都能刮下肉来。经济的拮据和心理的压抑让她变得格外冷漠、自私、拜金甚至贪婪。为了节约，她不允许汤姆拿钱做善事；她不肯雇车让卓怡去接母亲，让茉莉拖着行李在太阳下走老远的路回来；更不愿意莫里斯留宿，因为这意味着要准备好酒好菜。当她听说莫里斯投资金矿时，她立刻鼓动汤姆参与投资，缓解家里的窘境，然而她又要求在金矿效益不佳时能随时撤资，只想要分红，不愿承担投资风险，财迷形象被刻画得淋漓尽致。妮珥这些看似不合常理的行为和要求正是妮珥在金钱欲望驱使下的"合理"行为。妮珥尽到了"管家"之责，但是却忽视了自己在家庭中的伦理身份，牺牲了亲情。

高尔斯华绥笔下总有一些面目丑陋的被金钱欲望控制丧失人性、丧失理性的形象。《老式英国人》中航运公司老板黑索普育有一女，但其实他还有一个早亡的私生子，拉恩夫人是他私生子的妻子，并育有一子一女。两个孩子是拉恩夫人获取金钱和舒适生活的工具。她一边不断地以年幼儿子的生活费和教育费为借口向黑索普索取大量金钱，一边向女儿的追求者、造船公司老板之子鲍勃抱怨生活艰辛，变相要求他为菲莉丝提供物质资助。黑索普公司运营困难面临破产，无法继续满足她的贪欲，她立刻向黑索普的讨债人文特内透露了黑索普对两个不可曝光的孙子孙女的生活安排，给文特内要挟黑索普退出航运公司、令他身败名裂的把柄，她是间接逼死黑索普的凶手。拉恩夫人虚伪、贪婪无耻、挥霍无度，她对金钱的渴求让她不仅丢弃母亲的身份，她完全抛弃人应有的道德，她身上的自由意志完全打败理性意志，让她不堪为人。黑索普为了继承人(孙子)甘愿丧失他的职业道德，但对长期照顾他、关心他的女儿阿黛拉态度恶劣，常常恶言相向。由金钱欲望引起的其他社会制度让黑索普一叶蔽目，抛开与女儿之间的亲情。

《愚人》中画家威尔文倾尽全力救助卖花女吉奈莫，可吉奈莫不愿凭借自己的劳动赚取生活费用，她不珍惜威尔文提供的工作机会，反而和流浪汉厮混，导致威尔文无法忍受她的不检点行为，请警察将吉奈莫带去收容所。吉奈莫对金钱的不当欲望破坏了旁人对她的同情与友情。

《忠诚》中但锡偷盗 1000 英镑巨款，为了隐瞒自己的偷盗行为，他欺骗、利用朋友们一致排挤犹太青年李维斯。事情败露之后，他的朋友们并没有抛弃他，而是帮他善后；他的妻子不离不弃，妻子的好友也愿意变卖珠宝帮他偿还债务。但锡人物形象十分饱满，从头到尾，他的理性与欲望不断地战斗，他为了个人情欲出轨，又对此非常后悔，希望回归家庭，但他并没有选择向妻子坦白自己的错误，而是打算用金钱补偿的方式与情妇断绝关系，可他无力承担巨额分手费，于是在朋友家中偷盗，还利用朋友们对犹太人的仇恨强令知情人李维斯替他隐瞒。一步错步步错，但锡虽然以自杀结束了他的错误人生，但他也是幸运的，他的妻子和朋友们一直没有舍弃他，金钱和仇恨也不能消磨亲情与友情。

《放逐》中工业大鳄梅泽的女儿琼爱上了落魄破产贵族青年查尔斯，但是查尔斯并不喜欢她。查尔斯几次陷入困境，琼都提出两人只要结婚就可以解决查尔斯的困境，但都被查尔斯拒绝。查尔斯不愿意抛开自己独立的人格，用金钱买卖自己的爱情和婚姻，这是在当时英国传统道德信仰受到大众质疑、道德崩塌时代中残留的理性光辉。

　　20世纪前半期由于英国社会经济、政治各方面发生了巨大变化，传统道德秩序受到巨大冲击，拜金主义、功利主义、实用主义成为英国社会的主流思想。这些思想直接地影响了家庭成员间的关系，有的人不惜为满足自己对金钱、财富的追求而将亲情友情抛诸脑后，彻底放弃自己家庭成员的身份；有的人却依然珍视自己的人格尊严与道德规范，无论社会思潮是什么，只坚守心中"人应有的样子"，不为外部功名利禄而放弃自己的家庭。

小　　结

　　对于高尔斯华绥来说，第一次世界大战是一段极为糟糕的时期，他所熟知和热爱的维多利亚时代后期和爱德华时期的英国和世界被死亡、政治危机和经济危机、信仰危机覆盖，"一战"期间高尔斯华绥的剧作偏重战争题材。

　　第一次世界大战造成英国社会、家庭中女性地位提高，社会对女性行为的规约被打破，家庭的传统意义已经发生巨大的改变，女性自由意志的强大势必造成英国传统父权、夫权的式微。高尔斯华绥深刻体会到传统的家庭角色和婚恋观的沉疴，明白传统观念已经不适应新时代的社会需求，但他不希望看到家庭变成一个不稳固的，甚至名存实亡的社会单位。这种改变对于晚年的高尔斯华绥来说无疑是非常痛苦的，他在赞同女性勇敢地追求幸福的同时，仍希望女性最后能够回归家庭，建立一种幸福美满的婚姻。高尔斯华绥的矛盾心理投射在他的剧作中，在很大程度上表现为一种回归的趋向，这种回归是一种纯粹的精神回归，呼唤在传统中起到社会凝聚作用的道德元素和秩序重新回到英国民众的生活中来。这种对传统的回归在乔治五世时期似乎与时代有所背离，因此遭到了一些女权主义作家的强烈批判。

　　当今社会人们又重提道德信仰，重提伦理秩序，他剧作中体现出的

"和谐"魅力才又回到人们的视野，被重新审视。高尔斯华绥对当时英国社会内在冲突和失调的深入洞察是我们研究社会和艺术的宝贵财富。他的剧作传达出一个明确的家庭伦理秩序观，即一个家庭之中无论发生多少不快，最终家庭形式是不可打破的，家人之间可以相互宽容、相互谅解。高尔斯华绥相信"人性本善"，呼唤人类自由、公平、人与人之间的相互理解和包容，期望时代发展中的矛盾与冲突能够被"和谐"消解。

第五章　高尔斯华绥戏剧中的伦理理想

概　　述

从亚里士多德开始，善(good)与正义(justice)在任何伦理体系中都占据着重要的位置。亚里士多德在《伦理学》中坚持，美德是通向幸福的唯一可靠的途径；但是在一个充满暴力和缺乏公正的世界上，美德并不能保证幸福，他能帮助人们免受伤害，但是不能阻止伤害的发生，①也就是说通过培养美德去寻求幸福并不现实。罗萨琳德·赫斯特豪斯(Rosalind Hursthouse)认为善良的行为是有道德的人的典型举动。② 伴随着正义，在高尔斯华绥的剧作中我们也能发现种种的美德与善，并且高尔斯华绥剧中的英雄与其他的英雄不同——具备美德和善良，却在动荡的世界中苦苦挣扎。

传统戏剧观念认为，戏剧中的英雄(主要行为者)必须得出身高贵，表现普通人生活的悲剧不能存在，因为"在一大群不愿意挨饿的可怜的乞丐身上不可能有任何的英雄壮举"③，同时，比起地位卑微者的私人生活来说，大人物的命运也被认为更能对公众产生深刻的影

---

① Aryen Kosman, "Acting: Drama as the Mimesis Of Praxis,"in A. D. Rorty ed., *Essays on Aristotle's Poetics*(NJ: Princeton, 1992), p.66.

② Rosalind Hursthouse, *On Virtue Ethics* (Oxford: Oxford University Press, 1999), p.28.

③ Duncan Wu(ed.), *The Selected Works of William Hazlitt* (Vol.1) (London: Pickering & Chatto, 1998), p.126.

响。出身高贵者当然不一定精神高贵，但他们的挣扎在观众眼中显得
更加恐怖，因为位高权重者的陨落会提醒观众类似事件发生在自己身
上的概率更大一些。这种英雄观念和传统的悲剧意识紧密联系，直到
维多利亚时代仍有相当部分的批评家认为表现普通生活的悲剧过于接
近真实而难以令人接受，① 沃纳·杰格甚至认为关于日常生活的戏剧
是庸俗化的戏剧。②

　　从 18 世纪开始，戏剧逐渐向中产阶级和家庭悲剧转移，一些小人
物的苦难开始被认真地对待。叔本华认为传统戏剧中的英雄或国王只能
依靠自控，否则其结局就是毁灭；而中产阶级家庭的不幸可以由人类的
帮助得到化解，"最伟大的不幸……不是由那些罕见的情形或者奇怪的
人物引起的某种东西，而是自然产生于人的行为和性格的，这种不幸十
分接近我们的日常。……人物处于常见的生活，并不需要巨大的或者闻
所未闻的意外事件或错误，他们没有一个是完全有错的"③。这说明主
人公的社会地位已经不再重要，例如莱辛的剧作《智者纳丹》(*Nathan
der Weise*)中的男主人公是一位家道殷实、心胸宽广的犹太有产者，而
不是一位贵族。在现代社会，以往英雄悲剧需要的封建主义的政治斗争
背景不复存在，斗争逐渐变得官僚化和隐蔽化，人们的关注点在于政治
安定、社会福利和科技进步这类世俗的问题。这些问题的核心是普遍的
平等以及个体的独特价值，每个人都可能是一个悲剧人物，每个人的命
运都具有隐形的历史意义。与传统的悲剧英雄相比，根除致命错误，修
补有裂痕的人际关系以及人伦理道德上的背叛与崩溃似乎更加困难。在
高尔斯华绥的戏剧中有许多精神意义上的贵族英雄，观众通过精神英雄
们去发现和获得以前不能得到的真理。

---

　　① 　Jeanette King, *Tragedy in the Victorian Novel*(London：Cambridge University
Press，1978)，p. 12.

　　② 　Werner Jaeger, *Paideia：The Ideals of Greek Culture* (Oxford：Blackwell，
1945)，p. 252.

　　③ 　Arthur Schopenhauer, *The World as Will and Representation* (*Vol.* 1) (New
York：Dover Publications，1966)，p. 254.

第一节　人"应有"的道德品质

一、愚人与圣人

在第二章中我们谈到了高尔斯华绥剧作中的一个主要问题——正义，道德信仰在正义论题中一直占据着重要的位置。1912 年高尔斯华绥的戏剧《愚人》(*The Pigeon*①)正是一部从道德信仰角度来阐释社会公平的剧作，该剧主人公是一位性情温和的中年画家，他并不富裕，但倾尽所有力量来帮助社会上一切需要救助的人。

社会需要法律的威信，但不可能仅仅通过法律规则来维系运转，他还需要一个额外系统——道德系统来辅助，他通过内化作用，他人舆论的压力以及普遍的约束力而形成的一个作用于社会成员身上的共同导向系统。但是如果一个社会中人们只以自己的"善"作为行动指南，那么他注定会充满挫折与冲突。② 在平安夜的晚上，不顾女儿的强烈反对，威尔文收容了卖花女、外国流浪汉和老马夫在家里过夜。然而可怜之人必有可恨之处，老马夫是一个酒鬼，喝光了威尔文家里的酒，卖花女则和流浪汉勾搭在一起。知道这些人的真面目之后，威尔文依旧尽自己的力量向他们提供帮助。剧终时三个搬运工拿着威尔文给的钱嘲讽他是个傻瓜，是个容易被骗的滥好人。威尔文的仁慈和友善最终似乎并没有起到足够广泛的正面影响，从这个意义上说，《愚人》暴露出慈善行为效力的不足，让人们思考在社会颓坏、人类品质堕落的时代中，个人的慈

---

　　① 原剧作名为 *The Pigeon*，有的译本译为《鸽子》。Pigeon 一词本身就有"很容易被骗的人"之意，剧中主人公被骗，剧作最后一幕发生在愚人节，剧终说主人公是个容易被骗的老好人，故本文将之译为《愚人》。

　　② ［英］巴利：《作为公道的正义》，曹海军，允春喜译，南京：江苏人民出版社，2008，第 34 页。

善能否唤醒良知，扭转乾坤；更让人们去探索如何才能真正地帮助那些迷失在下层社会的人，拯救他们，让他们产生质的改变。

出于"善"的本心，威尔文队三个蒙骗他以获得帮助和救济的人心生怜悯。亚里士多德认为怜悯本质上是一种利己主义的情感，因为人们是出于害怕类似的事情可能发生在自己身上而怜悯他人。① 亨利·柏格森（Henri Bergson）认为怜悯包含三个层次的含义——首先要同情他人的痛苦；其次要有帮助别人的想法；最重要的是需要有一种受苦的欲望，只有具备了最后一点才是真正的怜悯。② 威尔文本人很贫穷，但只要看见受苦的人，就会留下名片。在救济他人时，他充分顾及人的尊严，并不直接施舍金钱，而是提供简单的工作——请卖花女做绘画模特，请老马夫帮他清洗画笔，让被救济者通过劳动获得生活费。他的慷慨导致自家生活入不敷出，只能把家搬到一处阁楼上，他能够也乐于忍受苦难，因此他是一个真正怜悯他人的人，是一个别人眼中的"愚人"。

慈善并不是画家威尔文的职业，他在发现自己被蒙蔽之后，也思考更有效地帮助苦难阶层的方法，高尔斯华绥在剧中安排了当时社会中从事慈善事业的三类代表人物——牧师、教授和治安官。牧师是保守派，认为应该通过基督教教义来感化穷人；教授和治安官是改革派，他们厌恶穷人，认为穷人应该被送进屠宰场。这三个人物的行为和话语直接表现出社会改革派理论的空洞、慈善家们的伪善和冷酷，老马夫、流浪汉和卖花女的遭遇也侧面反映出这种冷酷。老马夫因为酗酒被送进收容所，他不但没有在那里改掉酗酒的毛病，反而愈加严重；卖花女因为"妨碍治安"屡次被收容，在收容所里觉得生不如死。被救济者实际上成了"慈善家"们的"囚徒"，收容所和监狱对人的心理影响没有本质区别。

威尔文没有从慈善家们那里得到任何建设性意见，他毫无抱怨地宽

① ［古希腊］亚里士多德：《诗学》，罗念生译，北京：人民文学出版社，2008，第 38 页。
② ［法］柏格森：《时间与自由意志》，吴士栋译，北京：商务印书馆，1958，第 13 页。

恕三个人的恶劣行径。"宽恕"这种美德严格说来是对正义的一种嘲讽和否定,因为他以不劳而获为本质,因此威尔文对三个人恶劣行径的宽恕似乎助长了他们身上的"劣性"。但是高尔斯华绥并非只着力表现三个人的"劣性",在最后一幕中,他向人们展示的是这三人"劣性"产生的环境和原因。卖花女的丈夫欠下巨额赌债,为还赌债倾家荡产,无家可归,孩子也夭折,她无法维持生活只能出卖自己;由于无法和新兴的出租车行业竞争,老马夫失业,穷困潦倒,只能通过酗酒以慰藉自己内心的痛苦;流浪汉弗兰认为自己在生活中一无所获,毫无价值,想要结束自己的生命。在英国政府施行的慈善政策之下,卖花女过得生不如死,投水自尽后仍然难逃被收容的命运;老马夫借酒意滋事,以求被收容,逃避穷困潦倒的生活;弗兰看透了当时社会慈善的本质——慈善家内心希望穷人去死,因为穷是一种罪恶,接受慈善必须以失去自由为代价。他们三个典型的社会底层人物激起了人们的怜悯之情,至此,第一幕和第二幕中画家威尔文给人留下的帮助"恶人"的愚人形象发生了转变,观众真实感受到他宽恕和怜悯的对象的确是"可怜之人"。威尔文出钱让警察雇出租车带卖花女离开,向流浪汉和老马夫提供了自己新家的地址,欢迎他们随时到来。他希望能尽一己之力帮助更多的人,威尔文的愚人形象彻底颠覆,在观众的眼中,他更像是一个圣人,一个天使。流浪汉弗兰最初得到威尔文的帮助时,嘲笑威尔文是一个"可怜的傻子"(poor pigeon),最后承认自己受到"天使"(angel)的照顾。人的道德品质中仁慈、忠实、真诚等美德往往因为他们可以直接促进社会利益的趋向而得到赞扬;一旦这些道德品质被确立,具有这些道德素养的人就会被信任、信赖,在生活中受到他人尊敬,反之,则会被鄙视和憎恶。

与之前的社会问题剧相比,《愚人》的斗争性和阶级性看似不强,但是他更直接地揭露了下层阶级生活的艰辛,以轻微细腻的笔触去谈论"助人"这个严肃的道德话题,召唤起人们心中的"善"。从人本主义的角度来看,这部剧作应该是高尔斯华绥较为优秀的一部问题剧。如果说《银烟盒》中的蒋四偷窃、《正义》中的菲尔德篡改支票诈骗等行为的确触犯了法律，应该受到惩罚，那么这部剧中的穷人并未违反法律，也未有侵害他人之行为，为何却也被"慈善家"咒骂，被认为该死？这部剧作进一步深化了高尔斯华绥对于"罪与罚"的思考——穷人是否生而有罪，他们的原罪就是贫穷吗？因为这种"罪恶"，他们就该被剥夺自由与尊严，就该去死吗？在英国贵族阶层正在迅速丧失其有效地位和权力，但其意识形态特权仍被一定程度保留的社会转型期，高尔斯华绥认为公正、谨慎、富有同情心、宽容、仁慈比起轻率、偏见、歧视、冷漠和复仇更能使人们免受伤害。在"与人为善"的道德信仰受到冲击的时代，威尔文的"大善若愚"更显高尚和难能可贵，他的圣人形象也给这部剧作披上了一层梦幻的轻纱。

二、小人物与大英雄

随着资本主义工商业的发展和市民阶层的兴起，近现代社会更多地成为普通人活动的舞台，近现代悲剧也更多地转向关注普通人的人性和苦难，悲剧美学也以人物性格为中心，注重内在价值尺度的崇高，展示现代社会中人们精神上的迷茫、焦虑、孤独与痛苦，表现人本身的存在性、完整性以及对自由的渴望和追求。小人物的悲剧形象与古典悲剧英雄具有相同的审美价值。叔本华认为普通人在日常生活中由于相互的误会、猜疑和伤害造成的悲剧无处不在，也最为可怕。①劳伦斯认为英雄藐视微不足道的社会常规，坚持忠实于自我；他们是英勇的精英分子，忠实于更高层面的生命的道德，而不是某种狭隘的群体规范。② 尽管凡夫俗子们较少产生像古典悲剧英雄们那样的崇高悲壮之美，但是平民悲剧通过社会的不完美、不合理、不公平带给日常生活中普通人的摧残，让社会关系内在矛盾的必然性成为推动悲剧情节发展的动力，这样的悲

---

① ［德］叔本华：《作为意志和表象的世界》，石冲白译，北京：商务印书馆，1982，第 253 页。

② D. H. Lawrence, *Phoenix*(Vol. 1)(London：Penguin Books，1955)，p. 180.

剧既显得真实，又能引起人们普遍的共鸣，同时也能够引发人们对于社会、人生和自由等的思考。高尔斯华绥的《小个子》就是一部典型的平民戏剧，主人公是一个国籍不明的小个子，却体现了生命和道德的高度，是一位真正的英雄。

《小个子》是高尔斯华绥创作的六部短剧之一，副标题为"道德闹剧"，很明显这部剧作的主题是道德。剧中人物来自英、德、美等国，以各自的国籍命名，有中世纪欧洲道德剧风格。第一场以火车站站台上的餐饮区为场景，一群来自不同国家的乘客从讨论侍应生的称呼问题开始，渐渐扩展到助人行善的话题，大家意见迥异。火车晚点到达，停靠时间短暂，大家必须立刻上车，只有小个子男人抱起一名贫穷的妇女的婴儿和大包行李，助她登车，然而上车后才发现婴儿的母亲没能赶上车。更糟糕的是，婴儿似乎生病了，德国人猜测是斑疹伤寒，大家唯恐避之不及，只有小个子抱着襁褓，轻轻摇晃，安抚婴儿。火车到站后，因为语言不通，小个子被认为是抢劫婴儿的罪犯，警察要带走他，同车的乘客纷纷证明他的善行。婴儿的母亲赶到后证明婴儿并没有得伤寒，大家虚惊一场，美国人盛赞小个子是一位英雄。剧中主要人物分别是英、德、荷、美四国人，人物的民族特性十分鲜明。英国人自视甚高，待人冷漠，不轻言妄议；德国人冷酷无情，认为人本性利己；荷兰人一言不发，故作高深；美国人是理想与现实的矛盾结合体，言行不一。小个子有英、美、荷、德四国血统，他是四个民族的优点的继承者，冷静、理智、勇敢、坚持自己的信念，是一位言行一致的人道主义者。

在站台上的小酒吧里，其他用餐者对侍应生呼来喝去、颐指气使，只有小个子礼貌地称呼侍应生为"先生"。讨论助人行善话题时，只有小个子坚持人们应当帮助病弱之人，最后在挤火车和"伤寒婴儿"等事件中他以自己的行动践行了自己的思想。《愚人》中的威尔文还只是一个模糊的"天使"，《小个子》结尾时小个子被打造成为一个显圣的阿西西的圣方济各(St. Francis of Assisi)形象。

阿西西的圣方济各形象曾多次在高尔斯华绥的其他剧作中出现。圣方济各(1181—1226)被公认为是最彻底的耶稣基督的追随者，他放弃良好家境带来的财富，摒弃舒适安逸的生活，成为最微小的人物来克服人类的傲慢无知，去更好地爱人。他有着强烈的同情心，不仅总是把自己的东西拿出来送给那些穷苦之人，更是按照穷苦之人的方式去生活，体验和分担他们的苦难。他强调不要冷眼旁观或者高高在上给予施舍，而是要彻底摆脱一切世俗束缚，爱护无依无靠的人。圣方济各的"和平祈祷词"是基督徒最爱的祈祷词，是基督徒使命的永久宣言，被译成多种文字并谱以名曲。

和平祈祷词①

哪里有伤害，让我传达宽恕；

哪里有仇恨，让我播种爱德；

哪里有疑惑，让我提供望德；

哪里有绝境，让我带去喜乐。

上主，请赏赐我所梦寐以求的，

不是被理解，而是去理解；

不是被安慰，而是去安慰；

不是被爱，而是去爱。

因为只有给予，我们才会获取；

去原谅，我们才会被宽恕；

《和平祈祷词》明确提出以德报怨，不求回报的宽恕、仁慈之心和高尚品性。《阿西西的圣方济各》曾被但丁歌颂，"一位心中的热忱完全和撒拉弗一样；另一位的智慧如同基路伯的光芒一样在世上闪耀着……称赞任何一位就同时称赞了他们两位……一个太阳如同经常从恒河升起一样降生在世上"②。直到 20 世纪，基督徒以及很多无宗教信仰者都认

---

① 萧潇：《爱的使者：基督圣徒传》，北京：社会科学文献出版社，1998，第 49 页。

② ［意］但丁：《神曲·天国篇·第十一歌》，田德望译，北京：人民文学出版社，2001，第 85-86 页。

可圣方济各的教导和提倡的生活方式。高尔斯华绥塑造的威尔文和小个子都是圣方济各的化身。高尔斯华绥通过树立理想化的人物性格，虚构了一个个深知危险仍然义无反顾的道德榜样。

这部剧作让观众去思考英国文化乃至整个欧洲现代社会存在的意义。面对需要帮助的弱者，剧中欧、美各国人们的种种不作为和明哲保身的行为隐意着欧洲文明走向枯竭和消亡，小个子的行为似乎影射人类需要一个富有生命力的新事物来启发人们重新追问人理应具备的品质和生活的意义。没有了信仰（不仅指宗教信仰），人们只剩冷漠，世界只剩毫无意义的嘈杂和喧嚣。这个时代没有骑士，没有贵族，只有默默无闻的小个子来担当英雄的角色，这对于几千年的欧洲文明和伦理观来说多么可悲。当然英雄的结局不一定是死亡，英雄完全可以成功地活着，就如埃斯库罗斯笔下的奥瑞斯忒斯一样，小个子这个英雄不仅活着，也感化了更多的人。不管是死去还是活着，观众都会在目睹了英雄们一个个具体的行为之后反思人生的幸福与不幸，反思人生的价值和意义。

从《小个子》这部剧作我们能够体会到高尔斯华绥呼唤民族、种族平等，奉行人道主义，希望人人都怀揣崇高理想并为之努力实践的伦理理想。高尔斯华绥借美国人之口阐明了他的这些理想——"这世界上有很多崇高的人。""只要有机会人人都是英雄。""人们只不过没有意识到自己的善良而已。""所有国家的人都是人道主义者，因为这是一个平等且怀着崇高理想的时代。""为保护弱小而牺牲就是高尚，就会快乐。"①这是高尔斯华绥高扬理想旗帜的一部剧作。

三、懦夫与勇士

不是每一个人都能够勇敢地克服前行中遇到的阻力，只有能够坚持自己的信念并为之付出的人才能被称为英雄。《乌合之众》中的议员莫尔反对战争，在他人的眼中他是一个不折不扣的懦夫，但是他却不顾他

---

①　John Galsworthy, *The Little Man*，第一场和第二场。

人的反对，勇敢地坚持自己的反战信念，最终献出生命，因此他是一位真勇士，一位真英雄。当然，不是只有敢于付出生命的才是勇士，才是悲剧英雄，因为最耸人听闻的悲剧行为就效果而论也许是最为软弱的。① 因此剧作家没有必要总是以战争、罢工等大事件来凸显悲剧效果，小事件、小格局的日常生活同样能给人以灵魂的洗刷。高尔斯华绥在《一丝爱意》中对比了人类经验中令人沮丧的普遍状况与在美德方面（包括自信心、高尚、爱情、同情、勇气等）能够达到的高度，让人思考平凡生活中懦夫和勇士的内涵，而这种对比一直以来是西方人文主义传统的核心。②

山村牧师斯特兰威③在村民中失去了声望，原因并不是他做了什么德行有亏、违背教义的事情，而是没能约束好自己的妻子——她和情人生活在一起。他甚至答应妻子不离婚，以保存她和情人的颜面，让两人可以秘密地生活在一起。在村民看来，这完全是懦夫行径，他们甚至准备召开村民大会来责问斯特兰威。斯特兰威的自尊受到严重的伤害，不得不离开此处，他坦言自己恨不得杀死妻子的恋人，甚至开始怀疑上帝，觉得自己被夺走了生命和希望，最后决定自杀。当他自杀的一幕被一个女孩看见后，斯特兰威立刻放弃自杀行动，安慰受到惊吓的女孩，并接受女孩赠予的象征满月女神送来的"一丝爱意"的羽毛，对着月光祈求上帝给他勇气继续前行。

有时候选择死亡并不是一种壮举，因为在人生的某些环境中有着比死亡更难以忍受的折磨。死亡可能是一种逃避，而迎接和忍受折磨的生存更能体现人的尊严和价值。斯特兰威是一位虔诚的牧师，他脾性温和、信奉上帝、以阿西西的圣方济各为行事典范。因此，他遵守上帝

① ［英］特里·伊格尔顿：《甜蜜的暴力——悲剧的观念》，方杰，方宸译，南京：南京大学出版社，2007，第88页。

② ［英］阿伦·布洛克：《西方人文主义传统》，董乐山译，上海：生活·读书·新知三联书店，1997，第165页。

③ 英文单词为Strangways，为Strangeways的变体，意思是"奇怪的方式"，体现高尔斯华绥对这个人物行为的设定。

"爱人如己"的诫命，爱邻里、爱仇敌，相信可以通过"凡事包容、凡事相信、凡事盼望、凡事忍耐"的方式，用爱、宽恕及忍耐感化恶人，使之向善；如果人人仁爱、慈善、忍耐，恶就不会存在。出于对生灵万物的爱，斯特兰威付钱赎买女孩捕捉到的云雀，将其放生；出于对妻子的爱，他忍受着内心的强烈痛苦，答应妻子的要求，放妻子自由追求爱情。这本质上并不是懦弱的表现，而是希望心爱的物与人能自由、快乐地生活，这是基督教新教倡导的社会伦理关系。在被村民们侮辱谩骂之后，斯特兰威气愤之下向村民动手还击，意识到自己行为的过失后，他自请离开村庄，这是他勇敢维护自尊的表现。他勇于自省，向房东太太坦白内心想法——想要杀死情敌、开始质疑上帝。他的牧师身份和丈夫身份，让他在处理和妻子的关系时充满着矛盾，他也曾一度动摇和放弃自己的牧师身份，想要报仇，想要自杀，但出于对村民的包容、对妻子的爱情和对小女孩的爱护，以仁爱之心控制自己的欲念，最终选择牧师身份而放弃丈夫身份，继续生活下去，这更是勇气的体现。沃尔特·本雅明认为道德英雄希望通过动摇遭受折磨的世界来提高自己。[1] 与村民发生冲突以及自杀未遂之后，斯特兰威领悟到一个基督徒真正的品质——勇敢地去爱人，爱世界。他不被理解，被村民嘲讽、排斥，他有过动摇，动摇之后，信仰更加坚定，他是真正的勇士。高尔斯华绥的作品中很多圣徒式的人物都体现了一种道德信仰，即人应该心胸宽广，只要人人有爱，彼此相爱，就能和睦共处。

相比之下，那些嘲讽他、驱赶他的村民们才是懦夫，他们既不认同斯特兰威对动物的关爱，更反对他听任妻子离开的做法，用一些尖酸刻薄的话嘲笑和侮辱他；他们内心冷酷，用虚张声势、畏强凌弱来掩饰自己的无知和无爱，斯特兰威向被打农夫道歉的举动在他们的眼中就是懦弱无能的表现。当他们商议要选村民大会主席来驱赶斯特兰威时，却没有人愿意担任该职，互相推诿。村民吉姆在妻子出轨后采取了杀死情敌

---

① Walter Benjamin, *One-Way Street and Other Writtings* (London: Penguin, 1979), p. 127.

的"勇敢"措施，他希望斯特兰威也能照做，以证明自己的勇气，挽回昔日的地位和声望。这种"勇敢"只能说是匹夫之勇，并不是内心的勇敢和强大。

英雄是戏剧千百年来不变的主题，他常常和悲剧联系在一起，以英雄的死亡告终。不过悲剧从古希腊时期开始就奠定了一个理念，那就是死亡固然可怕，但失去品德则更为可怕。像普罗米修斯这样的人物虽然陨灭，但是他在无情的命运中彰显了自己强悍的自由意志，他的死亡上升到一个新的境界。高尔斯华绥接受了 19 世纪末 20 世纪初西方英雄主题戏剧的转变，作品中的人物大多是城市中下层平民，小市民和劳工。正如雨果在《悲惨世界》里写道，"贫穷使男子潦倒，饥饿使妇女堕落，黑暗使儿童羸弱"[1]，高尔斯华绥描写他们生活的苦难，从他们中间汲取优秀的品质，努力发掘人物的思想观念和道德品质的社会涵义，突出人物伦理身份的多重性、伦理选择的复杂性，在种种伦理行为和伦理秩序的冲突中树立新的时代英雄。这些英雄们勇于同社会的种种不公与合谋斗争，坚守自己的信念，愿意为了他人的福祉牺牲自己的利益和生命。

"一战"前，他作品中的人物，不论是勇士还是英雄，无论是被水雾折射的阳光笼罩的小个子，还是在月光下前行的斯特兰威，剧终他们的人物形象就像是"圣徒显灵"一般，被赋予了"圣徒"的光环。从这些剧作创作的历史语境来看，高尔斯华绥并非旨在宣扬基督教信仰，而是通过这些圣人、英雄、勇士身上蕴含的种种美德赋予剧作以"先天下之忧而忧"的人道主义情怀，宣扬以仁爱、慈悲和宽恕为核心的人道主义思想，提出用爱和向善来改造社会的美好的理想。

第二节　人"应有"的道德信仰

欧洲传统封建道德实际上是以基督教道德作为信仰支柱。在 20 世

---

[1]　[法]雨果：《悲惨世界·作者序》，郑克鲁译，上海：上海译文出版社，2006，第 1 页。

纪前半期这样一个科技更迭、战争频发的世界，人们再也不能肯定自己能主宰命运。人们失去了信仰，变得更加物质化，未来的不可预知让人走向极端享乐主义，在这种情形之下高尔斯华绥深入思考社会变革和转型过程中人们精神重建的问题，探索怎样恢复或者重构社会道德信仰，实现心灵的幸福。

一、骑士精神与斯多葛主义

20 世纪工业社会在给人们生活带来便利的同时，也造成了种种负面影响，社会矛盾尖锐、社会秩序混乱、社会风气败坏，整个社会处于持续动荡之中。精神层面上，人们信仰缺失、心理失衡，这种状态下诞生的一些艺术形式，尤其是荒诞艺术，加速了传统和谐、稳定、秩序等思想的灭亡，将社会推向一种更加极端和混乱的状态。面对这种极端情势，高尔斯华绥一直在思索和探究人类的道德和信仰问题。《玻璃窗》（书名全称为《玻璃窗：献给理想主义者及其他的三幕喜剧》〈*Windows：A Comedy in Three Acts for Idealists and Others*〉）创作于 1920 年，从骑士精神、利他主义、爱与救赎、罪与罚等角度探讨战后人们的信仰问题。此剧一反高尔斯华绥戏剧一贯开放式的风格，充满了说教式的对话，为评论界所不喜，认为其戏剧性不够充分。

《玻璃窗》开篇没有任何铺垫，直接呈现一家四口之间关于骑士精神和利他主义的讨论。骑士精神是西方社会从中世纪以来逐渐形成的一套完整的行为规范，主要包含信仰上帝、热爱祖国、保护教会及弱者三个准则，意味着有战胜各种艰难险阻的勇气和力量，保护妇女、儿童等弱势人群，要为正义而战。利他主义一词由 19 世纪法国思想家孔德提出，指一方主动使自己的行为有利于另一方利益增加的道德原则，也包括他人和社会的利益优于一切，为了他人和社会利益可以牺牲自己利益的学说。利他程度最高的是"纯粹利他"主义，即不追求任何对其个体的客观回报，不计较个人得失，以完全利他为目的的奉献精神。他具有伦理象征意义，是一种崇高人类"自我精神"的追求。家中两代人对于骑士精神看法迥异，父亲马彻认为骑士精神是一种利他主义；女儿认为骑士精神这个词土得掉渣，在战前就已经过时；参战归来的儿子约尼认为骑士精神是文明之本。基于对骑士精神的信仰，约尼对现代文明和战争伦理观念提出了质疑，尽管宣誓为了拯救弱小二战，但事实上战争的实质却并非如此。① 带着这种质疑，马彻和玻璃窗清洁工卜莱讨论起"人性"。卜莱强调人的行为来自本性，他怀念旧日美好时光，批评政府、基督教、尼采，认为社会不公，"美"不能给人带来幸福。卜莱代表的是年长的英国下层阶级劳动者的观点，他们勤恳工作，但战争和生活的艰辛磨灭了他们原有的道德信仰，内心对社会不公产生怨恨。马彻是英国中层阶级的代言人，他对政府也持批评态度，但在哲学层面上依然期待"美"、赞赏"美"，待人接物温文有礼。贵族小姐玛丽不相信上帝和骑士精神，约尼是典型的理想主义者，他相信堂吉诃德式的骑士精神。当他遇到受人排挤的卜莱的女儿斐丝②时立刻起了怜悯之心，希望能保护和拯救她。斐丝的苦难经历虽令人同情，然而她却天性不羁，满心希望能过上自由任性的生活，她引诱人也被人引诱，最后以离开惨淡收场。约尼试图通过与斐丝结婚来实现保护和拯救斐丝的目的，遭到母亲琼的批评——保护弱小的骑士精神并不是爱情，婚姻也不是拯救女性的唯一必要手段。

"一战"之后英国妇女取得了很多行业的工作权，社会地位较战前有了很大的提升，女性更加注重自我，强调个人的感受。斐丝拒绝约尼的结婚提议符合当时女性意识日益强大、女权运动风起云涌的历史语境和时代精神，高尔斯华绥安排拒婚并非要表明骑士精神已失去价值和存在的必要，而是寓意女性需要的不仅是同情怜悯，而是发自内心的真爱，或许骑士精神的准则应当与时俱进，被赋予新的内涵，这才是真正的人道主义精神。

---

① 原文为"We went into the war to save the little and weak; at least we said so; and look at us now! The bottom's out of all that!"

② 英文为"Faith"，意为"信仰"，高尔斯华绥给这个角色命名有一定的寓意。

《玻璃窗》里的每一个人对人生、人性都有不同的看法，这种战后形成的困惑和质疑颠覆了此前人们所信仰的道德伦理体系。马彻与卜莱关于哲学、人生的讨论也表达了高尔斯华绥对这些议题的思考，例如，斐丝因为贫穷捂死自己出生才两天的婴孩，到底是在毁灭生命还是在拯救生命？斐丝的杀子行为是不是对生命的亵渎？法律对斐丝的判决是否公平？如果斐丝杀死一条生命是罪过，那么英国人对于殖民地印度人、对爱尔兰独立运动者的杀戮算不算是罪过？生命究竟是否平等？人的本性又是什么？人的本性能否被改变？人性怎样才能不堕落，才能升华？当人的理想破灭时，人们又需要做什么、能做些什么来弥补？

让我们回到《正义》，办事员菲尔德假释后祈求得到一个工作机会，能够改过重新生活，但是被拒绝，最后走向死亡。《愚人》中的威尔文竭尽所能帮助马夫、流浪汉和卖花女，可是他们还是"积习难改"。《玻璃窗》的斐丝犯了杀人的罪行，在父亲的帮助下，她得到一个能够帮助她开始生活的工作，但她并没像其他人希望的那样努力工作，反而抱怨收拾餐桌工作的辛苦，引诱雇主儿子约尼。那么，人是否能改恶向善？犯过错误的人是否需要改过的机会？改过和救赎是依靠他人还是自我能动，哪一种方式会更加有效？相比十几年前的《正义》和《愚人》，高尔斯华绥在救赎、道德信仰方面的思考更为冷静、理性和成熟。玻璃窗和擦窗人具有强烈的象征意义，尽管玻璃窗被擦得干净透明，尽管窗里愉快地研究理论的人可以很清楚地看到窗外残酷的社会现实，但是玻璃窗却将窗里的人和窗外的人分隔开来，窗里、窗外的生活截然不同。约尼整日除了写诗，无所事事，他试图通过婚姻来拯救一名犯过罪、受到他人排挤的女性，却被这名女子断然拒绝；马彻谈论哲学、讨论人生，但是在解决儿子和斐丝的问题上，他既提不出可行的方法，也没有实际行动。纯粹的理想主义者的价值几乎为零，一个人只有脚踏实地才能有所作为，不切实际的乌托邦思想最终将无所适从。

四年之后，《老式英国人：三幕喜剧》（Old English：Comedy in Three Acts）在伦敦出版并上演，该剧由高尔斯华绥根据他早年的短篇小说《禁欲者》（The Stoic，又译为《斯多葛人》）改编而成。高尔斯华绥将其定义为一部性格喜剧，虽然在伦敦上演时惨遭滑铁卢，在纽约却大受欢迎。该剧没有安排两个继承人之间发生的强烈冲突，也没有复杂的戏剧性，只有最后出人意料的选择。赞扬该剧的人评论最多的是他代表的"英格兰品性"，这种品质在英格兰领土之外表现得尤为明显，该剧在欧洲大陆演出较多。

高尔斯华绥在剧中塑造了一位80多岁英国老人黑索普的形象，他被定位成一位斯多葛主义者。斯多葛主义继承了犬儒学派的禁欲及厌世的主张，主张"善"和"德行"，以"克欲求善""回归内心"和"不动心生活"为目的，主张人应该调整自己的意志、愿望和行为以顺从自然，达到实际的和谐；政治与伦理应该被区分开，人应该逃避政治事务而致力于人生伦理；行为的道德意义不在于行为本身，而在于对行为选择与自然一致性或协调性的理解；至善就是德行或道德，"善"就是尽力去获得与自然相符合的东西，行为最终是否成功与道德无关；在一个恶劣的世界中，人可能不会有福，但可以有善，具有道德价值的是努力，而不是行为。斯多葛派把人的自然本性规定为理性，"人同此心、心同此理"，个体在独善其身的同时采取顺应自然的方式担负对同胞和社会的职责，"依自然而活也就是依道德而活"①，即人道与天道都是理性之"道"。具体到生活，斯多葛主义者表现出一种随遇而安的状态，有时也会冷漠，希望人能够减少欲望，而人与人之间尽量减少竞争，"让你的愿望符合实际，不论好坏，生命和自然都由我们无法改变的法则所掌控，越快接受这一点，我们就能更加平静"②。总体说来，斯多葛主义的观点就是"回归自然""真情至性""知足常乐"，因此又被称为禁欲主义。芝诺认为好的生活应是道德上可敬的生活，需源于自然。③ 斯多葛

---

① 该句为芝诺(Zeno)的观点，转引自周辅城编《西方伦理学名著选辑》（上），北京：商务印书馆，1987，第215页。

② [古罗马]爱比克泰德：《沉思录2》，北京：中央编译出版社，2009，第4页。

③ 转引自陈思贤：《西洋政治思想史》，长春：吉林出版集团有限责任公司，2008，第150页。

主义的人性平等和自然法的概念对西方道德伦理观起到了重要作用，其关于自然、德行、理性的诸多主张在高尔斯华绥的散文和戏剧等文学作品中时有流露。

黑索普一辈子从事航运事业，经营着一家航运公司，他年事已高，自知时日无多，放心不下过世的私生子留下的遗孤，但由于海外投资失败，他欠下大笔债务，无力支付两个孩子长大成人的费用。他一方面软硬兼施，让债权人同意他暂缓还债，另一方面借公司购船之便，索取回扣，用回扣资金作为两个孩子的生活费用。然而他的私生活"丑闻"以及利用职务索取回扣之举被债权人文特内知晓，并受到威胁，他叹息自作自受，最后因过量饮酒而死。黑索普是矛盾的集合体。作为父亲，对女儿态度粗暴冷漠。女儿关心他，劝他戒酒、接受疗养，可是他却毫不领情，拒绝和女儿一起用餐、一同乘马车回家，还呵斥阻止他喝酒的女儿。作为祖父，对自己过世的私生子留下的孩子，倍加关心，甚至不顾自己的声誉索取贿赂，给两个孩子准备 6000 英镑的成长费用，还安排律师，防范挥霍无度的儿媳将钱花光。对孙子孙女女他不仅提供经济支持，还经常嘘寒问暖，教育孙女长大后要经济独立，"宁可一个人吃糠咽菜也不能为了锦衣玉食嫁给傻瓜"①。作为公司老板，他个人投资失败，欠债 13 年无力归还，甚至索贿以谋取私利。他经营方法老旧，渐渐失去公司股东们的信任；但是在普通职员的眼里，他令人尊敬，是个和善守礼且坚强的好绅士。这种身份的不协调交织在一起向我们展现了一个原本"清心寡欲"的善良老人在严酷现实压迫下的种种无奈与挣扎。

《老式英国人》揭示了一种伦理秩序。作为剧中的"英雄"，黑索普在个性上存在严重的缺陷——言而无信、狡猾重利，可他还是会引起人们的同情，因为他并不邪恶。在某种程度上这也是他覆灭的原因。黑索普的死亡复活了人们内心深处的"绅士"情结，感叹传统英伦绅士风范的丧失，尽管英国人的骨子里有这种风范的残留，但是在竞争激烈的社

①　出自《老式英国人》第三幕第一场，原文为："Remember! Bread and butter with independence better than champagne with a fool."

会里这种风范已失去表现的空间。黑索普本身并不想死，他通过自己的死亡将其社会化，通过公开展示，将死亡变成一个象征性的符号。如果黑索普结局必须是死亡的话，他的死亡表现出一种贵族式的轻视，让他人受到感悟、得到解放，从毁灭中拯救"老式英国绅士风范"这种传统伦理价值。

高尔斯华绥曾多次讨论和总结过英国人的绅士风范，在散文《英国人的诊断》(Diagnosis of the Englishman)和演讲《美国人和英国人》(Anerican and Briton)里他总结英国人就是斯多葛主义者。他认为英国的地理、政治等因素造就了英国人一种压抑的理想主义，并且固执又古怪，但也喜欢冒险，可以在任何遥远未知的环境中游刃有余。他们不善言辞、不形于色，对一切事物轻描淡写，不自吹自擂，注重荣誉，不走极端，在迟钝的外表之下内心有无以言表的慈悲、蔑视一切的幽默感和超强的折中态度。英国人尊重生活的一切规则，对形式和秩序有根深蒂固的尊重。在这部剧中通过黑索普这位斯多葛主义者，高尔斯华绥明确地展现了他所期待和崇敬的人生价值的内涵，即尊严，人无论如何都不能丢失道德尊严，尊严不依赖于某种字面的教义或者任何外在的启发，而是完全依赖于人的理性意志和道德意志，依赖于人赋予自己的价值，失去道德尊严就意味着灭亡。

二、罪与罚中的道德救赎

高尔斯华绥的《银烟盒》《正义》等剧作深入讨论了罪行与刑罚的主题，其极大的社会影响力促使司法系统对罪犯惩罚和囚禁的规定有所减轻和改善，战争期间高尔斯华绥写作的重心和立场虽然有所转移，但罪与罚仍然在他的视线范围之内。

《最前的与最后的》(The First and the Last)是一部改编自同名短篇小说的情节剧，该剧作表现出的英国法律对罪行和审判的可操控性给人留下深刻印象。高尔斯华绥在批判英国法律制度和法庭审判真面目的同时，也映射出对当时世界和历史时代的抗议——缺乏主人公的善良、纯洁的品质是这个时代人格与人性的巨大缺失。

"最前的与最后的"这个表述源于《马太福音》(19:30),耶稣讲到在复兴时追随他的人需要接受最终的审判,但是"有许多在前的,将要在后;在后的,将要在前。"由于上帝看得见人的内心,他会创造一个新世界来平衡和调整旧的世界,用永恒来调整时间之中错误的判断,"在世上卑微的人将来可能在天上为大,在世上为大的在将来的世界中可能为卑微"①。高尔斯华绥以此为剧名,旨在表现人世间的不公,表达对美德的赞扬和崇敬。戏剧以主人公拉里为救爱人汪姐免受丈夫虐打,错手扼死汪姐丈夫为线索展开。拉里和汪姐与《正义》中的菲尔德和项娜薇在人物设定上比较相似,两名女子都婚姻不幸,受丈夫折磨,拉里和菲尔德都有一颗善良的心,希望解救和帮助自己爱的女子,但在解救过程中他们违反了法律,拉里失手杀人,菲尔德侵吞公款。当时的英国法律对杀人罪有可宽恕的规定:"有极少数案件,有人目击他人行非,侵损荣誉,一时怒发,致殴杀为非之人,故非认为合法,也曾予以宽恕;但宽恕程度,不过使罪名由谋杀减为普通杀人。"②"杀人罪(manslaughter)为非预谋的杀人,例如 A 无杀 B 之意,却因不法行为(非重罪的行为),致 B 于死,A 系杀人罪,不是谋杀罪;假使 A 无杀 B 或者任何人的意思,而致死他人的行为并非不法,不过失于注意,尤其为杀人罪无疑了。"③从法律意义上说,拉里致人死亡的罪过大于菲尔德,但是他比菲尔德幸运,身为律师的兄长基思想方设法帮助他逃避重罪处罚。拉里杀人之后内心充满罪恶感,一开始想过要自杀,被基思劝阻。后来得知警察误抓了一个流浪汉,将之认定为杀人犯并判处死刑。在他看来这个世界虚伪、傲慢、野蛮、残暴、强权当道,让一个流浪汉

---

① [爱]巴克莱:《马太福音注释(下)》,方大林,马明初译,香港:基督教文艺出版社,1972,第 196 页。

② [英]勒克斯:《英国法》,张季忻译,北京:中国政法大学出版社,2007,第 151 页。

③ [英]勒克斯:《英国法》,张季忻译,北京:中国政法大学出版社,2007,第 153 页。

帮他顶罪是丧失人格的行为，他迫不及待地想要摆脱这个世界，留下遗书，与汪姐一起服毒自杀。

身为皇家法院律师的基思在得知弟弟杀人的事实之后，第一反应是将不利于拉里的证据销毁，用自己的专业知识教拉里断绝与汪姐的联系，安排拉里离开英国。从个人的角度看，基思帮助兄弟避开可能面临的灾难无可厚非，然而这种行为在很大程度上出于利己的考虑——家族名誉、个人名誉和前程。

该剧改编时间较早，与"一战"前高尔斯华绥的《正义》相似度较高，但已开始转向"他救与自救"的思考中。菲尔德渴望自由与爱情，祈求他人的救助失败之后，因生活无望而自杀。拉里同样渴望自由与爱情，在他人的帮助下本可以"得救"，但他更在乎人的良好品德，于是采取自杀的方式来达到自我救赎的目的。在这个世俗的社会中，哥哥基思是"最前的"，他有一份体面的工作，前途大好（即将升任法官）；弟弟拉里是"最后的"，他杀了人，并且自杀，罪行满满。但是如果真的能够接受天国的审判，从个人的品质来判断一个人道德地位的高低，弟弟拉里会成为"最前的"，哥哥应该会成为"最后的"。

在《玻璃窗》中高尔斯华绥刻画了女子斐丝的形象，她年轻貌美，曾经在理发店工作，满心追求爱情，18岁时未婚生子，将两天大的孩子扼杀在襁褓之中，因此被判刑入狱接受改造。在她的回忆中，监狱就像地狱一样，没有窗户的囚室让她看不见外面的生活，觉得自己失去生命一般。表面上，她在监狱生活的感召下有所忏悔，在内心深处她从未认为自己杀子有罪——既然贫穷不能让孩子过上好生活，那还不如让他死去，这是对孩子的拯救。监狱生活囚禁了她的身体，折磨了她的心灵，反而让她更加期待自由，厌恶沉闷单调的生活。她失去信仰，出于对自由的渴望，她的行事悖离道德。苦难无常，在某种程度上，斐丝由于自己滥用自由导致苦难，她的自由缺乏自我约束，过于放任。一个自由的生命是自主的，同时也应受到约束，约束的法则取决于她自己的理性。斐丝放纵自己对爱情的享受导致未婚生子；逃避作为母亲的责任，杀死幼子；当女佣时也没有丝毫身为女佣的自觉，对工作敷衍，勾引主

163

人家长子。她不甘心约束，再次被人诱骗，最后宁愿离家做妓女。斐丝对自由的追求使她失去了道德信仰，沉溺在享乐之中不可自拔。

高尔斯华绥早期的剧作较多地反映了人们普遍感受到的不公正感，事实上，这种不公正感导致的对命运的畏惧并不是最可怕的，因为人们不需要由此学会顺从，冷静的理性就可以教会人们这些，勿需太过痛苦；也就是说，要让人们思考社会、保持对生活的热爱和信心，并不需要借助过于恐怖的情节。个别的正义事例的影响往往有限，只有遵守普遍的规则，与同样公正行为的人合作，才能产生对社会有益的结果。①但是社会环境复杂多变，想要达到正义只能依赖正确的分析和推断，解决复杂的疑难问题，因此，理性必不可少。

高尔斯华绥晚期的剧作逐渐减轻了死亡给人们心灵上带来的苦痛感，写于 1926 年的剧作《逃脱》(Escape)是对"罪与罚"题材的回归，剧中主人公麦特在自由生活与道德信仰、生与死之间作出了与之前剧作不同的选择。夏夜，海德公园里警察欲逮捕一名和麦特·德兰聊天的妓女。依照英国当时的法律，这名女子犯下了公共滋扰罪(nuisance or public nuisance)，"一切公共滋扰罪均为轻罪，刑罚为罚金及监禁，大抵都是公诉的罪名；……系依简易程序处理的"②。这是一项包括很多妨碍社会道德的轻微罪名，但麦特本就认为法律存在不公，他同情这名妓女，阻止警察将其带走，争执中失手导致警察死亡。根据英国法律，"妨碍保安官吏执行职务的凌辱……即为重罪，应处重刑，自一年以上监禁劳役起，至十年有期徒刑止。""杀人罪之处刑为各种严重罪名中最富有斟酌余地，得自罚金起至无期徒刑止。"③麦特犯下了重罪，由于他是参加过对德战役的上尉军官，是体面的上层社会的一员，因此从轻判

① ［英］大卫·休谟：《论道德原理；论人类理智》，周晓亮译，南京：译林出版社，2010，第 108 页。
② ［英］勒克斯：《英国法》，张季忻译，北京：中国政法大学出版社，2007，第 169 页。
③ ［英］勒克斯：《英国法》，张季忻译，北京：中国政法大学出版社，2007，第 154-155 页。

决服劳役五年。麦特并不认为自己有错，觉得是命运弄人，他无法忍受监狱里的生活，决定逃跑。在狱友的协助下，麦特顺利逃出服役农场，开始逃亡历程。最后当他躲在教堂的圣器室中祈求牧师引渡他时，狱警追来，向牧师询问他的下落，麦特为了不让牧师撒谎，主动现身，被警察带走。

《逃脱》是战后高尔斯华绥打算以此封笔的一部成功的戏剧，该剧延续了"一战"前高尔斯华绥对于社会司法体系的反叛思想，主人公麦特在监狱中靠着幻想与自己尊敬的人对话度日，内心备受煎熬，这在一定程度上抨击了司法机构管理严苛对人灵魂的囚禁、压制和湮没。

剧中主人公麦特·德兰使高尔斯华绥能够透过个体来刻画当时生活的不同方面，也是高尔斯华绥对自己的隐喻画像——一个骑士风范的改革者设法帮助别人，却让自己身陷囹圄，宁愿行动失败也不愿意破坏自己的行为准则。麦特在逃亡的路上遇到了许多不同的人，在逃跑的艰辛中了解到宽容、同情、正直等品质的重要性，理解了比个人自由更有价值的东西，最终他发现自己还保存着良善，他的自由意志被道德和正义战胜，最后选择了心灵的解脱——不让牧师撒谎，维持他人和自己的尊严，自动现身被捕。剧作标题本身具有讽刺意味：没人能够逃脱生活、逃脱法律以及自己的内心，这也是该剧最重要的思想。这部剧像一部道德剧，德兰是一个普通的人，他会犯错、犯罪、后悔，但最后放弃逃脱的机会，不愿他人为自己犯错。这个过程也说明一个人无法通过别人的帮助得到真正的救赎，唯一的出路是自救。在这部剧作里，有对监狱农场和大雾弥漫的高地风景的描写，这种带有阴郁色彩的描写使得高尔斯华绥在不动声色之间揭露了传统伦理的本质——充满迷雾，使人迷惘。也许正是这部剧作强烈的道德感使他在票房上大获成功，后来被拍成电影。①

———————————

① 由 20 世纪福克斯公司拍摄为同名电影，1948 年 3 月在英国上映。

《逃脱》在戏剧形式上用"片段"(Episode)①结构取代传统的"幕—场"(Act-Scene)结构展开麦特的逃跑过程，画面感强烈、焦点集中，可以让观众体会主人公对自由的渴望与追求。出于对自由的追求，戏剧作品中的人物需沿着洒满自己鲜血的道路前进，用莎士比亚的《一报还一报》中公爵的话来说就是"能够抱着必死之念，那么活果然好，死也无所惶虑"②。死有自己的原则，同样自由也有自己的原则，不过最终对自由原则作出界定的乃是其决定者无法摆脱的东西。在现代，自由意志是一种内在的能力，自由与命运的抗争多以悲剧收场。麦特这位悲剧英雄服从了法律的刑罚，尽管他最终因坚守行为原则与命运妥协，但是也同时获得对命运的超越。H. D. 基托认为伟大的灵魂就是一切③，放弃人作为个体存在的是一种产生于生物范畴之外的力量，人们在献身于命运的时候就使自己与命运等同起来，就像弥尔顿笔下的力士参孙那样毁灭自己、战胜敌人。麦特放弃逃跑的打算看似是命运的胜利，实则是他的理性意志作出决定，他明了决定的后果，因此决定本身就超越了命运，是其道德信仰的胜利。

高尔斯华绥非常冷静地发掘了爱德华时期和乔治五世时期的社会生活的本质，传统给予人们对于幸福生活的期待和向往转化为人性中抑制不住的逃脱的冲动，而就在冲动付诸实施之后，人们又开始反思自己的行为是否符合伦理道德规约，然后在两者之间作出选择。在现代社会中，人类的法律被用来代替上帝的法则，社会的法律比人的意志更强大；面对险恶的社会环境，最动人的情感常常会所剩无几。"我们往往同我们的命运奋斗一些时候，而我们的结果总是屈服。社会的权力强于人的意志，最目空一切的感情撞到环境的命定，还是粉碎。我们突然坚

---

① 向培良选取中国戏曲的"折"来对应 episode，本文中将 episode 译作"片段"。

② [英]莎士比亚：《莎士比亚经典全集·喜剧(1600—1604)》，朱生豪译，武汉：华中科技大学出版社，2014，第236页。

③ H. D. Kitto, *Greek Tragedy*(London：Methuen, 1981)，p. 141.

持凭感情用事，但我们迟早会逼得听信理智。"①高尔斯华绥处在一个充满战争、远离正义的世界里，对于一个忠诚与往昔相联、却永远不会在真实世界中出现的标准绅士来说，最终无路可逃。

黑格尔指出，自由包含两个方面，一方面是本身就普遍、独立存在的如法律、道德、真理等事物，另一方面是人的情感、意向、情欲等所有使个别人动心的种种内在的动力。这两个方面不断地对立冲突，是人心焦虑和痛苦的根源。② 与《正义》里菲尔德失足跌死、《逃亡者》里的克莱尔自杀、《最前的与最后的》拉里自杀来逃避残酷的现实生活和内心罪恶感的方式不同，麦特追求自由，在道德、律法和情感、欲望等方面徘徊、挣扎，向命运妥协，保留了自己的生命、尊严和道德底线。前两部作品让人感受到的是生活满满的恶意，而《逃脱》让人感受到的是生活中的善良和希望。

在麦特逃脱的过程中他遇到的第一个人是一位贵族妇女，她对麦特在监狱中受到的折磨深表同情。虽然并不确定行为是否正确，她仍然向麦特提供食物、衣物，协助他避开追捕的狱警。在她身上我们能看到维多利亚时期贵族女性的优秀品质——仁慈、纯洁、温柔和善良。接着，他遇到一位老绅士，尽管老绅士认出了他是被通缉的逃犯，但他并没有揭穿他，默许了麦特的逃脱。老绅士是一位退休法官，曾将很多违法之人送入监狱，正因为见过太多人间悲欢离合，他认为人的善良要比律法更重要。麦特本性善良，为了帮助他人犯下无心之失，这样的人不应该受罚。在老绅士身上我们看到高尔斯华绥对正义与仁慈的思索。随后麦特遇到了四名郊游者，小店老板内心冷酷，老板娘贪婪，老板的妹妹是个事后聪明的老姑娘，船长是个比较冷漠的鳏夫。这群人是典型的城市小市民阶层的代表，他们以貌取人，怀疑一切，他们关注社会阶层在实际生活中的隐性利益，并对自己的社会地位不满。尽管他们在经济上比

---

① [法]贡斯当：《阿道尔夫》，卞之琳译，合肥：安徽教育出版社，2007，第47页。

② [德]黑格尔：《美学(第一卷)》，朱光潜译，商务印书馆，1979，第125页。

较富裕，但小市民阶层的属性决定了他们的道德品质上存在缺陷。麦特作为上层社会曾经的一员，内心鄙视他们的粗鄙与拜金，有心捉弄，开走他们的汽车。之后麦特遇到了一对散步的夫妇。丈夫菲力普从法律的角度评判人，认为在任何情况下人都得遵守法律，正义感强烈，但内心胆小；妻子琼认为行为举止能展现个人品质。她脱鞋整理袜子时不小心露出小腿，麦特迅速把目光转向别处，她由此判断麦特是个上流社会的有品质的人，因此面对去而复返的麦特，她不但不畏惧，反而愉快地同意和麦特同行。与此相对的是警察的行为，警察紧盯着琼露出来的小腿，这也验证了前面老绅士的观点——警察不一定具备良好的道德品质，在与这对夫妻的相遇中，高尔斯华绥也表达了他对一些道德品质欠佳的警察的讽刺。麦特逃到一个庄园，筋疲力尽，被庄园主管和工人发现、追赶，在他们看来麦特入狱不是由于运气糟糕，而是自己不当的行为造成。这种看法代表了高尔斯华绥对"小人物"悲剧结局的观点——主人公悲剧结局固然有外在命运的因素，但其个体的主观态度和思想起到了更重要的原因。庄园小姐是当时社会年轻女性的代表，和琼一样她不惧怕麦特，但她并非像琼那样认定麦特具备高尚的道德品质，只是单纯对逃犯产生好奇心，"要请一切可怕的人签名"①。高尔斯华绥对庄园小姐的描写透露出他对尚未形成良好世界观和道德观的女性们的担忧。麦特慌不择路躲进一对单身姐妹的小屋，姐妹俩就是否向麦特提供帮助发生分歧。朵拉就像《忠诚》里的玛格丽特，具有强烈的同情心，忠于自己阶层的尊严。她虽不同情罪犯，但同情麦特个人，因为麦特是上等人，上等人不应该被一群粗鄙之人追逐，故坚持隐藏麦特行踪；戈丽思就像《忠诚》里的阿黛拉，她理智且客观，不因阶层利益维护麦特，尽管不赞同朵拉的想法，但在关键时刻维护朵拉的决定。麦特最后无路可逃跑进教堂遇见一名牧师，他曾作为随军牧师上过战场，也与麦特认识，他和麦特之间的对话具有强烈的隐喻意义。

---

①　原文为："I've only just begun—I have to ask anybody at all thrilling."

马迪①："先生，我要找一处避难所呢。"

牧师："……逃犯呀！你不应该到这儿来的。"

马迪："那到什么地方去呢？古时候教堂是——"

牧师："古时候教堂是一种独立的机构，现在是属于国家的了。……

——我是什么人能把你引渡呢？一个可怜的人对于另外一个可怜的人呀！我不能帮助你逃走，可是你要休息，你就尽管休息吧。"

马迪："耶稣要怎么办呢？"

牧师："德兰上尉，这是世界上最难解答的问题。没有人知道过，你可以这么那么回答，可是没有人曾经知道的。……你看，他是一个'天生圣人'！我们要是'亦步亦趋'地去追踪他，那是非常困难的。"

20 世纪前半叶是一个动荡混乱的时代，垄断经济与科技革命给传统观念带来极大的震动，几乎从根本上否定了基督教神学信仰，也改变着人在世界中存在的价值和意义。战争不仅破坏了普通人的宗教信仰，也动摇了牧师等神职人员的信仰。牧师认为自己和麦特一样只是普通人，教堂早已失去"避难"功能，他已失去"渡人"资格，在面对麦特和来追捕的警察时他的内心波澜起伏，在"救赎"信仰和法律之间徘徊挣扎。

麦特不能忍受牧师被庄园工头斥责，也不愿牧师为他撒谎、违背上帝"不可作假见证"②的诫命，于是主动现身。牧师气愤难忍，对庄园

---

① 此处对话译文节选自向培良先生《逃亡》译本，第 114 页，120 页，128-129 页，向先生将 Matt 译为"马迪"。

② 出自《马太福音》第 19 章。

工头大喊："在这儿应该肃静；出去吧——你亵渎了上帝！"①这部作品中的每个人都是那个时代的象征和隐喻。麦特请求牧师宽恕他扰乱了教堂的平静，因为"这是一个人自己正直的本性使他不能逃走的"②。他在逃跑的过程中内心逐渐发生转变，从一开始对自己坏运气的愤懑，到怀疑和反思自己的同情心、到帮助他人、再到主动离开以免姐妹失和，以及主动现身以免牧师违背自己的信仰和职责、最后内心归于平静，麦特的良心和道德最终战胜了逃跑的欲望。观众可以看到在高尔斯华绥刻意营造的不同场景中，逃跑路上的麦特与在不同人的交流中显露出多样化的人性。同时，也会把自己带入这样的语境中想象自己可能会采取的行为，因而反思自己的内心。尽管社会中存在着种种不公现象，社会审判和惩罚功能有时与道德伦理产生冲突难以抉择，但人们心存仁爱，社会伦理秩序才得以继续存在。对高尔斯华绥来说，忏悔和宽恕相辅相成，人不仅应该忏悔自己的罪恶，也应该宽恕别人的罪恶，人人都可能会犯错，没有人能够睥睨一切去惩罚他人。

高尔斯华绥缅怀过去，但并非借这种方式来抵抗现实，他更从积极的角度来看待人类所处的时代，以充满人道主义的笔触来感悟和反思生活。《最前的与最后的》和《逃脱》启示我们，人类的美德和善行可以减轻生活磨难带给人的心灵创伤，若没有德与善，即便获得所谓的自由或成功，也会让人常常痛苦和迷茫。

三、自由与道义间的选择

资本主义的自由竞争在19世纪后半期达到巅峰，伴随着物质财富的极大丰富，社会对公共生活的关注度大大提升，表现之一就是欧洲各国的报刊事业发展迅猛。在英国，报业和新闻从业人员成为继贵族、教会、平民之外的"第四阶层"，英国的报业曾在政治民主化和社会现代

①　[英]高尔斯华绥：《逃亡》，向培良译，北京：商务印书馆，1936，第129页。
②　[英]高尔斯华绥：《逃亡》，向培良译，北京：商务印书馆，1936，第129页。

化进程中担任极为重要的角色。进入 20 世纪之后，自由报业的过度商业化逐渐影响了新闻自由的基础，并造成新闻自由的滥用。当时的报纸是私有化性质，经济上自负盈亏，是报纸所有者盈利的工具。此外，报纸享有绝对的自由，对社会不承担任何义务，因此报纸也往往由于企业主的私人立场和观点沦为利益集团的代言工具，报纸肩负的经济和政治使命使他们相互之间竞争激烈，不择手段地吸引读者、增加发行量。德国古典哲学的创始人康德认为幸福就是完全满足人的需要和爱好。① 然而当时英国民众的需求在很大程度上被广告宣传、大众媒介歪曲，有的报纸以卑劣的手法争抢新闻，以八卦、私生活、凶杀、情色等低级趣味的报道来吸引读者。许多报纸从业人员腐败、堕落，丧失职业底线，给社会带来种种弊端，危害社会道德，逐渐引起民众的不满和一些社会有识之士的担忧。高尔斯华绥便是其中之一，他对新闻自由与新闻伦理的关系进行了深入思考，揭露利欲熏心的记者、报业人对社会风气的毒化，强调新闻人的道义与责任。

记者和编辑这类新闻从业人员在高尔斯华绥剧作中出现频率较高，而且可能是他笔下除了警察之外最不光彩的形象。新闻自由本意在于保障个人权利和社会公益，报纸和新闻业以自由报道和自由评论为存在基础，而报道和批评的内容又以个人和社会为对象，但是一部分人享有的新闻自由却会无形甚至有形地危害到另一部分人和社会的权益，那么报业和新闻业如何在维护新闻自由的同时不危害个人和社会权利，三者之间该如何平衡？

在《根基》一剧中记者不请自来，还擅自闯入勋爵家的地下室，对疑似炸弹的物品大放厥词，说这是阶级反抗的象征以及社会根基动摇的表现；对勋爵和莱米受访时的言辞，他刻意歪曲、断章取义；当莱米尽力劝阻游行队伍冲击勋爵家时，他又故意挑唆，篡改勋爵的观点，误导游行民众，激化矛盾。记者大言不惭地承认他盼望社会动荡，这样报纸

---

① 北京大学哲学系外国哲学史教研室：《十八世纪末—十九世纪初德国哲学》，北京：商务印书馆，1975，第 111 页。

才能吸引眼球，才能有更多读者和收益，他的言论和行为受到很多人的鄙视。《有家室的人》中记者向法官提出旁听审判，被讽刺为"什么都逃不过他们的狗鼻子"①。他巧言令色，诱导毕尔德说了很多维护自己利益、为自己申辩的话。结果在样稿中毕尔德的原话被记者歪曲篡改，不仅成了对毕尔德的不利证明，还充满诽谤和侮辱，让毕尔德大发雷霆。《森林》中报纸主编贝顿憎恶穷人，他支持反奴隶侦察的真实目的是转移英国国内社会对于印度苦力计划的关注。《老式英国人》中记者旁听轮船公司股东大会，连黑索普等人的名字都不知道就胡乱猜测、大放厥词。在《一场闹剧》中记者和报业是主人公死亡的直接推手。该剧描述了法律界和出版界对一个青年男子自杀原因的调查，以及在调查中相关人员和旁观者的感受和想法，让人反思新闻自由和社会公益的底线，高尔斯华绥对记者和报业的反感在该剧中显露无遗。

战斗英雄科林在家中身亡，死亡原因引起了侦探和记者的兴趣，他们在调查中渐渐发现这位英雄和英雄家庭不为人知的一面。侦探忠于职守，为人正直，力求查明科林死亡真相，行为举止较为得体。记者的表现却让人厌恶，他总是擅自闯入别人家中，不顾相关人员的情感进行盘问，甚至威胁、跟踪他人，不惜背离新闻原则、编造故事以增加报纸销量。因为他的插足，科林的死亡变成了平民大众的谈资，风言风语给科林的家人和朋友带来了更大的痛苦，自由的新闻报业成为扼杀人性的推手。第一幕中记者在采访科林的妻子时，已经预料到这会是场"可怕的闹剧"，但他并没有因为此事可能造成的伤害而停止自己所谓的调查。第二幕报社编辑部的一场对话令人印象深刻，报社主编一面表示要尽量让报纸吸引读者的眼球，找到足够的"噱头"，一面也要求编辑必须谨慎，不能有诽谤嫌疑。为了推脱责任，他将此事的报道交给编辑，编辑虽然有些同情科林家人，但仍对歪曲的报道内容振振有词。记者和编辑不顾科林母亲和岳父的指责，辱骂两位老人，坚持报道一些不实推断，不仅为自己过分的行为诡辩，还准备制造一些"真相"，新闻从业人员

---

① 原文为"Damn the Press, how they nose everything out!"

的伪善和无情被彻底揭露。记者跟踪黛西，以报警相威胁，黛西惊恐之下将自己和科林的关系告诉了记者，记者遂将此事描绘成一桩风流韵事，公之于众，然而在法庭的候审室里记者却矢口否认是自己将此事搅得沸沸扬扬。新闻记者将他人隐私暴露在大众的视野之下，推波助澜，将相关人物推到风口浪尖，最后否认自己在其中的丑陋角色，这种职业道德的严重缺失引发人们对新闻记者伦理身份、应该具备的职业素养和新闻行业道德的思考。

个人主义的张扬，毫无制约的、极端的新闻自由激发了人们打探他人隐私的渴望，给自私的贪欲提供了滋养。高尔斯华绥在这场闹剧中依然表达了对人理性意志的乐观态度，剧中相当一部分人对记者等人的行为表现出极大的反感；对小市民的低俗趣味也深恶痛绝。科林家的厨娘和女佣乍一见到记者就毫不掩饰对他的厌恶，不仅不透露任何信息，还建议他换一份工作。侦探也对记者辞色俱厉，不向他透露调查进展。科林的岳父罗兰上校一见到记者就认定他会把科林的自杀变成一场闹剧。罗兰上校一边对记者进行道德谴责，反问记者是否欢迎别人对他刨根问底，斥责热衷于打探他人隐私的人是一群禽兽；一边找律师起诉报社侵犯他人隐私和胡编乱造，通过法律手段保护自己的正当权益。奥迪厄姆认为这个世道里的人们就愿意看见别人苦苦挣扎。丹尼尔·贝尔（Daniel Bell）说过"当新教伦理被资产阶级抛弃后，剩下的便只是享乐主义了"①。在 20 世纪二三十年代，社会伦理道德秩序的中心地位日益下降，物欲横流，上帝信仰不复存在，人们将自我满足作为行事准则，失去道德判断的标准，精神空虚，社会行为趋于失控。正如剧中侦探所说"在现在这个时代一点私生活根本不算什么"②。报纸等媒介更是为了利益需求，迎合人类最低级粗俗的本能，越来越多地炮制轰动性新闻，成为传统文化、伦理道德价值秩序的颠覆者。

---

① ［美］丹尼尔·贝尔：《资本主义文化矛盾》，赵一凡等译，上海：生活·读书·新知三联书店，1989，第 67 页。

② 原文为："A little private life in these days—what is it?"

新闻自由的表象背后是自由主义思想不适应时代发展和日渐颓废的实质，新闻道德的缺失也只是人类社会伦理道德信仰缺失的表现之一，社会伦理道德信仰的缺失使人们进一步放弃精神的追求，沉溺于物质享受，失去尊严，人生也失去意义。"自第一次世界大战结束以来，我们这个时代在相当大的程度上又回到极端享乐主义的理论和实践上去了"①。面对这种状况，高尔斯华绥怀念起人们有道德信仰的维多利亚时期，剧中老父亲、老母亲以及陪审团团长的行为被他赋予了极大的道德价值。老上校罗兰保持了维多利亚时期的家庭观念，尽力维持家庭和家人的尊严和权利；科林母亲莫尔科姆太太明白现在人心不古，人们喜欢把人往坏处想；她一心维护儿子的名誉，不希望儿子死后还被人抹黑；陪审团团长认为人天性善良，人们应该服从善良天性的指引，给死者以足够的尊重。在高尔斯华绥看来，人的天性应该是相互尊重和友爱，这样才可以给那个日趋冷漠的社会带来一丝温暖，这种想法延续到他最后一部作品《天台》。

四、尊严与生命间的选择

第一次世界大战之后，英国社会阶级之间的仇恨较 20 世纪之前弱化，但人与人之间的冷漠上升，爱与冷漠之间的对立和冲突更趋明显。冷漠是一种对人或事物冷淡、不关心的处世态度，是一种消极的情感和心态，是对爱的一种否定。冷漠者缺乏怜悯和同情之心，选择自我封闭和孤立，对他人的不幸冷眼旁观，甚至怀有戒心和敌对情绪。评论界指责《天台》(*The Roof*)一剧中高尔斯华绥更多地关注舞台效果，而非连贯的戏剧表达，有的评论甚至认为高尔斯华绥冷漠、缺乏斗争性。高尔斯华绥对这种片面、狭隘的评价深感失望。他将这部最后的剧作看作饱含哲理的宣言，既避开了简单的善恶判断，也适宜于在各种舞台上演，能

---

① ［美］埃里希·弗洛姆：《占有还是生存》，关山译，上海：生活·读书·新知三联书店，1989，第 7 页。

被各个阶层欣赏。在这部作品中，我们可以看到他强烈的人道主义精神和内心深处的温暖，他把人与人之间的体恤、关怀、谅解、宽恕视为人的尊严，让人们在生死关头去重拾比生命更值得珍惜的尊严。但是评论界却忽视剧作内涵，只关注剧作的戏剧技巧和一些辅助手法，和《放逐》一样，《天台》只上演了很短的时间，就几乎再没演过了。

与《小个子》相似，《天台》的故事背景设置在英国以外，讲述午夜时分在法国一个小旅店里，旅馆的侍者和住客发生的故事。旅店里的住客来自世界各地，有带着朋友孩子(范宁)游历的少校，病重英国作家伦诺克斯一家(太太和两个女儿)和护士，流浪的斯拉夫小提琴手，一对整日拌嘴的老夫妻，私会情人的女士，退役军官贝克尔和身份不详的布莱斯。他们每一个人都有自己不同寻常的往事，因个性和道德品行的差异发生诸多冲突，最后在旅店大火中不计恩怨，相互帮助，找回属于自己的自由与尊严。

高尔斯华绥在这部剧作中试图思考人生的多个方面，如人的灵魂、品质和尊严等。第一幕开端直击人的灵魂这一主题。旅店的餐厅里几位住客聊着天，从作家伦诺克斯聊到文学，小提琴手认为当代大部分小说都失去了灵魂，伦诺克斯作品在美国受欢迎是因为美国人很难与人敞开心灵，人们不知道如何交心，他们缺乏伦诺克斯风格的作品；照看病重作家的护士则认为灵魂不分大小贵贱，都是人的支柱，偶尔敞开心灵也不错，而一旦机会出现，灵魂便会显现。旅店侍者古斯塔夫兢兢业业，奉行着传统道德行为规范，受到除布莱斯之外所有人的尊敬，小提琴手夸赞他是一个有灵魂的好人；范宁认为他是一个老维多利亚人。古斯塔夫劝布莱斯不要诱引年轻的范宁喝酒，招致布莱斯的种种刁难、报复，面对布莱斯的刻意挑衅，他默默忍受；他耐心和小姐妹俩谈话，坚持原则不给她们酒喝；旅馆起火后，他没有独自逃生，而是逐一通知房客；在帮助作家逃生时，作家突然死亡，他不仅安慰作家的两个女儿，还坚持要将作家的遗体带出火场。古斯塔夫处事得体、无私无畏、受人称赞。布莱斯原本看不起古斯塔夫，觉得他只是个侍者，低人一等，没有资格对客人提意见，而他自己却因为人品不好被范宁和贝克尔等人鄙视。那么，评判一个人的准则到底是什么？是社会地位还是个人道德品质？

或许旅店中的人们安眠一夜，第二天各奔西东，但高尔斯华绥安排了一场大火来造成情节突变，使人们的灵魂品质在外力冲击下的种种行为中显露出来。旅店老旧，缺乏救火和逃生设施，人们逃到天台，可天台也面临被大火吞噬的危险，布莱斯最后承认自己报复古斯塔夫劝诫而导致这桩火灾，他主动下楼营救古斯塔夫，古斯塔夫得救之后，他却失去逃生机会，倒在浓烟当中。宗白华曾经说过人生的真实内容是永远的奋斗和超越个人生命价值的挣扎，"在虚空毁灭中寻求生命的意义，获得生命的价值才是悲剧的人生态度"①。布莱斯原本给人痞气、粗俗、心胸狭隘的印象，但最终他以生命补救自己的过错，在烈火中向上帝忏悔，最终实现自己灵魂的升华，"上帝！我完了！上——上——向上！"②我们不能仅凭布莱斯的死亡结局就判定这是一部悲剧，从广义上看，悲剧来自人与其所居住的世界之间不可避免的矛盾与失调，来自这样一个残酷的现实——最高贵的人类价值给他们带来了失败、极度痛苦，甚至是毁灭性灾难的种子。③ 悲剧的本质是揭示人性格中"善的内在力量"，目的是让人们通过同情能够去欣赏人身上善的力量，这种善的力量在苦难之中显示出来，并积极地和恶的力量对抗。当一个坏人或者是道德上的凡人通过异常的苦难而激发起了潜在的善良时，就产生性格悲剧。观众在看剧时移情于剧中角色，这种代入感让他们自然而然地满足，哪怕只有片刻，也能够充分理解"人"的真谛；当观众看到一颗远胜于苦难的灵魂，看到无坚不摧的勇气，也会受到鼓舞，振奋精神。死亡的结局并不一定悲惨，有时候他代表着精神的胜利，以内在的道德抗拒世俗。如果高尔斯华绥安排布莱斯得以逃生，反而会失去剧作的道德意义。

---

① 宗白华：《艺境》，北京：北京大学出版社，1987，第 76 页。

② 原文为："Christ! I'm done for! Up—up—up!"

③ ［德］玛克斯·德索：《美学与艺术理论》，兰金仁译，北京：中国社会科学出版社，1987，第 207-213 页。

从该剧中我们依稀看见战争导致的心灵创伤和信仰的崩塌。贝克尔虽然不后悔参战，但再也不想有那种糟糕的经历。虽然作家伦诺克斯得到小提琴手的高度评价，但他却认为自己的人生是个悲剧，因为他的人生还有许多未尽事宜。死亡对他而言只是对生命的一种解脱，他因为病痛靠麻醉剂生活，早就丧失了人应该有的正常的生活和对生活的信仰。他是一个悲观主义者，在他看来人生只有开始和结束时是愉悦的，生命的过程却充满愚蠢和恐惧；人的天性是满足丑陋不堪的欲望，人只能屈服欲望。在火灾来临时，他毫无求生之念，准备在大火中死去。作家的妻子受他影响也认为生活是丑陋的，无关心灵，只关乎欲望。高尔斯华绥总是把不同的观点呈现在观众面前让他们自己判断，这部剧里也有像护士和古斯塔夫那样对人生持有乐观、积极态度的人。护士因为工作原因见过很多死亡，在她看来死亡不仅是生命的终结，更是人生的圆满。古斯塔夫认为人有很多宝贵的品质，一旦有机会人们就会展现这些品质，比如勇敢等，他还劝作家要培养一点生活乐趣。该剧创作于 20 世纪 30 年代，尽管"一战"已经结束十年，但欧洲局势再次趋于紧张，该剧明确表达了高尔斯华绥厌恶战争、反对战争的思想。护士、侍者、作家三人的对话也表现出高尔斯华绥的人生哲学，人应该过好每一天，应该正视人的天性和生命、生活的乐趣，而不能一味地否定他们，人生需要信仰。事实上，在天灾人祸面前每一个人都应袒露心灵，珍视生命，相互帮助，愿意舍己利人，表现出巨大的人格的尊严和魅力。

高尔斯华绥晚期的几部作品中无一例外地涉及英国的民族精神，在侍者古斯塔夫和剧中其他英国人身上可以看出高尔斯华绥十分浓烈的民族情怀。英国作家伦诺克斯的作品在美国受欢迎，是因为美国人喜欢古老的东西，且作品具有灵魂。高尔斯华绥认为英国人还保有对灵魂和人格的思考，而美国人心灵闭锁；受人欢迎的侍者古斯塔夫被认为老维多利亚人，也体现了高尔斯华绥对维多利亚时期道德品质的怀念。高尔斯华绥在剧中还评价了法国人的生活方式，两个女孩在深夜玩闹嬉戏，高声喧华，因为在巴黎这样的行为根本不算什么；作家喜欢法国，因为法国人注重生理享受而英国人则敌视生理欲望。古斯塔夫在英国舰艇上工作过，喜欢英国人美好的人性，因此具有英国人勇敢的品质。他高扬传统英国精神和维多利亚时期宣扬的人的道德品质——持重、明辨、节制、冷静、耐心、持久、坚韧、周到、思虑周全、守密、有条理、友好、礼貌、沉着、敏锐、审慎、小心、勤奋、刻苦、进取、机智、俭省、节约等，这些都被高尔斯华绥认为是优秀和完美的品质。同时，高尔斯华绥也否定在社会和人际交往中那些毫无尊严可言的自私自利思想。每个人都应当有某种程度的自豪感或者自尊心，如果缺乏这种情感，人就是残缺的。

小　结

高尔斯华绥以他对人性的足够了解，通过作品让人们意识到伦理道德信仰的重要性。在人们内心脆弱的阶段，哪怕是最轻微的伤害或剥夺，都足以成就一些食人恶魔，只有信仰可以帮助人们抵抗魔鬼侵蚀、战胜困境。对于高尔斯华绥来说，他所熟知和热爱的维多利亚时代后期和爱德华时期的英国和世界被死亡、政治危机和经济危机、信仰危机覆盖，他寻求解决人类精神和信仰危机的途径，他早期的剧作呼唤人类公平、正义、忠诚、友善等种种优秀品质，晚期则寄希望于传统伦理道德的回归，呼唤在传统中起到社会凝聚作用的道德元素重新回到英国民众的生活中来。这种回归传统伦理秩序和规范的呼吁与他本人的经历和思想密不可分，也与当时的历史语境所悖离，遭到了一些强烈批判。当今社会人们又重提宗教、重提信仰，他剧作中体现出的传统魅力才又回到人们的视野，被重新审视。

高尔斯华绥对当时英国社会内在冲突和失调的深入洞察是我们研究社会和艺术的宝贵财富。他二十几年的戏剧创作在一定程度上反映了20世纪初期英国人对时代变革的态度，这种态度始发于社会物质层面，后深入生活的精神层面，由外在扩展到内在。高尔斯华绥的戏剧大多是社会问题剧，他提倡理性地看待问题，避免冲动和极端。在他的戏剧作品中，常常会出现矛盾的情况：一边是人们的善意以及种种助人的善行，一边是社会回馈的冷漠与恶意，甚至是破坏与摧残，因此需要借助理性来分析判断，因此他创作的悲剧总是散发出一种清冽而又沉重的气息，体现出浓厚的哲理性和象征意味。剧中人物的痛苦、挣扎、毁灭会给观众带来压抑感和沉重感，高尔斯华绥并不干涉这些情绪，只是引导观众思考、反省，以调整人与自然或者人与人之间的关系。他是一位对人类的苦痛表现出深切同情的人道主义者。

第六章 高尔斯华绥文艺伦理
思想与戏剧实践

概　述

作为一位荣获诺贝尔文学奖的作家，多部剧作被翻译成多国文字、在英国和欧美甚至亚洲诸国影响颇深的剧作家，高尔斯华绥在几十年的创作生涯中形成了他独特的戏剧艺术观。他的艺术观和戏剧思想散见于他的一些文艺散文、演讲稿和书信中，如《写戏常谈》(*Some Platitudes Concerning Drama*, 1909)、《艺术之遐思》(*Vague Thoughts on Art*, 1911)、《情感笔记》(*A Note on Sentiment*, 1922)、《六位小说家侧记》(*Six Novelists in Profile*, 1924)、《论表达》(*On Expression*, 1924)、《另四位小说家侧记》(*Four More Novelists in Profile*, 1928)、《文学和生活》(*Literature and Life*, 1932)、《文学中的角色创造》(*The Creation of Character in Literature*)。

高尔斯华绥的艺术思想是时代的产物，有着鲜明的时代性。高尔斯华绥认为，艺术源于生活和自然，其功能在于推动社会进步和发展，艺术的生命在于他的"境界"和"魅力"，好作品应能体现生命的尊严。包含戏剧家在内的艺术家应具备较高的素养和人道主义情怀，必须公正而且要热爱生活，敢于直面社会现实，坚持独立思考，不为流俗所左右，善于发现真理，敢于反映真理。这些思想是工业新贵代替旧贵族主导社会的工业化时代的产物，凝聚了批判现实主义之要义，具有鲜明的时代特色。高氏戏剧艺术观里洋溢着浓厚的人文关怀和以人为本的艺术理念，这种艺术理念深刻地融入他的戏剧作品之中，赋予作品独特的魅力，即便是在一个多世纪以后的现代中国，他的艺术观也非常值得人们学习和借鉴。

第一节　高尔斯华绥的文艺伦理观

"艺术"这个词在古希腊文明中指的是一种生产性的制作活动，并非产品。古希腊哲学家亚里士多德认为艺术是对自然的模仿，把模仿自然看成一种艺术，18世纪西方现代艺术体系建立后，艺术被赋予美的涵义，才和技艺分开，被认为是美的艺术。每一位艺术家都有自己对艺术的独特见解。美国哲学家约翰·杜威（John Dewey）从经验的角度出发，认为艺术就是经验，是经验的高度集中，并经过提炼、加工的形式，是由日常时间、活动和苦难的经历所组成的经验的延续，以及生动地再现人与环境相互作用的经验。[1] 英国著名艺术批评家克莱夫·贝尔（Clive Bell）认为真正的艺术在于创造"有意味的形式"[2]，也就是说，艺术应该是为了艺术而存在，其他历史的、道德的或者政治的元素都会损害艺术本身。高尔斯华绥对艺术的观点既非纯粹的经验主义也非纯粹的艺术论。

一、艺术的本质与核心范畴

高尔斯华绥在《艺术之遐思》中首先明确他对于"艺术"的界定：艺术是对人的精力（Energy）的想象性表述，他通过感知和情绪的技术性凝

---

[1] 赵宪章：《二十世纪外国美学文艺学名著精义》，南京：江苏文艺出版社，1995，第6页。

[2] 赵宪章：《二十世纪外国美学文艺学名著精义》，南京：江苏文艺出版社，1995，第231页。

练，试图以刺激人的非个体感情来协调个体与大众的关系。其中，"非个体情感"指的是"忘我"，即真正的艺术可以令观众忘记自己的个性与诉求，哪怕这种忘却十分短暂，也可以称之为艺术。他对艺术的定义阐明了艺术的内容、方式和目的。高尔斯华绥所说的"忘我"和亚里士多德提出的"净化"具有类似的效果。在他看来艺术是全世界人类共有的一种形式，他不会令人产生任何直接、冲动的所见、所闻与所感。他能使人倍感暖意，不自觉地轻颤，他也会令人忘却自我，哪怕只是一瞬间，却可以持续地让人身心愉悦，甚至重获新生，产生新的自我认知。

艺术需要想象，然而想象所施加的对象是人和人的精力，也就是说，艺术的加工对象或来源应该是生活。高尔斯华绥认为艺术源于生活，源于自然，自然又孕育创造。生活是一部伟大的奇遇记，未知的因素将给生活带来意义，从而使来自生活的作品富有意义和价值。每个作家潜意识中的经历都是他创作的宝库，里面蕴藏着他对生活的第一手信息(见闻)和第二手资料(印象)，有了这些一手和二手的生活体验，作家才有创作的可能。在他看来，文学始于生活与艺术家品性的碰撞，这种生活不是经由他人转述或者加工过的，而是艺术家亲自参与、与他人共同经历的。只有这样艺术家才能充分感受和体味生活的丰富多彩、酸甜苦辣，从而有产生文学作品的可能。① 虽然高尔斯华绥认为艺术来源于生活，但他并不认为艺术一定比生活更伟大，只有具备了相应品质的艺术，才有可能比生活更伟大。

英国美学家、艺术批评家赫伯特·里德(Herbert Read)认为广义上的艺术是一种"旨在创造出具有愉悦性形式的东西"，而美"存在于我们感性知觉中诸形式关系的整一性"，艺术的价值在于"表现永恒的人性"和"只有依靠艺术家的直觉力才能达到理想的均衡与和谐"。② 或许不同的人对于"美"有自己的定义，但几乎所有的理解都把他当作一种

---

① [英]高尔斯华绥：《文学与生活》，载王春元、钱中文主编《英国作家论文学》，刘保端译，上海：生活·读书·新知三联书店，1985，第400页。

② [英]H. 里德：《艺术的真谛》，王柯平译，沈阳：辽宁人民出版社，1987，第16，189页。

最宝贵和最崇高的情感（*an emotion precious and uplifting*）。① 高尔斯华绥认为艺术与美并不能混为一谈，但艺术的核心品质是"美"（beauty），他是事物部分与部分、部分与整体之间不可言说的和谐，并由此创造出人们所说的"生活"，这种品质常常也被人们称为"韵律"（rhythm）。部分与部分之间、部分与整体之间的节奏关系——"活力"（vitality），是一件艺术品不可或缺的品质。

尽管 19 世纪末 20 世纪初是一个新旧碰撞、动荡不安的时代，高尔斯华绥却认为这种时期的艺术活力远胜往昔。新的世界需要新的艺术形式，艺术形式会随着社会以及匠人们的新发现而变化。人们不应该只埋头于故纸堆里的艺术，也不应该狂热地丢弃一切过去的艺术精华。新艺术的产生是人们不断追求"尽善尽美"（perfection）的结果，"尽善尽美"的内涵被高尔斯华绥概括成三个词：和谐（harmony）、匀称（proportion）和均衡（balance）。"尽善尽美"不仅指完美的静谧与和谐，也包括完美的爱与正义。在他看来没有什么能够比生活的美和建立在希望基础上的行为更有价值，美仅存在于对尽善尽美的崇拜中。②

二、艺术家的品质

高尔斯华绥对艺术的定义、艺术品质和艺术来源的思考直接表现在对艺术家这一艺术创造者的论述中。在艺术创作方面，他对伟大艺术家品质的要求可以概括为以下六个方面：

(1)不矫揉造作；

(2)采用现实生活的素材；

(3)需要自己从生活的素材中发现和锻造作品；

---

① John Galsworthy, "Literature and Life," in Grove ed., *The Works of John Galsworthy*(Vol. 23)(London: William Heinemann Ltd., 1932), p. 256.

② 高尔斯华绥的此番阐述见于 1912 年 12 月 11 日与一位不具名的来信者的回信中，原文为"There is no such thing to my mind as beauty of life and conduct based on hope of reward. Beauty only lies in worship of perfection for perfection's sake."

（4）必须有人道主义信仰，关注人和一切事物；

（5）不将人道主义格式化或者艺术模式化（fit humanity to a scheme or art to a pattern）；

（6）促使人类社会有机地发展。

艺术家们发现真理，真理"是生命变幻莫测的关系中最基本的匀称，最完美的真理正是对最深刻灼见的具体表述"①。高尔斯华绥认为真理的唯一准则是无过之亦无不及，违背这条准则，一切都会失去活力，而艺术正是要创造有活力的东西。新旧交替的时代，只有艺术家能够从动荡中有新发现，探索揭示事物本质的新方法。此外，有生命和意义的艺术是由有艺术冲动的艺术家创造的，技巧只是辅助的表现手段。② 也就是说，创作具有自然性，艺术家们创作他们潜意识中不由自主产生的东西；这种内心渴求的最终成果就是艺术品。

艺术家发现真理，反映真理，在艺术中他们起着非常重要的作用，因此艺术家必须具备较高的个人素养。高尔斯华绥认为他们首先应该能够正确地理解一切，具备敏锐的眼光，能够深刻地感觉和思考；其次，他们能够比其他人更清晰、准确地反映所见、所闻与所思；此外，他们必须谦虚、独立、有耐心，适度幽默，掌握分寸，保持灵魂中的热情。高尔斯华绥对艺术家素养的要求明确体现在他对 10 位作家（狄更斯、屠格涅夫、莫泊桑、托尔斯泰、康拉德、安纳托尔·法朗士、大仲马、契诃夫、史蒂文森和 W. H. 哈德森）的评价中。③ 他认为艺术家应该如狄更斯那样有信仰，这种信仰并不指某种宗教信仰，而是相信生活的意义，有明确的价值观，不轻易怀疑，不简单地将生存看成一部悲喜剧；最好的信仰是对过去、现在和未来的一切信念，包括追求完美的决心。

---

① ［英］高尔斯华绥：《艺术之遐思》，载《宁静客栈》，吴梦宇译，南京：凤凰出版传媒集团有限公司，2013，第 176 页。

② John Galsworthy, "Six Novelists in Profile," in Grove ed., *The Works of John Galsworthy*（Vol. 23）（London：William Heinemann Ltd., 1932），p. 130.

③ 这些评价主要来自 John Galsworthy 所写的 *Six Novelists in Profile*（1924）和 *Four More Novelists in Profile*（1928），in Grove ed., *The Works of John Galsworthy* （Vol. 23）（London：William Heinemann Ltd., 1932），pp. 121-142, 225-244.

同时，作家应该了解人性，对生活有强烈的兴趣和热情，以生活为老师，对人性有深刻的理解。高尔斯华绥尤其赞赏屠格涅夫等人不造作的、自然的写作风格，认为艺术夸张应该适度。

高尔斯华绥特别强调艺术家需要有足够的人生经验。1921 年他在 *The Triad* ① 中评价自己 28 岁开始写作仍然过早，他也多次在与友人的通信中谈到这一想法，"太早开始写作是一种错误，应该先生活后写作""一个人只有先生活，产生了感受和经历，才能逐渐地发现生活的意义，否则写出的东西不值一提"②。他认为当时很多作家过早开始写作，因此有成就者寥寥无几。作家太早开始写作有百弊而无一利，他必须先有经验，然后沉下来心来，否则作品会空洞，缺乏内在，因为经验可以激励作家写作，同时使他避免产生强烈的自我意识，而这种意识一旦产生则难以根除。

高尔斯华绥对艺术家素养和品质要求的核心在于"人"和"生活"本身，具备这些品质的艺术家并不多，因为他们极容易受到现实利益的侵蚀。他在谈到自己的写作目的时表明，写作就是要表达作家自己和自己的感情、性情以及生活的视野，③ 除此以外，不应该带有别的意图。高尔斯华绥批判当时西方社会中浮躁不安、企图不劳而获的社会风气；在文学艺术领域中，就是简单地模仿一些名家的风格和方法，忽视生活，忽视人性的本质，进行没有创新的"创作"，这样的作品很快就会被人们遗忘。同时，高尔斯华绥认为一位作家的声名鹊起必定伴随着另一位作家的沉寂，这是文学史的规律。

对于"艺术家为什么要献身于艺术"这一问题，高尔斯华绥与艾略特(T. S. Eliot)的观点不谋而合，后者曾经在《批评的功能》(1923)中指

---

① 该文主要是对他自己 1895—1905 年的生活经历的回顾。

② H. V. Marrot, *The Life and Letters of John Galsworthy* (London: William Heinemann Ltd., 1932), pp. 137, 778-779.

③ 他在一封回信中写道，"My purpose of writing? ... to express myself, my feelings, my temperament, my vision of what life is." H. V. Marrot, *The Life and Letters of John Galsworthy* (London: William Heinemann Ltd. 1932), p. 708.

出艺术家要取得独一无二的地位，就必须对他自身之外的东西表示忠顺，倾其身心，热诚地对待他，为他牺牲①。高尔斯华绥在《文学与生活》(1930)中给予了更崇高的回答——艺术家是"为了人类更大的幸福和尊严"②而献身艺术。在他看来，尽管生活是未知的，但是如果人们学会关爱他人，不自私自利，将"美"带入生活，那么人类的生活就会是幸福的生活，艺术家就是"美"的引领者。

在谈到道德和艺术的关系时，高尔斯华绥认为艺术和道德是生活这部机器的共同组成部分，他们同等重要，但有时也会处于对立状态：

> 艺术家发现生活，就照原样呈现生活，他用所有的触角去观察、思考和存贮所有的情感，然后用他的存贮去建构(依据个人性情创造)，最主要的目的是激荡起读者的情感，因此而直接地、主动地给予快乐。道德家观察生活、概括生活、注明错误之处，形成法律、规则和习俗，通过约束和检查情感的使用(如取消个体快乐)来辅助实现大多数人的快乐。③

也就是说，作为快乐的制造者，艺术家起到积极的、正面的作用，而道德家是快乐的约束者，起着负面作用。

三、艺术伦理批评观

高尔斯华绥认为时间是检验一切艺术不可或缺的标准。首先，一部作品不朽并不仅仅取决于鲜活的人物，作品要成为艺术品在于他本质上具有"生命"的奥妙。其次，高尔斯华绥认为当时的年轻作家过度地关

---

① [英]T. S. 艾略特：《批评的功能》，伍蠡甫主编《西方现代文论选》，罗经国译，上海：上海译文出版社，1983，第278页。

② John Galsworthy, "Literature and Life," in Grove ed., *The Works of John Galsworthy* (Vol. 23) (London: William Heinemann Ltd., 1932), p. 251.

③ H. V. Marrot, *The Life and Letters of John Galsworthy* (London: William Heinemann Ltd., 1932), p. 193.

注写作技巧，可是作品的前途并不取决于经济发展或者时髦的技巧，而是取决于他的"境界"(stature)和"魅力"(charm)①。真正持久的艺术植根于深刻而沉静的事物，具有隐秘而热烈的情感，譬如戏剧舞台上场景、人物的谈吐举止和面部表情都应真实。高尔斯华绥认为进入 20 世纪后人们对成名和出风头的渴望，社会对标准化、专业化的要求以及飞速发展的交通，使人们的生活趋于雷同，这些都不利于"境界"的提升。作品中自然应是第一位，人排在自然之后。好的作品让读者首先思考作品中的故事和人，而不是去关注其讽刺的手法；另外，作品还应该具有广博的人道主义色彩，应该体现生命的尊严(dignity to existence②)。他尤为推崇安纳托尔·法朗士作品中蕴含的人道主义、恻隐之情以及正义感，因为在他看来人道的行为要比这世界上所有的财富更宝贵。总之，艺术作品中隐含的、具有深度和广度的精神性的哲理价值超越一切艺术技巧。

高尔斯华绥在《情感笔记》(A Note on Sentiment，1922)里陈述了自己对于作品中情感和感伤主义的看法。③ 他认为感伤主义不过是一个被滥用的流派术语，一部优秀的艺术作品中一定会有作家不自觉流露出的情感，但是这种情感必须真实，如果流露出的情感不真实，或者试图通过浓墨重彩来打动读者那就成为感伤主义。有的观点认为只有充分描写真实情感的作品才值得一读，高尔斯华绥认为这种观点太过片面，因为情感具有很大的价值，而文学描述和欣赏却微不足道。任何种类的艺术都建立在感情之上，也只有通过情感的载体才能被充分理解，强烈的情感(无论有多么古怪)，或者通过足够强烈和真挚的表达来表现情感都不能被认作感伤。

---

① John Galsworthy, "Four More Novelists in Profile," in Grove ed., *The Works of John Galsworthy*(Vol. 23)(London：William Heinemann Ltd., 1932), p. 241.

② John Galsworthy, "Six Novelists in Profile," in Grove ed., *The Works of John Galsworthy*(Vol. 23)(London：William Heinemann Ltd., 1932), p. 132.

③ John Galsworthy, "A Note on Sentiment," in Grove ed., *The Works of John Galsworthy*(Vol. 23)(London：William Heinemann Ltd., 1932), p. 111.

当时英国社会对艺术普遍存在一种悲观情绪，高尔斯华绥认为这种悲观源自仅从艺术形式的角度而非从艺术本身的优劣出发批评艺术。艺术批评的准则之一是能否最大限度地被最完美的存在所欣赏。① 他认为当时的艺术评论大多不太合理，因为美学批评和创造力不可同日而语，二者不应该被等同起来，不论艺术家采用何种写作技巧和表现手法，其根本应是创造力和表现力，然而艺术评论却常忽略创造力。他特别强调绝不能从流行时尚的角度考察一件艺术品，因为艺术品有自己美丽而充满活力的生命。高尔斯华绥批评了在评判新兴艺术形式时，将风马牛不相及的事物等同起来的做法，例如易卜生和萧伯纳是两位在传统、信仰、结构和写作技巧方面有显著差异的作家，许多评论却将二者等同起来，这样是不合适的。② 尤其是一些新涌现的作家，他们自己尚不清楚自己的类型，但是却被一些艺术评论荒谬地贴上其他流派的标签。

高尔斯华绥认为在进行艺术批评之前必须明确艺术批评的目的在于解说艺术作品的意义以及纠正读者的鉴赏力。真正的文学批评家必须保持冷静、抛弃自己的偏好，既不极端、粗暴地反对别的批评家，也不利用某些个人偏好来支配他人已有的观点。此外，批评家要有高度的"事实感"③，使读者掌握容易被忽视的事实，这样对艺术品的解读才是真正合适的，才能令人信服。

在艺术流派方面，高尔斯华绥认为评论没有必要生硬地将艺术分门别类，因为艺术是所有的人的精力表现形式中最自由的。每个人都有权利去选择最适合自己的表现方式，不能因为艺术家的脾性与己不同，评论就对其加以谴责。宇宙因风格迥异、多姿多彩的万物构成一幅美图，人类的艺术必然也是多种多样，不必拘泥流派之见，只要依其长处评价

① H. V. Marrot, *The Life and Letters of John Galsworthy* (London：William Heinemann LTD. , 1932), p. 559.

② John Galsworthy, "Vague Thoughts on Art," in Grove ed., *The Works of John Galsworthy*(Vol, 23)(London：William Heinemann Ltd. , 1932), pp. 26-27.

③ ［英］T. S. 艾略特：《批评的功能》，伍蠡甫主编《西方现代文论选》，罗经国译，上海：上海译文出版社，1983，第 286 页。

即可。

高尔斯华绥以现实主义为例，例举屠格涅夫、易卜生、托尔斯泰、陀思妥耶夫斯基、斯蒂芬·克莱恩等作家说明"现实主义"和"现实"这两个词与技巧和想象力无关。他认为现实主义艺术家与浪漫主义艺术家的区别在于前者的职责是揭示生活、人物和思想的本质相关性，以启发自我与旁人；后者的职责是设计故事以愉悦自我与旁人。当然，这两个流派的区分并不是绝对与纯粹的，现实主义作家也可能会比较诗意，或许也会荒诞，或许也会呈现出印象派的一些特色，但他们绝不会运用浪漫主义技巧，因为两者的本质不同。文学评论家不能因为一部作品表现出的某种特色或风格就给作家贴上某一个流派的标签，而是要深入体察作者写作时的心境和情感。

第二节　高尔斯华绥文艺伦理观的戏剧实践

高尔斯华绥于 1909 年撰写《写戏常谈》(*Some Platitudes Concerning Drama*①)，详细地从戏剧道德、戏剧情节和人物塑造等戏剧元素方面陈述了自己的观点。在他日后的戏剧创作中这些观点得以贯彻，形成了他自己独特的戏剧创作风格。

一、戏剧伦理观

高尔斯华绥认为戏剧必须蕴含道德，且须尖锐地表现道德；道德并非剧作家挖空心思假定的、直接的伦理之善战胜伦理之恶，因为编造出来的、不真实的道德危害巨大。严肃的剧作家一般呈现三种道德，一种

---

① John Galsworthy, "Some Platitudes Concerning Drama," in Grove ed., *The Works of John Galsworthy*(Vol. 23)(London：William Heinemann Ltd., 1932). 该文也被译为《戏剧之老生常谈》《写戏庸言》。

良好经济环境中，还不保持自己完全的独立性，不顾及作品的品质"，这是一种"耻辱"①，所以他的作品大多是依据他自己的品位和对时代的判断写就。

高尔斯华绥深刻认识到舞台的物理空间对戏剧家创作的限制会间接对戏剧造成负面效果，影响戏剧的发展。因此他剧作中的舞台布景大多自然、严谨，呈现出真实的生活面貌。他承认如果自己的文学之路是从戏剧创作而非小说创作开始，那么他的戏剧创作受舞台条件限制的程度要小得多。

剧作家们很清楚他们笔下人物角色的呈现很大程度上依赖演员的演绎，因此部分剧作家会事先选定好某些演员，然后量体裁衣，根据他们的特点和专长创作剧本和人物角色。这种创作手法在高尔斯华绥看来不能被称作"人物塑造"。事实上，舞台表演应使作家倾向于某一类人物的塑造，而非个体的塑造。② 剧作家一旦选定某塑造一类人物性格以及塑造的方法之后就必须公正、温和、严谨。好的剧作家不仅要能够抵御公众的偏见和偏好，也要能抵御来自出版商和本人经济的压力。"既不牺牲自己的作品来满足虚荣心，也不将人物性格当作嘲弄观众的木偶"③，这是因为，一切不以人天性中永恒的元素为基础的作品都经不起时间的检验。

高尔斯华绥非常重视文学作品的语言表达。具体到戏剧领域，他认为戏剧语言应该能激起人们的兴趣、情感甚至是疑虑，就像莎士比亚的

---

① 原文为"I should be really ashamed of myself if, in my fortunate circumstances, I had nor preserved a complete independence in regard to the quality of my work." H. V. Marrot, *The Life and Letters of John Galsworthy*(London：William Heinemann Ltd., 1932), p. 790.

② 原文为"The stage inclines the creative writer to the fashioning of types rather than of individuals." John Galsworthy, "The Creation of Character in Literature," in Grove ed., *The Works of John Galsworthy*(Vol. 23)(London：William Heinemann Ltd., 1932), p. 270.

③ [英]高尔斯华绥：《写戏常谈》，载中国社会科学院外国文学研究所，外国文学研究资料丛刊编辑委员会编《外国现代剧作家论剧作》，董衡巽译，北京：中国社会科学出版社，1982，第55页。

戏剧语言那样。遗憾的是，在 20 世纪初像莎士比亚那样重视戏剧语言的做法被认为过时。在高尔斯华绥看来，好的对白应该能体现角色性格，遣词造句应慎之又慎，不应存在与角色性格无关的笑话或警句。总之，既要能引起观众的兴趣或兴奋，又要注意人物不能"为了说话而说话"①。真正的戏剧语言是一门严苛的艺术，他将好的对白形容成上好的蕾丝花边，自始至终都得精工细作、不差分毫，这样观众才能从生活的笑与泪中收获乐与哀。因此他并不太在意一些对他戏剧语言不太"西区"风、不"适合剧院"的批评。而正是因为高尔斯华绥在写戏剧之前已经有了近十年的对话写作经验，他的作品《银烟盒》才能一经面世就获得剧作家巴克尔和萧伯纳的好评。高尔斯华绥的戏剧语言中有一种含蓄的英式幽默，首先带给观众指导和思考，其次是愉悦。在他的作品中也有一些说教的话语，但是他善于创造一些适当的场景让说教变得自然，而不是长篇大论、夸夸其谈。高尔斯华绥也意识到有些戏剧对白虽然语言精美，含义微妙，阅读者会感到兴意盎然，因此不能将之纳入戏剧语言的范畴之下，因为这些语言更像是以研究为目标的、新形式的心理文学。总之，戏剧语言必须千磨万炼，既不能松散也不能刻意搞笑，需清晰、优美、和谐，忠于剧本、忠于自然，依人间的悲欢离合写出人心的喜乐哀愁。

在主题的选择方面，高尔斯华绥更多地选择时代生活中的严肃话题，强调作为外界力量的小事件或巧合要比个体的力量更强大，因为个体问题总是集中体现着社会组织中的普遍问题。高尔斯华绥认为戏剧家必须善于敏锐、灵活地运用形式和技巧。另外，戏剧创作须具有情趣，他是剧本中散发出的剧作家的精神，戏剧就像树木，以自身的情趣按自然规律成形、生长，甚至屹立不倒。情趣非常微妙，来自剧作家的潜意识，无需剧作家刻意呈现，就可以自然成画。

高尔斯华绥强烈反对"赞扬某种戏剧形式就反对其他戏剧形式"的

---

① John Galsworthy, "Some Platitudes Concerning Drama," in Grove ed., *The Works of John Galsworthy* (Vol. 23) (London: William Heinemann Ltd., 1932), p. 7.

做法，因为不同的戏剧形式都可以同样地表达事实、思想、美以及讽刺；不论形式如何，戏剧对人生和人性的关注都可以同样敏锐、公正；揭示可以同样真实；同样地激励人、愉悦人、启发人。因此，无论何种戏剧形式，只要作品不空洞、有启发性、耐人寻味即可，不必以己之长量彼之短。

不同于与他人对自然主义普遍持有的观点，高尔斯华绥认为自然主义戏剧技巧是所有戏剧技巧中最准确且最难以实现的。不过我们应当明确他所说的并非是以法国的左拉为代表的自然主义戏剧流派，而是指英国传统的写实主义戏剧——"既引导戏剧趋向鲜明的形式，立意高昂，又忠实于人们周围沸腾的、丰富的生活"①。他提醒剧作家勿忘"Ars est celare artem"②，认为运用自然主义戏剧方法的作家是为了在舞台上创造一种真实生活的景象，观众通过自己的经验看到舞台上人物的言谈、行为和思想来考虑自己的言谈、行为和思想，从而达到"净化"的效果。这种方法对语言和行动自然性的要求促使剧本完美，人物性格丰满，高尔斯华绥在剧本创作中也秉承这种写实的方法。当欧洲的自然主义变得非自然、流于外在形式时，他的自然主义则进入了角色的内心，使剧中人物们的生活、感情和思想都分外地真实、鲜活，不因偏见和流派而模糊。

二、戏剧伦理观实践

高尔斯华绥把戏剧家看作呈现社会毫厘的科学家，他避免说教形式的宣传剧和矫揉造作的情节剧，单纯地让普通人以自然而合理地方式出

---

① ［英］高尔斯华绥：《写戏常谈》，载中国社会科学院外国文学研究所，外国文学研究资料丛刊编辑委员会编《外国现代剧作家论剧作》，董衡巽译，北京：中国社会科学出版社，1982，第 57 页。

② 原句是拉丁文谚语，意为"艺术的秘诀在于将艺术隐藏"。John Galsworthy, "Some Platitudes Concerning Drama," in Grove ed., *The Works of John Galsworthy* (Vol. 23) (London：William Heinemann Ltd., 1932), p. 11.

现并行动。

《银烟盒》结构紧凑、风格自然，真实地再现普通人的日常生活，一条平行结构贯穿全剧。杰克偷取了妓女的钱包，蒋四偷取了银烟盒，他们两个都犯了相同的罪行。杰克一方强大，蒋四一方弱小；杰克享受着来自社会特权和经济特权，失业的蒋四只能过着贫穷的生活；审判过后，杰克继续享受生活，蒋四被判服苦役。《银烟盒》是他采用平行结构的第一个例子，也成为他最优秀的剧作之一。通过这部作品，高尔斯华绥确立了一种戏剧技巧——所有的戏剧冲突、角色、环境和背景都以平行结构出现，便于直观地进行比较。在简单而又富于社会讽刺的对比之下，戏剧情节被推动发展，使得人性处于更加复杂的处境。《银烟盒》具有极强的戏剧经济性(dramatic economy)，在语言上避免萧伯纳似的大段独白，台词简洁明了，人物行动稳定地向前发展，也没有外界的偶然性干涉其中。高尔斯华绥完全不用多余的情节或者话语来描绘人物，通过简洁的细节，描写剧中的每一个人物，包括那些只出场一次或只有一句台词的人物，这样任何有经验和技巧的演员都会从剧本中得到足够的指引性信息。当时的剧评界对《银烟盒》中呈现的戏剧技巧给予极大的肯定，剧评人们这样写道："这不是一部令人捧腹开怀的戏剧，但是如果你忽视他，你就可能会错过一部在未来新剧作家流派形成后会被反复引用的作品。……高尔斯华绥先生发展了一种能非常成功地在舞台上呈现生活的独有的方式。……作家在写作时思考的是生活，而非剧院，尽管他很清楚剧作的目的是演出，也不会为了舞台效果而牺牲真理……这就是他剧作的巨大成功。"①

在随后的戏剧创作中，高尔斯华绥继续采用并发展了《银烟盒》中确立的自然主义风格，②《争斗》中这种风格已经较为成熟，舞台指令详细地描绘了时代环境、生活背景以及服装式样，为人物的语言和行动创造氛围。剧中对话被精心打造得正如人们打岔或者思考时有停顿那

---

① 转引自 Dudely Barker 的 *The Man of Principle*，第 141 页。

② 这里的"自然主义"(naturalistic)并非指具备欧洲自然主义哲学(European Naturalism)，而是相对于浮夸的情节剧而言，指 19 世纪中叶以来由 T. W. Robertson 和 Pinero 建立的英国戏剧传统——戏剧是舞台上的真实。

样，在简洁的语言和重读节奏中蕴含着强烈的感情。《争斗》中劳资双方的会面也再次呈现了高尔斯华绥戏剧中常有的平行比较结构以及最终的平衡。虽然与萧伯纳等人同为社会问题剧作家，但高尔斯华绥的剧作风格独特而鲜明——绝不迫使人们去面对原则性的冲突，而是引导观众去接受主人公那样真实的、矛盾的、有缺点的人物。高尔斯华绥在自然主义风格之外也尝试了其他类型的戏剧，如《浅梦》这样诗剧风格的戏剧，时间证明他最擅长的仍然是写实风格的社会问题剧。

　　高尔斯华绥戏剧艺术观集中体现在《一炮而红》（*Punch and Go*：*Little Comedy*）之中，这是他第一次用剧中剧的形式创作，作品具有强烈的幻想和讽刺意味。剧中的戏剧制作人和舞台监制精心排演《俄狄浦斯和他的竖琴》得到剧院经理的称赞，但实际上经理只对女主角称赞有加，其他演员他视若无物。尽管滑稽舞蹈"鼬鼠舞"与寓言剧风格不符，经理再三要求导演在戏剧中添加这出舞蹈以迎合观众口味。在他眼里只有迎合观众的口味，演出才能一炮而红，至于戏剧的美和哲理蕴含无需考虑。制作人认为不能低估观众的品位，而经理则认为剧院里不需要美和哲理这类华而不实的东西。通过剧院经理与戏剧制作人的冲突，高尔斯华绥影射剧院经理或普通观众对戏剧艺术和美的漠视，就像《一场闹剧》中的报纸主编和编辑们那样，为了经济利益而过分迎合观众低俗趣味，甚至失去道德底线。通过这部剧作，高尔斯华绥还表达了他对于艺术作品来源的思考。剧中剧《俄狄浦斯和他的竖琴》中教授必须得在年轻貌美的妻子优美动人的歌声中才能写作，歌声消失，写作灵感也随之消逝，他把这种创作称为"神启"，就像很多名画是受神启而作一样。这种创作方式或作品诞生的方式为高尔斯华绥所不齿，在他看来，艺术必须源于生活，"一个戏剧家，被现代的社会环境压力重重包围，强烈地感受到怜悯，倾向于自然主义方法，自身又带些讽刺的成分，既不能写出六七尺高的人物，也不能写出远离他时代的问题和运动的剧作。"①

---

　　① 出自《高尔斯华绥戏剧集》的序言。John Galsworthy，*Plays*（Vol. 1）（New York：Charles Scribner's Sons，1927），pp. xi-xii.

这位教授只能虚构神话人物，台词也照搬妻子的随口之言，这样的创作没有丝毫意义。教授的妻子认为戏剧作品应该来自爱、来自对无趣味的反叛，对老学究的反叛，对大公司垄断和一切商业成功的厌恶。妻子坚持梦境的真实，因为梦带来的是充满美和爱的生活，而不是空洞无聊的金钱、名望和时尚。这种看法也正是高尔斯华绥对自己戏剧艺术观的阐释，戏剧艺术不仅应该源自生活，更应该表现真、善、美和人与人之间的爱。

高尔斯华绥在小说、散文和戏剧的创作之间不断地转换，尽管主题相关，但他的戏剧创作技巧与小说创作技巧迥然不同。他的剧作技巧固定，很少改变，对于剧作中的主题他呈现的大多是近乎中立的观点，他那种极度自然主义的对话来支持高度戏剧化场景的做法在"一战"以前是非常进步的。

"一战"前高尔斯华绥主要关注的是时代环境中的社会问题，如社会不公和压迫等，他的剧作在监狱改革和妇女离婚法律条款的改革起到了一定的促进作用。"一战"之后他继续有规律地从事戏剧创作，更深入地探察人物内心世界，体现人的尊严。在他戏剧创作的晚期，他也尝试一些戏剧技巧的实验，但基本上保留了自然主义风格。

在剧作《逃脱》中高尔斯华绥一改以往的三幕剧形式，首次采用"序幕+片段"（prologue+episode）这种看似松散的结构。事实上，这种类似于电影场景的结构非常适合这一题材的戏剧，其他形式的结构很难达到同样的戏剧效果，这种结构在当时的英国戏剧舞台上是一种新的尝试。在最后一部剧作《天台》中，他抛弃了"幕+场"（act+scene）结构，直接将全剧分成七"场"（scene）。此外，在舞台布景上他不拘泥于写实戏剧的箱式布景，大胆尝试以平台、台阶和走道等组成构架式空间，将舞台区分成三层空间。高尔斯华绥在剧本里详细写明舞台场景的布置，并精心绘出四张布景图（图6-1）：

　　　场景为巴黎的一个老式旅店。……开始六场在这一时间（午夜12点至1点）的前半段逐一表演，最后一场在随后的半段时间表

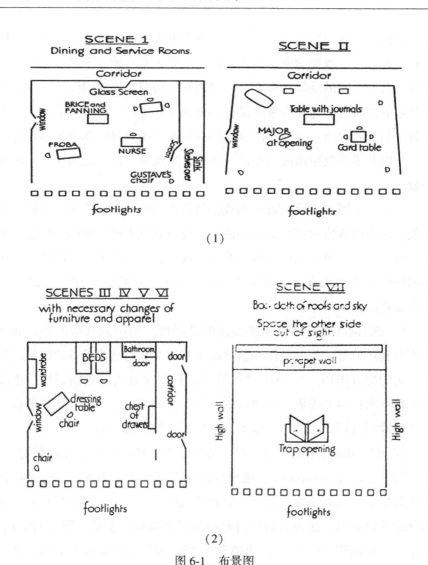

（1）

（2）

图 6-1　布景图

演。从一楼的第一场开始，第二场在二楼，第三、四、五、六场在三楼，最后一场在天台。……除了最后一场，各场的墙壁无需更换，但前两场的后墙上应留有入口，第一场切分仆人房的分隔墙在第二场中应被移走，在第三场中被替换掉。第二场之后需做两个主要通道，第六场之后也是如此。另外，第一场和第二场表演间隔时间不能超过 2 分钟，各客房表演间隔不能超过一分钟。右手边墙上的窗户在歌唱中位置保持不变。第一场中仆人房是第三、四、五、六场的走廊，因此隔板可向内移构成客房的墙壁，要在第一场仆人房的空间内预留出走廊的位置。①

这样，舞台场景能更充分地与戏剧内容结合，也方便演员更充分地展开技巧性动作。

小　结

英国美学家李斯托维尔（Listowel）于 1933 年在《近代美学史述评》中提出美的理想就是要"从混乱中创造出和谐来；是要调和最尖锐的对抗，并把冲突转化成为和平；是要结束矛盾，并把人类广阔经验中显得最复杂最相反的一些东西统一起来"②。高尔斯华绥所认同的美是理想的典型，是尽善尽美，既包括身体也包括灵魂；感性和精神没有冲突、和谐一致就是美。在感知到比例、对称、平衡、和谐或者节奏时，在观察到部分与部分之间的相互依存关系以及他们服从于他们所属的整体时，在异中求得同，在多样性中实现统一时人们产生的欢愉之情，就是美。美只存在于创作活动或者欣赏喜悦的某个瞬间。如果说能够在不可抗拒的美的魅力与对自由和正义的追求之间存在着任何的完美的和谐，那么这一媒介就是人道主义，就是爱——爱可以调和矛盾。高尔斯华绥在一生戏剧创作中总是希望通过精心构思来巧妙地融合讽刺和悲剧，"用一种无怜悯的、疏离的人性再现人类的亲密和同情"③。只有人道

---

① 场景布置安排和四幅布景图均来源于加利福尼亚大学保存的 *The Roof* 的剧本第 6-7、10、26、41、109 页。

② ［英］李斯托威尔：《近代美学史述评》，蒋孔阳译，合肥：安徽教育出版社，2007，第 249-250 页。

③ 这是高尔斯华绥在康拉德批评他"负面手法"时的辩解。

主义和爱才能剥离人类天性中的世俗与野蛮，驱使人们不断追求高尚的品质，保持内心深处的真挚情感，我们人类日益增长的社会物质文明也急需用爱来建立一个美好的世界。

　　总而言之，20 世纪上半叶英国历史语境中的各种伦理、经济、政治、文化元素的激荡、碰撞启发高尔斯华绥深入思考艺术的伦理价值，形成了他对文艺、对戏剧直接而又明确的观点——戏剧和其他形式的艺术都应该纯粹，应该保持日常生活单纯的尊严，切忌虚假造作和模棱两可。艺术家们必须热爱生活，不偏不倚地反映现实，不因外界纷扰而失去独立思考，保持艺术的"境界"。高尔斯华绥一生的艺术创作都秉承这种艺术观和戏剧理念，他所有的作品都真实地展现时代语境的方方面面，展现生活，不因自己的观点和立场影响读者和观众的评判。① 人的伦理身份和伦理处境既微妙又复杂，没有"绝对"，只有"相对"，他总是让观众自己从作品反映的生活中去反思、反省，审视自己的良心，从而实现艺术的真正价值。不管现实社会是多么的残酷，也不管生活有多么地无情，人总是通过自己的努力去追求正义、自由和善良，保持人的尊严，这就是高尔斯华绥的戏剧美学思想的实质。

---

　　① 出自《高尔斯华绥戏剧集》的序言。原文为："His only ambition in drama, as in his other work, is to present truth as he sees it, and, gripping with it his readers or his audience, to produce in them a sort of mental and moral ferment, whereby vision may be enlarged, imagination livened, and understanding promoted." John Galsworthy, Plays (Vol. 1) (New York: Charles Scribner's Sons, 1927), p. xii.

第七章　高尔斯华绥戏剧在中国戏剧生态
中的传播、接受和影响

概　　述

　　20 世纪高尔斯华绥的剧作在英国国内大受好评，热演不衰，在欧美亦受热捧，高尔斯华绥被誉为 20 世纪英国最优秀的剧作家之一，与同时代的萧伯纳齐名。史学大家吕思勉认为，"文化本是控制环境的工具，不同的环境自然需要不同的控制方法，就会造成不同的文化。文化既经造成以后，就又成为人们最亲切的环境，人们在不同的文化中进化"①。当我们探察高尔斯华绥剧作在中国的传播与接受时，必须将中国的历史文化语境纳入考察范围。20 世纪上半叶，高尔斯华绥及其剧作进入我国戏剧家的视野，"19 世纪末年到 20 世纪初，英国的戏剧，一时呈现异常发皇的气象。……而萧伯纳及高尔斯华绥两人，更为国人所熟悉，两人对于人生的态度颇有近似处，同为反抗社会不懈的战士"②。彼时中国处在由封建社会走向现代社会的转型期，风云激荡，社会问题层出不穷，斗争激烈。

　　与萧伯纳剧作在中国受到的热烈而持久的关注相比，高尔斯华绥剧作只在民国时期受到一定程度的重视。这一时期的高尔斯华绥戏剧传播

---

①　吕思勉：《吕著中国近代史》，武汉：武汉出版社，2012，第 158 页。
②　向培良：《逃亡·序》，北京：商务印书馆，1936，第 1-2 页。

以作品翻译、评介等为主，剧作演出虽然不是很多，但因作品涉及的社会问题贴合当时中国历史文化语境，在中国剧坛引起较大反响，对中国现代戏剧影响较大。陈大悲、郭沫若、曹禺、顾仲彝、向培良等现代剧作家的戏剧创作或戏剧理论中都折射出高尔斯华绥剧作及戏剧思想的影子。"民国"之后，高尔斯华绥的戏剧受冷落，学界判定其为资产阶级剧作家，认为他宣扬阶级调和，对其作品以批判为主。1978 年至今，中国掀起了外国戏剧研究热潮，但高氏的剧作继续遇冷，翻译、研究者寥寥，其原因和中国社会不断变化的时代语境密不可分。

第一节　高尔斯华绥戏剧在民国时期的传播与接受

中国戏剧对西方戏剧的借鉴始于 20 世纪初。五四运动前后，"别求新声于异邦"成为我国思想文化的基本走向，有识之士纷纷转向世界发达国家寻求新文化、新思想，文学界把外国文学输入作为要务，"五四"新文学的先驱们如鲁迅、茅盾、郭沫若等无一例外。郑振铎在《文艺丛谈》中说："想在中国创造新文学……不能不取材于世界各国，取得愈多而所得愈深，新文学始可以有发达的希望。我们从事新文学者实不可放弃了这介绍的责任。"①戏剧文学是外国文学的重要构成，而且长期担当思想启蒙之重任，这很契合试图利用通俗文艺样式开启民智的新文化先驱们的需要，但当时只有为数不多的人能阅读外文原著，于是新文学开拓者们责无旁贷地挑起了翻译的重担。1918 年 10 月宋春舫在《新青年》杂志上推出《近世名戏百种目》，1921 年《小说月报》公布的《文学研究会丛书目录》包含了 20 部戏剧（涉及萧伯纳、高尔斯华绥、王尔德等剧作家的作品），《晨报副刊》《京报副刊》《戏剧》也纷纷连载外国剧作的译作或改译作。民国 20 至 40 年代，高尔斯华绥的剧作的汉

---

① 郑振铎：《文艺丛谈》，《小说月报》1921 年第 12 卷第 1 期。

译版本较多，某些剧作先后出现几个不同的译本。报纸杂志上也刊登了不少关于高尔斯华绥剧作宣传、评价、译介、争鸣的文章。此外，高尔斯华绥剧作的上演频率也较高，其中一些剧作社会反响巨大。

一、民国时期的社会伦理语境

（一）五四新文化运动前后中国历史文化语境

在"五四"新文化运动前后，中国的民族危机和社会危机极端深重。北洋军阀统治时期的中国资本主义工商业进入了一个相对快速的发展时期，社会经济、现代化水平有所提升，并由此带动政治、社会、文化等诸多方面的变化。

据汤纳统计，1920年中国雇佣30名工人以上的工厂有808家，到1928年发展到2 327家。① 重工业中采矿业发展很快，1915年全国有56家注册煤矿，1919年煤矿年产量为1 280.5吨，1928年1 798吨；民族资产阶级与工人阶级力量日益壮大，日渐活跃于新的时代舞台，到20世纪20年代末中国产业工人达到300万。② 在农业方面，由于军阀政权横征暴敛，混战不休，中国农业生产环境遭到破坏。同时，频繁的天灾和不合理的土地制度也导致农业经济发展滞后，农村民力凋敝。

伴随着资本经济的发展，中国的社会人员结构也发生了相应改变——尽管军阀、官僚、买办和地主阶层仍居于主流，但现代知识分子阶层开始在社会结构的重构中扮演重要角色。他们将西方的科学技术和思想文化介绍到中国，希冀这些新知识、新观念、新思想能对社会产生积极的影响。此外，"社会内部之矛盾，随文明之进步而深刻"③。自1919年五四运动爆发后，中国社会各行业的工人罢工爆发频繁，工人

① 汤纳：《中国之农业和工业》，台湾：正中书局，1937，第225页。
② 该数据来自王先明：《中国近代史（1840—1949）》，北京：中国人民大学出版社，2011，第450，456页。
③ 吕思勉：《吕著中国近代史》，武汉：武汉出版社，2012，第244页。

运动维持的时间越来越长，力度也越来越强烈，最后演变成武装起义；工人运动的性质也从改良生活的经济斗争转变到争取自由的政治斗争的阶段。

在思想文化领域，20世纪初，旧有的社会基础并没有随之改变，封建势力和封建意识形态虽然遭到一定挫折，但力量仍然强大，各种社会现实矛盾交织，新与旧之间的较量循环往复。中国思想界展开了以陈独秀、李大钊、胡适等为代表的西化论者和以梁启超、梁漱溟为代表的东方文化派的论战。这一场论战围绕东西方文化的比较、新旧文化的关系和中国文化出路等问题展开，持续十多年，其本质是西方资产阶级新文化和中国封建旧文化的斗争。新文化运动提出"个性解放"和"改造社会"的口号。"个性解放"号召个人权利高于一切，是反对旧文化旧礼教的思想武器。而"改造社会"被置于"个性解放"之上。这两个口号呼声日渐高涨，在思想界被提到突出地位。在"五四"时期新文化启蒙思潮的呼唤下，外国文学中表现个性解放、女性解放、思想自由和社会批判的作品受到进步知识分子的关注，被大量翻译。"五四"时期的一些影响较大的报刊如《小说月报》《晨报副刊》等经常刊登翻译作品，仅《文学周报》一刊1~9卷就发表超过300篇文学和戏剧翻译作品；出版机构也纷纷推出译作系列丛书，如《文学研究会丛书》等。阅读、翻译外国文学作品成为一时风尚，翻译队伍也发展壮大，陈大悲、胡适、郭沫若、沈雁冰、周作人等知识分子的译著硕果累累，英、法、俄、印等国的众多作家，如萧伯纳、高尔斯华绥、莫泊桑、屠格涅夫、泰戈尔的作品被大量翻译。外国文学作品的翻译从很大程度上促进了中国近现代作家写作技巧和创作方法的培养以及读者审美趣味的形成，在中国近现代文学的建构中起到了直接而积极的作用。

民国几十年社会动荡的环境之中，中国的戏剧发展也经历了新旧论战、戏剧思想和审美价值的大讨论。中国一些具有远见卓识的学者充分认识到戏剧在改变民众陈腐思想、宣扬人性解放方面的显著功用。在五四新文化运动开始之前，戏曲在中国文学体系中的地位已经开始悄然改变。众所周知，近代文学的主体是剧本，知非认为"戏剧是近代文学中最恰当的文学"①，戏剧相对其他艺术形式来说普及面更广，他能打破语言文字的障碍，和观众进行直接有效的交流，在当时是最有效的启蒙民众觉悟的途径之一，这是世界戏剧浪潮进入中国社会文化语境产生的独特结果。早在 19 世纪末 20 世纪初，中国戏剧界就开始提出要对已有戏曲进行改革，在这场戏剧革命中论战双方提出了针锋相对的观点。以陈独秀、钱玄同、胡适、傅斯年等为代表的改革派坚决反对中国已有的戏曲，认为只有彻底清除旧戏曲才能在中国发展新剧（西方戏剧），才能借新剧反对旧道德，提倡新道德，才能解放人的天性，追求人的自由和民主。以张厚载为代表的保守派则认为旧戏"是中国历史社会的产物，也是中国文学美术的结晶，可以完全保存"，一旦破坏了唱、念、做、打的律则，"那中国旧戏也就根本不能存在了"②。在保守派看来，戏曲完全没有必要改革。无论是改革派还是保守派，他们的观点都过于极端，并不适合中国当时的国情。在戏曲改革初期，无论是文明戏还是新剧，他们的受众大多是一些受过西方教育的知识分子，接受范围非常小；中国传统知识分子和大众对这种新的戏剧形式接受度不高。既然激进的方式并不能达到戏剧改革最优的效果，那么只能选择一种双赢的方式。这种方式倡导者之一是宋春舫，他曾在欧美各国游历考察戏剧，1916 年后又在清华大学、北京大学开设戏剧课程。丰富的学术经历让他能够理智、客观地看待新、旧剧之争和戏剧改革。他既反对一概抹杀旧戏的激进派，也不赞同故步自封的保守派。他提出新剧和旧戏应该并存——旧戏是象征主义的艺术，经过改良可以永远保存下去；新剧则对于社会有远大的影响。③ 这种双赢的观点在今天看来无疑是客观而正确的，但是在当时却被认为是折中主义，遭受鄙夷。

---

①　知非：《近代文学上戏剧之位置》，陈独秀，李大钊，瞿秋白主编《新青年第 6 卷》，北京：中国书店出版社，2011，第 24 页。原文载于《新青年》，1918 年第 6 卷第 1 期。

②　张厚载：《我的中国旧戏观》，《新青年》，1918 年第 5 卷第 4 期，第 39-44 页。

③　宋春舫：《宋春舫论剧》（第三版），北京：中华书局，1930，第 280-281 页。

　　在创作新剧方面，傅斯年提出六条最佳创作原则：（1）剧本应当从现在的社会中取材；（2）最好的戏剧是没有结果或留下不快的结果，丢掉大团圆式结尾；（3）所写事迹应当根据日常生活；（4）剧中人物应是生活中的平常人，人物越平常，剧本越不平庸；（5）不必善恶分明，应该让人有所用心，引起批评判断的兴味；（6）避免就戏论戏，剧本应该蕴含真理。① 从以上这些原则可以看出，当时向西方戏剧学习，这些话剧倡导者们看重话剧的社会效用和精神内涵，提倡走写实主义路线，而写实主义也恰巧是当时西方戏剧的主流。新剧倡导者们的种种论述让"社会问题剧"进入大众视野，其典型代表为《新青年》的"易卜生专号"，内容包括胡适的《易卜生主义》、袁振英的《易卜生传》、胡适和罗家伦合译的《娜拉》、陶履恭译的《国民公敌》和吴弱男译的《小爱有夫》。其中胡适的《易卜生主义》不是一篇完全意义上的戏剧评论，着重探讨了易卜生戏剧体现的反抗精神；胡适强调易卜生的文学与人生观就是写实主义。"易卜生专号"促成中国话剧的启蒙和发展，更加促成了中国话剧自发生时就成为"思想""主义"的载体这一鲜明特征。自此，中国话剧就以真实地描写现实生活作为美学原则，追求以"再现"为特征的"写实主义"，以揭露社会问题为创作目的，赋予戏剧以"再生、教化"之功能。

　　社会问题剧敢于揭示社会问题、以少战多的精神满足了"五四"时期戏剧先驱们的需求，在易卜生的影响下，"五四"时期出现了以"'五四'问题剧"为主流的戏剧创作，当时剧坛上出现了一批模仿易卜生戏剧的作品，如胡适的《终身大事》（1919）、凌均逸的《醒了么?》（1920）、侯曜的《弃妇》（1922）、熊佛西的《青春的悲哀》（1922）、郭沫若的《卓文君》（1927）、陈大悲的《幽兰女士》（1928）和欧阳予倩的《屏风后》（1929）等，在当时的社会引起了巨大反响。"'五四'问题剧"作家把戏剧看成"为人生"的手段和"改造社会"的武器，把反抗、批判和揭露社

---

　　① 傅斯年：《论编制剧本》，载周靖波主编《中国现代戏剧论（上）建设民族戏剧之路》，北京：北京广播学院出版社，2003，第60-61页。

会问题作为一种自觉的追求。他们的剧作中囊括了婚姻恋爱、父母子女间的代沟、劳资矛盾、贫富差距以及下层劳动人民的艰难处境等诸多社会问题。蒲伯英在《戏剧之近代的意义》中认为戏剧能够促使社会形成一种积极向上的精神，从而去发现光明和自由，使民众精神进入一种新的境界，就像再生轮回一样。① 在这类戏剧观念的指导下，中国戏剧创作和表演呈现出独特的"写实主义"审美特征。戏剧成为一种蕴含高尚思想内涵和良好社会效用的艺术形式，他关注人的境况和命运，呼吁个性解放，坚持批判社会黑暗面成为"批判现实主义戏剧"，肩负现实主义创作的社会使命，实现揭露现实、反抗现实和改造现实的效果。"南开剧团""民众戏剧社""中国旅行剧团"等戏剧表演机构为我国现实主义戏剧观念的传播做出了巨大的贡献。

但是，最初的"'五四'问题剧"的倡导者们对戏剧"为人生"的思想内涵理解得比较狭隘，他们片面强调人所处的社会生活环境，强调要从社会的、政治的角度去发掘生活的方方面面，希望戏剧成为推动革命、改造社会、改变人生的利器，对"写实主义"戏剧的内在本质和审美层次有所忽略，戏剧中主要元素"人"的思想和精神面貌以及人生的价值没有引起足够重视，戏剧的艺术价值被降低。

随着对外国戏剧了解的深入，一批中国戏剧人逐渐认识到中国戏剧单纯模仿外国戏剧尤其是易卜生戏剧带来的负面效果——这类模仿而成的"'五四'问题剧"艺术价值很有限。余上沅在1923年意识到戏剧家创作的艺术与思想之间平衡的问题，他赞誉高斯倭绥（即高尔斯华绥）"是极少数道德自觉心和艺术自觉心"②同时具备的剧作家，也意识到中国话剧在易卜生的影响下渐渐"误入歧途"。他曾经批评那些试图利用艺术去纠正人生，改善生活的做法，因为这样会忽视生活和人心的本质，使戏剧变得繁琐且缺乏问题意识，从而失去艺术性。③ 带着这种目的创

---

① 蒲伯英：《戏剧之近代的意义》，《戏剧》，1921年第1卷第2期，第13页。
② 余上沅：《戏剧谈——读高斯倭绥的"公道"》，《晨报副刊》1923年5月15日。
③ 余上沅：《〈国剧运动〉序》，载《余上沅戏剧论文集》，武汉：长江文艺出版社，1986，第196-200页。

作出的剧作一般简单地通过情节的铺展对观众"动之以情";剧作的本质变成了判断和推理;戏剧的情感逻辑产生偏差。剧作家常常借主人公之口直抒胸臆,将舞台变成他们的"传声筒",或者将人物类型化、脸谱化,剧情并不生动。

同时,"'五四'问题剧"作家们大多只是讨论"问题",将"问题"作为剧作的支撑,他们心中的"真实"停留在对社会问题的"再现"上,"缺乏建立一种理性的社会哲学的能力","不能把他认为是造成戏剧冲突的条件——'严酷的逻辑和铁一般的事实结构'——戏剧化"①,他们只是将事实照原样搬到舞台上,却不能真正理性地分析,使自己的思想更加符合逻辑,无法深入"问题"的艺术发现上。大多数"'五四'问题剧"局限于对社会问题的关注,向培良曾经批判过胡适等剧作家"只知道社会问题,却忘了剧"②。尽管有一些剧作加入了一些反抗和斗争的思想,但没有被"戏剧化",戏剧没能获得更深的内涵。总之,这类剧作思想较苍白,并没有真正达到引人深思的境界。由于艺术价值程度不高且思想深度也很有限,"'五四'问题剧"的直接影响就是形成中国话剧此后重思想轻艺术的倾向,过于强调戏剧的功利性。

为了扭转这一局面,1925 年余上沅等人发起了轰动一时的"国剧运动",他们反思"问题剧",提出戏剧应该"以艺术真切地表现社会人生",这成为中国戏剧在 20 年代中后期发展的一个新方向。但是仅仅一年之后,余上沅就预感国剧运动失败的命运——"可是我们第一个愿望,社会的觉醒,这是失败了的。社会既不要戏剧,你如何去勉强他?"③尽管"国剧运动"最终失败,但他倡导的戏剧应具有民族性、应发掘人生哲理的主张对剧坛的影响仍然是明显的。

在戏剧的舞台美术方面,1907 年起中国戏剧演出开始采用幕布加道具的布景形式,洪深等一批经过海外专业戏剧培训人员逐渐在舞台表

---

① [美]劳逊:《戏剧与电影的剧作理论与技巧》,邵牧君、齐宙译,北京:中国电影出版社,1978,第 140 页。

② 向培良:《中国戏剧概评》,上海:泰东图书局,1928,第 13 页。

③ 余上沅:《一个半破的梦——致张嘉铸君书》,《晨报副刊》1926 年。

演中发挥作用。1925 年余上沅、赵太侔等人在"国立"北平大学艺术学院开办戏剧系，设立了舞台美术课程，开始培养中国本土舞台美术人才。

(二) 民国前十年中国历史文化语境

南京国民政府执政的最初几年内，中国社会局面相对稳定，工商业有了一些发展。1931 年"九一八"事变之后，日本对华政策发生转变，不断制造事端，翌年建立伪满洲国。1936 年 5 月全国各界救国联合会成立，中华民族危机日趋严重，战争一触即发。1936 年工业在工农业总产值中的比重上升到 10.8%①，较之前的年份比重最大，上海、天津、武汉、青岛等发展成为重要的工业中心。国民政府统治初期实行了币制改革，刺激对外贸易的同时也导致物价上涨，货币贬值。此外，国民党新军阀之间的混战、国民党军队对苏区的"围剿"、农村土地分配的极端化和繁重的苛捐杂税，进一步加重了农村经济破产。总体上看，国民政府统治的前十年社会动荡，秩序纷乱、民族危机严重。

这一时期中国高等教育事业得到比较明显的发展。南京政府的教育支出比经济建设支出高出数倍，"中央"大学、武汉大学、浙江大学、中山大学等都在这时初具规模。1928 年中国中等学校数量为 1 339 所，学生 234 811 人，1931 年增加到 3 026 所，学生 536 848 人②。大量留学海外的知识分子归国，入校任教，还出版多种学术刊物。在思想文化领域，一方面"三民主义"得到新的诠释，另一方面思想界对"全盘西化"问题展开了争论，这些思辨均是思想界探索适应中国社会发展道路的反映。1930 年 3 月左翼作家联盟成立，对之后的中国文化发展产生深远影响。

---

① 吴承明：《中国资本主义与国内市场》，北京：中国社会科学出版社，1985，第 135 页。
② 金冲及：《二十世纪中国史纲·第 1 卷》，北京：社会科学文献出版社，2009，第 211 页。

1928 年至 1929 年前后，中国的戏剧运动盛况空前。① 剧团数量、戏剧上演场次都达到前所未有的水平，而且社会进步人士和学生大众对戏剧的热情也空前高涨，戏剧成为时代风尚。1930 年至 1937 年是话剧在中国生根发展的时期，这一时期的中国剧坛上一部分剧作家学习当时西方正在兴起的戏剧思潮，如唯美主义戏剧、象征主义戏剧和表现主义戏剧，并创作了一些作品，如白薇的《琳丽》、向培良的《暗嫩》《生的留恋与死的诱惑》、陶晶孙的《尼庵》等。但是大革命失败后，这些剧作家认清了残酷的现实斗争，他们开始从浪漫派和现代派脱离出来，转向现实主义。此外，相对"'五四'问题剧"来说，这些中国的现代派剧作在当时的影响都不大，且不太能被观众接受，故而很快就销声匿迹了。随着民族矛盾和阶级矛盾的深化，中国话剧呈现出特有的艺术和思想面貌，20 世纪 30 年代，现实主义话剧成为戏剧的主要潮流，呈现出旺盛的生命力，在继承"五四"话剧成就的基础上，社会现实功能不断增强，尤其强调政治功能，直接与政治斗争现实相结合，剧作表现出更加鲜明的政治价值追求。

此外，话剧的受众不再拘泥于知识分子这一群体，开始走向工农群众，1929 年 10 月上海艺术剧社成立，这标志着无产阶级戏剧在中国兴起。继中国左翼作家同盟成立后，1930 年 8 月中国左翼剧团联盟宣告成立，号召戏剧深入城市无产阶级群众中，以戏剧为武器，参与变革社会现实的斗争，演出的剧目主要有德国米尔顿的《炭坑夫》（导演夏衍）、美国辛克莱的《梁上君子》（导演鲁史）、法国罗曼·罗兰的《爱与死的角逐》（导演叶沉）、日本村山知义改编的《西线无战事》、冯乃超的《阿珍》等。同时话剧也开始走向农村，农村经济凋敝的惨景，农民与地主之间尖锐的阶级矛盾以及农民悲惨的命运，成为剧作家们关注的对象。一批农村主题的剧作如洪深的《农村三部曲》，熊佛西的《孔大爷》《过

---

① 郑伯奇：《中国戏剧运动的进路》，王延晞、王利编《郑伯奇研究资料》，山东大学出版社，1996，第 263 页。原载于《艺术月刊》，1930 年 3 月 16 日第 1 卷第 1 期。

渡》为农民喜闻乐见。话剧还走向反对日本帝国主义侵略的道路。随着本土戏剧的逐渐成熟，国内观众对外国戏剧的需求渐渐减少，改译剧的数量也呈减少趋势。

(三) 抗战以降的中国历史文化语境

1937 年 7 月 7 日发生卢沟桥事变，抗日战争全面爆发，1938 年随着北平、上海、南京、武汉、广州等地相继沦陷，抗战进入相持阶段。在日军步步紧逼的情况下，民族工业和高校向后方大迁移。

战争打破了社会生活的常态，破坏了科学文化发展的必要条件。1938 年 3 月 27 日"中华全国文艺界抗敌协会"于武汉成立，提出"文章下乡，文章入伍"的口号，鼓励作家深入现实斗争。在"抗战"的旗帜下知识分子前所未有的团结，所有的争议暂时搁置起来，文学救亡成为进步知识界最根本的诉求，"宣传第一、艺术第二"成为战时文化最根本的发展方向。与向后方大迁移相对应，相当一部分青年知识分子奔赴延安。在根据地，共产党领导下的文化具有鲜明的"革命文艺"方向，明确文学艺术要"为工农兵而创作、为工农兵而利用"的立场。作品始终以反映现实生活，尤其是抗日战争内容为主导，如《小二黑结婚》《吕梁英雄传》等。自抗战进入相持阶段起国民党加紧了对国统区思想文化的钳制，颁布一系列法令，如《图书送审须知》《修正图书杂志剧本送审须知》《战时出版品审查办法及禁载标准》等。据统计，1942 年 4 月至1943 年 8 月，有 160 种剧本被禁止上演。① 到抗战后期国民党统治的大后方工业逐渐萧条，农村凋敝，民众生活水平日趋恶化。与此同时，抗日根据地采取"三三制"，实行减租减息政策，开展大生产运动和整风运动，加强抗日民主政权建设，团结各抗日阶级和阶层，进行反"扫荡"斗争，共同对敌，保卫解放区。

1946 年 6 国民党发动全面内战，第三次国内革命战争开始。国民

---

① 王先明：《中国近代史 (1840—1949)》，北京：中国人民大学出版社，2011，第 619 页。

党统治区政治经济文化危机加深。政府财政赤字数额巨大，通货膨胀严重，物价漫天飞涨。1948 年底的物价较年初上涨 88 倍，农业生产凋零。城市出现巨大失业人群，居民为生计所迫对当局抗争不断。全国学生发动"三反"爱国运动，此外工人运动、城市贫民斗争和抢米风潮，农村的抗粮抗税抗抽丁等运动，在各地风起云涌地展开。国统区整个社会经济趋于崩溃。深重的社会经济危机给教育和文化事业带来了极端严重的后果。1949 年 4 月 23 日南京解放，国民党统治结束。同年 10 月 1 日中华人民共和国成立，民主革命终结，社会主义革命开始。华夏大地终于结束了近半个世纪的纷乱的混战局面，社会政治、经济、文化都逐渐趋于稳定，开始新的发展。

1937 年至 1949 年是中国话剧走向成熟的时期，戏剧较之小说、诗歌、散文等文学样式呈现蓬勃态势。戏剧理论建设获得巨大成就，据不完全统计，从 1937 年到 1945 年中国戏剧方面的刊物多达 50 多种，影响力较大的刊物 9 种①，戏剧专著有 6 种②，编剧、导演和表演等方面的专著 28 种，概括总结性专著 3 种。受战争严酷环境的制约，这一时期的演剧活动大多因地制宜，不拘泥于舞台演出形式。

抗战时期，中国戏剧形成三分格局：国统区戏剧、解放区戏剧和孤岛戏剧。1937 年 11 月上海沦陷后至 1945 年抗战胜利，一些留沪居住的戏剧工作者在租界等狭小区域里开展了孤岛戏剧活动。在严酷的时代环境的逼迫下，改译剧又开始盛行，这一时期改译剧的演出比 20 年代前半期要多，黄佐临组织的苦干剧团是当时活跃的演出团体之一。同期，在共产党领导的解放区也开始了"红色戏剧"运动，其演出目的主要是形象地宣传革命和抗日。从 1939 年起延安"鲁艺"戏剧系和其他一些戏剧团体演出一些世界名剧，剧艺工作者也创造了《白毛女》等经典剧目，解放区戏剧反映现实生活，探索民族戏剧形式。抗战爆发后，全

---

① 9 种刊物按照创刊时间顺序排列为：《抗战戏剧》《戏剧新闻》《剧场艺术》《戏剧岗位》《新演剧》《戏剧春秋》《戏剧月报》《戏剧时代》《演剧艺术》。

② 6 本专著按照出版时间顺序排列为：《抗战与戏剧》《战时演剧论》《论抗战戏剧运动》《抗战剧本批评集》《战时戏剧教育》《抗战戏剧论》。

国各地的文化工作者纷纷来到大后方桂林，桂林的戏剧创作和演剧活动空前活跃，以宣传抗日救亡运动、坚持爱国主义为宗旨。1944 年 2 月 15 日至 5 月 19 日，在桂林举办了规模巨大的"西南五省第一届戏剧展览会"（即"西南剧展"），轰动西南。茅盾称之为"一次在国统区抗日进步演剧活动的空前大检阅"①。

抗战时期，随着不断加剧的阶级斗争和民族斗争形势，话剧普遍、深入地发展，其政治功能继续强化。无论是左翼戏剧、国防戏剧还是抗战戏剧，都表现出强烈的特定民族历史阶段的政治意蕴，也涌现出了一大批优秀的抗战题材话剧，他们以革命现实斗争为题材，结合革命思想、路线、方针、政策，揭露现实革命斗争生活，具备强烈的革命时代审美意识，发挥了一定的战斗作用。

抗战胜利之后，国统区采取了种种严厉的措施来打压戏剧运动，许多在抗战中作出巨大贡献的演剧团体纷纷解散，职业演剧活动转向业余，大量戏剧工作者转向电影等其他艺术行业。在话剧的创作方面，1945 年之后，新创作的话剧数量不多，但仍有少量保持了前期话剧水准的优秀作品诞生，如《清明前后》《清流万里》等。与此同时，解放区的话剧创作和演出繁荣发展，大量反映农、工、知识分子现实生活的剧作诞生，代表作品有《喜相逢》《战斗里成长》《思想问题》等。

二、民国时期高尔斯华绥剧作的译介、研究和演出情况

五四新文化运动中，新旧戏之间论战的一个显著成果是激起了更多人对新剧（戏剧）的关注。中国文化体系中本身并没有新剧这种文学和艺术形式，要在中国发展他，唯一的途径就是向国外学习。外来文化的输入往往须先依附于本土文化才能得以立足，从传播接受的角度来看，当本土文化开始接受外来文化之时，外来文化的民族改造就开始了。

---

① 茅盾：《在田汉同志追悼会上茅盾同志致悼词》，《人民戏剧》，1979 年第 5 期，第 11 页。

　　由于中国本土话剧创作的贫乏，从 20 年代开始，面对话剧舞台上出现的"戏荒"，戏剧工作者们加大了对外国戏剧作品的引入力度。外国戏剧在中国掀起了翻译、演出的热潮。1918 年，胡适在《建设的文学革命论》中提出欧洲近 60 年的戏剧题材中最重要的题材之一是"'问题戏'，专门研究社会的种种重要问题"①，他认为西方文学有很多值得借鉴之处，研究文学的当务之急就是翻译西方文学名著。在他的号召下，国内学界对国外戏剧理论和作品的翻译一时之间蔚然成风。宋春舫在 1918 年选刊近代西方 13 个国家的 58 位剧作家的剧目，1921 年又介绍欧洲 6 个国家的 25 位剧作家的 36 部剧作②；1921 年《小说月报》公布《文学研究会丛书目录》，其中包含了 20 部戏剧(涉及萧伯纳、高尔斯华绥、王尔德等剧作家的作品)；《晨报副刊》《京报副刊》《戏剧》也纷纷连载外国戏剧作品的译本或改译本。到 1935 年中国汉译西方剧本单行本约 180 种③，另据《中国新文学大系·史料索引集》统计，"五四"时期中华书局、商务印书馆和泰东书局共计出版 76 部外国戏剧集，包括 115 部多幕剧和独幕剧④。

　　外来戏剧对民族主体的影响会产生不同的接受形态，如翻译、模仿、误读等。翻译是接受外来文化的第一个加工接受形式，在翻译的过程中，两种语言、两种文化接触、协调、交融，译者需要同时了解两种语言的表现功能、局限性及其文化美学含义。⑤ 一个民族主体往往会按照本民族的种种价值取向选择、汲取和型塑其他民族的文化，在对外来戏剧进行过滤、调试等加工转化的过程中，不可避免地带有一定程度的观察和理解的偏移、夸张、曲解等，使之符合民族主体的需要。胡适提

---

　　① 胡适：《建设的文学革命论》，《新青年》，1918 年第 4 卷第 4 期，第 304 页。

　　② 宋春舫：《宋春舫论剧》，北京：中华书局，1930，第 301-310 页。

　　③ 宋春舫：《宋春舫论剧·第二集》，北京：生活书店，1936，第 66-73 页。

　　④ 赵家璧：《中国新文学大系·第 10 集·史料索引》，上海：良友复兴图书印刷公司，1936，第 357-507 页。

　　⑤ 叶维康：《比较诗学·序》，载《比较诗学》，台湾：东大图书公司，1983，第 4 页。

出翻译最首要的原则是翻译西洋文学的名家名著，以供仿效学习，二流作家的作品不必翻译。一开始中国话剧原封不动地演出西方戏剧，但是并不被观众接受。傅斯年认为中国社会和西方社会差异很大，西方戏剧有其自身的社会背景，如果原样照搬到中国舞台，观众很可能不知所以，反而达不到应有的戏剧效果；剧本要在翻译时变化形式，保留原剧精神，加以改造，才是上策。① 洪深汲取教训，决定将外国戏剧中国化，"改译名者，乃取不已强译之事实，更改之为观众习知易解之事实也"。② 他认为地名、人名以及日常琐事都可以适当更改，但是整部剧作的情节和主旨则要保存，正是凭借这种"本土化"的改译方式，他改译的《少奶奶的扇子》才能获得演出成功。熊佛西与洪深的看法相似，他根据个人多年的编演经验将翻译剧本演出失败的原因归结为三种：一种原因是词句翻译得拗口，不易理解；一种是剧本涉及的西方文化超出国人的认知；另一种原因是国人对戏曲的偏好，因此他提倡借用西方戏剧的技巧来创作中国本土戏剧。③ 傅斯年、洪深和熊佛西的戏剧实践无疑为后来大量改译剧的存在提供了理据。改译是民族接受过程中对外国戏剧的融合，中国剧作家在翻译和改译过程中更深入地体察西方戏剧的美学精神和编剧技巧，也探索更适应民族审美的外国戏剧改译方式，进而由翻译、改译转向创作。

根据符号学的观点，文学的跨文化接受是一个解码——编码——解码的过程，只有按照受众接近性的原则，将受众置于原著的编码系统中，才能达到良好的传播效果。同样，只有当演出者和观众在同一个解码、编码系统中，戏剧才能获得较好的演出效果。据笔者搜证，从

---

① 傅斯年：《戏剧改良各面观》，载王运熙主编《中国文论选·现代卷·上》，南京：江苏文艺出版社，1996，第 94 页。

② 洪深：《少奶奶的扇子·序录》，载《洪深文集》（第 1 卷），北京：中国戏剧出版社，1988，第 466 页。

③ 熊佛西：《佛西论剧》，《熊佛西戏剧文集》，上海：上海文艺出版社，2000，第 569 页。

1921 年到 1948 年，高尔斯华绥①共有 18 部剧作被翻译成汉语，共计 36 个译本（另有 2 个改编本未出版），参与翻译的大多是当时著名的剧作家、戏剧理论家或文学家等，陈大悲、郭沫若翻译的剧作较多。就作品来看，*A Family Man* 译本最多，有 4 个译本；*The Silver Box*、*Strife*、*Justice*、*The Show* 和 *The Sun* 各有 3 个译本。在剧作翻译方法上，每一位译者采用了不同的汉译处理方式：在翻译剧作名称时，有的译者直接使用原著名对应的汉语词汇，有的则根据剧作内容修改了译本名称，如 *Justice* 一剧的译本名分别为《法网》《正义》《罪犯》；有的译者直译原著内容，有的译者根据中国的时代背景和社会文化对原著进行了改译，如顾仲彝将 *The Skin Game* 改译成《相鼠有皮》，剧中时代环境背景变成中国近代工业变革中的农村，人物名字也彻底中国化。有的改译剧本会偏离原著的主题，如 *Justice* 原作剧终时，柯克生等人感叹菲尔德回归上帝怀抱，《法网》《正义》保留原作结局，《罪犯》则将结尾改为在菲尔德死后，柯克生等人鼓励项娜薇去追求属于自己的自由。有的译本没有处理好英、汉文化两套不同编码体系之间的关系，如郭沫若的《银匣》中部分人称和内容采用中国文化的编码体系，对原著进行了改译，部分人称和内容却保留原著的编码体系，两套体系融合性不够，有时会让观众产生费解，舞台演出性稍弱。

最早翻译高尔斯华绥剧作的是中国近代戏剧的先驱陈大悲。《戏剧》1921 年第 1 卷第 1 期、第 3 期和第 5 期以连载的方式刊登了陈大悲译的《银盒》（*The Silver Box*），1923 年的 8 月和 9 月《晨报副刊》又连载了他译的《忠友》（*Loyalties*）和《有家室的人》（*A Family Man*）。1922 年邓演存译《长子》（*The Elder Son*），1925 年顾仲彝改译 *The Skin Game* 为《相鼠有皮》。郭沫若于 1926—1927 年先后翻译了《争斗》（*Strife*）、《银匣》（*The Silver Box*）和《法网》（*Justice*）。*A Family Man* 被译为《有家庭的人》（陈大悲译）、《有家室的人》（春冰译、唐槐秋译）、《家长》（黄佐临

---

①　John Galsworthy 的中文译名较多，有伽司韦尔第、高士倭绥、哥尔斯华绥、高斯华绥、高士华绥、戈士华绥、华士华斯等，最后逐渐统一为高尔斯华绥。

译）；*Justice* 被译为《法网》（郭沫若译）、《正义》（方安、史国纲译）、《罪犯》（鲁汀译）；*Strife* 被译为《争斗》（郭沫若译）、《争强》（曹禺改编）、《争斗》（谢焕邦译）；*The Show* 被译为《一场热闹》（方光焘译）、《满城风雨》（于伶改编，后又改名为《情海疑云》）；*The Sun* 被译为《阳光》（华汉光译）、《太阳》（Y. Y. 译，杜衡译）；*The First and the Last* 被译为《最先的与最后的》（又名《鸳鸯劫》，顾仲彝改译）、《死的控诉》（史其华译）；*The Mob* 分别由朱复和蒋东岑译为《群众》。此外还有《逃亡》（*Escape*，向培良译），《鸽与轻梦》（*The Pigeon and the Little Dream*，席涤尘、赵宋庆合译）和一些短剧的译本等。从这些汉语译本可以看出，民国时期的翻译家、剧作家主要关注高尔斯华绥反映阶级平等、劳资冲突、爱情自由和女性自主题材的作品，且在翻译时注意到使译本和中国当时国情相合；这些译本多在 20 世纪 30 年代中期出版，之后剧本翻译数量有所下降。

郭沫若在《〈争斗〉译序》中说"他（指高尔斯华绥）的剧本介绍恐怕要以我这篇为嚆矢"①。据现有资料，最早注意到高尔斯华绥戏剧的应是陈独秀，他在《现代欧洲文艺史谭》中说"现代文坛第一推重者，厥唯剧本。……以其实现于剧场，感触人生愈切也。……作剧名家，英人王尔德，白纳少，伽司韦尔第……皆其国之代表作家，以剧称名于世界者也"②。在陈独秀看来，高尔斯华绥无疑是一位伟大的剧作家。

20 世纪二三十年代国内学者对高尔斯华绥剧作的研究一部分停留在作者和部分剧作的剧情介绍上，一部分是译介外国学者对高尔斯华绥的研究成果，还有一部分是对高尔斯华绥剧作翻译产生的争议。这一时期国内学界对高尔斯华绥剧作普遍持肯定态度，他的编剧技巧以及对社会黑暗面的深刻揭露受到广泛赞誉。在《银盒》的译序中，陈大悲虽然主要谈论剧本翻译过程中的一些问题，但他也坦言正因为这是一本各方

---

① 郭沫若：《〈争斗〉序》，北京：商务印书馆，1926，第 1 页。
② 陈独秀：《现代欧洲文艺史谭》，《青年杂志》，1915 年第 1 卷第 3 期，第 41 页。白纳少即萧伯纳。

面都比较优秀的剧本，才有了想翻译他的冲动。① 汪仲贤认为《银盒》中琼斯夫人（即蒋婶）这个角色很难演，只有受过相当压迫和磨难的女性才能胜任，且这个角色外貌无需美丽，服饰无需精致，声音无需激昂，没有任何凸显性格、态度的特征。他评价埃塞尔·巴里摩尔（Ethal Barrymore）在纽约的《银匣》演出中没能把握好琼斯夫人的特质，比较失败②，《戏剧》杂志还刊出第三幕中琼斯夫人的剧照。③

1921年王统照在《戏剧》杂志上发表《高士倭绥略传》，详细介绍了高尔斯华绥的家庭背景、求学经历、剧作思想和艺术特色等。王统照认为高尔斯华绥是一位"热心社会改革的文学家""富有同情的艺术家"；他的作品"有深入人心而不与人以厌烦的这种文艺上的力量""富有同情的刺激，传布到人们的灵魂里"；他的文学是"社会主义文学"。④ 王统照评价高尔斯华绥的作品沉浸在一种人生的哲学中，能够给中国剧坛带来重大影响。他也观察到高尔斯华绥作品中蕴含的社会批评与别人不同，高氏对世间万物均持怀疑态度，因而有自己独特的批评方式和立场。从王统照的文章来看，当时国内学界认为高尔斯华绥戏剧作品的思想和艺术价值要比小说更高，更值得人们学习和关注，这与当代中国学界研究其小说远胜于戏剧的状况恰好相反。王统照认为高尔斯华绥剧作"朴实的说理、解决实际的问题"的思想源自英国人追求自由的精神；他也遗憾高尔斯华绥剧作虽然以社会问题为题材，但却并没有明确提出解决实际问题的方法或途径，因此"解决实际问题"这种看法并不准确。王统照在文章结尾列出了高尔斯华绥的11部代表作，但其中部分作品并没有引起当时学界的重视。

---

① ［英］高士倭绥：《银盒》，陈大悲译，《戏剧》，1921年第1卷第1期。
② 汪仲贤：《西洋的剧场轶闻：〈银盒〉的琼斯夫人是一个难演的角色》，《戏剧》，1921年第1卷第5期，第77-78页。
③ 佚名.《〈银盒〉的琼斯夫人（第三幕）》（照片），《戏剧》，1921年第1卷第6期，第4页。
④ 王统照：《高士倭绥略传》，《戏剧》，1921年第1卷第1期，第74-80页。

《长子》的译者邓演存寥寥数笔勾勒出该剧剧情以及所反映的社会问题："与他的仆人之女发生恋爱，他的父母亲属极端反对，这是阶级制度所造成的罪恶，本书有痛切的描写。"①张汉林称赞该剧表现出高尔斯华绥高超的戏剧能力和技巧，表达了婚恋观念的错误，反抗压迫的正当行为和黑暗势力的引诱，认为该剧能够给中国买卖式、傀儡式的婚姻当头棒喝。②

余上沅于 1924 年发表《读高斯倭绥的"公道"》，以幕、场为单位详细介绍了全剧剧情，并且借剧作的"公道"主题批驳当时中国社会腐朽不堪的法律制度。余上沅指出，高尔斯华绥并不借助讽刺手法揭露和抨击资本主义社会的不公，而是用"爱的热力"，同时他也认识到高尔斯华绥剧作的悲剧性质——"理想与事实发生冲突才能在心灵上产生悲剧"③。余上沅认为《公道》的表现手法可与法国剧作家白理欧（Eugene Brieux）的《红衣记》相提并论，高尔斯华绥剧作的美来自质朴和诚恳——尽管取材"平庸"，故事"平庸"，人物"平庸"，但"平庸"的事实里确实含有真理；该剧没有一个突出的人物（既无英雄也无奸贼），但让人感受到真实，给观众心灵以强烈的震撼。这大概是民国时期学界首次从美学角度对高尔斯华绥作品进行研究，高尔斯华绥剧作呈现的题旨和人文精神与余上沅所提倡的"探讨人心的深邃，表现生活的原力"④的戏剧观颇有相似之处。

张嘉铸在《货真价实的高尔斯华绥》一文中比较全面地概括和分析了高尔斯华绥剧作的特点。在表现手法上，他"是一个写实的戏剧家"，剧作中"没有一点伤情（sentimentality）分子，也不用许多的动作、冲动刺激、普通的跌宕（suspension），或者那种 well-made 戏剧的种种巧

---

① 佚名：《通讯：〈长子〉（英国现代戏剧家高斯倭绥著，邓演存译）》，《学生杂志》，1923 年第 10 卷第 3 期，第 126 页。

② 张汉林：《读〈长子〉之后》，《文学旬刊》，1923 年第 60 期，第 2-3 页。

③ 余上沅：《读高斯倭绥的〈公道〉》，《晨报副刊》1923 年 5 月 15 日，第 2-3 页。此处《公道》指 *Justice* 一剧。

④ 余上沅：《〈国剧运动〉序》，新月书店，1927，第 1-9 页。

计……亦不用诙谐的对语，长篇的讲演，……他的戏都有一种极妙的抑制同描写周到的洁白"，"在舞台的灯影底下加添了许多可爱的和我们自身一样的人"。在主题方面，"大都是描写阶级的冲突，法律的不公，财产的不均，用法的严酷，贫穷的悲苦"。他认为高尔斯华绥剧作在艺术价值和道德价值之间达成一种微妙的平衡。他对比高尔斯华绥与萧伯纳的不同，"萧伯纳的人物不过是话匣子的喇叭，活人的唇舌……高斯倭绥的人则不然，都是有脑有心，有肉有灵的真人"①。他认为萧伯纳的剧作偏重宣传讲演，高尔斯华绥剧作是"润物细无声"式地影响观者，启发人们自己去思考社会，思考人生。张嘉铸给予高尔斯华绥剧作高度评价，然而这篇文章在宏观层面做了过多分析，缺少了对具体文本的解读，研究缺乏一定的系统性和理论性。

郭沫若的观点与张嘉铸相似，在《〈争斗〉译序》中他不仅将高尔斯华绥的剧作划为社会剧一类，还指出高尔斯华绥如实地反映了弱者在社会中受压迫的苦况，希望借此能"给一般的人类指出一条改造社会的路径"②。郭沫若推崇高尔斯华绥剧作呈现出的客观态度，不矫揉造作，自然而然地使社会矛盾凸现，并且结构布局精密、表现自然，更甚于萧伯纳。虽然郭沫若在翻译该剧时尚未写过"社会问题剧"，但他希望《争斗》可供国人效法。

高尔斯华绥剧作的汉译也促进了中国戏剧翻译的发展。《英文学生杂志》推荐顾德隆（顾仲彝）译的《相鼠有皮》，原著地方色彩不浓，顾仲彝对该剧进行了改译，使之便于在中国舞台表演。③ 同陈西滢指正陈大悲所译《忠友》一样，语言学家方光焘和译者赵宋庆之间展开了关于译本《鸽》的争论。方光焘指出赵宋庆译本中前二十页中有 8 处误译，赵宋庆撰文对于 8 处所谓的"误译"作了说明和澄清；同时也反驳了方光焘的指责，认为即便翻译得一字不错，也许还是会"对不起原著者"，

---

①　张嘉铸：《货真价实的高斯倭绥》，《晨报副刊：剧刊》，1926 年第 6 期，第 14-15 页。

②　郭沫若：《〈争斗〉译序》，北京：商务印书馆，1926，第 1-2 页。

③　佚名：《相鼠有皮》，《英文学生杂志》，1926 年第 12 卷第 3 期，第 98 页。

因为译者难望高氏之项背。① 紫英指出郭沫若所译《争斗》第一幕中的14 个错译之处，她认为郭沫若使用的婉转的翻译笔法使安东尼、罗伯特和哈内斯三个人物特有的声调、口吻失色，人物形象受损。② 周紫英在《纠正〈银匣〉的谬误》一文中提出应以严正而又温和的态度对待译者，要以诚心相待，不能讥讽笑骂，也不能偏私。另外，他指出《银匣》第一幕中的 15 处误译，认为郭沫若没有把握到原作者所要表达的精髓。③傅东华 1928 年在《文学周报》发表他翻译的《戏剧庸言》④，向国内戏剧界介绍高氏的戏剧观，引起极大反响，此后多次被其他戏剧评论家引用。《戏剧》介绍 *Exiled*(《放逐》) 在英国演出的情况(时间、地点、导演、演员)以及演出后受到的负面评价———一部"褴褛作"⑤。1930 年茉莉在《欧洲最近的戏剧》中认为高尔斯华绥的《屋顶》开头部分处理得很好，但剧情发展中有一些东西没有交代清楚，给人以突兀之感，剧终也没有揭示剧作的主题；批评高氏不该公开写私奔的男女，认为这是该剧在巴黎演出时不受欢迎的原因。⑥

由南开新剧团的曹禺改译，张彭春导演，曹禺和张平群联袂出演的《争强》，在 1929 年南开大学 25 周年校庆时上演，该剧引起轰动，连续三天皆满座，成为戏剧界讨论的热点之一。该剧成为南开新剧团走向近代化的标志，南开新剧团有女演员亦自此始，该剧其后也在各地多次上演，反响热烈。

---

① 方光焘：《订正〈鸽与轻梦〉的误译》，《一般》，1927 年第 3 卷第 4 期，第585-593 页。赵宋庆：《〈鸽与轻梦〉的译者答方光焘先生》，《一般》，1928 年第 4卷第 2 期，第 351-361 页。

② 紫英：《〈争斗〉的译本》，《白露》，1927 年第 2 卷第 2 期，第 42-48 页。原名为吴芝瑛，紫英为她的字，号万柳夫人，安徽省桐城东乡(今枞阳高甸)人。

③ 紫英：《纠正〈银匣〉的谬误》，《北新》，1927 年第 2 卷第 2 期，第 215-216页。

④ [英]高尔斯华绥：《戏剧庸言》，傅东华译，《文学周报》1928 年。

⑤ 佚名：《高斯华绥的〈流放〉》，《戏剧》，1929 年第 1 卷第 3 期，第 106-108页。

⑥ 茉莉：《欧洲最近的戏剧》，《申报》1930 年 1 月 13 日，第 19 页。

　　秋水在《天津益世报副刊》发表对该剧改译和演出的看法。他首先介绍高尔斯华绥的艺术观和戏剧观，以便人们能够更深入地了解高尔斯华绥剧作的精神。他认为《争强》最后给人的印象是罗大为和安敦一两人的固执和相持不下，突出了人应有的高尚品质和不屈的精神。曹禺的改译本突出反映劳资斗争，股东惟利是图的态度、工人们低头受降的苦况以及公会渔利的卑污情境给人留下深刻印象。总体上改译本虽对原文有所删减，但未失原著精神。在演出方面，秋水对剧团演出做出了非常具体、细致和全面的评价，对当时演出的情况有更全面的了解。秋水认为导演工作非常细心，但也有一些美中不足之处，如"群众开会"一场中由于演员多达 30 多人，导致一些演员被挤出幕外；一些人物戴着眼镜，不但没能传达演员的眼神，镜片的反光也时常干扰前排观众观剧。在布景方面，剧团使用了箱式布景，给人华美逼真的感觉。秋水称赞舞台美术用变化布景窗帘颜色暗示剧情变化的做法，如第一幕中矿长家的窗帘是有争斗的意味红色，第三幕中改用暗示妥协的黄色。第二幕第二场的布景画远看有神，近看显假。在灯光方面，南开剧团将以往的"满台亮"改成在台下左右角用有色灯箱向台上投射灯光，并且每一场光线颜色不同，节约了光影，但忽视了中午和下午室内外光线的变化。另外，第二幕第一场中工人家庭用白纸糊窗，光线不足，与人物向窗外张望的动作不协调。在服饰妆容方面，罗大为妻子穿棕色旗袍，留短发，不似其他劳动妇女的妆扮；安敦一脸上没有皱纹，与人物角色不合；罗大为的妆容也没能凸显性格——分头、脸色灰白，无法表现人物心中的怒火。在表演方面，安敦一的扮演者动作细腻，演出了"老态"，但是时不时的咳嗽显得有些不自然，运用的假声也影响了听觉效果；罗大为的扮演者面部表情单调；罗妻的扮演者在看到罗大为和人发生争执时不知所措的表情很到位；工会代表和秘书的扮演者一团学生气，音量不足，说话急促、无力。秋水还留意到演出的受众部分——男女观众基本上分席而坐，即使有时幕间休息长达一刻钟，观众们也能保持安静。秋水认为该剧总体上比"爱美的戏剧"要强，不仅首次男女合演，而且也脱离游艺会的表演形式，是一次脚踏实地的独立演出。①

《争强》的演出成为当时中国戏剧界的一大创举，《刻世纪四部联合庆祝纪念志盛·新剧〈争强〉表演》这样写道：

> 《争强》一剧为表现劳资冲突与融合之情景。……全剧穿插极密，意义颇深刻，而诸演员无不尽责。尤以二幕二场——工人开会一幕，最为精彩。盖共五十六人，排演非易也。至于布景及光线，亦打破以往记录。……十七夜，观者千人。至十九夜，观者极为踊跃。未至中午，票已售尽；晚间来而未得入场者，凡数百人。故该团又于二十六日夜特加演一次。盖张仲述先生赴美在即，吾人若再望南中台上有新剧出演，恐将在十越月或一年之后矣。②

1929 年 10 月 17 日天津《大公报》也称赞该剧：

> 幕幕精采，词句警人，布景特别伟丽，配光之设置，尤为该团以往之所无。……此次男女团员合演此剧，想定有空前之成就也。③

公演三晚场场爆满，盛况空前：

> ……此次计公演三晚：（一）十七日晚，不到八时，座位即满，到场者共约千二百余人；（二）十九日上午，票即售罄，临时来而因无票不得不怅然返者甚多，场中座无隙地，每有四人之椅，因拥

① 秋水：《争强》，《天津益世报副刊》，第 5 期第 1 页，第 6 期第 3 页，第 7 期第 2-3 页。此段中的引文皆出自该文。罗大为和安敦一是曹禺改译版本中的罗伯特和安东尼。
② 佚名：《刻世纪四部联合庆祝纪念志盛·新剧〈争强〉表演》，《南开双周》第 4 卷第 4 期，1929 年 11 月 3 日。
③ 佚名：《今日南开廿五周年纪念》，《大公报》，1929 年 10 月 17 日。

　　挤故坐六人，观众之盛可谓甚矣；（三）二十六日加演一次，到场者亦逾千人。此种现象真历年所未有者也。①

　　黄佐临写《南开公演〈争强〉与原著之比较》，将曹禺改编的《争强》与原著对比，从戏剧审美角度分析改译本对原著增益删减之处的作用，极具专业眼光。黄佐临对南开新剧团的演出印象甚好，认为该剧各个部分安排妥善，演员人数充足，并且剧作的意义也能够清楚地传达给观众。剧中人物安敦一和罗大为之间以及工人与罗大为、董事与安敦一之间的矛盾在张彭春的导演下能够在剧目一开始就给观众留下深刻印象，众演员表演灵巧，尤其是两个主要演员的表演精神充足、畅而有力——"万家宝（曹禺）饰安敦一，极像老人的声态，在全剧最为出色，张平群饰罗大为，那种激烈的样子也很相宜。伉甮如饰魏瑞德，活化出一个自私自利的市侩。吕仰平饰施康白，那种颟顸的样子也很受欢迎。"②继南开新剧团演出《争强》之后，1937年1月曹禺又重导该剧，作为"国立"戏剧学校第十届公演剧目在南京大戏院上演。③

　　与其他评论和研究不同，刘奇峰并不赞同高尔斯华绥剧作表现出的中立立场和理性态度，他批评高尔斯华绥的剧作"诉诸理智而较少注重情操""缺乏情感，完全以戏剧为艺术""艺风非萧伯纳不能及，然而戏剧未有一出像萧伯纳那样伟大""戏中人物并不重要和特殊"。④ 他认为《奋争》（Strife）尽管表现了阶级斗争，但并不带宣传性质，高尔斯华绥完全借艺术表达道德。与其他研究相比，刘奇峰特别注意剧中的女性角色，他认为《银匣》中的蒋斯夫人（郭沫若译作"蒋四家的"）善良、坚强、独立却受苦最深；《奋争》里罢工工人的家属（母亲、妻子和女儿）

　　① 佚名：《南开学校廿五周年庆祝纪实》，1929年10月，转引自崔国良主编《南开话剧史料丛编·编演纪事卷》，南京：南开大学出版社，2009，第484页。

　　② 黄佐临：《南开公演〈争强〉与原著之比较》，《大公报》，1929年10月25日。

　　③ 范志强：《曹禺与读书》，济南：明天出版社，1999，第6页。

　　④ 刘奇峰：《高尔斯华绥的戏剧》，《晨钟》，1929年第221期，第1-4页。

在罢工期间挨饿受冻、痛苦煎熬。刘奇峰高度评价了《白鸽》(*The Pigeon*)，认为该剧既有庄严富丽的构思，又有神秘与想象，是高尔斯华绥最好的作品。

高尔斯华绥剧作中的写实主义风格、对社会不公正现象的揭露和攻击、敢于以少数战多数的反抗精神符合五四运动抗击社会黑暗呼吁社会维新的时代需求，因此 20 世纪 20 年代国内对高尔斯华绥作品的关注集中在《银匣》《争斗》等剧。20 世纪 30 年代国内的报纸杂志刊登了不少关于高尔斯华绥剧作在国内外上演的剧照，他的创作、生活动态，获得诺贝尔文学奖和离世的简讯，这反映出当时中国文坛、剧坛与外国密切的信息交流。这一时期更多高尔斯华绥的剧作，尤其是几部短剧开始进入译者视野，剧作翻译的数量较多、质量较高；改译也更多地考虑国内演剧的要求；剧作上演较多。进入 30 年代中后期，由于中国国内政治经济状况不断恶化，民族矛盾升级，尽管仍有一些高尔斯华绥剧作的译本出版，但学界对他的剧作由正面评价逐渐转向了批评，在肯定他精湛的写作技巧和精良的布局时，批评他剧作中资产阶级思想的局限性。在演出方面，因为受到演剧审查制度的限制和通俗喜剧潮流的影响，高尔斯华绥剧作的舞台版本和原著发生较大的偏离。20 世纪三四十年代学界翻译的高尔斯华绥的研究论文有 *Galsworthy：An Estimate*(贝岳译)、*Galsworthy the Man*(纪泽长译)和 *Some Impressions of My Elders*(丁望萱转译)。这些论文是外国文学评论界对高尔斯华绥剧作研究的代表性成果，其汉译无疑给中国戏剧界研究高尔斯华绥提供了新的视角和方法。

另一部在国内剧坛上引起较大反响的高氏剧作是《有家室的人》。据胡春冰所录，由欧阳予倩导演《有家室的人》1930—1931 年在广州进行三次大型公演。① 1930 年 12 月 17 日该剧在广东戏剧研究所小剧场试演，经过修正后于 12 月 19 日至 21 日在小剧场公演三日。观众大部分为广州各个学校教授及学生，也有其他社会成员，共计 1500 人。第二

---

① 胡春冰：《有家室的人上演记》，《戏剧》，1931 年第 2 卷第 5 期，第 175-193 页。

次公演于 1931 年 1 月 6 日在广东省教育会大礼堂，观众为各县党代表及机关重要职员，计 1000 人。①同年 1 月 31 日在青年会大礼堂举行第三次公演，观众多半为自由职业者，逾 1500 人。三次公演得到了观众不同的反应，有的评价认为这是一部大型社会戏剧，完整且鲜活，切中封建色彩浓重的广东社会之时弊。有的评价认为剧中思想危险、有提倡子女反对家长之嫌疑，剧中的讽刺不忠厚、不道德。胡春冰赞同英国文学批评家顾兹（R. H. Coats）对高尔斯华绥的评论，认为这部剧作剧情过于巧妙，大有笑剧的意味，他讽刺把家庭成员当作财产的观念和做法，却没有宣教（moral）痕迹。在英国自由主义发展到帝国主义阶段，大家族主义崩溃，该剧刚好给中国正在动摇的家庭制度作了一个悲剧的讽刺。总之，高氏剧作无论是作为戏剧的宝藏还是研究社会的文献，其地位和贡献都是无可置疑和不可磨灭的。

　　导演欧阳予倩将《有家室的人》理解为在社会还没有从旧伦理中脱离出来的状态下，两个女儿要寻求生活的独立，父亲要维持旧伦理的形式，从经济上对女儿加以限制和威胁，以管束她们；当时的世界仍旧是一个权威的世界，父亲想把他自己从家庭权威升级到社会权威，就必须维护自己的身份。欧阳予倩总结导演经验，建议戏剧在排演时应该多设几个导演，由于导演的方法各不相同，这样演员们不仅可以积累经验，还能随时主动反思自身的弱点和优点。欧阳予倩认为胡春冰的译本虽忠实于原文，但"直译的剧本在舞台上往往发生困难"②，在征得胡春冰同意之后，他将剧作进行了中国化改译。改译本以胡春冰先生的译本为依托，将人名和事件移植到中国语境中，将一些文雅难懂的词变得口语化，方便观众理解。欧阳予倩将《有家室的人》定义为一部性格剧，写

①　该次演出是广东戏剧研究所与广东省教育会合请广东全省各县党部代表所开戏剧音乐演奏大会，目的是为各县艺术改革提供导向。

②　《导演过〈有家室的人〉以后》《〈有家室的人〉上演琐记》，这两篇文章系胡春冰在《〈有家室的人〉上演记》中记载，见《戏剧》，1931 年第 2 卷第 5 期，第 175-193 页。

实主义中带着浪漫主义色彩，因此他的导演以生动活泼为主，不拘泥于写实。1934 年《有家室的人》再次由广东远东中学话剧团在省教育会公演，《时代》刊登了演出剧照，《文艺画报》刊登 8 幅剧照，并赞该演出灯光和布景都不错，效果好，是沉寂的华南剧坛的"一件盛事"。同年 4 月 23 日起，南京的中国戏剧协会进行为期一周的联合公演，《有家室的人》是其中剧目之一，《中国文学》和《矛盾月刊》等杂志刊登该剧演出剧照（见图 7-1、图 7-2）。①

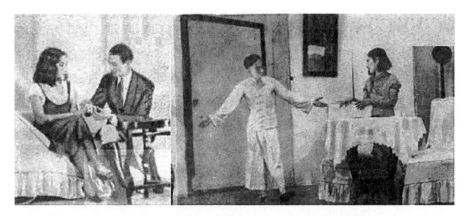

图 7-1　《有家室的人》1934 年广州远东中学公演照②

20 世纪 30 年代初期，《银匣》也曾多次在国内上演。1932 年 7 月 7 日晚 7 时，光明剧社受中华基督教女青年会邀请，公演三幕六场完整版的《银匣》。光明剧社是当时比较优秀的剧社，该剧也汇集全社的优秀人才，此次公演对中华基督教女青年会会员免费，其余人员门票六角，

---

　　①　中国戏剧协会由中国文艺社、矛盾出版社京社演剧部发起，联合流露、中大、南钟、大众、磨风、金钟、岚先等剧社，及中国旅行剧团共同组织。其他公演的六个剧目为《小偷》《蠢货》《无籍者》《压迫》《一个女人和一条狗》《未完成的杰作》。

　　②　两农：《广东远东中学话剧团在省教育会公演》，《时代》，1934 年第 6 卷第 7 期，第 15 页。

图 7-2　《有家室的人》1934 年南京上演照①

公演预计容纳 200 余观众。②《华童公学校刊》1933 年第 1 期刊出由伍必雄、汪新元、吕振声、王象耀、吴成章、王汉卿等人出演的《银匣》剧中"房主索房租"和"舞女向舞客索银盒"两场的剧照（见图 7-3、图 7-4），以及由 V. Schwannecke 导演、E. Suhr 布景的《银匣》剧照，表现出对该剧较大的关注。③

　　1932 年《橄榄月刊》向大众推荐蒋东岑译《群众》，宣传该剧并不代表非战的思想，而是代表对侵略战争的反抗④；不是人生理想的悲剧，而是人生理想的升华；评价蒋东岑的译笔忠实流利，既不失原文风格也力求对话舞台化⑤。惜蕙发表《约翰·高尔斯华绥著作编目》介绍高尔斯华绥当时已经发表的剧作、长篇小说、短篇小说、散文等作品名录，是当时不可多得的全面介绍高氏作品的资料。⑥ 白宁认为 Hall-marked 足以代表高氏戏剧的核心思想，如果认为该剧仅仅旨在攻击旧礼教，尽

────────────

　　①　佚名：《会员夏令同乐会招待光明剧社公演〈银匣〉》，《中华基督教女青年会会务鸟瞰》，1932 年第 9 期，第 7-8 页。
　　②　佚名：《〈有家室的人〉演出三景》，《矛盾月刊》，1934 年第 3 卷第 3/4 期，第 1 页。
　　③　佚名：《高尔斯华绥之〈银盒〉剧照》，《华童公学校刊》，1933 年第 1 期，第 139 页。
　　④　原文为"是代表反抗侵略战争的反抗"，此处可能是排版印刷错误。
　　⑤　佚名：《群众：预约告白》，《橄榄月刊》，1932 年第 27 期，第 5 页。
　　⑥　惜蕙：《约翰·高尔斯华绥著作编目》，《现代》，1932 年第 2 卷第 2 期，第 375-378 页。

图 7-3　"房东索房租"剧照

图 7-4　"舞女向舞客索银盒"剧照

管他被高氏定义为闹剧（Farce），但也带有悲剧意味。① 钱歌川认为高尔斯华绥曾经有几分人道主义者的态度，过去的剧作态度可以用"至诚"概括，后来却稍显滑头。②

————————

① ［英］高尔斯华绥：《结婚戒指》，白宁译，《大陆杂志》，1933 年第 1 卷第 8 期，第 1-10 页。

② ［英］高尔斯华绥：《舞女》，钱歌川译，《新中华》，1933 年创刊号，第 210-214 页。

　　王绍清详细分析了高尔斯华绥的剧作特点，认为高尔斯华绥是一位有亲和力的作家，他的自然主义技巧与易卜生相近，理论热忱和萧伯纳相同，在注意社会苦痛和病态上与白理欧（Eugene Brieux）相像，但高氏并不模仿他人的艺术特质，他的艺术特质是来自于内心的洞察、社会的热情、艺术的经济与自制。王绍清总结出高尔斯华绥戏剧创作的五种艺术特质：第一种艺术特质是真挚，这是维持艺术灵魂完整的前提，代表着用艺术诚实地表现真理的一般趋向。他讲到高尔斯华绥的"第三条路"，建议剧作家不要把武断的判断放在观众面前，而要用戏剧的观照，把人生与人物加以选择、合并，不曲解也不畏惧，毫无偏好与成见地将其展示给观众，让观众自由思考。这第三种方法需要作家有不为事物所拘泥的特质，对事物本身有同情心、爱好与好奇心，更需要有不急功近利的远见与辛勤的努力。王绍清认为这就是高尔斯华绥创作的目标，一个戏剧家在开始写作时要把售票处、前台管理、批评家、捧角者、座客等排除得一干二净，只考虑忠实且有良知地再现真实。第二个特质是同情，高氏是近代人道主义作家的典型代表，对于一切生命有着托尔斯泰式的尊重——尊重每一种生物生存的权利，高氏剧作中的人是常态的活人，不是傀儡和怪胎，通过他们表达生活的不同方面。第三个特质是公正，当高氏剧作中令人同情的事物分成两个壁垒时，公正就会参与进来，维持戏剧的平衡，使读者心中保持紧张。在双方势力争斗时，作家应该诚实、不偏护地表达双方的意见，如新旧冲突、劳资冲突以及个人与社会的冲突。高尔斯华绥剧作中的公正达到完全没有感性的程度，也造成一些负面影响，例如使戏剧看似言之无物或者失去重点，从而造成结果不明确，引起要求改良的情绪。第四个艺术特质是讽刺，高尔斯华绥致力于讽刺人的不完美性，以及由人类的愚蠢造成的挫败。最后一个艺术特质是悲悯与愤激的感情，虽在剧中不多见，但确系他的重要特质。高氏冷静理智的外表之下隐藏着颤动的内心，当遇到目光短浅与愚蠢之人，高氏还是会有所偏重。王绍清将高氏戏剧比作近代文化的公诉状，同时也呼唤人们关注社会制度的无辜牺牲者。在他看来，高尔斯华绥的剧作精巧，"愤怒但不乏想象力"①；高氏不仅是愉快故事与幻想的组织者，也是一个铁面无私的人；高氏不被认为是通俗戏剧家是因为他过于严肃，爱给人泼凉水，因此不受一些逃避现实者的喜爱。虽然王绍清认同艺术的教化功能，认为艺术必须有尖锐的意义，艺术家的责任就是描写一个集团的生活与人物，使其道德昭然若揭，但他并不赞同萧伯纳传教士式的长篇大论。他认为优秀的剧本应该像高尔斯华绥那样将"教训"溶解在剧作的内里而不是安插在外，不过有时高氏剧作中的教训会被忽视，因为这些"教训"总是节制而缄默。

蒙度认为《正义》是剧坛上一部不可多得的好剧，该剧意义正确，表现了法律和正义的冲突，显出用"死"的法律来管"活"的人类是一种愚笨，但也遗憾高尔斯华绥没有提出积极的解决方法。他还评价剧作译者方安女士译笔流畅，译本很适于排演。②

中国剧作家、戏剧研究家向培良在译作《〈逃亡〉序言》中详细论述并品评了这部作品。高尔斯华绥运用自然主义的写作手法，剧中场景、人物和动作客观而真实、自然且生动，向培良翻译该剧是想借此给中国的剧作者"一点刺激"。向培良明确指出高尔斯华绥作品虽然以英国社会生活为对象，但却超越了时空限制，抨击了所有社会普遍存在的不合理现象；其次，高尔斯华绥始终秉持"人性本善"的观点，在作品中创造出一种进退维谷的境况，以此发掘人性根基；再次，高尔斯华绥剧作中充满了人类积极向上的精神。此外，《逃亡》一剧还打破了传统的三幕或四幕剧的分幕法，除序幕外采用片段(episode)为换场单位，这是"技巧上的一大改革"，使结构更加真实而自由，不过也使"人物和故事之间的展开不易处理"。③ 翌年，向培良又作《高斯华绥的〈逃亡〉》④，

① 王绍清：《高尔斯华绥之一般特质》，《中华月报》，1933 年第 1 卷第 1 期，第 43-44 页。
② 蒙度：《读书副刊：正义》，《华年》，1936 年第 5 卷第 26 期，第 16-17 页。
③ 向培良：《逃亡·序》，北京：商务印书馆，1936，第 8 页。
④ 向培良：《高斯华绥的〈逃亡〉》，《商务印书馆出版周刊》，1937 年第 240 期，第 13-14 页。

以《逃亡》为引，再次评价高尔斯华绥的戏剧创作。他认为高尔斯华绥系统地继承了英国 19 世纪以来诸位戏剧大师优点，是英国当时惟一能够在小说和戏剧两方面获得成功的作家。高氏剧作有一种坚定的、"人类永久向上"的精神，虽然剧作是以英国社会为对象，却超出时间和地域的限制，对社会不合理作普遍的、猛烈的攻击。他剧作的攻击目标是社会和制度，人的本性中都有良好的成分。向培良指出《逃亡》表面上写不同阶层的人对于法律的态度，实际上以敏妙的手腕深入发掘人性之根基。他认为高氏严格地以自然的手法来客观展现人物的种种，高超的写作技巧使场面迅速变化，新角色迅速出现，个性鲜明，生动不做作。该剧虽然放弃了一切固有的手法，对观众的吸引力却远胜"佳构剧"，并有长时间的上演为证。[①] 向培良两篇文章具有相当的理论深度，在当时国内戏剧界对高尔斯华绥的研究影响较大。

继郭沫若之后，谢焕邦重译了《争斗》一剧，他对该剧的看法有着鲜明的时代特点。《争斗》的题旨虽然是表现全世界劳资冲突，分析罢工活动中不同人物的心理，但高尔斯华绥认为解决劳资问题的希望在于改良而不在阶级斗争。剧作里过于极端的董事长和左倾的工人领袖都失败了，最后的胜利属于改良派，这是社会民主党的愿望，"这种思想……已经由工人阶级的英勇的、坚决的斗争及其胜利加以击破而倾于没落了"。谢焕邦认为高尔斯华绥推崇改良主义，在剧中宣扬他所秉持的改良主义获得胜利，"实由自己所出身的小资产阶级的根性所决定，企图把调和的英国民族特性应用于戏剧中罢了"[②]，因此，该剧在技巧上值得学习，而在思想上不足取。

1931 年曹禺担任清华戏剧社社长，1933 年清华校庆戏剧社排练他翻译的《最先与最后》作为献礼，孙毓棠演哥哥，曹禺演弟弟，郑秀演汪姐。1939 年高尔斯华绥的三部作品登上上海舞台。4 月 13 日和 23

---

① 据向培良，该剧 1926 年 8 月 12 日在伦敦大使剧院开演，直到 1927 年 3 月 12 日结束。

② 谢焕邦：《〈争斗〉序》，启明书局，1937，第 1-2 页。

日，上海剧艺社以星期日早场实验演出的方式在新光剧院演出了顾仲彝编剧、吴仞之导演的《最先与最后》，吴仞之深入分析中译本的特点，充分发挥台词在表达思想和刻画人物方面的作用，借助布景营造出沉重的精神氛围，借此揭示人物受压抑的内心世界；演员的表演也准确、到位。

张恂子将《相鼠有皮》改编为《风月世家》，于1938年8月7日至12日在上海新都剧场上演。此次演出汇集了当时诸多名演员。剧情紧凑、环环相扣，吸引了大量观众，"知识分子赏其弦外有音，摩登人物赞其刺激强烈，噱头朋友说笑料多，时代女性谓情节好"①。当时《申报》登载的剧作宣传词为：

> 　　一位阔少奶奶的香闺，越窗而入，跳进个青年男性，正当扭结固结，难解难分时，室外丈夫叩门，窗外小树埋伏，高声呐喊，但叫休走了奸夫！②

张恂子的改编版本虽然获得较好的票房收益，但他将原剧完全世俗化，特别是原著中家族、新旧阶层冲突的无辜牺牲品克洛伊在改编版中变成了一个"卖尽风流的苦媳妇"③。虽借用了原著中的新旧思想冲突，但着力表现"小儿女子情致绵绵，少奶奶之风流放诞"，两个"一家之主"之间的冲突变成副线，旧式乡绅和工业新贵的矛盾非常微弱，张恂子改编后的剧作丧失原著的社会批判意识和人文精神意蕴。

另一部剧作《一场热闹》于1938年10月17日至24日由于伶改编、洪谟导演，上海剧艺社排演，由最初的《一场热闹》先后改为《满城风雨》《柳暗花明》，最后定为《情海疑云》才被允许在璇宫剧院上演。原著与两个改译本的人物设置对照表见表7-1。

---

① 佚名：《悲喜剧风月世家》，《申报》1938年8月10日，第16页。
② 佚名：《悲喜剧风月世家》，《申报》1938年8月11日，第11页。
③ 佚名：《悲喜剧风月世家》，《申报》1938年8月6日，第15页。

表 7-1　原著和两个改译本人物设置对照表

The Show（原著）	《满城风雨》	《情海疑云》
科林（战斗英雄）	穆先生（汉奸）	陆先生
科林之妻—安妮	罗燕华	陆太太—马丽娜
安妮父亲—罗兰上校	罗老太爷	马老太爷
科林情人—黛西	邬白兰	邬白兰
安妮情人—达雷尔	戴乔松	张景琦
科林母亲—莫尔科姆太太	穆老太	陆老太
黛西父亲—奥迪厄姆	邬其昌	邬其昌
记者	记者	记者
主编	主编	无此角色
侦探	侦探	侦探
女佣	阿明	阿金
无此角色	车夫王子平	无名车夫
科林战友	无此角色	陆先生朋友

　　于伶自述在改译《满城风雨》时，由于演出时间的制约、舞台装置的限制造成的换景困难，他将方光焘译本《一场热闹》中的三幕改成四幕，以便上海剧艺社在新光戏院做"星期早场实验"公演之用（但当时未能演出），后来该剧被列为璇宫剧院长期公演剧目。① 而内容方面的更改则是为了"此时此地"的演出更多地接触与关联"那个"②。原著人物科林是一位战斗英雄，在《满城风雨》中变成了一个危害祖国安全的汉奸，人物设定反差巨大。因为受到当时上海戏剧审查制度的限制，为了剧作能通过审查顺利上演，《满城风雨》又被改编为《情海疑云》，《满城

---

　　① 洪谟：《满城风雨·上演前后》，《于伶剧作集（四）》，北京：中国戏剧出版社，1987，第 247 页。
　　② 受到当时审查制度的限制，原文中一些敏感词汇的使用比较隐晦。"那个"指当时日军占领下上海的戏剧环境。于伶，《满城风雨·后记》，《于伶剧作集（四）》，北京：中国戏剧出版社，1987，第 246 页。

风雨》版本中穆先生是个阴谋家和奸细，被自家的车夫所杀，真相的道出者是"为民除害"的车夫，因此结局还较为明朗，但《情海疑云》改动更大：

连这仅有的接近现实的淡淡的影子也被删改了。在这次上演中，最初"死者"的死被安排成由于生理上的神经失常而自杀；以后的几场，这个人物索性更"正派"一点，被改成受到入侵的恶势力的迫胁，而又无力反抗，就在心里的苦闷中自杀了。这样剧中的车夫只是一个车夫，而另外增加了一位"死者"的朋友，作为在最后说明整个经过的人。①

出于宣传的需要，《情海疑云》被定义为"侦探戏"，虽然洪谟称自己是按照社会讽刺剧来理解和排演此剧，意在"煊衬社会上一般空洞的'好奇倾向'"②。然而观众对该剧的感悟却与洪谟的初衷大相径庭。扑狄观剧后评价该剧是一部非常不错的侦探剧，具有典型的侦探剧情节，开始时故布疑阵，让观众猜测不已，剧情紧凑，直到最后信件公布，观众才恍然大悟，"台上人与台下人都融合在哄堂一笑中"③。

进入 20 世纪 40 年代，国内学界对高尔斯华绥剧作研究沿袭了前人的路径，并没有太大的突破，除继续肯定高尔斯华绥的编剧技巧外，大多数从社会意识形态和阶级斗争角度出发，进行宏观层面的评价，系统理论研究不多。多数研究者们仍关注《争斗》《正义》等深刻揭露社会不公问题的剧本。这一时期徐百益在《家庭》杂志上发表了几篇介绍《争斗》和《鸳鸯劫》(《最前的与最后的》)剧情的随笔。邹玲佩通过对高尔

---

① 洪谟：《满城风雨·上演前后》，《于伶剧作集(四)》，北京：中国戏剧出版社，1987，第 248 页。

② 洪谟：《满城风雨·上演前后》，《于伶剧作集(四)》，北京：中国戏剧出版社，1987，第 248 页。

③ 扑狄：《情海疑云在璇宫》，《上海妇女》，1939 年第 3 卷第 9 期，第 28 页。

斯华绥几部主要作品的研读，认为高尔斯华绥在戏剧理论方面获得不少成就，尤其是他创造了"性格就是情节"①的戏剧创作原则。1941 年 4 月 25 日，《正言报》刊发了"高尔斯华绥研究专辑"，共四篇文章，其中三篇文章分析剧作《争强》，评价高尔斯华绥的创作思想，一篇是马彦祥翻译的高尔斯华绥的《论艺术》(*Vague Thoughts on Art*)，介绍高尔斯华绥对于艺术的看法和主张。1941 年 5 月 9 日至 12 日上海剧艺社在上海公演由柏李、胡导和石挥演出的《鸳鸯劫》②。到民国后期，我国戏剧界出现了国防戏剧、红色戏剧等戏剧运动，高尔斯华绥剧作不偏不倚的价值取向不太符合当时抵御外侮和国内政治斗争的需要，上演越来越少。

高尔斯华绥剧作的自然主义手法、社会问题剧的戏剧形态、直面社会人生的现实主义精神和人文关怀，与五四新文化运动后中国戏剧界所提倡的戏剧"为人生"的目标不谋而合。这也许就是民国时期，尤其是 20 世纪二三十年代高尔斯华绥戏剧在中国传播掀起高潮的原因。

三、高尔斯华绥戏剧与中国戏剧

19 世纪开始，西方思想界一直面临着重大危机，尼采以寓言形式借狂人之口喊出"上帝死了"③，道出科学和理性的进步对信仰造成的破坏；斯宾格勒(Oswald Spengler)也在《西方的没落》中道出西方文明通过物质享受而迈向无可救药的没落。④ 不过在 19 世纪和 20 世纪的中国，这种危机被国家、民族、政治等危机所掩盖，中国人彼时通过大量借鉴西方的种种学说和思想，创建和发展属于自己的新文化和文明。

---

① 邹玲佩：《高尔斯华绥》，《话剧界》，1942 年第 9 期，第 4，7 页。
② 邵迎建：《上海抗战时期的话剧》，北京：北京大学出版社，2012，第 337 页。
③ ［德］弗里德里希·尼采：《快乐的知识》，黄明嘉译，北京：中央编译出版社，2005，第 127 页。
④ ［德］奥斯瓦尔德·斯宾格勒：《西方的没落》，张兰平译，合肥：安徽人民出版社，2012，第 330-332 页。

一种新文化的输入在经过翻译阶段之后便进入模仿阶段，一些剧作家在翻译外国戏剧作品之后，运用他们在翻译过程中的发现和领悟，进行模仿性的戏剧创作。话剧艺术家在翻译和模仿的过程中作为审美主体的作用非常复杂，他们的教育背景、情感个性特点、艺术修养和情趣以及政治思想倾向制约着他们对外国戏剧选择、消化、吸收、感悟、转化、创造的程度。当然并非每一个外国剧作家及其作品都能够给人带来创作上的影响，即便产生影响，也很难说他们只单一地受到过某一位外国剧作家及作品的影响；另外，影响的程度和性质最终也都取决于剧作家作为审美主体的接受状态和接受程度。一般认为，越是优秀的剧作家就具有越自觉的主动性和更强大的消化力，接受主体性越强，因此，对外来戏剧接受传播的最佳境界需要审美个性主体、民族主体和历史主体三者的有机契合、领悟和创造。高尔斯华绥剧作的翻译对我国现代戏剧创作的积极影响是显而易见的，当时翻译高尔斯华绥剧作的陈大悲、郭沫若、顾仲彝、曹禺、向培良、唐槐秋等都是当时中国剧坛的中坚力量或新生力量，以后成长为中国戏剧的领军人物，他们大多从高尔斯华绥的剧作和戏剧思想中汲取过营养、获得过灵感。

（一）陈大悲与高尔斯华绥的戏剧

在中国话剧诞生初期，中国人看到的日本戏剧多于西方戏剧，中国的话剧不是直接来自西方，而是转自日本。日本戏剧成为早期中国话剧效法模仿的对象。陈大悲也曾留学日本学习戏剧。陈大悲不仅主张戏剧具有"再生的教化"功能，还提出了"真、善、美"的戏剧创作原则。1921 年 4 月 20 日起，陈大悲在《晨报副刊》上连载二十期《戏剧研究——爱美的戏剧》，发起了"爱美的"戏剧运动，这场运动催生了真正意义上的中国话剧的诞生。当时中国很多演剧组织不甚明了基本的戏剧知识，对舞台、化妆等技艺更是陌生，因此陈大悲整日忙于戏剧实践活动。1922 年起，爱美剧出现一些比较严重的问题，其中之一就是好剧本严重不足，观众花钱却看不到好戏。为了解决这个问题，陈大悲先后翻译了高斯倭绥的《银盒》《忠友》《有家室的人》，平内罗（Arthur Wing

Pinero)的《汤格雷的后妻》，高纽(Perry Boyer Corneau)的《假面具》等剧
作家的作品。田本相先生认为高尔斯华绥剧作的译介给译者陈大悲的戏
剧创作以直接影响。①虽然陈大悲翻译剧本的主要目的是为了解决上演
剧目匮乏问题，但也考虑了剧本的先进性以及与中国当时社会适切性等
问题。陈大悲在《〈银盒〉译者序言》中谈到了翻译外国剧作的方法，在
《译〈忠友〉时的感想》一文中又谈到他翻译该剧的原因和目的、翻译时
的心态和翻译过程中遇到的问题，介绍了该剧布景的一些方法。翻译是
传播和接受之间的双向交流，翻译高尔斯华绥剧作后，陈大悲创作的剧
本《良心》《幽兰女士》《忠孝家庭》《维持风化》《父亲的儿子》都有高尔斯
华绥剧作风格的影子。

　　首先，在戏剧场景的描写上陈大悲采用了高尔斯华绥自然主义的写
实手法，细节描写生动、细腻和形象。为了方便读者以及排练，在报纸
上刊发的戏剧作品里他还仿照高尔斯华绥绘制出自己设计的舞台布景
图，如《父亲的儿子》每一幕舞台布景描写时都绘出舞台平面图②(见图
7-5)：

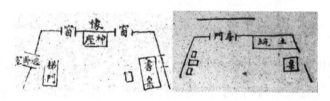

图 7-5　《父亲的儿子》舞台平面图

　　其次，陈大悲留意到高尔斯华绥剧作对现实丑恶的揭露，因此他的
剧作也一般以旧社会的丑恶现实为主题，剧作的矛盾冲突也通常发生在
代表新时代新信仰的青年与代表旧社会的中老年人之间，但是陈大悲往
往会在剧终时为青年指明一条道路，把自己想要阐明的思想强加在戏剧

　　①　田本相：《中国近现代戏剧史》，南京：江苏教育出版社，2008，第75页。
　　②　陈大悲：《父亲的儿子(五幕剧)》，《妇女杂志》，1924年第10卷第4期，
第646-655页，第10卷第5期，第820-828页。

的结果中，而不是采用高尔斯华绥那种留待观众自己反思的方式。因此，有时陈大悲剧作的结尾显得比较牵强、不自然。比如在《幽兰女士》中，幽兰反抗父母包办婚姻，选择自杀，这种抵抗方式具有消极意味，但陈大悲最后却给幽兰安排了一个精神的胜利，让她在临死前理智战胜情感，说出"从黑暗中奋斗出光明来"的话语。《父亲的儿子》创作于陈大悲在翻译《有家室的人》之后，张父表面推拒省长请他当教育厅长的邀约，心里却嫌省长的聘书迟迟不到；也不允许儿子看白话书籍、自由恋爱。儿子张人杰不满父亲对他的各种限制、包办他的婚姻，展开家庭革命，带着未婚妻素兰一走了之。颜太太看透婚姻本质，鼓励女儿元贞自由恋爱，但提醒她保持头脑清醒，不要上当。元贞受过中学教育，有强烈的女子应自立自强的思想。剧中这些人物设定与《有家室的人》比较相似——张父之于毕尔德，人杰之于大女儿阿茜妮，颜太太之于朱莉娅，元贞之于二女儿莫姐，主题也是反对传统父权制家庭伦理关系。

陈大悲在戏剧形式和题材上充分学习和模仿高尔斯华绥的剧作，但是这种模仿停留在较浅显的层面，对戏剧结构的设置和戏剧矛盾冲突方面掌控的力度不够，剧作中一些情节的突转，并不是顺应情节本身自然产生，而由作者人为设置，着意过重，影响了剧作的现实性。向培良批评陈大悲的剧本"含有宣传意味的教训，感官的刺激"而"不曾表现人生，传达真正的情绪"，"不能被称之为好的艺术品，不等到后来有超过他的作家时，他就很快地消灭了"。①

陈大悲模仿高尔斯华绥对现实的关注和戏剧技巧，忽视高氏剧作中对人物内心情感的发掘。为了增强舞台效果，他在剧作中往往加入刺激、趣味性的场面，如《张四太太》中手枪、炮弹频频出现在舞台上，以迎合观众猎奇的口味。他过于专注离奇、悲惨的情节，虽然获得一定的剧场效果，但剧作丧失了悲剧品质，欠缺人道主义力量。《父亲的儿子》结局时素兰吐血而亡、婉珍愤而离开，在让人觉得爱情的悲惨之

---

① 向培良：《中国戏剧概评》，上海：泰东图书局，1928，第23页。

余，并没有令人深入反思新旧势力冲突，感悟新时期爱情婚姻的强大力量，剧作的文学性和思想性十分有限。

正所谓"成也萧何败萧何"，高尔斯华绥的剧作给陈大悲的戏剧创作和戏剧思想以重要启示，而陈大悲在戏剧界的失败也源于对高尔斯华绥剧作的翻译。在《〈银盒〉译序》中陈大悲说自己读到好的剧本后想与人同乐，可是却常常不敢下笔。由于不愿将原著里"活泼有生气的、各按身份的人话，变成死灰枯木似的、一套板的非人话"①，他几次"将译稿执行火刑"。尽管陈大悲在翻译时比较注意保持剧作的本来风貌和语言的原汁原味，但是由于他本人语言翻译能力的局限和白话文当时尚在发展初期，他的翻译版本的确有些不尽人意之处。

当时戏剧演出可以采用的剧本"还是数不满两只手"②，陈大悲不得不赶译西洋剧本以供排演之用。1923 年 8 月 13 日至 31 日，《晨报副刊》连载了陈大悲翻译的剧本《忠友》。1923 年 9 月 27 日至 30 日陈西滢在《晨报副刊》上连载《高斯华绥之幸运与厄运》，在高度评价高尔斯华绥剧作的同时，指出陈大悲译本中有 250 多处误译或不准确之处。陈西滢的这篇文章近三万字，分 33 条列举高尔斯华绥原文、陈大悲译文和他自己译文，以证实陈大悲翻译失误之处，引起剧艺界轩然大波。剧本翻译错误如此之多，使人们对陈大悲译本的正确性与可读性产生极大怀疑，也使陈大悲失去了很多崇拜者对他的信仰。当时恰逢陈大悲翻译的第三部高尔斯华绥剧作《有家室的人》正在《晨报副刊》连载，陈西滢建议《晨报副刊》暂停发表《有家室的人》，最好也停印《忠友》一书。鉴于此种情形，《晨报副刊》当即停止了对《有家室的人》的连载，陈大悲所译《忠友》最终也未能成书。尽管陈大悲在 11 月的《晨报副刊》发表《杂

---

① ［英］高士倭绥：《银盒》，陈大悲译，《戏剧》，1921 年第 1 卷第 1 期，第 53-74 页。

② 陈大悲、赵景深：《杂感——译〈忠友〉时的感想，再答郑兆松先生》，《晨报副刊》1923 年 8 月 20 日，第 4 版。

感——本不想说什么话》对陈西滢的嘲讽与建议作出了回应和辩解①，但此次风波对陈大悲戏剧生涯的打击是致命的。此后，陈大悲在新剧界地位一落千丈，无奈改行创作小说和电影剧本。

（二）郭沫若与高尔斯华绥的戏剧

郭沫若的创作生涯曾接受过中外许多思想家、政治家和文艺家的影响，不同时期的作品因受到的思想和文艺影响的不同，呈现出不同的时代印记和艺术特点。在戏剧创作方面郭沫若并没有采用"现实社会问题剧"的形式，而是创作大量历史剧，借由历史题材来表达某种社会政治和道德思想，以达到为现实服务的目的。

郭沫若于 1926 年至 1927 年翻译高尔斯华绥剧作《争斗》《银匣》《法网》，这与 20 年代他在政治上关注阶级斗争、社会公平问题、参与国民革命，在美学思想上重视自然主义、现实主义，在道德上推崇人文主义的精神取向和接受视野密切相关。郭沫若认为自己在戏剧创作方面受歌德影响最大，他回忆自己的戏剧创作始于译完《浮士德》第一部之后，"不消说我是很受了歌德的影响的"②，但高尔斯华绥剧作平实、质朴、自然的风格对郭沫若的影响是客观存在的，郭沫若的剧作中也始终贯穿着对现实社会的批判意识，他的批判意识较之高尔斯华绥更强烈一些。郭沫若对高尔斯华绥剧作给予了客观的评价：

> （戈氏的）灵魂如象天空，如象海洋，如象春天，如象市镇一样，这的确是他自己的一个写照。……戈氏的戏曲，在我看来，恐怕就是表现他的灵魂如象市镇一方面的；他的戏曲可以说都是社会剧，他不满意于现社会之组织，替弱者表示极深厚的同情，弱者在现社会组织下受压迫的苦况，他如实地表现到舞台上来，给一般的

---

① 陈大悲：《杂感——本不想说什么话》，《晨报副刊》1923 年 11 月 4 日，第 4 版。

② 郭沫若：《写在〈三个叛逆的女性〉后面》，《郭沫若全集·文学编·第六卷》，北京：人民文学出版社，1986，第 143-144 页。

人类暗示出一条改造社会的路径。……（戈氏）他是取的纯粹的客观的态度，一点也不矜持，一点也不假借，而社会的矛盾便活现现地呈显了出来。……但从结构的精密，表现的自然上说来，戈氏不仅超过萧氏（萧伯纳），即是欧西的近代的社会剧作家中均罕有其俦匹。……我国社会剧之创作正在萌芽期中，我以为象戈氏的作风很足供我们的效法。①

郭沫若此后接连翻译了高尔斯华绥的《银匣》和《法网》，对这几部作品解码和重新编码的过程使他获益匪浅，也对郭沫若的戏剧创作逐渐摆脱诗剧风格、转向现实主义产生了积极的影响。在翻译完《银匣》和《法网》之后的十年间郭沫若积极投身社会政治文化运动，没有进行戏剧作品的创作，直到1937年11月12日脱稿于上海的《甘愿做炮灰》。该剧是郭沫若在戏剧创作生涯中唯一一部现实题材的四幕现代话剧，描写淞沪会战期间法租界内中年作家高志修、青年女作家田华青和女钢琴家季邦珍等不同行业的人全心投入抗战洪流，表达了全民抗战的共同心愿，"就成为炮灰，也算是尽了做子民的责任。我自己是随时随刻都准备着做炮灰的"②。此外，郭沫若在处理剧作结局的方式上，既不盲目乐观也不消极悲观，按照"必然性"理性地看待事件的发展，避免"大团圆式的结局"，常常试图用主人公的苦难、毁灭或者死亡来唤醒民众的意识，这与高尔斯华绥也有相近之处。郭沫若还深刻体会到高尔斯华绥剧作中蕴含的人道主义思想和作家的人格魅力，他在后来的戏剧创作中也特别强调文学家的"人格"，号召艺术家能够站在人民的立场上表现普通大众的生活，不能脱离时代和社会环境的影响。

（三）曹禺与高尔斯华绥的戏剧

在中国现代话剧史中，曹禺是最引人注目的、争议最多的剧作家之

---

① 郭沫若：《争斗·译序》，载《斗争》，上海：商务印书馆，1926。
② 郭沫若：《甘愿做炮灰》，载《郭沫若全集·文学编·第六卷》，北京：人民文学出版社，1986，第188页。

一。黄佐临曾经说过曹禺是通过改编而走向创作的,曹禺曾经改编、演出和导演过高尔斯华绥的《争强》和莫里哀的《财狂》等剧,从剧作改编的过程中收获颇丰。

1929 年为了庆祝南开大学校庆,曹禺改编高尔斯华绥的《争强》,他在《〈争强〉译序》中写道:"我们应当感谢原作者的,他所创作的那两个主要角色,无意中给我们许多灵感"①。在改编方式上,他将《争强》改编成中国式的演出本——剧中人物全都改成中国式名字,舞台布景改成中式风格,尤其是台词,几乎没有翻译的生硬之处,这样中国观众更能够接受。除了改编之外,曹禺直接参与了该剧的演出,在演绎安敦一时,他培养了良好的舞台感受,了解到"观众喜欢看什么,不喜欢看什么,需要看什么,不需要看什么"②。这次编演活动使曹禺得到了极好的话剧锻炼,取得的编演经验对他以后的戏剧创作活动也大有裨益。高尔斯华绥剧作中浓厚的现实主义对他表达内心深处反抗社会黑暗的方式也有着直接的影响,他开始注重观察生活,思考和分析问题。曹禺很注重剧作中的真情实感,让人物的性格与剧情的发展相互推进,努力做到情感的真实与真诚,使读者和观众与剧中人物产生"同感"(empathy),这些都为曹禺后来创作话剧《雷雨》做了铺垫。《雷雨》中工人鲁大海与资本家周朴园针锋相对,妇女侍萍、四凤等人蒙受苦难,这类情节与人物设置与《争强》有或明或暗的关联,高尔斯华绥成为曹禺创作的"幕后主角"之一。同高尔斯华绥剧作中表现出来的一样,曹禺有意无意地使他剧中的各类女性人物成为人们关注的焦点,她们大多数在受到社会摧残压迫时表现出高尚的品质,有的令人怜惜,有的令人敬爱,只有少数女性面目丑陋,属于"迫害者"一类。较之陈大悲的戏剧创作,曹禺的剧作超越了形式上的"社会问题剧"、不是为了"问题"而"问题",他深切地感受到高尔斯华绥剧作中表现出的悲天悯人情怀,在作品中也将理

① 曹禺:《争强·译序》,载崔国良等编《南开话剧运动史料 1923—1949》,南京:南开大学出版社,1993,第10-13 页。
② 王育生:《曹禺谈〈雷雨〉》,《人民戏剧》1979 年第 3 期,第 41 页。

想元素融入现实之中，让人在感悟苦难人生之余仍对生活抱有希望，他和高尔斯华绥的剧作都闪耀着相同的人道主义光芒。

（四）顾仲彝与高尔斯华绥的戏剧

顾仲彝是英语专业出身，英文功底深厚且对戏剧有浓厚的兴趣，因此在推动高尔斯华绥戏剧本土化方面，他的成果更加显著、深入。如果说郭沫若的《银匣》英汉融合还不十分到位，有时给人生硬突兀之感；曹禺的《争强》则偏重舞台表演的可接受性，戏剧口语化程度较高；那么，顾仲彝则将高尔斯华绥剧作成功地移植到中国文化的土壤里，消除了"不中不西"的生硬突兀之感，用中国传统文化符号准确而生动地诠释了高尔斯华绥剧作的道德真意。在对剧作标题 The Skin Game 的翻译处理上，由于英文 skin 有"面子"之意，剧中两家人争斗也是源于"面子"，于是他恰到好处地借用《诗经·鄘风·相鼠》中的"相鼠有皮，人而无仪；人而无仪，不死何为！"作为译本标题，诠释人与人争斗、新贵与旧绅争斗的主题。在翻译 The First and the Last 时，考虑到原著剧名来自《马可福音》，不太容易被观众理解，顾仲彝根据剧情内容将译本命名为较为通俗的《鸳鸯劫》。除了对人物和标题名称进行处理外，顾仲彝还删掉一些他认为不太重要的，甚至累赘的人物和内容，让改译版本既适合舞台演出，又最大限度地保留高尔斯华绥原作的精华，在文学性和可表演性两个方面都达到了良好的效果，更易为中国知识分子和普通民众接受。顾仲彝的改译本获得较好的反馈，产生了较大的影响。不少翻译研究者认为就艺术价值来看，《相鼠有皮》和《鸳鸯劫》是顾仲彝改译剧中的优秀作品。①

顾仲彝在《〈相鼠有皮〉序》中分析中国社会和戏剧的现状，指出中国的新剧还处在幼稚期，一方面要适合群众的心理、思想和兴味，一方面也得适合世界潮流和趋势。当时中国正处在思潮澎湃、问题纷涌的环

---

① 刘欣：《论顾仲彝的改译剧》，《云南艺术学院学报》2010 年第 2 期，第 63 页。

境之中，因此戏剧也必须带有问题色彩以吸引观众，在风雨飘摇、人们茫然无措时担负起启发思想和人生观的作用。① 顾仲彝提出要善加利用外国新剧，详细地分析、研究他们的结构、人物和对话，并且改译他们，使之能在中国的舞台上演。

顾仲彝认为《相鼠有皮》是高尔斯华绥的杰作，要比《银匣》《争强》两剧更出色。该剧讽刺英、德两个国家，德国是锐气勃勃的新进之国，在发展扩张中时常越轨；英国是古老的礼仪帝国，在开战初期非常清白，但一旦争端开始，起了胜敌和仇恨的野心，也变得龌龊不堪。虽然高尔斯华绥在创作该剧时并没有讽喻两个国家争斗之意，但顾仲彝还是很好地捕捉到了新旧争斗中人性泯灭的本质。他赞叹该剧的线索明确不纷杂；结构紧密，富于转机（crisis），且高氏对转机的掌控精到；高氏的戏剧语言简练，字字珠玑。全剧人物描绘得真实可信，最美的人物当属翠嫂和兰英②，一个温厚贤德，一个天真烂漫。顾仲彝对高尔斯华绥剧作的赞赏在他的戏剧创作和戏剧理论著述中都有反映。

顾仲彝在外国戏剧本土化的改译中逐渐开始自己的戏剧创作。他的代表作《衣冠禽兽》就是一部反映现实生活的作品，以家庭的变迁来反映整个社会的变化，从一个家庭的没落来讽刺和抨击弱肉强食的社会和金钱观主导下的世态炎凉，该剧在题材、戏剧结构上都和《相鼠有皮》有相似之处。

在戏剧理论方面，顾仲彝认为不论剧作家的创作方法和艺术思想有什么差异，但都得"把认识到的客观事物反映在艺术作品中，形象地再现生活"，人物即便是属于同一个阶级也不能写成一个"标准"的模样，这也是他在《〈相鼠有皮〉序》中提到的"真"。③ 而戏剧需要严密、紧凑和巧妙的结构，从而使舞台上的每一秒都发挥最大的功用。至于转机，正如他所言，高尔斯华绥剧作中的转机一个接一个且恰到好处，他在自

① 曹树钧：《顾仲彝戏剧论文集》，北京：中国戏剧出版社，2004，第160页。

② 翠嫂即克洛伊，兰英即吉儿。

③ 顾仲彝：《编剧理论与技巧》，北京：中国戏剧出版社，1981，第5页。

己的理论体系中提出"每一幕戏（或每几场戏、一个段落）都有自己的小危机（或称转机），发展为小高潮，而幕终得到暂时的解决，然后在另一幕（或另几场戏）里掀起另一个小危机，小高潮，直到最后的大高潮，接着就是总解决而结束"①。顾仲彝认为受到时间和空间的限制，戏剧语言须得"精炼、有力、一击即中"，情绪会比较"紧张和激烈"②，因此提出戏剧语言的"五要求"，其中两个要求是"贵真实""务含蓄"，即好的台词既要指示清晰，又要内涵丰富，是"外延和压缩相结合的语言，是弦外有音、言外有意的语言"③，这也和他赞赏《相鼠有皮》台词的"字字珠玑"一致。顾仲彝改译、改编了很多外国剧作家的作品，但是高尔斯华绥的剧作是除莎士比亚剧作之外改编相对较多的，20 世纪20 年代顾仲彝还翻译了高尔斯华绥的《好心肠》《圣卢太栖》《勇敢》《完成》《鞋匠葛式拉》等短篇小说，不仅在戏剧创作方面受到高尔斯华绥比较大的影响，高氏对社会底层人民充满同情的人文精神也深深感染了他。

（五）向培良与高尔斯华绥的戏剧

民国时期的戏剧家和戏剧理论家之中，向培良的戏剧观与高尔斯华绥的戏剧美学观最为接近和相似。他对高尔斯华绥剧作的理解比较深入，认识到剧作者不能只谈自己信奉的"教训"和"主义"，不能创作带有主观色彩浓烈的伪真实（即生活体验不足），不能为了"真实"和"教训"而刻意地"真实"和"教训"。在他看来，客观、真实地表现人生是戏剧艺术赖以生存的根基。剧作家不能浅薄地描写人物被社会摧残，而是应该写他们"不绝地在挣扎着，反抗着；他们是生活中的失败者，他们也不自讳他们是失败者"，但是从他们求生的挣扎中观众可以看见"真正的人性"和"生活"，看见"将要觉醒的精神"、艺术和戏剧。④ 向培良

① 顾仲彝：《编剧理论与技巧》，北京：中国戏剧出版社，1981，第 183 页。
② 顾仲彝：《编剧理论与技巧》，北京：中国戏剧出版社，1981，第 373 页。
③ 顾仲彝：《编剧理论与技巧》，北京：中国戏剧出版社，1981，第 403 页。
④ 向培良：《中国戏剧概评》，上海：泰东图书局，1928，第 60 页。

批评郭沫若那种"只人道底说着一些话"，"没有精深博大也未曾精确地考究"她长着一副"人道主义者和社会主义者"面孔的戏剧作品。他尤其不赞同郭沫若把"教训"作为戏剧"第一义"的观点以及预定了"教训"才去进行戏剧创作的做法。① 向培良特别强调艺术的独立性和纯粹性，建议剧作者既不要利用"奇情惨事去刺激观众"，也不要利用"离奇巧妙的结构"来"炫耀聪明"，更不要沉溺于"流行的、感伤的趣味"，在他看来戏剧应该真实，应该"忠实地表现人生""忠实地传达情绪"。②

相比较其他的剧作家，向培良关注人的本质，重视剧作中人性的力量，这也是高尔斯华绥在《戏剧庸言》中提出的作家应该保持自己独立性、深入生活、感受生活，真实地描绘生活的观点。向培良推崇高尔斯华绥注重传达人物内心情绪的创作手法，因为"只有情绪的传达才能引起情绪的共鸣，才能造就真正的艺术。"③向培良所说的"情绪"与高尔斯华绥所说的"情趣(taste)"含义相似，都是指从剧作家内心深处中散发出的独特韵味。向培良在1926年翻译《逃亡》前后创作了《继母》(1926)、《离婚》(1927)、《不忠实的爱情》(1929)，这几部作品无论是题材还是艺术手法都有社会问题剧的影子，创作方法上也以写实为主，关注人的内心，充满浓烈的人道主义精神。

民国时期，特别是20世纪30年代中期以前，中国戏剧界对西方戏剧作品大量译介，高尔斯华绥的剧作只是其中一小部分，而且基本上是作为"易卜生主义"中的一员被理解和接受。虽然他的剧作技巧被广泛认可，但是剧作的思想含义却普遍被低估，局限在一个较为浅显的层面。我们也很难认定某位中国的剧作家单一地受到他的影响，毕竟中国20世纪前50年的历史语境和文化语境过于纷乱复杂，剧作家们的思想和创作受语境影响很大，因此，只能从他作品翻译者的戏剧创作和戏剧理论中去寻找高尔斯华绥剧作和创作思想的影响。

---

① 　向培良：《中国戏剧概评》，上海：泰东图书局，1928，第56-58页。
② 　向培良：《中国戏剧概评》，上海：泰东图书局，1928，第88页。
③ 　向培良：《中国戏剧概评》，上海：泰东图书局，1928，第88页。

第二节　高尔斯华绥的戏剧在新中国的传播与接受

1949 年中华人民共和国成立后，中国戏剧界延续了战争时期的思想路线，对戏剧的评价着重于从政治意识形态和道德观念着眼，剧作艺术价值不受重视。在以阶级斗争为纲的形势下，高尔斯华绥的英国贵族阶层出身，剧作表现出的折中主义立场、客观冷静的态度、阶级调和的论调、社会改良的方式以及底层人民悲剧性的结局都与当时的历史文化语境不协调，学界判定高尔斯华绥为资产阶级剧作家，他和他的作品成为被批判和打倒的对象。故而，高尔斯华绥剧作在中华人民共和国成立后的前 30 年中传播近乎空白。

1978 年后，中国的戏剧创作、演出和研究逐渐恢复，然而受到世界戏剧新浪潮和中国话剧自身发展特点的影响，高尔斯华绥剧作在当代中国继续遇冷，其传播无论是翻译、研究还是上演都寥寥无几。

一、中华人民共和国成立初 30 年的社会文化语境及高剧的译介、研究

中华人民共和国成立后的前 30 年，中国社会的典型特点就是社会政治运动频繁。1949 年中华人民共和国成立后，话剧作为一种能够反映时代风貌、直接表达和鼓舞群众政治热情的艺术形式受到青睐。但是该时期的话剧作为意识形态的载体，受国家政策和各种运动的影响，发展比较曲折。新中国成立初期，中国戏剧界基本上延续解放战争时期的"左倾"路线，淡化戏剧的艺术价值，强调其代表的政治意识形态和体现的道德观念，一些政治思想或道德价值与新社会意识形态取向不合的剧目不能上演。1956 年全国第一届话剧观摩大会明确当时的话剧题材应为 6 大类：反映社会主义工业建设和工人生活；反映农业合作化运动和农村生活；歌颂中国人民解放军；反映兄弟民族生活；反映新中国儿

童生活；反映新社会知识分子改造。在这种"文艺为政治服务"的要求之下，戏剧工作者们的创作和演剧方向发生了改变，以肯定和歌颂为指导塑造英雄人物，戏剧作为政治工具的宣教功能达到前所未有的高度，剧作重复性和典型性大大增强，老舍的《龙须沟》是这一时期戏剧作品的优秀代表。在戏剧理论方面，中国话剧界开始狂热地学习和模仿斯坦尼斯拉夫斯基体系，现实主义美学的仿真性和写实性继续得以强化。

受社会意识形态影响，到 20 世纪 50 年代末期，中国引进和翻译的外国戏剧以苏联和其他社会主义国家剧作为主，欧美戏剧仅限于莎士比亚等经典剧作。这十年间，高尔斯华绥的剧作只有《争斗》作为一本仅供英语语言学习的英语学习丛书被翻译出版。（徐燕谋注释，1959）

50 年代末期，我国经济领域开始了大跃进和人民公社化运动，全国上下沉浸在建立社会主义社会的狂热中，农业"学大寨"、工业"赶超英美"，戏剧界为配合这种社会热潮也创作了一批鼓吹"卫星"式的作品。60 年代初期，国内掀起一股短暂的历史剧创作热潮，代表作品有田汉的《关汉卿》和郭沫若的《蔡文姬》。

二、改革开放以来的社会文化语境及高剧的译介、研究

从 1978 年开始，中国国内开始反思"文化大革命"带来的各种伤害，在改革开放政策的引导下，中国经济和社会开始复苏，戏剧创作、演出和研究也逐渐恢复。进入 20 世纪 80 年代之后，以社会问题剧为传统的中国话剧遭遇了多形态文艺方式和休闲方式的严重冲击，戏剧界就此展开"戏剧观"的大讨论。

由于此前十多年间中西方文艺交流几乎停滞，国门一开，文艺界迫切地向西方吸收新的创作和研究成果，中国戏剧界也迎来了自 20 年代以来的第二次"西学东渐"。西方现代戏剧理论如叙事派、质朴戏剧、荒诞戏剧等都对我国话剧实验产生了重大影响。戏剧作品的政治宣传功能减弱，人的"个体价值"得到觉醒和恢复，戏剧中人的尊严得以强调，如何冀平的《天下第一楼》、锦云的《狗儿爷涅槃》等剧作。20 世纪 70

年代，高尔斯华绥的剧作在欧美仍是一个比较重要的戏剧研究课题，进入 80 年代后，欧美戏剧出现了许多新流派、新浪潮，现实主义已经淡出人们的视线。此时中国戏剧界面对着庞杂而多元的世界戏剧体系和流派，戏剧工作者们一部分坚守和发展现实主义戏剧风格，一部分建立探索剧场，积极地吸收荒诞派、复调理论、残酷戏剧等戏剧理论和演剧技巧，希冀以此来弥补中国话剧理论上的贫乏和舞台上的空白。90 年代开始，中国话剧日趋世俗化，更多地关注个人生活，强调世俗享乐价值，小剧场戏剧表现得尤为突出。进入 21 世纪之后，中国剧坛呈现安稳发展的态势，主旋律话剧和通俗话剧齐头并进，文学作品的戏剧改编和重构盛行，校园戏剧蓬勃发展。

改革开放之后中国戏剧界除了引入和实验外国戏剧理论之外，也迎来了一次外国戏剧作品翻译高潮。根据《中国的英国文学翻译出版一览表》①统计，1977 年至 2008 年，中国（大陆境内）共出版 23 种高尔斯华绥作品的译作，其中戏剧作品只有裴因等人翻译的《银烟盒案件》，其余为长篇小说、散文和短篇小说。高尔斯华绥文学作品重回大众视野在一定程度上与其长篇小说《福赛特世家》获得诺贝尔文学奖有关，但是其戏剧作品仍然没有受到足够的重视。新译的《最前的与最后的》（张文郁译）、《银烟盒案件》（裴因译）、《斗争》（裴因译）、《公证的判决：一个悲剧》（贺哈定译）、《鬼把戏》（金绍禹译）、《最先的和最后的》（王晓译）这几部剧作早已在民国时期被多次翻译过。这些新译本当然也具有一定文学和翻译学价值，但是由于译者大多不通晓戏剧表演，也欠缺充足的舞台经验，译本的舞台表演性还有较大的提升空间。另外，高尔斯华绥的其他许多优秀剧作仍没有进入戏剧界的视野。

80 年代以后高氏剧作虽有排演，但数量极少。《最先的与最后的》曾被列为中央戏剧学院的排演剧本之一，但该剧的排演只在小范围内进行，并未大范围公开上演；高尔斯华绥其他剧作也罕有上演。虽然 80

---

① 孙致礼：《中国的英国文学翻译：1949—2008》，南京：译林出版社，2009，第 511-518，527-695 页。

年代至今高尔斯华绥剧作翻译、研究和演出较少，不过董衡巽翻译的高尔斯华绥的《写戏常谈》（*Some Platitudes Concerning Drama*）是高尔斯华绥戏剧研究中的一个亮点，高尔斯华绥在这篇文章中阐明了自己对戏剧创作各方面的看法，该文的汉译有助于当代研究者深入解读高尔斯华绥剧作的精神蕴含。

小　结

高尔斯华绥的剧作，无论是从戏剧文学角度还是舞台表演角度来说，在 20 世纪前半叶的中国引起过较大反响，后半叶逐渐淡出人们的视野，这些都与中国具体的历史、文化语境由着不可分割的联系。

回顾近 100 年高尔斯华绥剧作在中国戏剧生态中的传播情况，我们不难发现高尔斯华绥剧作的中国传播受中国历史语境影响很大。不论是民国 20 至 40 年代高剧的传播热潮还是随后遭受的"冷遇"，都受当时社会文化语境的强烈影响。中国社会的历史文化语境深刻地影响和制约着话剧界对高尔斯华绥剧作的接受和传播，决定着对其艺术特点和思想价值的汲取方向。国人对高尔斯华绥剧作的研究视线过于集中，关注《银烟盒》《争斗》《最先的与最后的》《正义》较多，对其他优秀剧作如《相鼠有皮》《乌合之众》《逃亡》等关注度不够。在研究高尔斯华绥剧作时总是习惯性地从社会斗争、意识形态角度研究，忽视剧作本身蕴含的艺术价值、道德价值和人文关怀。在当代高氏剧作传播过程中，国外研究高尔斯华绥剧作的成果被译介或借鉴的较少。E. C. Farris、Sanford Sternlicht 等西方研究者从价值观、伦理观和写作风格等方面对高尔斯华绥进行过较为系统的研究，可惜这些研究没有被译介。由于新中国成立前中国社会战乱纷扰，现有的研究文献资料不全，关于高尔斯华绥剧作介绍或上演记录有一些疏漏或矛盾之处，容易给研究者带来误解和困惑。

高尔斯华绥戏剧创作技巧、剧作的写实主义手法、社会问题剧的戏剧形态、直面社会人生的现实主义精神和人道主义精神影响了一大批剧作的译者和戏剧家，中国戏剧重视社会问题，关注人的生活状况，希望借助戏剧传达改造社会、变革人生的观念与高尔斯华绥剧作所体现和传达的思想一致。参与高尔斯华绥剧作中国化过程的译者、研究者、演职员们在翻译、争鸣与排演中发展了符合当时中国语境的戏剧创作理论、译剧方法和演剧方式。他们不仅为"五四"戏剧生态良好、持续性发展注入动力，也成为现当代中国戏剧生态多样性的重要组成部分。

余　论

　　诺贝尔文学奖获奖词给予高尔斯华绥高度评价:"从1904年一个满怀激情的年轻讽刺家——在风狂云疾中同幻想的敌人作战,到1932年一个对人对事都既宽容又敏锐的观察者……在本质上他具有一种不同于其他同时代杰出的英国作家的特色……高尔斯华绥的作品不仅激发了读者的思想,并且在人们的内心中得到反应。读者对于高尔斯华绥创造的形象世界很熟悉,同他的人物共喜怒。"①高尔斯华绥是一位丰富了英国文学现实主义传统的大师,在他一生的创作过程中形成了自己特有的风格——细节真实、用词准确、人物描写个性化、语言形象化。将他的戏剧作品和艺术思想放在时代语境中考察,是我们更深入地解读他的艺术理念和作品思想的一种科学方法,对中国戏剧发展有着重要的启示。

一

　　高尔斯华绥的戏剧作品以普通人的日常生活为题材,不仅揭露社会日常生活的丑陋和阴暗,也深入人物的精神和灵魂,将他们思想、情感的面貌和行为动机呈现出来,引人深思。在他的剧作中,生活支配着普通人,每个人的性格在为实现自己的愿望和利益的斗争中表现出来。尽管他不采用荒诞离奇的夸张手法,坚持忠实于生活,描写真实的人物、

---

　　① ［苏］阿尼克斯特:《英国文学史纲》,戴镏龄,吴志谦,桂诗春等译,北京:人民文学出版社,1980,第546页。

典型的环境，读者仍旧可以感受到作品含蓄的嘲讽。高尔斯华绥充分利用语言这一要素，选择最能简单明了、也最能形象地向观者呈现真实情景的字句；人物对白也充分吸收时代口语的特点，大量使用俗语和方言，时代感鲜明。

在他的笔下，每个人的性格都是个人与社会因素结合的、不可分割的整体。高尔斯华绥理性而客观地描写人物，但并不是冷漠无情地对待他们。他表面冷漠，内心却对人与人之间一切残酷无情的行为和不公正的原则表示愤慨，每一部剧作都浸透着他强烈的人道主义精神。他关爱人，关心人的命运，关注人的精神世界，对遭受苦难者同情，对利己者憎恶。阿尼克斯特盛赞高尔斯华绥的作品"由于典型性和生活图画的真实性而在社会意义上和艺术上胜过同时代的其他英国作家的创作"①。作为一位特点鲜明却又无比低调的剧作家，高尔斯华绥的戏剧非常值得我们借鉴。

首先在时代性方面，戏剧作品应该紧贴时代，正视社会中的各种问题，即便是历史剧也可以"借古喻今"。真正艺术的共同特点就是真实地反映人的生活和情感。要想写出有力量的、有生命力的作品，就要直面现实去描写生活，而不是逃避现实，这样才能避免作品出现同质化、类型化，才能够让作品新鲜有活力。"忠实生活，忠于现实"的要求并不意味着剧作家复制现实，因为生活的真实不完全等同于艺术的真实，仅仅徘徊在现实的表面会让作品缺乏思想。同时剧作家还应避免让剧作披上功利的外衣，不要让"宣教性"和"斗争性"成为剧作的主旨，不能为了题材和主题的"政治性"而牺牲作品的"艺术性"，只有这样，写实主义或现实主义的剧作才能够良性发展。当代戏剧创作中部分现实题材的作品间或给人以一种"不真实"之感，从创作者的主观性方面来说，剧作者们需要克服物质丰富带来的浮躁的心态，不急功近利，要脚踏实地地深入生活，体察人情、人心和人性。

---

① ［苏］阿尼克斯特：《英国文学史纲》，戴镏龄，吴志谦，桂诗春等译，北京：人民文学出版社，1980，第546页。

　　高尔斯华绥的戏剧作品都有一个主旋律，即弘扬人类的真、善、美；呼吁人们保持信仰，发扬人道主义精神。人类品质中的忠实、真诚、真实往往因为他们可以直接促进社会利益的趋向而得到赞扬，在一个良好的社会中，人对品格的向往，或者对名誉、对受人尊敬和褒奖的向往，常常会让他们的正义感和责任感得到加强。正义是"人工美德"，是对"自然美德"的补充和完善。① 正义、真诚、正直、诚实等品质因为他们有促进社会利益的倾向受到尊重，他们也与仁爱、慈善、慷慨和感恩等人道主义美德密不可分。如果剧作家们能够塑造出内心平和安宁的人物，并保持人的尊严和勇敢的气概，对周围的人也友善，那么这些人物对观众的影响力一定大过那些灰心丧气、满心愤懑、怒气冲天的人物，因为前者能给人更多的愉悦与美的感受，能让人对他人和自己都保持良好的情绪。只有当观众们有了亲身的感受，他们才会有成为仁慈、慷慨和善良的人的想法，进而增强社会责任感。

　　社会的公平正义是戏剧作品一个永恒的主题，当代剧作在反映社会现实、人民意愿的同时也应该鼓舞人们自强不息、艰苦奋斗，给人以真善美的启迪和享受；既歌颂先进事物，也鞭挞丑恶现象。歌颂光明与批判丑恶并不矛盾，只要把握美德、友爱与和谐等人性和社会的本质即可。当代社会问题剧作者对于社会的批评是基于人们共同的社会道德标准，通过这种批评来促使一些内部变革，对现存的社会制度进行补充。当今社会提倡有中国特色的社会主义核心价值观，这是对中华文明传统美德的继承，是人类所有美好品质的集合，完全可以成为剧作家们进行艺术创作的指路明灯。戏剧作品中蕴含的道德品质和信仰是一种精神上的崇高和宏伟，若没有高尚伟大的灵魂，再高贵的艺术作品都会黯淡无光。

---

　　① 在休谟看来，自然的美德包括博爱和慷慨（benevolence and generosity）、和蔼和仁慈（clemency and charity）、热爱生命和爱护儿童（love of life and kindness to children）等；人工的美德包含正义（justice）、忠心（fidelity）和诚实（honesty）。David Hume, *A Treatise of Human Nature* (Beijing: China Social Science Publishing House, 1999), p. 415.

高尔斯华绥是一位人道主义者，也是一位人道的改革家，他注重生活中人的实际问题，也善于通过这些问题去发掘人的内心和情感。他同情生活中的苦难，并且试图以戏剧的形式来启发人们思考，从而使苦难尽量减少。他本身具有高度的道德使命感，他剧作的主旨和他的道德一致，因此他的剧作比较容易得到人们的理解、支持和追随。不论社会处在何种语境之中，人道主义都是被提倡的，他是一种有关人的本质、使命、地位、个性发展和价值等方面的理论、思潮和文化运动，具有超越阶级的普遍价值。王若水指出，人道主义在本质上讲就是一种价值观念，[①] 他从人性的立场出发，淡化政治意图和意识形态色彩。在当代中国社会，随着世俗伦理的兴起，功利主义、享乐主义的有所抬头，人们的伦理价值理性有些迷失，对人道主义的呼唤在此时显得十分急迫。在戏剧作品中我们需要展开从人道主义和人文精神对现代性进行反思，从而启发人们形成良好的道德信仰、建设正确的当代伦理价值观。因此我们当代戏剧作品应该像高尔斯华绥的剧作那样，在肯定每个人的独特性的同时，也充满着博爱精神；在公正、平等的前提下肯定自由、民主；从人道主义的角度去探索解决新时代出现的社会问题的途径，关注社会矛盾中弱势群体以及社会边缘化群体的生存状态，达到人类和社会的和谐发展。这就要求我们当代的剧作家保有强烈的社会责任感，剧作家首先应该足够深地了解"人"，只有这样，才会带着强烈的社会责任感去爱"人"，才能做到"言有物，行有格"，实现人格和作品的统一。

总之，当代剧作家应该在保持个人独立性和特点的同时，深入社会现实生活，公正、理性、客观地进行思考，将艺术的真实与社会主义核心价值统一，创造出优秀的作品，使观众从作品中"自然而然"地接收到作品中蕴含的观念，并展开反思，收获人生哲理。

---

① 王若水：《为人道主义辩护》，载璧华，杨零编《中国新写实主义文艺作品选（四编）》，香港：当代文学研究社，1983，第 248 页。

二

　　戏剧这一艺术形式自从 20 世纪初进入中国后，经过不同时期无数戏剧翻译家和剧作家的接纳、模仿、创新，逐渐形成了中国戏剧特有的风格。卢卡契认为一部外国文学作品难以对某一国家的文学造成真正深刻且重大的影响，除非这个国家当时存在或者潜藏着一种极为类似的文学倾向，当这种倾向喷发出来时，外国作家对该民族文化的促进作用才得以凸显，这种促进作用绝不是风行一时的浮光掠影的表面影响。① 受到中国批判现实、揭露社会丑恶现象潮流的影响，20 世纪前半叶，高尔斯华绥剧作在中国的传播和接受发生过一个小高潮。中国当前社会再次面临重大转型，在如何通过剧作反映社会转型时期的社会问题方面，剧作家们可以仔细研究高尔斯华绥的处理方式，并加以借鉴。当然，剧作家不能浮于表面、流于形式、生硬照搬和模仿外国戏剧，还应考察外国剧作家及其剧作所处的历史时代语境，思考他们对于生活观察和提炼的视角，学习他们表达主题思想的方法。

　　由于语言差异和文学创作、接受者之间编码、解码体系的个体差异，高尔斯华绥剧作在中国传播的过程中出现了一些对作品的误读。要减少或者避免误读，就需要戏剧翻译家和剧作家首先需要对本民族文学艺术有深厚的修养，高度的艺术鉴赏力、感受力和创造力等，这样他们在认同、吸收外来戏剧时对原作的认知偏差较小，才能强化自我审美个性，使自己的认识和创作升华。

　　陈世雄教授论证过将不同的戏剧美学和戏剧观念综合起来的可行性。②

---

　　① ［匈］乔治·卢卡契(G. Lukacs)：《托尔斯泰和西欧文学》，中国社会科学院外国文学研究所外国文学研究资料丛刊编辑委员会编，《卢卡契文学论文集（二）》，北京：中国社会科学出版社，1981，第 452 页。
　　② 陈世雄：《三角对话：斯坦尼、布莱希特与中国戏剧》，厦门：厦门大学出版社，2003，第 353 页。

当代中国剧作家们在学习、吸纳外国戏剧理论、戏剧美学观念和潮流的同时，完全可以尝试将他们与中国的社会历史文化和戏剧语境结合。像顾仲彝、向培良等剧作家那样，在融合外国戏剧艺术的同时，保持自己的民族个性、民族艺术传统和精华，将外国戏剧的表现方法、技巧转化为能够为国人接受的形式，从而达到戏剧的"和谐"之美，实现最佳融合。

在当代文学、艺术转型的过程中，我们应该充分认识到高尔斯华绥"和谐"思想的重要价值。高尔斯华绥认为艺术"美"的本质在于均匀、匀称、平衡构成的"和谐"。现在是中国社会、政治、经济、文化的转型期，正如高尔斯华绥所认为的，转型时期往往是思想和学术最活跃的时期，社会综合意识和审美情趣都发生着转变，当代中国处于一个多元并存且不断变化的状态，中西方古代的、近代的、现代的以及后现代的思想相互渗透、交融、冲突，如果能够对各学派美学思想兼收并蓄，达到一种自然的平衡与匀称，并且充分而自由地发展，那么中国当代戏剧也会走向繁荣。

在高尔斯华绥的美学思想中，"和谐"不仅仅是美的本体，更是人的一种基本原则和理想追求。中国古代一直有"中和文化"的传统，中国传统美学的内在精髓就是"和谐"。在和谐的社会中，人与自然友好相处，人与人之间互相帮助，诚实守信，平等友爱，融洽相处，社会秩序良好，社会公平和正义得到切实维护，生态良好。高尔斯华绥提出的"和谐"之美较之西方"斗争"的传统，似乎更与中国传统契合。和谐社会的根本是和谐的精神，是消除对立、化解矛盾，实现人与自然、与自身、与社会等一切和谐统一的理想境界，这种至真、至善、至美的"和谐"是推动社会良性发展的精神实质，这也是高尔斯华绥的艺术美学思想的精髓。当然我们也需要在一定程度上避免过度的消极和软弱，在平等与尊重的前提下，尽量达成"双赢"局面。中国当代戏剧应该努力建立和营造"和谐"之美，让观众在观赏戏剧、获得审美的快感的同时求知和反思，使人在与自然、社会的对立矛盾中达到和谐统一。

世界变化之大、之快常常让我们不知如何适从，每一个个体都无法抗拒这些变化。但是通过从历史过往中吸取经验来适应世界变化的方式加入历史的进程中，可能是最恰当的一种面对变化的方式。20 世纪 90 年代至今，在不断更替的戏剧浪潮的冲击下，尽管高尔斯华绥的戏剧作品在中国的传播持续遇冷，其剧作中对社会问题的处理方式以及其中蕴含的道德精神、人文主义关怀不容忽视，这对中国当下的一些社会问题剧有强烈的启示作用。高尔斯华绥剧作强调客观和理性，不偏激、不走极端，通过真实地再现"人"的生活和心理给观众内心极大的震撼，引导观众思考"人性"，达到净化人心的效果。同时，高尔斯华绥的《愚人》《小个子》《一丝爱意》等剧作体现的"平凡人也是英雄"的思想，以及助人为乐的品质正是我们当今塑造和谐社会所亟需的。当代"社会问题剧"创作要想获得良性发展，既不能拘泥于某种流行的戏剧形式，也不能将对社会问题的关注流于表面，而是应该重视人物的内心世界和剧作的道德价值，提高剧作的审美价值。或许，高尔斯华绥的剧作和他的戏剧美学思想能成为"他山之石"，给我们以多方面的启发。

附录一　高尔斯华绥生平大事年表

年份/日期	主 要 事 件
1867 年 8 月 14 日	高尔斯华绥出生在位于英国萨里郡（Surrey）金斯敦山（Kingston Hill）帕克菲尔德（Parkfield）的家中，父亲 John Galsworthy，母亲 Blanche Bailey Galsworthy，姐姐 Blanche Lilian。
1869 年 2 月 18 日	弟弟 Hubert 出生。
1871 年 10 月	妹妹 Mabel Edith 出生。
1880 年	就读哈罗公学。
1880—1881 年	第一次布尔战争（Boer War）。
1886—1890 年	进入牛津大学 New College，学习法律专业。
1891 年 4 月	艾姐（Ada）与高尔斯华绥的堂兄阿瑟·高尔斯华绥（Arthur Galsworthy）结婚。
1892—1893 年	与 Joseph Conrad 结伴展开殖民地旅行，成为一生至交。
1894 年	被父亲派往俄罗斯巡视矿场。
1895 年	艾姐与高尔斯华绥相爱，高尔斯华绥开始以笔名 John Sinjohn 写作。
1897 年	出版短篇小说集 The Four Winds，完成小说 Jocelyn（《乔斯林》）。
1898 年	出版 Jocelyn（出版商为 Duckworth）。
1899 年 10 月 11 日	第二次布尔战争（Second Boer War）爆发。
1900 年	出版小说 Villa Rubin（《鲁宾别墅》）（笔名）。

续表

年份/日期	主　要　事　件
1901 年 1 月 22 日	维多利亚女王逝世；
1901 年 1 月 23 日	爱德华七世即位；
1901 年 8 月	完成 A Man of Devon(《一个德文人》)；
1901 年秋天	开始小说 The Pagan(《异教徒》)创作；
	A Man of Devon 出版(笔名)；
	参加布尔战争的堂兄阿瑟·高尔斯华绥回国；
	创作戏剧 The Civilized(《文明人》)(未完成)。
1902 年	小说 The Pagan 创作完成。
1902 年 5 月 31 日	第二次布尔战争(Second Boer War)结束。
1903 年	高尔斯华绥父母分居；
1903 年 6 月	开始小说 The Man of Property(《有产业的人》)的创作。
1904 年	出版 The Island Pharisees(《岛国的法利赛人》)；
1904 年	完成短篇小说 The Consummation(《完人》)；
1904 年 6 月	与 Edward Garnett 结伴旅行，成为一生至交；
1904 年 12 月	父亲去世，继承巨额遗产。
1905 年 9 月 23 日	与艾妲结婚。
1906 年 1—3 月	在伦敦创作完成 The Cigarette Box(《香烟盒》)，后更名为 The Silver Box(《银烟盒》)；
1906 年 3 月 23 日	The Man of Property 出版；
1906 年 9 月 25 日	The Silver Box 在伦敦的 Court Theatre 上演，高尔斯华绥成为年度最有争议的剧作家(该剧同年被译为德语、俄语)；
	开始创作 The Country House(《乡居》)、Joy(《欢愉》)。
1907 年 3 月	The Country House 出版，开始创作 Fraternity(《友爱》)(原名 Shadows)；
1907 年 9 月 24 日	剧作 Joy(《欢愉》)在伦敦 Savoy Theatre 上演。
1907 年 9 月	参观 Dartmoor 监狱。
1908 年 2—4 月	创作 The Strife：A Drama(《争斗》)。

续表

年份/日期	主 要 事 件
1909 年 3 月 9 日 1909 年 5 月 1909 年 6 月 1909 年 9 月	*The Strife* 在伦敦的 The Duke of York's Theatre 上演； 创作 *The Little Dream*(《浅梦》)； 完成 *The Eldest Son*(《长子》)； 完成 *Justice：A Tragedy*(《正义》)； 英国政府缩小单独关押人群范围限制； 创作 *The Mob*(《乌合之众》)(未完成)； 出版 *Plays*(First Series)，*The Silver Box/Joy/Strife*(London：Duckworth and Co.)(该书局同年出版三部剧作的单行本)； 发表 *A Justification of the Censorshio of Plays*《戏剧审查制度的辩护》(London：Heinemann)。
1910 年 2 月 21 日 1910 年春天 1910 年 5 月 6 日 1910 年 5 月 7 日	*Justice* 在伦敦的 The Duke of York's Theatre 上演； 创作 *The Patrician*(《贵族》)和 *The Freelands*(《弗利兰一家子》)； 爱德华七世去世； 乔治五十即位； 出版 *Justice*(London：Duckworth and Co.)； 创作 *The Fugitive*(《逃亡者》)。
1911 年 4 月 15 日 1911 年 6 月 30 日	*The Little Dream* 在曼彻斯特的 Gaiety Theatre 上演； 出版 *The Little Dream*(London：Duckworth and Co.)
1912 年 1 月 30 日 1912 年 11 月 23 日	*The Pigeon*(《愚人》)在伦敦的 Royalty Theatre 上演； *The Eldestson* 在伦敦 Kingsway Theatre 上演； 出版 *The Pigeon*(London：Duckworth and Co.)； 出版 *The Eldest Son*(London：Duckworth and Co.)； 出版 *Plays*(Second Series)，*The Eldest Son/ The Little Dream/ Justice*(London：Duckworth and Co.)。
1913 年 1 月 1913 年春天	创作 *The Little Man：A Farcical Morality*(《小个子》)； 继续创作 *The Freelands*； 出版 *The Little Man*(London：Duckworth and Co.)； 创作 *Hall-Marked：A Satiric Trifle*(《烙印》)；

续表

年份/日期	主　要　事　件
1913 年 9 月 16 日	*The Fugitive* 在伦敦的 Court Theatre 上演； 出版 *The Fugitive*(London：Duckworth and Co.)； 在意大利西西里完成 *A Bit O'Love*(《一丝爱意》)(原定剧名 为 *The Full Moon*)
1914 年 3 月 30 日 1914 年 6 月 1914 年 7 月 28 日	*The Mob* 在曼彻斯特的 Gaiety Theatre 上演； 出版 *The Mob*(London：Duckworth and Co.)； 出版 *Plays*(Third Series)，*The Fugitive/The Pigeon/The Mob* (London：Duckworth and Co.)； 第一次世界大战爆发。
1915 年 3 月 15 日 1915 年 5 月 1915 年 5 月 25 日 1915 年 5 月 26 日	*The Little Man* 在伯明翰的 Repertory Theatre 上演； 母亲去世； *A Bit O'Love* 在伦敦 Kingsway Theatre 上演； 出版 *A Bit O'Love*(London：Duckworth and Co.)。
1916 年 1 月	创作戏剧 *Defeat：A Tiny Drama*(《败北》)； 完成小说 *The Beyond*(《在外》)。
1917 年 6 月 26 日 1917 年 6 月 1917 年年底	*The Foundations*(《根基》)在伦敦的 Royalty Theatre 上演； 创作戏剧 *The First and the Last：A Drama*(《最前的与最后 的》)； 被授予骑士爵位(婉拒不受)。
1918 年 1918 年 7 月 1918 年 11 月 11 日	完成小说 *A Saint's Progress*(《圣徒的历程》)； 出版小说集 *Five Tales*(《五个故事》)； 第一次世界大战结束。
1919 年 2 月 1919 年 5 月 1919 年 6 月 1919 年 7 月	启程美国，在美国大学发表系列演讲；创作 *In Chancery* (《骑虎》)； 出版 *Addresses in America*(《美国演讲录》)(London： Heinemann)； 返回英国，*In Chancery* 完成初稿； 完成 *The Skin Game*(《相鼠有皮》)；

续表

编号	原作名称	曾 用 译 名	本 书 译 名
17	*The Skin Game*	《相鼠有皮》《鬼把戏》《翻戏党》《风月世家》《皮的竞赛》《骗局》	《欺诈游戏》
18	*A Family Man*	《有家庭的人》《有家室的人》《家长》《住家人》《养家糊口的人》	《有家室的人》
19	*Punch and Go*	《一击而去》《按时下班》	《一炮而红》
20	*Loyalties*	《忠友》《忠义》《忠实》《忠心》	《忠诚》
21	*Windows*	《窗》《窗户》	《玻璃窗》
22	*The Forest*	《林》	《森林》
23	*Old English*	/	《老式英国人》
24	*Theshow*	《表演》《一场热闹》《满城风雨》《柳暗花明》《情海疑云》	《一场闹剧》
25	*Escape*	《逃亡》	《逃脱》
26	*Exiled*	《被流放》《流放》	《放逐》
27	*The Roof*	《屋顶》	《天台》

附录四　高尔斯华绥剧作剧情简介

1.《银烟盒》

第 一 幕

深夜，议员白士维之子杰克拿着一个女式提包醉醺醺地回家。帮佣蒋婶的丈夫蒋四帮他开门，趁他醉晕拿走了女包中的钱包和客厅里的银烟盒。第二天清早，男仆马洛发现银烟盒不翼而飞，怀疑蒋婶偷窃。此时，一名妓女上门找杰克索要提包，杰克归还提包后妓女却发现里面的钱包消失，要求杰克赔偿。白士维得知后痛骂儿子，替他还钱，并决定追查银烟盒的下落。

第 二 幕

蒋婶回到家中，发现是蒋四从白家拿走钱包和银烟盒，要求他归还。蒋四不肯归还银烟盒，打算去外国谋生，争执中推倒蒋婶。侦探前来逮捕蒋婶，蒋四坦白实情，一同被逮捕。侦探要求杰克上庭作证，为免杰克出庭，白士维表示不再追究银烟盒被窃一事。白夫人不肯放过蒋四，白士维只得告诉妻子杰克偷窃妓女提包之事，可杰克认为他不过开了个无伤大雅的玩笑。白夫人同意了不再追究，但法庭仍要求杰克出庭。律师建议杰克上庭作证时只推说自己睡着了，不知事情原委。

第 三 幕

法官审理案件，杰克按照律师所言当庭撒谎。蒋四几次提到杰克偷窃女包之事，都被律师打断；他质问杰克，可法官勒令他闭嘴。最后，蒋婶无罪释放，蒋四被判劳役，他心中气愤，大喊不公。

2.《欢愉》

第 一 幕

寄住在舅爷汤姆家的少女卓怡十分思念母亲茉莉。一天母亲来信说要来探望舅爷一家，卓怡非常兴奋，可精于算计的舅婆妮珥不愿雇车去接茉莉，更不愿接待茉莉的朋友莫里斯。妮珥看不惯茉莉与丈夫长期分居，也不照顾女儿；茉莉也厌恶舅母妮珥。卓怡讨厌莫里斯，觉得母亲被他抢走了。年轻人狄克爱慕卓怡，认为莫里斯人品尚佳。汤姆让茉莉多为丈夫和孩子考虑，可茉莉认为这样对自己很残忍。妮珥得知莫里斯拥有金矿，竭力鼓动汤姆投资。

第 二 幕

妮珥声称自己家中不允许有爱情。莫里斯婉拒汤姆投资，也明白卓怡讨厌他，但是仍坚持要和茉莉在一起，爱护她。汤姆与莫里斯一番交谈之后，对他印象甚好，于是决定投资，却遭到妮珥反对。妮珥要求莫里斯同意随时允许自己撤资，她的言行引起其他人的愤怒。家庭教师毕琪劝茉莉别忽视卓怡，茉莉表示自己只在乎卓怡。卓怡偷听母亲和莫里斯谈话，得知金矿风险极大，以向汤姆告发莫里斯金矿濒临破产为要挟，让母亲带她回家，并和莫里斯分手。茉莉气愤不已，卓怡也十分伤心。莫里斯让卓怡打他出气，卓怡举起拳头却又放下。狄克安慰痛苦的卓怡，表示愿意为她做任何事。

第　三　幕

晚上，卓怡称病缺席舞会，狄克十分担心，毕琪被他感动，答应替他传话。汤姆和毕琪劝说茉莉多为卓怡着想，引起茉莉强烈不满。卓怡猜到父母关系破裂，对母亲爱上莫里斯的行为感到羞愧。母女之间发生激烈争执，茉莉毅然离开，卓怡痛哭。狄克安慰卓怡，承诺永远爱护她，卓怡接受狄克的爱情。

3.《争斗》

第　一　幕

罢工持续数月，工人们度日如年。工会负责人哈里斯愿意调停罢工，被董事长安东尼讥讽。安东尼和工人领袖罗伯特各不妥协，双方僵持不下，但其他工人和董事都想讲和。安东尼的儿子爱德华同情工人们的糟糕处境，女儿尹妮德也劝他见好就收，秘书滕齐提醒他注意其他董事的态度。

第　二　幕

工人家属们聚在罗伯特家中，向罗伯特的妻子恩妮抱怨罗伯特过于逞强，导致大家饥寒交迫。尹妮德来看望昔日好友恩妮，恩妮病重，尹妮德赠送食物被恩妮拒绝。罗伯特回家后拒绝跟尹妮德交谈，他也觉察到工人们的妥协倾向。在泥泞的空场地上，工人们开会讨论罢工一事，哈里斯鼓动工人们复工，罗伯特坚决不肯，受到孤立，工人们之间相互争吵。罗伯特捐出800英镑的全部积蓄，号召大家团结起来共渡难关。邻居美纪带来恩妮死讯，罗伯特离开会场回家，绝大部分工人放弃罢工。

第 三 幕

尹妮德得知恩妮去世，十分悲伤，其他董事也决定尽快解决罢工问题。安东尼虽因罢工身心疲惫，仍坚持对工人采取强硬态度，然而其他董事们还是通过了谈和协议，罢工结束。安东尼愤而辞职，罗伯特也拒绝和解，但复工已成必然。罗伯特和安东尼感慨两人的失败，哈里斯也嘲讽他们。秘书滕齐疑惑罢工的意义，因为最终达成的协议就是罢工前董事们和哈里斯商量的那份，哈里斯认为这就是乐趣的来源。

4.《浅梦：六场寓言剧》

第 一 场

八月的一个晚上，登山者拉蒙来到山民家中借宿，与山村姑娘希尔辰交谈后爱上她。拉蒙要登最高的大角山，希尔辰向他介绍向导费尔斯曼，后者也深爱希尔辰。

第 二 场

三座大山在晨光中显出脸庞。酒角山是一个无髭的年轻人，牛角山是一个严肃的牧羊人，中间的大角山雪白头发，酷似斯芬克斯。牛角和酒角述说各自生活的优点，希望得到希尔辰的爱情，希尔辰摇摆不定，难以抉择。大角认为人生就是各种流转，希尔辰终将投入他的怀抱。

第 三 场

酒角在酒馆中为希尔辰歌唱，拉蒙也向她展示大千世界，倾诉衷肠，希尔辰接受了拉蒙的爱情。随后牛角呼唤希尔辰，希尔辰又走向牛角。

第　四　场

希尔辰回到山中，她拒绝了费尔斯曼的求爱，认为自己迷失多年，灵魂空虚，决定离开大山，去周游世界。牛角和酒角都抓住她不松手。

第　五　场

希尔辰拥抱大角，牛角和酒角以衣遮面。大角歌唱命运和神秘的主宰，希尔辰听后，以头触地，跪倒在地。

第　六　场

清晨，拉蒙和费尔斯曼出发登山，希尔辰在睡梦中呓语连连。不久，希尔辰醒来，发觉这不过一场浅梦。

5.《长子》

第　一　幕

富家女玛蓓到威廉·池沙威勋爵家做客，和勋爵家的女儿们排演剧本《阶级》。离家多日的长子培尔回来，勋爵夫人和女孩子们讨论爱情与婚姻。副管家邓宁和村姑萝丝发生误会，萝丝名誉受损，脾气暴躁的勋爵要求邓宁迎娶萝丝平息非议，否则就解雇邓宁。他还要求培尔迎娶玛蓓，等待财产分割，否则就不替培尔偿还债务。勋爵夫人责备丈夫太重名誉，认为人们做事应出自本意。培尔已和大管家司大涵之女、女仆符丽德私订终身。符丽德得知勋爵反对二人婚事，将订婚戒指还给培尔，并请他对二人的关系保密。

第　二　幕

萝丝求夫人劝邓宁同意结婚，夫人向她解释婚姻的本质，劝说萝丝冷静考虑婚姻。她也劝符丽德放弃培尔，被符丽德拒绝。培尔向大家公布他与符丽德订婚，除玛蓓外其他人都惊愕不已。

第　三　幕

玛蓓独自离开，培尔的弟弟哈利劝他想法补救，培尔不愿抛弃符丽德。威廉要妻子出面解决此事，可勋爵夫人表示已经尽力劝说过，不想再找符丽德。邓宁同意与萝丝结婚。司大涵对女儿与培尔订婚一事既生气又痛苦，他劝女儿无论如何也要保持自己的尊严，因为婚姻不能建立在慈善和施舍基础之上。最后符丽德答应不嫁给培尔，司大涵带她离开勋爵家。

6.《正义》

第　一　幕

七月的清晨，长期被丈夫虐待的项娜薇带着孩子来到霍吉姆律师事务所找她的情人、书记员菲尔德，两人商量一起离开此地，开始新生活。菲尔德收入微薄，于是伪造事务所支票，盗走公款，并试图栽赃同事柯克生。同事柯克生理解菲尔德的困境，极力替菲尔德开脱，霍吉姆之子霍华德也希望能给他改过自新的机会。可霍吉姆认为菲尔德用心险恶，必须接受惩罚，菲尔德被警察带走。

第　二　幕

菲尔德的辩护律师付勒枚在法庭上帮菲尔德求情；柯克生也证明菲尔德品行尚可；项娜薇向法官陈情菲尔德是为了救她才犯错。控方律师康利文指出项娜薇是有夫之妇，与人私奔属违法行为；法官认定菲尔德与项娜薇犯有通奸罪。菲尔德后悔盗用公款，请律师和法官不公布项娜薇的名字，以维护她的名誉。法官建议项娜薇控告丈夫虐待，与他离婚，而菲尔德虽情有可原，但仍被判 3 年监禁。

第 三 幕

圣诞前夜，柯克生来监狱看望菲尔德，狱中生活苦闷，菲尔德向他哭诉内心的痛苦。柯克生请求监狱长汤森解除对菲尔德的单独禁闭，可汤森、狱医和牧师坚持单独关押菲尔德。菲尔德精神状况渐渐恶化，不分白天黑夜地用头撞墙，影响到其他犯人。汤森和菲尔德谈话，认为他患有精神疾病，可狱医诊断菲尔德只是常见的神经质。

菲尔德在牢房中做工，似乎听到了什么声音，开始在牢房中摇着脑袋，疯狂地来回盘旋。他用手抓着蓬松的乱发，疯子似的敲击自己的头部，不安地喘气，痛苦地呻吟，乱打门。

第 四 幕

两年后菲尔德被保释出狱，重返律师事务所，请求霍吉姆收留他。菲尔德陈述自己身陷囹圄的痛楚，柯克生也替他求情。霍吉姆要求菲尔德断绝与项娜薇的往来，否则不予接纳。项娜薇答应与菲尔德分手，但菲尔德不愿抛弃项娜薇。菲尔德捏造保释担保人之事被揭发，犯下欺诈罪，要再次被关入监狱，项娜薇闻讯昏厥。菲尔德拒捕，摔下楼梯死亡。项娜薇醒来得知菲尔德死讯，大笑不已；柯克生等人感叹菲尔德回归上帝怀抱。

7.《愚人》

第 一 幕

平安夜晚上，画家威尔文回到家里，女儿安告诉他家里已经无力接济穷人，但威尔文认为应该与人为善，尽自己所能帮助他人。卖花女吉奈莫、流浪汉弗兰和老马夫提姆森接连到来，请求接济。威尔文不顾女儿反对，收留了他们。老马夫喝光威尔文家中的酒，醉晕过去；弗兰和吉奈莫勾搭在一起。

第 二 幕

新年第一天，威尔文给吉奈莫和老马夫安排轻松的工作，付给他们报酬。在安的安排下，威尔文虽然看清三个人的真面目，但依旧原谅了他们。教区牧师、教授和治安官被请来商量如何应对此事，却相互讥讽。吉奈莫的丈夫拒绝接吉奈莫回家；老马夫不慎将治安官绊倒，被警察带走；弗兰也告辞离开。牧师、教授和治安官对这一切视若无睹。

第 三 幕

愚人节当天，威尔文手头拮据，无力支付房租，不得不搬家至一处阁楼。吉奈莫投水自尽，被警察救起，安将自己的衣服送给吉奈莫。警察要履行职责，将吉奈莫带去收容所，威尔文也无计可施，给警察钱请他租车带吉奈莫走。威尔文将新家地址交给弗兰，表示随时欢迎他到访，老马夫也得到地址。安不满父亲的做法，生气地离开。威尔文跟搬运工结清费用，搬运工头拿着钱说威尔文是个傻瓜。

8.《逃亡者》

第 一 幕

克莱尔和丈夫乔治之间存在隔阂，作家马里斯建议她离开枯燥的牢狱般的生活，去寻找广阔天地。克莱尔的好友多萝茜建议她与丈夫订立婚姻协议以确保自己的生活，但克莱尔却无法忍受与乔治枯燥无味的婚姻生活。克莱尔的哥哥警告她不要和马里斯来往过密，以免招来非议。乔治怀疑她受马里斯教唆，非常气愤，他希望维持婚姻与克莱尔商谈，克莱尔不愿答应。

第 二 幕

三天后，克莱尔找到马里斯，她离家后身无分文，哥哥也无力帮她。马里斯鼓励她不惜一切代价保持自己的灵魂。乔治的律师向克莱尔说明独自谋生的艰难，建议她回家。克莱尔不愿过身心被禁锢的生活，也不愿与乔治面谈。乔治怒火中烧，冲进马里斯家，两人差点打起来。乔治要求克莱尔迅速回家，否则就诉讼离婚，且绝不轻饶马里斯。克莱尔无奈离开马里斯家，却坚持追求自己的自由生活。

第 三 幕

三个月后，克莱尔依然独自在外谋生，生活艰难。马里斯称赞她是个勇敢的逃亡者。她表达了对马里斯的爱意，被马里斯收留。又过了三个月，马里斯和克莱尔生计日渐艰难。女仆米勒认为克莱尔带来厄运，克莱尔变卖母亲留下的翡翠项链替马里斯付清账单。多萝茜和律师到来，提出只要克莱尔离开马里斯，即便是不回家，乔治也会撤诉并向她提供 300 英镑年金，否则，马里斯将会面临索赔并破产。克莱尔不愿连累马里斯，将所有的钱留给马里斯后离开。

第 四 幕

德比赛马日的晚餐时间，憔悴不堪的克莱尔来到餐厅，一位年轻男子与她搭讪同桌用餐。男子钦佩克莱尔的勇气，愿意借钱给她，被克莱尔拒绝。餐厅里另外两个男人将克莱尔当成妓女，过来侮辱她。克莱尔掏出安眠药兑入酒中，微笑地喝下，死去。

9.《乌合之众》

第 一 幕

七月的一个晚上，议员莫尔在家中与岳父朱利安将军、妻子凯瑟琳、牧师、编辑门蒂普等人谈论即将爆发的战争和民众高昂的战斗热情。莫尔反对战争，遭到大家指责。新婚不久的妻弟哈伯特上校接到军令即刻出发，他劝莫尔为了家人和仕途注意言辞。凯瑟琳乞求莫尔不要在议会上宣讲自己的反战思想，莫尔考虑再三，开始练习演讲。秘书斯蒂尔带来开战的消息，庆幸莫尔还没有发表演讲，可莫尔还是拿起讲稿出门。朱利安将军嘱托儿子以国家为重。莫尔在国会发表反战演说引起骚乱，妻子凯瑟琳很生气，三个好友也写信与他断交，莫尔向议长辞职。

第　二　幕

几天后奶妈的儿子到来，他即将奔赴战场，将女友南希带到莫尔家中，请凯瑟琳代为照料。家里的女人们都很伤心，女儿奥莉却很高兴他们有机会赢得国家荣誉勋章，因而被凯瑟琳严厉斥责。凯瑟琳不愿做一个反战者；奥莉认为战争就是打败不听话的人，夺走他们的国家。奥莉决定支持母亲和祖国，但也决定对受到伤害的父亲好一点。报纸禁止莫尔发表不爱国的言论。斯蒂尔、凯瑟琳和地方议会的四位绅士都竭力劝阻莫尔四处发表反战演讲，遭到莫尔拒绝。莫尔认为自己不能背叛公众人物的尊严和勇气。

第　三　幕

三个月一个夜晚，莫尔进行反战演被听众袭击受伤。莫尔回到家中，凯瑟琳发现莫尔受伤，哭泣着请求莫尔放弃自己的想法，莫尔表示他不能背叛自己的灵魂，愤然离开。

第　四　幕

莫尔家的仆人们几乎全都辞职了，只有斯蒂尔不愿离开，要和莫尔共同进退。英国战胜，哈伯特战死，门蒂普和将军指责莫尔，让他赶紧带家人远走他乡。莫尔坚信他的信仰要比亡者更高贵，更有利于人类。凯瑟琳不愿继续和莫尔生活，带着女儿和海伦离开。暴民们袭击莫尔家，冲进房子，把莫尔围在桌子上，让莫尔再次演讲。莫尔指责暴民们的行为，一个女孩愤怒地拔下童子军的军刀对准莫尔，推搡之中，莫尔被刀刺死。暴民散去。

尾　声

暮春清晨，伦敦广场一角的花岗岩底座上立着一座真人大小的雕像，雕像前写着："纪念忠于自己信仰的斯蒂芬·莫尔。"

10.《小个子：三场道德闹剧》

第　一　场

奥地利的一个火车站站台的就餐区，一群人在等火车。一对英国夫妻、一个美国人和一个德国人不停催促侍应生，侍应生忙得不可开交。一个小个子默默地站在边上，直到侍应生稍微空闲时，才客客气气地请侍应生给他杯啤酒。候车的人们讨论"人的责任""人的本性"和"英雄"等话题。突然站长出现对大家喊话，德国人听懂后告诉大家得立刻上车，大家迅速拿起行李奔向火车。一个穷女人抱着孩子和两个大包跑不快，大声请求帮忙，小个子返回，抱起她的孩子并挎上一个大包跑向火车。

第　二　场

穷女人没赶上火车，美国人建议小个子马上下车归还孩子。婴儿啼哭，脸色发红，大家推测婴儿患有斑疹伤寒，吓得逃出包厢，只留小个子在包厢中，他温柔地抱着孩子轻轻摇晃，低声轻唱儿歌，细心照顾孩子。

第　三　场

火车到站后，小个子带着孩子和大包发愁地站在火车站台上。由于语言不通，警察和车站官员误会小个子抢劫婴儿和行李。美国人告诉他们婴儿得了伤寒，官员和警察吓得退开老远。穷女人赶来后大家发现"斑疹伤寒"只是虚惊一场。孩子母亲跪下亲吻小个子的脚面；美国人大声称赞他；人们向他鞠躬、敬礼。阳光将粉色雾气镀上一层金光，笼罩在小个子头上，他看上去像圣灵一般。

11.《烙印：讽刺生活闹剧》

一名女子奋不顾身地跳进泥潭，救起被斗牛犬撕咬的苏格兰小狗，将小狗带回家，并找来兽医给小狗缝伤口。小狗的主人埃拉和斗牛犬的主人茉德非常感激她。埃拉的丈夫、地方法官托密和茉德的丈夫、教区牧师伯迪对她大加赞美。医生说她是个很好的女人；车夫说切林吉尔夫妇很善良，像天使一样帮助人，所以他不在乎关于这对夫妻的流言闲语，只相信自己的眼睛。得知这对夫妻刚搬到此地不久，托密和伯迪犹豫起来，埃拉却坚信她是个好人。大家仔细回想她是否佩戴结婚戒指，伯迪和托密怀疑她与人未婚同居，可埃拉认为人品与结婚无关。女子洗浴完毕出来款待这两对夫妻，茉德注意到女子没有佩戴婚戒。于是，茉德和伯迪没有道别就迅速离开，托密和埃拉也结结巴巴地找借口跑开。女子对这一变故非常吃惊，女仆进来，将她刚才忘在浴室的婚戒递给她。

12.《一丝爱意》

第　一　幕

乡村牧师斯特兰威以亚西西的圣方济各为例，向几个乡村女孩讲解爱的真意和基督徒应有的品行。斯特兰威放走村民捕获的猎物，引起大部分女孩的不满。斯特兰威的妻子毕翠斯背叛婚姻，还要求斯特兰威不要离婚，这样她和恋人就能秘密地一起生活。斯特兰威答应了她的请求，放她自由离去，这一切被村民梅西听见。

第 二 幕

斯特兰威妻子与人私奔的消息在山村里散布开来，大部分村民嘲笑他懦弱无能，也不认同他对动物的关爱。村民加兰德对斯特兰威大放厥词，后者忍无可忍，将加兰德推倒。

村民们聚在酒馆，商量召开村民大会，选出村议会主席责问斯特兰威，可又纷纷推诿主席一职。夜晚，在教堂外，斯特兰威向加兰德道歉，一部分人谅解了他，但仍有人鄙视他。斯特兰威打算离开此处，部分农夫拍手称赞。

第 三 幕

斯特兰威向房东布莱德米尔夫人辞行。她要求村民停止议论斯特兰威，还安慰、开导他。斯特兰威数月来身处地狱般的痛苦煎熬之中，恨不得杀掉医生；他内心一刻不得安宁，开始怀疑上帝，认为信仰、希望和生命都被夺走了。村民吉姆建议斯特兰威杀死情敌以证明勇气，平息侮辱。斯特兰威来到谷仓准备自杀，躲在谷仓内的女孩缇碧见此情形，害怕得大叫，斯特兰威立刻停下，安慰她。这时一支羽毛从房顶上落下，缇碧认为这是满月女神赐予的"一丝爱意"，将他送给斯特兰威。斯特兰威坦言很需要这一丝爱意。他对着月光祈祷，请求上帝给他继续前行的勇气。

13.《败北：微型剧》(六短剧之三)

第一次世界大战期间的一个晚上，女子将一名年轻的英国军官带回自己的住所。他们聊起战争和人性。女子认为无论是否善良，只要是德国人都不会被人们接受，人类不过是牲畜而已。女子鄙视所有的民族，质疑一切，但仍然思念家乡。军官和女子看法不同，他认为女子并没有失去信仰，伟大和善良依然存在于战争中。

房外传来报童们"德国战败，英国战胜"的叫卖声。军官高兴地尖叫，女子脸色苍白，要退还军官给她的钱，可随即把钞票撕碎，垂头站着，军官迅速离开。女子对着一地碎片哭泣，随后竭力高唱"是谁守卫在莱茵河上"，街上的男人们唱着"统治，不列颠！"

14.《根基》

第　一　幕

勋爵威廉·德罗蒙蒂家的小姐安妮和男仆詹姆士在酒窖里发现一个类似炸弹的物品。记者尾随管家鲍尔德来到地下室，认为炸弹是阶级反抗的象征，是社会根基动摇的表现。记者的言论受到管家和男仆的鄙视。威廉对社会动乱表示震惊，也对工人们深表同情，可记者歪曲他的话意。记者坦言他必须黑白颠倒，否则，报纸无法吸引读者，他就会失业。记者决定去采访放炸弹的人。威廉认为自己的过错是生为富人；他提醒妻子要当心被"被压榨者""改善"生活，妻子决心与他共渡难关。

第　二　幕

天色昏暗，莱米的母亲在破败不堪的家中赶制裤子挣钱，女孩阿依达前来收货。儿子莱米带回一瓶好酒，告诉母亲他在德罗蒙蒂家的地下室里留下了些东西，革命也即将成功。他建议阿依达攒钱作为日后发展的根基。莱米认为记者们谎话连篇，他告诉记者，社会的根基已经腐朽，大人物会被革命推翻，人们需要一个新的"与人为善"的信仰。莱米的母亲怀念乡村美好的生活。游行队伍抬着一口棺材朝着海德公园行进，棺材里收殓着一个饿死的母亲。记者说服莱米和他的母亲去参加威廉勋爵家举行的反劳工压榨会议。

第　三　幕

安妮请阿依达参观自己的卧室，但被男仆阻止。见到勋爵府的富丽堂皇之后，阿依达表示她不恨富人，而是恨穷人；安妮则喜欢穷人，因为穷人可亲。威廉不追究莱米从酒窖拿走珍贵的波尔多酒，提出匿名发给莱米的母亲津贴。莱米感谢威廉好意，但认为富人不可纵容穷人通过罢工和游行达到目的，劳资双方都有过错。他建议用强硬的手段建立新的国家精神，可记者刻意歪曲他们的谈话，使勋爵与游行人群矛盾激化，无法协商。莱米站出来与人群沟通，一番劝说之下，游行队伍离去。他告诉大家地下室里的物品不是炸弹，只是铅焊料。莱米带着母亲和阿依达离开，临走之前他提醒威廉建造房屋时不要忽视承重的根基。

15.《最前的与最后的》

第　一　场

一天傍晚，即将升任大法官的皇家法院律师基思得知弟弟拉里杀了人。拉里爱上受丈夫虐待的汪姐，此事被汪姐丈夫发现，打斗中拉里失手掐死了汪姐丈夫，抛尸于一户人家门口。拉里请求基思帮助，基思烧掉死者的信件，让拉里离开汪姐。拉里不肯，也不愿意把罪过推给汪姐，拿出毒药想要一死了之。基思妥协，答应帮助拉里，他让拉里在家闭门不出。

第　二　场

第二天，基思找到汪姐，要求她和拉里分手，并隐瞒拉里杀人之事。汪姐承诺帮拉里隐瞒，但不愿与其分手。拉里来找汪姐，基思生气拉里不听话，打算安排他离开英国。警察认定一名流浪汉为杀人犯，拉里内心愧疚，不愿让他人顶罪，坚持要等判决。基思让他顾忌家庭荣誉，不要贸然行动。

第　三　场

法庭判决流浪汉死刑，基思让汪姐阻止拉里自首，向拉里承诺安排流浪汉逃避死刑。拉里讽刺哥哥只关心自己的声誉，和汪姐服毒自杀以求解脱。基思发现拉里和汪妲死去，惊恐不已。他读完拉里认罪的遗书，流下眼泪，将遗书扔到壁炉中烧为灰烬，断然离去。

16.《欺诈游戏》(悲喜剧)

("近墨者黑")

第　一　幕

乡绅希尔的女儿吉儿对邻居霍恩家的次子罗尔夫很有好感。希尔与霍恩两家关系不好，吉儿的母亲艾米三年来从未与霍恩家的儿媳克洛伊打过招呼。自从希尔把自家的"长牧"庄园卖给霍恩之后，霍恩的陶瓷厂将深水镇变得脏乱不堪。吉儿说父亲和霍恩在进行"欺诈游戏"，同情霍恩。霍恩要求希尔家的佃农们在一周内搬离居住的农舍，以扩建工厂。佃农们寻求希尔的帮助。希尔恼怒霍恩违背购买庄园时的承诺，答应帮助佃农解决问题。

霍恩准备买下镇上的"世纪"庄园用来扩建陶瓷厂。如果此举成功，希尔家周围的环境将被破坏殆尽。霍恩要求希尔改变不友善的态度，否则不会放弃建厂计划。希尔认为霍恩言而无信，不肯答应；霍恩长子查利劝父亲给希尔以颜色。艾米对克洛伊视若无物，查理气愤不已，霍恩更加坚定地要得到"世纪"庄园。吉儿好奇母亲对克洛伊不友善的原因，认为不能近墨者黑，她和罗尔夫的关系也变得紧张。

第　二　幕

拍卖会上，一位陌生人的到来令克洛伊分外紧张。希尔和霍恩进行了激烈竞价，霍恩运用诡计拍得到庄园。克洛伊希望两家和解；霍恩禁止罗尔夫和吉儿交往，他否认欺诈，发誓要把希尔一家赶出深水镇。艾米决定以其人之道还治其人之身，打算公开克洛伊的秘密，遭到希尔反对，并责备艾米近墨者黑；艾米决意以此保护家园。克洛伊对霍恩一家隐瞒了自己的过去，她告诉查理自己怀孕，查理高兴不已，但仍不肯放弃报复希尔一家。

第 三 幕

罗尔夫向吉儿提议，两人一起努力阻止事态恶化，吉儿拒绝罗尔夫的提议。希尔的管家多科尔带来两个陌生人，他们揭发了克洛伊以诈骗为生的经历。霍恩恨透希尔一家，不得不以保守克洛伊的秘密为条件，将两个庄园退还希尔。吉儿很为克洛伊难过，既开心家园得以保全，又觉得母亲让人害怕，希尔也为自家揭露克洛伊的行为抱歉，艾米生气自己挽救了家庭却不被理解。查利知道了真相，责怪希尔家毁了他的生活，要和克洛伊断绝关系。克洛伊伤心之下投水自尽。霍恩气愤儿子的幸福生活被毁，发誓以后一定会报仇。艾米让管家通知医生立刻去霍恩家救治克洛伊。佃农们不用搬家，前来道谢，希尔感慨不已。

17.《太阳》

五月的下午阳光明媚，吉姆和黛茜在等待黛茜未婚夫杰克的到来。黛茜要吉姆保证不伤害未婚夫，吉姆认为要视情况而定，黛茜担心不已。杰克见到黛茜很高兴，得知黛茜爱上吉姆后，杰克自嘲一番，愿意退出，向他们道别，黛茜大哭。吉姆怀疑杰克不爱黛茜，坚持只要自己夺来的东西，要和杰克决斗，遭到杰克拒绝。杰克认为没有决斗的必要，因为黛茜明确地选择和吉姆生活，吉姆却十分气愤。杰克建议大家打起精神，享受明媚的阳光，并愿上帝保佑黛茜和吉姆，唱着歌离开。

18.《有家室的人》

第 一 幕

毕皕公司老板约翰·毕尔德有望被提名为下一届镇长候选人，他准备接回离家六个月的大女儿阿茜妮。小女儿莫妲让管家托平去通知姐姐这一消息。毕尔德让妻子茱莉娅约束女仆卡米拉，他觉得卡米拉勾引他。毕尔德和妻子来到阿茜妮的住所，发现一些男士用品，大发雷霆。阿茜妮和男友盖伊同居但没有注册结婚，她害怕自己步父母婚姻的后尘。阿茜妮认为父亲叫她回家另有目的，因此不愿回家，毕尔德气愤地要和女儿一刀两断。茱莉娅则劝女儿积极面对婚姻。盖伊向阿茜妮求婚，发誓以后永远不干涉阿茜妮的自由，阿茜妮答应求婚。

第 二 幕

毕尔德回到书房，卡米拉大献殷勤。毕尔德和茱莉娅为女儿婚事和镇长提名的事情发生争执。毕尔德向哥哥拉尔夫寻求帮助，后者建议他给女儿自由。莫妲喜爱表演，准备离家追寻自己的未来，她告诉父亲要离家工作，毕尔德气愤万分，莫妲也责备父亲自私自利。卡米拉安慰毕尔德，茱莉娅看到他们拥抱亲吻。毕尔德将过错推给卡米拉，茱莉娅也决定离开。毕尔德闻讯又惊又怒，威胁茱莉娅留下，茱莉娅毅然离开。

第 三 幕

毕尔德被指控非法入侵、打人和袭警，接受法庭审讯。阿茜妮和莫妲撤销对父亲打人的指控，为父亲百般辩护，毕尔德则情绪激动，大闹法庭。一位记者旁听审讯，镇长裁定口头警告毕尔德。毕尔德打人事件成为报纸头条。卡米拉主动打包好茱莉娅的东西，被莫妲讽刺，卡米拉表示不会留下。拉尔夫希望姐妹俩与父亲好好相处。莫妲向拉尔夫讲述事情的真实经过。毕尔德回家后决定取消姐妹俩的继承权，坚持要让妻子和女儿付出代价，并给镇长写信表达对判决的不满。在记者的诱导下，毕尔德为自己进行了辩解，记者承诺还毕尔德公道后离开。毕尔德要卡米拉当他的情妇，卡米拉被吓跑。看到记者发来的报纸校样后，毕尔德大发雷霆，认为记者刻意诽谤和侮辱他，要求报社取消报道；他也辞去司法官职务。窗外调皮的孩子大喊"毕尔德是个打人佬"，茱莉娅悄悄地走进房间，坐在壁炉边编织毛线，毕尔德一动不动，抽着烟斗，欲言又止。

19.《玻璃窗》

第 一 幕

周四上午，自由作家杰弗里·马彻一家人在餐室里闲聊。杰弗里低头看报纸，妻子琼盘算家里需要购买的食材和物品，女儿玛莉和儿子约尼争论骑士精神是否存在。玛莉认为骑士精神已经土得掉渣了，约尼认为骑士精神是文明建立的基础，而母亲则没有理想。杰弗里认为政府很糟糕，他和擦窗工卜莱讨论人性。卜莱的女儿斐丝十八岁时因为捂死自己 2 天大的孩子被判入狱。卜莱恳请杰弗里雇用没有女佣经验的斐丝，琼不愿意雇用一个亲手杀死自己孩子的女性，可家中其他成员都赞同给斐丝改过的机会，琼不得不接受斐丝帮佣。斐丝并不想做女仆，卜莱劝她好好工作。

第 二 幕

两周后，约尼和斐丝的亲密关系引起大家不满，约尼想要用婚姻来拯救弱小的斐丝。杰弗里委婉地同斐丝谈话，反被斐丝戏弄。琼开出支票给斐丝，要她立刻走人。卜莱认为女儿天生不凡，嘲讽琼故意忽视女儿的优点。约尼和母亲发生争执，决定带着斐丝离家出走。琼和杰弗里互生不满。

第 三 幕

约尼要父母同意斐丝留下，也要求斐丝保证在家里待满两年，遭到斐丝拒绝。卜莱放弃女儿，斐丝要和另一个年轻男子离开，警察到来揭穿该男子是个诈骗犯。斐丝既震惊又难过，仍拒绝约尼的求婚，向杰弗里道歉后离开。约尼担心斐丝会堕落，琼却说斐丝需要的不是拯救，而是爱。厨娘认为人性太复杂，必须直接看待事物本身，这一想法得到杰弗里的赞同。

20.《一炮而红》(小型喜剧)

剧院彩排短剧《俄耳浦斯和他的竖琴》，制作人维恩请来剧院老板弗拉斯特观看彩排，弗拉斯特提出要在剧中加入一种流行的农村舞蹈，维恩婉言拒绝。

剧中教授写作的灵感来自妻子的歌声，他们就作品的来源产生分歧，教授把妻子的话写入自己的文稿。教授梦见妻子与牧神潘亲吻，醒来后跟妻子讲述梦境。妻子头发松散似刚睡醒，告诉他这并不是梦。教授让妻子好好休息，继续写作，妻子非常失望。牧神再次出现，妻子泣不成声，教授震惊，幕落。

弗拉斯特高度赞扬了妻子的扮演者海尔戈罗夫小姐；但要维恩立刻在剧中加入"鼬鼠舞"。维恩解释此剧可让演员一炮而红，也不可低估观众品味。弗拉斯特却认为只有迎合观众口味才能一炮而红，其他的元素尤其是华而不实的元素则无需考虑。海尔戈罗夫伤心不已，维恩气愤地说一炮而红简直是一派胡言。

21.《忠诚》

第　一　幕

犹太青年李维斯、退役上尉军官但锡和妻子梅宝等人在乡绅查尔斯·温瑟家做客。临睡前李维斯发现他的一千英镑钞票被盗，要求追查，引起众人不满，温瑟不情愿地通知了警察。警察询问李维斯与案件毫无关联的问题。温瑟厌恶警官检查，觉得有损自己名誉。李维斯找到证据证明但锡是窃贼，卡尼吉将军发现但锡的确很有疑点，但还是竭力说服自己和他人相信但锡不会做出偷窃的事情，以同意李维斯进入乡绅俱乐部为条件让他保持沉默。李维斯同意在没有更多证据前不控告但锡。

第 二 幕

三周后李维斯并没有被允许加入俱乐部，气愤之下，他揭露但锡偷窃之事。他找到新证据证明但锡撒谎，可其他人根本不听，甚至指责、恐吓他。在对质中，但锡骂李维斯是"该死的犹太人"，这让李维斯更加愤怒，向法庭诉讼但锡偷窃。但锡的妻子梅宝坚持忠于丈夫；朋友玛格丽特则认为有时候忠诚让人毁灭。阿黛拉不太信任但锡，被玛格丽特批评，后者认为不该为了一个外族犹太人背叛大家，偏见也是一种忠诚。但锡劝梅宝跟自己到外地暂避风头，但梅宝认为此举有损名誉，拒绝离开。李维斯愿意和解，可但锡要求李维斯签署道歉声明，李维斯气极离开。梅宝瞬间对但锡产生怀疑，但又迅速打消了疑虑。

第 三 幕

三个月后，被盗钞票被找到，意大利商人利卡多证明这些钞票是但锡付给女儿的分手费，共计 1 000 英镑。出于职业道德和荣誉感，律师雅各布决定放弃为但锡代理此案，他连夜告知相关人员真相，安排合伙人证实细节问题。在事实面前，但锡承认自己偷窃钱财。为了避免但锡名誉被毁，律师建议他立刻去摩洛哥战场；温瑟等人都表示支持但锡，会尽一切努力终结此案。玛格丽特也拿出自己的珠宝替但锡还债。李维斯表明不再追究此事，也无需但锡偿还钱财，他只是想证明自己是正确的。但锡回到家中向妻子坦白一切，但梅宝表示仍爱他，追随他。警官来后，但锡在卧室中开枪自杀，以维护自己的名誉。梅宝发现丈夫自杀，晕了过去，众人感慨。

22.《森林》

第 一 幕

金融家巴斯特普、额尔德里勋爵、议员斯坦福斯、莱沃斯、报纸主编贝顿等人筹建一支探险队考察刚果的奴隶贸易。他们打算邀请探险作家特拉戈参与，特拉戈虽同意参加行动，却看穿这不过是巴斯特普的一项投资以及寻求开战的借口。贝顿支持探险队的真实目的是转移国内对印度苦力计划的关注，以便该计划在下个议会通过。巴斯特普认为不能让特拉戈参加远征，其余各人也都心怀鬼胎。巴斯特普交代秘书法莱尔进行一系列股票买卖行为，并想法让特拉戈无法参加探险。

第 二 幕

在肯尼亚的爱德华湖边，探险队员萨迈认为以奴隶贸易作为开战的借口太落伍，他告诉队长司鲁德他和一个比利时人发现一个钻石矿区，只要赶在比利时人之前占有这个区域，就能真正搅乱局势。萨迈和司鲁德设计利用博物学家赫力克及其土著情人阿米娜穿越过食人族占据的森林，并向探险队其他成员隐瞒真相。几周后，探险队伤亡惨重，引起队员猜测，司鲁德无奈说出探险的真实目的。队医弗兰克高烧，司鲁德让他返回发布奴隶贸易的消息，其他人深入森林。司鲁德抓住阿米娜，让她交出萨迈给阿米娜哥哥的信，阿米娜否认偷信。司鲁德没有找到信件，将阿米娜和另外两个土著人放在队伍前面以抵挡食人族的攻击，阿米娜逃走。随后几天食人族停止袭击，探险队已经只剩 16 个人和 4 辆车。赫力克意识到他对阿米娜的感情远不及对一只狗，他最担心的事是丢失青蛙标本。阿米娜带着上次偷走的信回来，原来司鲁德打算杀掉赫力克。阿米娜要营救赫力克，杀掉司鲁德，赫力克反骂阿米娜无耻，阿米娜无奈同意解救司鲁德。

第 三 幕

队员们不想送死，司鲁德软硬兼施，逼迫他们继续前进。赫力克命令阿米娜找哥哥萨枚达帮助，可司鲁德拒绝萨枚达提出的条件，还强迫萨枚达为探险队开路。萨枚达在阿米娜的帮助下弄伤司鲁德，二人逃跑。队员们相继死亡，只剩赫力克和司鲁德二人。阿米娜返回营救赫力克，赫力克坚持带上司鲁德一起逃跑，结果被食人族发现，赫力克被毒箭射中，阿米娜杀死司鲁德，抱着赫力克的尸体悲伤地唱起挽歌。

第　四　幕

巴斯特普收到南非殖民地股票价格将会严重下跌的秘密消息，在这个消息公布之前，他有两周时间可以转移资金，避免损失。他命令法莱尔将股票抛售套现。弗兰克医生从非洲返回，特拉戈揭露贝顿和巴斯特普组建探险队的真实意图。报纸刊登司鲁德找到钻石矿的消息，巴斯特普从电报中又得知股价将会大涨，让法莱尔以低价购入股票。弗兰克和特拉戈证实是巴斯特普透露的钻石矿的消息，谴责他为了赚钱把生命当作儿戏。法莱尔禁止他们谴责巴斯特普，巴斯特普听到法莱尔对自己的维护，开出一张大面额支票给他，并让他将慈善基金增加一倍。法莱尔离开后，巴斯特普微笑着发出满意的叹息。

23.《老式英国人》

第　一　幕

航运公司主席黑索普十三年前投资了一个金矿，然而这个金矿令他负债累累。文特内等四位债权人要求黑索普偿还多年欠债，黑索普承诺每年还给他们 1 300 英镑。律师文特内希望黑索普单独处理对他的欠款，遭到拒绝，文特内警告黑索普将为此付出代价。黑索普私生子的妻子、女作家拉恩夫人携女儿菲莉丝和儿子约克向黑索普索取 300 英镑生活费用。黑索普软硬兼施，要造船公司老板约瑟夫·菲林支付他船款的十分之一作为佣金，约瑟夫被迫同意，并安排律师给菲莉丝和约克提供生活费用。黑索普对关心他的女儿阿黛拉恶言相向，并在股东大会上说服股东们花 6 万英镑向"菲林父子"造船公司购买船只。文特内怀疑他从购船方案中牟利，黑索普再次拒绝偿付文特内欠款。

第　二　幕

拉恩夫人向造船公司老板的儿子鲍勃抱怨生活艰辛，鼓动他为菲莉丝提供物质帮助。黑索普前来告知拉恩他对孩子们成年前的生活安排，拉恩得知自己无权动用这些钱，向黑索普索要 25 英镑也没能成功，便将黑索普对孩子们的安排告知文特内。黑索普告诉菲莉丝无需为生活担忧，警告鲍勃不要打菲莉丝的主意。

第　三　幕

文特内打算召集股东会议质询黑索普的购买船只方案，约瑟夫建议利用鲍勃对菲莉丝的追求解决此事，但黑索普不愿将菲莉丝牵涉进来。文特内跟黑索普摊牌，让黑索普立即偿还欠债，两人大吵起来。文特内走后，黑索普不顾管家的劝阻喝了很多酒，渐渐睡去。菲莉丝和鲍勃到来，发现黑索普已经死去。

24.《一场热闹》

第　一　幕

安妮·莫尔科姆给情人达雷尔打电话，告诉他自己的丈夫、少校科林·莫尔科姆自杀了。侦探怀疑安妮的婚外情是科林自杀的原因，调查中从女佣那里得知科林死前写过一封信。咖啡馆女服务员黛西冲进莫尔科姆家询问科林是否给她留下遗言。《太阳晚报》的记者不请自入，询问科林自杀的情形。安妮的父亲罗兰上校赶来安慰女儿，听闻记者来过，预感记者会把这事变成一场闹剧。侦探检查安妮和达雷尔的信件，证实安妮与科林自杀无关。记者猜到达雷尔的身份，派同事跟踪黛西，安妮暗示他不要伤害科林的母亲和其他无辜之人。

第　二　幕

《太阳晚报》的主编、新闻编辑和记者讨论科林事件的报道。莫尔科姆太太指责他们胡言乱语，罗兰上校决定找律师解决此事。两人受到主编、新闻编辑和记者的谩骂。侦探找主编索要黛西的地址，主编决定继续报道此事；扬言比警方更有料。奥迪厄姆先生请求安妮的原谅，坚信女儿黛西并非是科林自杀的原因，他请安妮说出真相，可大家都不知道科林自杀的原因。莫尔科姆太太并不在乎儿子自杀的原因，她只希望儿子不被轻视和妄议。侦探坚持找出科林自杀原因。

第 三 幕

黛西、女佣、安妮上庭受审，听审者济济一堂。科林的好友奥斯瓦尔德中校带着他刚收到的科林的信赶来。原来科林在战争中受伤，有两次失去意识，陷入疯狂，自觉生活无望，选择自杀。法官和大部分陪审员认为应停止审讯，保护科林的英雄名誉和家庭，给予对死者足够的尊重；莫尔科姆太太掩面而泣。旁听的三位女士却认为此事太过有趣刺激，只可惜结束得太快。

25.《逃脱》

序 幕

夏夜，参加过对德战役的上尉军官麦特·德兰阻止便衣警察逮捕一名妓女，争执中麦特打了警察一拳，警察摔倒在铁栅栏上，麦特没有逃跑，留下救助警察，被另外两名巡警抓住。

第 一 幕

片段一

受伤的便衣警察死亡，麦特被判刑五年，在监狱里过着像狗一样的生活。在狱友的帮助下，麦特在一个大雾天从干活的农场逃走。

片段二

七小时后，两个狱警开始追捕麦特。

片段三

三十二小时后，大雾弥漫，麦特从窗户爬进旅馆的一个房间，在床下睡着。房客是一名贵族妇女，她曾多次听自己的弟弟褒扬麦特，于是向麦特提供食物，允许他使用丈夫的物品。麦特诉说狱中的苦闷，妇女深表同情，协助他避开警卫逃跑。

第 二 幕

片段四

七小时以后，浓雾渐淡，麦特穿着妇女丈夫钓鱼的行头在小河边钓鱼。一个退休的法官认出他，但没有揭穿他，并祝他旅行愉快。麦特收拾东西离开，怀疑自己失去同情之心。

片段五

一小时以后，麦特在荒原的一处高地遇到 4 个郊游的人。他们谈论麦特逃狱一事，认为麦特因为他曾经的身份所以被从轻判 5 年监禁。麦特将店老板的车开走。

片段六

半小时后，荒原地势渐高，麦特停车向费力普夫妇问路。麦特离开后，夫妻二人就麦特人品发生争执。麦特开车返回，邀请二人跟他同行。费力普紧张、害怕，结结巴巴地拒绝，琼却愉快地同意与麦特同行。最后麦特独自离开。

片段七

一小时后麦特躺在荒原尽头的沙砾低地，被两个工人发现。麦特承认自己是逃犯，请庄园主给他逃脱的机会。小姐伊丽莎白不惧怕麦特，请他给自己签名。庄园主认为麦特进监狱是他自己行为造成的，不值得同情，拒绝放麦特走。园主、警察和工人一起追赶麦特。

片段八

麦特闯入单身姐妹戈丽思和朵拉的乡舍，朵拉很同情麦特，特意指错方向误导追来的庄园主。她坚持收留麦特，戈丽思却反对，在姐妹俩的争执中，麦特失望地从窗户逃走。

片段九

教堂的圣器房内，麦特向一位中年牧师祈求避难，可教堂早已失去避难功能，牧师也认为自己不够资格宽宥麦特。警察等人追来，问牧师是否看见麦特。为了不让牧师为难撒谎，麦特主动现身，被警察带走。教堂礼拜的钟声响起。

26.《放逐》

第　一　幕

年轻的查尔斯爵士不善经营，将全部家产（庄园和矿产）都卖给工业大鳄梅泽公司的老板梅泽。梅泽封闭矿洞，矿工们停工六个月，生活困苦。查尔斯进到酒馆，婉拒记者的采访，表示对矿工境遇无计可施。他期待自己的马在比赛中获胜、赢得奖金，这样他就不必去非洲谋生了。梅泽的女儿琼和秘书进酒馆等待修车，大家议论起矿工的窘境。琼对查尔斯爱慕已久，下注赌查尔斯的马获胜。查尔斯的马被一名流浪汉撞伤，无法继续比赛，大家认为此举是受梅泽指使，准备对流浪汉动用私刑，流浪汉逃跑未遂，摄影师伊斯特说服大家放他离开。

第　二　幕

梅泽接受记者关于煤炭公司合并重组的采访，表示要使用机械生产，关闭效益不佳的矿洞。梅泽认为矿工安置是政府的职责。琼向查尔斯提议结婚，被查尔斯拒绝。流浪汉威胁梅泽给他好处，否则就向大家承认是受梅泽指使撞伤查尔斯的马。梅泽不得已与"可恨的"矿工们见面，向矿工解释他并未指使撞伤马匹，矿工们不肯相信。

第　三　幕

流浪汉收下梅泽的钱后，仍告诉矿工们他是受梅泽指使，矿工们与梅泽争执起来。事实却是流浪汉不满梅泽的所作所为，决定借撞伤马匹来报复他，却认错了马匹。梅泽知道真相后认为流浪汉重情重义，承诺将赛马奖金全部捐给矿工村，矿工们拒绝捐赠，与他握手言和。查尔斯再次拒绝琼的结婚提议，流浪汉也找到了分隔九年的妻子。伊斯特赠给他们一些钱，感叹英国的穷人生活无望，但相信英国不会就此垮掉。梅泽的马"演进"赢得了比赛，大家表达了对英格兰的热爱，认为社会"演进"中的小毛病会被治愈，英国精神会继续下去。

27.《天台》

第 一 幕

午夜 12 点，一个法国小旅店一楼的餐厅里，一名护士正在吃简餐，60 多岁的侍者古斯塔夫仍然在忙碌着。他批评住客布莱斯不该让年轻人范宁喝醉，布莱斯怪他多嘴，决意不让他好过。

第 二 幕

范宁回到房间，跟监护人穆尔特尼少校谈论两个朋友贝克尔和布莱斯，穆尔特尼准备带范宁去非洲。范宁喝醉，不停地说要发现自我，还说布莱斯人品低劣。古斯塔夫匆忙进来通知他们旅店着火，让他们赶紧离开，少校立刻安排救火，并组织住户向天台转移。

第 三 幕

14 岁的戴安娜和 12 岁的妹妹布莱恩在房间内嬉闹不肯睡觉。母亲伦诺克斯夫人进来，监督她们睡下。伦诺克斯夫人离开后，姐妹俩拉铃，让古斯塔夫送些酒来，被古斯塔夫拒绝。戴安娜决定自己下楼取酒，中途发现旅店失火，折返回来。母亲要姐妹俩收拾好东西上天台去，戴安娜向母亲询问父亲病情。

第 四 幕

年老的毕顿夫妇上床睡觉前争吵不休。戴安娜兴奋地通知他们旅店

失火，得转移到天台去。毕顿先生和太太收拾了很多随身物品，慢吞吞
地朝天台走。

第　五　幕

年轻女子奈迩和情人托尼在房间用餐。托尼希望奈迩离开丈夫，和
自己在一起，但奈迩对爱情没有信心，托尼努力打消她的疑虑。酒店失
火后他们也收好东西准备上天台，奈迩用头巾包住头，以免被熟人范宁
认出。

第　六　幕

作家亨利·伦诺克斯病入膏肓，向妻子述说此生憾事，又和护士谈
论死亡。疲惫不堪的古斯塔夫向亨利讲述自己的人生经历。火灾发生
后，亨利催促护士独自逃生，打算独自赴死。古斯塔夫和护士一起搀扶
他起来，亨利却猝死，古斯塔夫决定去找人来帮忙。

第　七　幕

住客们先后上到天台，却发现天台上没有逃生设施。大火逐渐往天
台蔓延，消防员迟迟不来，大家十分恐惧。消防员终于架好救生滑道，
少校安排贝克尔和布莱斯协助消防员，其他人按照孩子和妇女的顺序逃
生。布莱斯坦白他为了报复古斯塔夫，点着古斯塔夫小屋子里的帽子，
没想到引起了大火。古斯塔夫独自下楼寻找亨利的尸体，迟迟没有上
来，布莱斯跳下逃生门营救古斯塔夫，他将古斯塔夫推上天台后，自己
精疲力竭，从台阶跌落。逃生滑道已经烧着，消防员推测布莱斯已经死
亡，放弃救援。最后布莱斯的身影出现在逃生门口，他爬上栏杆，带着
呻吟和绝望，大声呼唤上帝，倒在浓烟之中。

参 考 文 献

中文论著

[1]［爱尔兰]巴克莱. 马太福音注释(下)［M]. 方大林，马明初，译.
台北：基督教文艺出版社，1972.

[2]［德]奥斯瓦尔德·斯宾格勒. 西方的没落［M]. 张兰平，译. 合肥：
安徽人民出版社，2012.

[3]［德]布洛赫. 论黑格尔的哲学艺术［C]//刘小枫编. 现代型中的审
美精神——经典美学文选. 上海：学林出版社，1997.

[4]［德]弗里德里希·尼采. 快乐的知识［M]. 黄明嘉，译. 北京：中
央编译出版社，2005.

[5]［德]黑格尔. 美学(第一卷)［M]. 朱光潜，译. 北京：商务印书馆，
1979.

[6]［德]玛克斯·德索. 美学与艺术理论［M]. 兰金仁，译. 北京：中
国社会科学出版社，1987.

[7]［德]叔本华. 作为意志和表象的世界［M]. 石冲白，译. 北京：商
务印书馆，1982.

[8]［法]柏格森. 时间与自由意志［M]. 吴士栋，译. 北京：商务印书
馆，1958.

[9]［法]贡斯当. 阿道尔夫［M]. 卞之琳，译. 合肥：安徽教育出版社，
2007.

[10]［法]加缪. 反抗者［M]. 吕永真，译. 上海：上海译文出版社，
2013.

[11]［法]勒庞. 乌合之众：大众心理研究［M]. 波洛，译. 北京：中国

华侨出版社，2013.

[12][法]卢梭. 论人类不平等的起源和基础[M]. 李常山，译. 北京：商务印书馆，1962.

[13][法]马歇雷. 文学分析——结构主义的坟墓[C]//陆梅林. 西方马克思主义美学文选. 桂林：漓江出版社，1988.

[14][法]雨果. 悲惨世界[M]. 郑克鲁，译. 上海：上海译文出版社，2006.

[15][古罗马]爱比克泰德. 沉思录2[M]. 北京：中央编译出版社，2009.

[16][古希腊]柏拉图. 理想国[M]. 李飞，李景辉，译. 武汉：华中科技大学出版社，2012.

[17][古希腊]亚里士多德. 尼各马克伦理学[M]. 廖申白，译. 北京：商务印书馆，2003：126，130.

[18][古希腊]亚里士多德. 诗学[M]. 罗念生，译. 北京：人民文学出版社，2008.

[19][美]Elisabeth Booze. 现代英国文学简介1914—1980[M]. 上海：上海外语教育出版社，1984.

[20][美]埃里希·弗洛姆. 占有还是生存[M]. 关山，译. 上海：生活·读书·新知三联书店，1989.

[21][美]丹尼尔·贝尔. 资本主义文化矛盾[M]. 赵一凡等，译. 北京：生活·读书·新知三联书店，1989.

[22][美]劳逊. 戏剧与电影的剧作理论与技巧[M]. 邵牧君，齐宙，译. 北京：中国电影出版社，1978.

[23][美]萨拜因. 政治学说史(下册)[M]. 盛葵阳. 崔妙因，译. 北京：商务印书馆，1986.

[24][苏]阿尼克斯特. 英国文学史纲[M]. 戴镏龄，吴志谦，桂诗春等，译. 北京：人民文学出版社，1980.

[25][匈]乔治·卢卡契. 卢卡契文学论文集(三)[M]. 中国社会科学院外国文学研究所外国文学研究资料丛刊编辑委员会编. 北京：中

国社会科学出版社，1981.

[26][意]但丁. 神曲·天国篇·第十一歌[M]. 田德望，译. 北京：人民文学出版社，2001.

[27][英]里德. H. 艺术的真谛[M]. 王柯平，译. 沈阳：辽宁人民出版社，1987.

[28][英]艾略特 T S. 批评的功能[C]//罗经国，译. 西方现代文论选. 上海：上海译文出版社，1983.

[29][英]阿·莱·莫尔顿. 人民的英国史[M]. 谢琏造等，译. 上海：三联出版社，1962.

[30][英]阿伦·布洛克. 西方人文主义传统[M]. 董乐山，译. 上海：三联书店，1997.

[31][英]阿萨·勃里格斯. 英国社会史[M]. 陈叔平等，译. 北京：中国人民大学出版社，1991.

[32][英]埃德蒙·柏克. 自由与传统[M]. 蒋庆等，译. 北京：商务印书馆，2001.

[33][英]艾耶尔. 20 世纪哲学[M]. 李步楼等，译. 上海：上海译文出版社，2005.

[34][英]安·塞·布雷德利. 莎士比亚悲剧[M]. 张国强，朱涌协，周祖炎，译. 上海译文出版社，1992.

[35][英]巴利. 作为公道的正义[M]. 曹海军，允春喜，译. 南京：江苏人民出版社，2008.

[36][英]波普尔. 开放社会及其敌人[M]. 郑一明等，译. 北京：中国社会科学出版社，1998.

[37][英]大卫·休谟. 论道德原理 论人类理智[M]. 周晓亮，译. 南京：译林出版社，2010.

[38][英]狄更斯. 双城记[M]. 罗稷南，译. 上海：上海译文出版社，1983.

[39][英]弗吉尼亚·伍尔夫. 论小说与小说家[M]. 瞿世镜，译. 上海：上海译文出版社，1986.

[40]［英］高尔斯华绥. 出租［M］. 周煦良，译. 上海：上海译文出版
　　　社，1978.

[41]［英］高尔斯华绥. 法网［M］. 郭沫若，译. 上海：联合书店，1927.

[42]［英］高尔斯华绥. 犯罪［M］. 鲁汀，译. 上海：新光出版社，1938.

[43]［英］高尔斯华绥. 福尔赛世家（第二部）［M］. 周煦良，译. 上海：
　　　上海译文出版社，1982.

[44]［英］高尔斯华绥. 鸽与轻梦［M］. 席涤尘，赵宋庆，译. 上海：开
　　　明书店，1927.

[45]［英］高尔斯华绥. 群众［M］. 蒋东岑，译. 南京：南京线路社，
　　　1933.

[46]［英］高尔斯华绥. 群众［M］. 朱复，译. 上海：商务印书馆，1930.

[47]［英］高尔斯华绥. 逃亡［M］. 向培良，译. 上海：商务印书馆，
　　　1936.

[48]［英］高尔斯华绥. 文学与生活［C］//刘保端，译. 王春元，钱中
　　　文. 英国作家论文学. 北京：三联书店，1985.

[49]［英］高尔斯华绥. 相鼠有皮［M］. 顾德隆，译. 上海：文学研究
　　　会，1933.

[50]［英］高尔斯华绥. 写戏常谈［C］//董衡巽，译. 外国现代剧作家论
　　　剧作. 北京：中国社会科学出版社，1982.

[51]［英］高尔斯华绥. 一场热闹［M］. 方光焘，译. 上海：开明书店，
　　　1931.

[52]［英］高尔斯华绥. 艺术之遐思［C］//吴梦宇，译. 宁静客栈. 南
　　　京：凤凰出版传媒集团有限公司，2013.

[53]［英］高尔斯华绥. 银盒［M］. 郭沫若，译. 上海：现代书局，1927.

[54]［英］高尔斯华绥. 争斗［M］. 郭沫若，译. 上海：商务印书馆，
　　　1926.

[55]［英］高尔斯华绥. 争斗［M］谢焕邦，译. 上海：启明书局，1937.

[56]［英］高尔斯华绥. 正义［M］. 方安，史国纲，译. 上海：商务印书
　　　馆，1936.

［57］［英］高尔斯华绥. 最前的与最后的［C］//张文郁，译. 剧本（2），1982.

［58］［英］高斯倭绥. 长子［M］. 邓演存，译. 上海：商务印书馆，1922.

［59］［英］霍布斯鲍姆. 民族与民族主义［M］. 李金梅，译. 上海：上海人民出版社，2000.

［60］［英］杰里米·帕克斯曼. 英国人［M］. 严维明，译. 上海：上海译文出版社，2000.

［61］［英］克拉潘. 现代英国经济史（下卷）［M］. 姚曾廙，译. 北京：商务印书馆，2009.

［62］［英］勒克斯. 英国法［M］. 张季忻，译. 北京：中国政法大学出版社，2007.

［63］［英］雷蒙·威廉斯. 文化与社会：1780—1950 年英国文化观念之发展［M］. 高晓玲，译. 吉林：吉林出版集团有限责任公司，2011.

［64］［英］李斯托威尔. 近代美学史述评［M］. 蒋孔阳，译. 合肥：安徽教育出版，2007.

［65］［英］迈克尔·赞德. 英国法：议会立法，法条解释，先例原则及法律改革［M］. 江辉，译. 北京：中国法制出版社，2014.

［66］［英］莫狄. 勒樊脱. 英国文学史［M］. 柳无忌，曹鸿昭，译. 上海："国立"编译馆，1947.

［67］［英］莫尔顿 A. L. 英国工人运动史［M］. 叶周，何新，译. 上海：三联书店，1962.

［68］［英］乔治·勃兰兑斯. 十九世纪文学主流·第四分册·英国的自然主义［M］. 徐式谷，江枫，张自谋，译. 北京：人民文学出版社，1987.

［69］［英］莎士比亚. 莎士比亚经典全集：1600—1604（喜剧）［M］. 朱生豪，译. 武汉：华中科技大学出版社，2014.

［70］［英］斯特德. 英国警察［M］. 何家弘，刘刚，译. 北京：群众出版社，1989.

［71］［英］汤普森. 英国工人阶级的形成［M］. 钱乘旦等，译. 南京：译

林出版社，2001．

[72] [英] 特里·伊格尔顿. 甜蜜的暴力——悲剧的观念 [M]. 方杰，方宸，译. 南京：南京大学出版社，2007.

[73] [英] 伍尔夫. 伍尔夫随笔全集(第三册) [C] //乔继堂等，主编. 北京：中国社会科学出版社，2001.

[74] [英] 西蒙·特拉斯乐. 剑桥插图英国戏剧史 [M]. 刘振前，李毅，译. 济南：山东画报出版社，2006.

[75] [英] 约·阿·兰·马里欧特. 现代英国1885—1945年 [M]. 姚曾廙，译. 北京：商务印书馆，1973.

[76] [英] 约翰·密尔. 论自由·代议制政府 [M]. 康慨，译. 长沙：湖南文艺出版社，1911.

[77] [英] 约翰·斯图尔特·穆勒. 妇女的屈从地位 [M]. 汪溪，译. 北京：商务印书馆，1996.

[78] 安凌. 重写与规划：英语戏剧在现代中国的改译和演出(1907—1949) [M]. 广州：暨南大学出版社，2015.

[79] 北京大学哲学系外国哲学史教研室编译. 十八世纪末—十九世纪初德国哲学 [M]. 北京：商务印书馆，1975.

[80] 北京图书馆编. 民国总书目 [M]. 北京：书目文献出版社，1996.

[81] 曹禺. 争强·序 [C] //南开话剧运动史料：1923—1949. 天津：南开大学出版社，1930.

[82] 陈世雄. 三角对话：斯坦尼，布莱希特与中国戏剧 [M]. 厦门：厦门大学出版社，2003.

[83] 陈世雄. 现代欧美戏剧史 [M]. 北京：文化艺术出版社，2010.

[84] 陈思贤. 西洋政治思想史 [M]. 长春：吉林出版集团有限责任公司，2008.

[85] 崔国良. 南开学校廿五周年庆祝纪实 [C] //南开话剧史料丛编·编演纪事卷. 天津：南开大学出版社，2009.

[86] 邓正来. 哈耶克读本 [M]. 北京：北京大学出版社，2010.

[87] 丁罗男. 上海话剧百年史述 [M]. 南宁：广西师范大学出版社，

2008.

[88]范志强. 曹禺与读书[M]. 济南：明天出版社，1999.

[89]傅斯年. 论编制剧本[C]//周靖波. 中国现代戏剧论(上)建设民族
戏剧之路. 北京：北京广播学院出版社，2003.

[90]傅斯年. 戏剧改良各面观[C]//王运熙. 中国文论选·现代卷
(上). 南京：江苏文艺出版社，1996.

[91]高岱. 英国通史纲要[M]. 合肥：安徽人民出版社，2002.

[92]龚群. 当代西方道义论与功利主义研究[M]. 北京：中国人民大学
出版社，2002.

[93]顾仲彝. 编剧理论与技巧[M]. 北京：中国戏剧出版社，1981.

[94]曹树钧. 顾仲彝戏剧论文集[M]. 北京：中国戏剧出版社，2004.

[95]郭沫若. 甘愿做炮灰[C]//郭沫若全集·文学编(第六卷). 北京：
人民文学出版社，1986.

[96]郭沫若. 写在《三个叛逆的女性》后面[C]//郭沫若全集·文学编
(第六卷). 北京：人民文学出版社，1986.

[97]郭沫若. 争斗·序[M]. 上海：商务印书馆，1926.

[98]何其莘. 英国戏剧史[M]. 南京：译林出版社，1999.

[99]洪谟. 满城风雨·上演前后[C]//于伶剧作集(四). 北京：中国戏
剧出版社，1987.

[100]洪深. 少奶奶的扇子·序录[C]//洪深文集(第1卷). 北京：中
国戏剧出版社，1988.

[101]金冲及. 二十世纪中国史纲(第1卷)[M]. 北京：社会科学文献
出版社，2009.

[102]金东雷. 英国文学史纲[M]. 长春：吉林出版集团有限责任公司，
2009.

[103]邝炳钊. 创世记注释[M]. 上海：上海三联书店，2010.

[104]李道增，傅英杰. 西方戏剧·剧场史[M]. 北京：清华大学出版
社，1999.

[105]李赋宁. 英国文学论述文集[C]. 北京：外语教学与研究出版社，

1997.

［106］李公绍. 20 世纪英国文学导论［M］. 西安：西安交通大学出版社，
2006.

［107］李莉. 当代西方伦理学流派［M］. 沈阳：辽宁人民出版社，1988.

［108］李醒. 二十世纪的英国戏剧［M］. 北京：文化艺术出版社，1994.

［109］刘成，何涛. 20 世纪的英国工会与国家［M］. 南京：南京大学出
版社，2011.

［110］刘成. 英国从称霸世界到回归欧洲［M］. 西安：三秦出版社，
2005.

［111］刘高岑. 从语言分析到语境重建［M］. 太原：山西科学技术出版
社，2003.

［112］刘念渠. 转型期演剧纪程［M］. 上海：商务印书馆，1942.

［113］鲁迅. 论"人言可畏"［C］//林文光. 鲁迅文选. 成都：四川文艺
出版社，2008.

［114］鲁迅. 娜拉走后怎样［C］//洪治纲. 鲁迅经典文存. 上海：上海大
学出版社，2004.

［115］陆伟芳. 英国妇女选举权运动［M］. 北京：中国社会科学出版社，
2004.

［116］罗志如，厉以宁. 20 世纪的英国经济［M］. 北京：人民出版社，
1982.

［117］吕思勉. 吕著中国近代史［M］. 武汉：武汉出版社，2012.

［118］聂珍钊，苏晖，黄晖.《外国文学研究》文学伦理学批评论文
选［M］. 武汉：华中师范大学出版社，2018. 04.

［119］聂珍钊，王松林. 文学伦理学批评理论研究［M］. 北京：北京大
学出版社，2020 年.

［120］潘迎华. 19 世纪英国现代化与女性［M］. 杭州：浙江人民出版社，
2005.

［121］裴文. 现代英语语境学［M］. 合肥：安徽大学出版社，2000.

［122］钱乘旦，陈晓律. 英国文化模式溯源［M］. 上海：商务印书馆，

2003.

[123] 裘因. 银烟盒案件·编者的话[M]. 上海：上海译文出版社，1991.

[124] 阮炜，徐文博，曹亚军. 20 世纪英国文学史[M]. 青岛：青岛出版社，2004.

[125] 上海图书馆编. 郭沫若著译书目[Z]. 上海：上海文艺出版社，1980.

[126] 邵迎建. 上海抗战时期的话剧[M]. 北京：北京大学出版社，2012.

[127] 石坚，王欣. 新历史主义视角下的 20 世纪英美文学[M]. 重庆：重庆大学出版社，2008.

[128] 宋春舫. 宋春舫论剧(第三版)[M]. 上海：中华书局，1930.

[129] 宋春舫. 宋春舫论剧二集[M]. 上海：生活书店，1936.

[130] 苏红军，柏棣. 西方后学语境中的女权主义[M]. 南宁：广西师范大学出版社，2006.

[131] 孙红旗. 殖民主义与非洲专论[M]. 徐州：中国矿业大学出版社，2008.

[132] 孙建. 英国文学辞典：作家与作品[M]. 上海：复旦大学出版社，2005.

[133] 孙致礼. 中国的英国文学翻译：1949—2008(附录四)[M]. 上海：译林出版社，2009.

[134] 汤纳. 中国之农业和工业[M]. 南京：正中书局，1937.

[135] 田本相. 中国近现代戏剧史[M]. 南京：江苏教育出版社，2008.

[136] 王虹. 当代英国社会与文化[M]. 上海：上海外语教育出版社，2003.

[137] 王觉非. 近代英国史[M]. 南京：南京大学出版社，1997.

[138] 王觉非. 英国政治经济和社会现代化[M]. 南京：南京大学出版社，1989.

[139] 王晋新，姜德福. 现代早期英国社会变迁[M]. 上海：三联出版

社，2008.

[140] 王纠. 英国妇女社会政治同盟参政运动研究[M]. 上海：三联书店，2008.

[141] 王岚. 陈红薇. 当代英国戏剧史[M]. 北京：北京大学出版社，2007.

[142] 王萍. 现代英国社会中的妇女形象[M]. 南京：江苏人民出版社，2005.

[143] 王若水. 为人道主义辩护[C]//璧华，杨零. 中国新写实主义文艺作品选(四编). 香港：当代文学研究社，1983.

[144] 王守仁，何宁. 二十世纪英国文学史[M]. 北京：北京大学出版社，2006.

[145] 王先明. 中国近代史(1840—1949)[M]. 北京：中国人民大学出版社，2011.

[146] 王晓焰. 18—19 世纪英国妇女地位研究[M]. 北京：人民出版社，2007.

[147] 王振华. 变革中的英国[M]. 北京：社会科学文献出版社，1997.

[148] 王振华. 解析英国[M]. 北京：中国社会科学出版社，2003.

[149] 卫景宜. 跨文化语境中的英美文学与翻译研究[M]. 广州：暨南大学出版社，2007.

[150] 文军. 中国翻译史研究百年回眸：1880—2005 中国翻译史研究论文、论著索引[Z]. 北京：北京航空航天大学出版社，2006.

[151] 吴承明. 中国资本主义与国内市场[M]. 北京：中国社会科学出版社，1985.

[152] 吴浩. 自由与传统——二十世纪英国文化[M]. 北京：东方出版社，1999.

[153] 吴浩然. 民国戏剧人物画[M]. 济南：齐鲁书社. 2012.

[154] 向培良. 逃亡·序[M]. 上海：商务印书馆，1936.

[155] 向培良. 中国戏剧概评[M]. 上海：泰东图书局，1928.

[156] 萧潇. 爱的使者：基督圣徒传[M]. 北京：社会科学文献出版社，

1998.

[157]谢保成.吸收异族优秀文化创造中华民族新文化——立足于郭沫若译著的考察[C]//中国郭沫若研究会，四川省郭沫若研究学会.郭沫若与百年中国学术文化回望.成都：四川人民出版社，2005.

[158]谢焕邦.争斗[M].上海：启明书局，1937.

[159]谢天振，查明建.中国现代翻译文学史(1898—1949)[M].上海：上海外语教育出版社，2004.

[160]熊佛西.佛西论剧[C]//熊佛西戏剧文集.上海：上海文艺出版社，2000.

[161]阎照祥.英国近代贵族体制研究[M].北京：人民出版社，2006.

[162]叶维康.比较诗学[M].比较诗学.台北：东大图书股份有限公司，1983.

[163]于伶.满城风雨·后记[C]//于伶剧作集(四).北京：中国戏剧出版社，1987.

[164]余上沅.国剧运动·序[C]//余上沅论文集.武汉：长江文艺出版社，1986.

[165]张彩凤.英国法制研究[M].北京：中国人民公安大学出版社，2001.

[166]张光明，侍中.淑女的历史[M].北京：文汇出版社，2007.

[167]张广利.后现代女权理论与女性发展[M].天津：天津人民出版社，2005.

[168]张勤.奥斯卡·王尔德作品导读[M].武汉：武汉大学出版社，2003.

[169]张庆熊，周林东，徐英瑾.20世纪英美哲学[M].北京：人民出版社，2005.

[170]张琼.文本、文质、语境：英美文学探究[M].上海：复旦大学出版社，2012.

[171]张鑫.英国19世纪出版制度、阅读伦理与浪漫主义诗歌创作关系研究[M].上海：复旦大学出版社，2012.

［172］赵家璧. 中国新文学大系·第 10 集·史料索引［Z］. 上海：良友图书公司，1947.

［173］赵宪章. 二十世纪外国美学文艺学名精义［M］. 南京：江苏文艺出版社，1995.

［174］郑伯奇. 中国戏剧运动的进路［C］//王延晞，王利. 郑伯奇研究资料. 济南：山东大学出版社，1996.

［175］知非. 近代文学上戏剧之位置［C］//陈独秀，李大钊，瞿秋白. 新青年第 6 卷. 北京：中国书店出版社，2011.

［176］中共中央马克思恩格斯列宁斯大林著作编译局. 马克思恩格斯选集（第 4 卷）［C］. 北京：人民出版社，1958.

［177］中国版本图书馆. 全国总书目（1977—2003）［Z］. 北京：中华书局，2004.

［178］中国大百科全书编委会. 中国大百科全书（戏剧卷）［Z］. 北京：中国大百科全书出版社，1989.

［179］中国戏剧年鉴编辑部. 中国戏剧年鉴（1981）［Z］. 北京：中国戏剧出版社，1981.

［180］周辅城. 西方伦理学名选辑（上）［M］. 北京：商务印书馆，1987.

［181］周淑萍. 语境研究——传统与创新［M］. 厦门：厦门大学出版社，2011.

［182］朱虹. 英国小说的黄金时代（1813—1873）［M］. 北京：中国社会科学出版社，1973.

［183］宗白华. 艺境［M］. 北京：北京大学出版社，1987.

中文期刊

［1］［英］Canby. 高尔斯华绥论［J］. 贝岳，译. 黄钟，1933(29).

［2］［英］Cuncliffe J W. 高尔斯华绥论［J］. 纪泽长，译. 励学，1934(2).

［3］［英］伊尔闻 J. 高尔斯华绥——论其人及其作品［J］. 丁望萱，译. 读书青年，1944，1(3).

［4］［英］John Ervine. 高斯华绥论［J］. 卫窨，译. 新民声，1944，1(3).

[5] [英]高尔斯华绥. 败北[J]. 曾子亨，译. 中大月刊，1929(1-2).

[6] [英]高尔斯华绥. 结婚戒指[J]. 白宁，译. 大陆杂志，1933，1(8).

[7] [英]高尔斯华绥. 太阳[J]. Y. Y.，译. 流萤，1930(2-3).

[8] [英]高尔斯华绥. 逃亡者[J]. 郑稚存，译. 文艺月刊，1934，5(6).

[9] [英]高尔斯华绥. 戏剧庸言：戏剧的体制[J]. 傅东华，译. 文学周报，1928.

[10] [英]高尔斯华绥. 小梦[J]. 邓演存，译. 东方杂志，1922，19(13-14).

[11] [英]高尔斯华绥. 小人物[J]. 万曼，译. 新文艺，1930，1(5).

[12] [英]高尔斯华绥. 阳光[J]. 华汉光，译. 今代妇女，1928(7).

[13] [英]高尔斯华绥. 有家室的人[J]. 唐槐秋，译. 中国文学，1934(5-6).

[14] [英]高尔斯华绥. 银盒[J]. 陈大悲，译. 戏剧，1921，1(1)，(3)，(5).

[15] [英]高尔斯华绥. 家长[J]. 黄作霖改，译. 戏剧与文艺，1930，2(1/2).

[16] [英]高尔斯华绥. 剧本：有家室的人[N]. 陈大悲，译. 晨报副刊，1923-9-10(23).

[17] [英]高尔斯华绥. 剧本：忠友[N]. 陈大悲，译. 晨报副刊：1923-08-13(31).

[18] 瓣香草堂. 高尔斯华绥遗影[J]. 良友，1933(74).

[19] 卜庆华. 郭沫若早期与外国文学关系考源[J]. 娄底师专学报，1986(2).

[20] 曹树钧. 论中外戏剧艺术对曹禺剧作构思的影响[J]. 外国文学研究，1994(3).

[21] 曹禺. 争强[J]. 剧艺，1941(1).

[22] 曾今可. 纪念高尔斯华绥与乔奇莫儿之死并欢迎萧伯纳[J]. 新时

代，1933，4(2).

[23]陈大悲，赵景深. 杂感——译《忠友》时的感想，再答郑兆松先生[N]. 晨报副刊，1923-08-20.

[24]陈大悲. 父亲的儿子(五幕剧)[J]. 妇女杂志，1924，10(4)，(5).

[25]陈大悲. 杂感-本不想说什么话[N]. 晨报副刊，1923-11-04.

[26]陈大悲. 忠孝家庭(独幕剧本)[N]. 晨报副刊，1923-03-24(27).

[27]陈独秀. 现代欧洲文艺史谭[J]. 青年杂志，1915，1(3-4).

[28]陈惇. 二十世纪现实主义的重要代表——高尔斯华绥[J]. 北京师范大学学报，1993(5).

[29]陈青生. 抗战时期上海的外国文学译介[J]. 新文学史料，1997(4).

[30]陈瘦竹. 世界名剧讲座——高尔斯华绥及其《争强》[J]. 学生杂志，1945，22(4).

[31]陈西滢. 高斯倭绥之幸运与厄运——读陈大悲先生所译的"忠友"[N]. 晨报副刊，1923-09-27(30).

[32]陈永志，陈青生. 论创造社对外国文学的译介[J]. 上海师范大学学报，1989(4).

[33]春冰. 有家室的人上演记[J]. 戏剧，1931，2(5).

[34]崔士吉. 我所认识的名剧家高尔斯华绥[J]. 戏，1935(23).

[35]邓阿宁. 20世纪世界现实主义文学思潮概论[J]. 重庆师范学院学报，2002(3).

[36]邓笛. 中国现代剧作界的三位翻译家[J]. 戏剧文学，2009(6).

[37]丁萍. 小银匣中见大讽刺[J]. 理论界，2006(6).

[38]方光焘. 订正《鸽与轻梦》的误译[J]. 一般，1927，3(4).

[39]方汉泉. 现代主义的兴衰与经受的批评——20世纪英国文学现象述评之一[J]. 外国语，1994(2).

[40]馥. 华士华斯《争斗》底原稿[J]. 北新，1929，3(6).

[41]歌川. 高尔斯华绥的笔耕收获[N]. 国闻周报，1933，10(19).

[42]葛聪敏. "五四"话剧创作与外国戏剧[J]. 文学评论, 1987(1).

[43]胡适. 建设的文学革命[J]. 新青年, 1918, 4(4).

[44]黄.《银盒》的琼斯夫人[J]. 戏剧, 1921, 1(6).

[45]黄河清. 论高尔斯华绥[J]. 社会与教育, 1933, 5(11).

[46]黄晶. 高尔斯华绥戏剧中国百年传播之考察与分析[J]. 学术探索, 2014(11).

[47]黄佐临. 南开公演《争强》与原之比较[N]. 大公报, 1929-10-25.

[48]季羡林. 本年度诺贝尔文学奖金之获得者高尔斯华绥[N]. 大公报·文学副刊, 1932-11-28.

[49]鉴平. 世界文坛消息: 荣获一九三二年诺贝尔奖金的高尔斯华绥逝世[J]. 新垒, 1933, 1(2).

[50]库慧君. 如何评价南开话剧活动在中国话剧史上的地位[J]. 江汉大学学报, 2009(4).

[51]朗. 文艺近讯——获诺贝尔文学奖金的高尔华斯绥[J]. 现代文化, 1933, 1(1).

[52]李颖. 南开新剧[J]. 戏剧, 1995(2).

[53]立厂. 记南开之《争强》[N]. 北洋画报, 1929(389).

[54]两农. 广东远东中学话剧团在省教育会公演[J]. 时代, 1934, 6(7).

[55]廖奔. 曹禺的苦闷——曹禺百年文化反思[J]. 文学评论, 2011(2).

[56]廖奔. 在中国话剧的历史背影中南开演剧100周年祭[J]. 中国戏剧, 2009(8).

[57]琳. 高尔斯华绥之银盒剧照(二幅)[J]. 剧学月刊, 1935, 4(11).

[58]刘奇峰. 高尔斯华绥的戏剧[N]. 晨钟, 1929.

[59]刘荣恩. 新介绍高尔斯华绥传记书信[N]. 国闻周报, 1936, 13(4).

[60]刘欣. 论顾仲彝的改译剧[J]. 云南艺术学院学报, 2010(2).

[61]陆善忱述, 史郭荣生记. 南开新剧团略[N]. 天津益世报, 1935-

12-08.

[62]马衍."不逢其时"的戏剧悲歌——对"国剧运动"的再认识[J].
    戏剧,2010(2).

[63]马彦祥,等.高尔斯华绥研究专辑[N].正言报,1945-04-25.

[64]毛敏诸.论高尔斯华绥在英国文学史上的地位问题[J].外国语,
    1987(2).

[65]茅盾.在田汉同志追悼会上茅盾同志致悼词[J].人民戏剧,1979
    (5).

[66]蒙度.正义:哥尔斯华绥[J].华年读书副刊,1936,5(26).

[67]茉莉.欧洲最近的戏剧[N].申报,1930-01-13.

[68]欧阳予倩.导演过《有家室的人》以后,《有家室的人》上演《琐
    记》[J].戏剧,1931,2(5).

[69]潘绍中.剧本《最前的与最后的》的现实主义意义及其思想局
    限[J].外语教学与研究,1964(2).

[70]逄增煜.在开放与封闭之间迂回的中国现代话剧[J].戏剧文学,
    1990(1).

[71]彭阜民.郭沫若与外国文学[J].山西大学学报(哲学社会科学
    版),1987(12).

[72]扑狄.情海疑云在璇宫[J].上海妇女,1939,3(9).

[73]蒲伯英.戏剧之近代的意义[J].戏剧,1921,1(2).

[74]强保仁.悼高尔斯华绥逝世:一九三二年诺贝尔奖金获得者[J].
    五中校刊,1933,1(4).

[75]秦文.疏离,客观,公正——高尔斯华绥戏剧创作探魅[J].南京
    师范大学学报,2000(4).

[76]秋水.争强[J].天津益世报副刊,1929(5),(6),(7).

[77]山风大郎.海外通信:高尔斯华绥游旧金山[J].青年界,1931,1
    (4).

[78]邵旭东.开拓:挑战面前的抉择——论高尔斯华绥的叙事艺术[J].
    华中师范大学学报,1989(1).

[79]沈达人. 余上沅及其戏剧理论[J]. 艺术百家, 2010(6).

[80]石燕京. 郭沫若与英国文学研究评述[J]. 郭沫若学刊, 2005(3).

[81]苏汶. 约翰·高尔斯华绥论[J]. 现代, 1932, 2(2).

[82]孙惠柱. 顾仲彝戏剧理论述评[J]. 戏剧艺术, 1982(3).

[83]汪倜然. 最近的高尔斯华绥[J]. 读书月刊, 1930, 1(2).

[84]汪仲贤译编.《银盒》的琼斯夫人是一个难演的角色[J]. 戏剧, 1921, 1(5).

[85]王宁. 二十世纪英国文学概论：1900—1945[J]. 北京大学学报, 1992(2).

[86]王绍清. 高尔斯华绥之一般特质[J]. 中华月报, 1933, 1(1).

[87]王统照. 高士倭绥略传[J]. 戏剧, 1921, 1(1).

[88]王育生. 曹禺谈《雷雨》[J]. 人民戏剧, 1979(3).

[89]王佐良. 二十世纪的英国文学与世界文学[J]. 外国文学, 1990(1).

[90]王佐良. 二十世纪英国文学的开始——英国文学史二十世纪卷序论[J]. 外国文学, 1985(12).

[91]无介事. 约翰·高尔斯华绥有一部伟大的剧作[J]. 话剧界, 1942(12).

[92]吴定宇. 来自英伦三岛的海风——论郭沫若与英国文学[J]. 中山大学学报, 2002(5).

[93]希有.《镀金》不是高尔斯华绥的作品[J]. 鞍山师范学院学报, 1983(4).

[94]惜蕙. 约翰·高尔斯华绥作编目[J]. 现代, 1932, 2(2).

[95]夏定冠. 郭沫若与外国文学[J]. 新疆大学学报, 1979(5).

[96]夏岚. 中国三十年代舞台翻译剧现象之我见[J]. 戏剧艺术, 1999(6).

[97]向培良. 高斯华绥的"逃亡"[J]. 商务印书馆出版周刊, 1937(240).

[98]谢保成. 郭沫若译著考察[J]. 郭沫若学刊, 2003(2).

[99]徐百益. 读剧随笔——高尔斯华绥的《鸳鸯劫》[J]. 家庭年刊，1948(5).

[100]徐百益. 高尔斯华绥的《鸳鸯劫》[J]. 家庭，1944，11(1).

[101]徐吉雨. 中国话剧现实主义戏剧观的形成[J]. 大众文艺，2012(4).

[102]薛晓金. "易卜生主义"及其对中国话剧的影响[J]. 戏剧，1997(3).

[103]杨秀玲. 曹禺与他的早期校园戏剧[J]. 东方艺术，2011(12).

[104]佚名.《满城风雨》三主角[J]. 大地，1948(109).

[105]佚名.《有家室的人》[J]. 中国文学，1934，1(5).

[106]佚名. 悲喜剧《风月世家》[N]. 申报，1938-8-6-12.

[107]佚名. 出社会主义之新——再论大力提倡革命的现代剧[N]. 解放日报，1964-1-15.

[108]佚名. 高尔斯华绥的一生与他的尺牍[J]. 清华周刊，1936，44(5).

[109]佚名. 高尔斯华绥剧本《有家室的人》在广州上演[J]. 文艺画报，1934 创刊号.

[110]佚名. 高尔斯华绥逝世[J]. 尚志，1933，2(20-21).

[111]佚名. 高尔斯华绥特辑剧本《相鼠有皮》之一幕(照片)[J]. 现代，1932，2(2).

[112]佚名. 高尔斯华绥在美国[J]. 青年界，1931，1(4).

[113]佚名. 高尔斯华绥之《银盒》剧照[J]. 华童公学校刊，1933(1).

[114]佚名. 高斯华绥的《流放》[J]. 戏剧，1929，1(3).

[115]佚名. 顾仲彝的剧作[J]. 戏剧艺术，1982(3).

[116]佚名. 国外作家近闻——高尔斯华绥遗嘱[J]. 现代出版界，1933(13).

[117]佚名. 会员夏令同乐会——招待光明剧社公演《银匣》[J]. 中华基督教女青年会会务鸟瞰，1932(9).

[118]佚名. 获得去年诺贝尔奖金之英国文学家高尔斯华绥氏[J]. 现

代，1933，2(5).

[119]佚名. 介绍《争强》剧本[J]. 南开双周，1930，5(4).

[120]佚名. 今日南开廿五周年纪念[N]. 大公报，1929-10-17.

[121]佚名. 刻世纪四部联合庆祝纪念志盛·新剧《争强》表演[J]. 南开双周，1929，4(4).

[122]佚名. 林彪同志委托江青同志召开的部队文艺工作座谈会纪要[N]. 人民日报，1967-05-29.

[123]佚名. 群众：预约告白[J]. 橄榄月刊，1932(27).

[124]佚名. 通讯：长子[J]. 学生杂志，1923，10(3).

[125]佚名. 相鼠有皮[J]. 英文学生杂志，1926，12(3).

[126]佚名. 银盒：此幕述房主索房租(照片)[J]. 华童公学校刊，1933(1).

[127]佚名. 银盒：此幕述舞女向舞客索银盒(照片)[J]. 华童公学校刊，1933(1).

[128]佚名. 作家的消息——高尔斯华绥病故(附图)[J]. 出版消息，1933(5-6).

[129]余上沅. "戏剧谈——读高斯倭绥的"公道"[N]. 晨报副刊，1923-05-15.

[130]余上沅. 一个半破的梦——致张嘉铸君书[J]. 晨报副刊剧刊，1926(15).

[131]俞森林. 郭沫若译著详考[J]. 郭沫若学刊，2008(4).

[132]袁荻涌. 郭沫若与英国文学[J]. 郭沫若学刊，1991(1).

[133]袁荻涌. 英国文学在现代中国的译介[J]. 文史杂志，2011(1).

[134]张汉林. 读《长子》之后[J]. 文学旬刊，1923(60).

[135]张厚载. 我的中国旧戏观[J]. 新青年，1918，5(4).

[136]张嘉铸. 货真价实的高斯倭绥[J]. 晨报副刊剧刊，1926(6).

[137]张生. 对"现代"的追求——试论《现代》杂志译介外国文学的特点[J]. 中国比较文学，2009(4).

[138]张晓萃. 浅草社始末[J]. 新文学史料，1987(4).

[139]赵宋庆.《鸽与轻梦》的译者答方光焘先生[J]. 一般，1928，4（2）.

[140]郑天然. 高尔斯华绥评传[J]. 之江，1932 创刊号.

[141]郑振铎. 文艺丛谈[J]. 小说月报，1921，12（1）.

[142]周锡山. 高尔斯华绥和他的《最前的与最后的》[J]. 名作欣赏，1986（1）.

[143]周紫英. 纠正《银匣》的谬误[J]. 北新，1927，2（2）.

[144]朱华. "孤岛"及沦陷时期外国戏剧改编活动述略[J]. 上海师范大学学报，1992（1）.

[145]朱焰. 新理论视野中的高尔斯华绥[J]. 外语研究，2011（3）.

[146]紫英.《争斗》的译本[J]. 白露，1927，2（2）.

[147]邹玲佩. 高尔斯华绥[J]. 话剧界，1942（9）.

中文学位论文

[1]李航. 银盒翻译报告[D]. 郑州：河南大学，2012.

[2]刘静. 小说月报（1921—1931）英美文学译介研究[D]. 上海：上海外国语大学，2007.

[3]刘欣. 论中国现代改译剧[D]. 上海：上海戏剧学院，2009.

[4]沈倩倩. 中华书局外国文学译出版研究（1914—1949）[D]. 南京：南京大学，2012.

[5]王澄霞. 创造社研究[D]. 苏州：苏州大学，2002.

[6]王丽. 南开话剧运动研究[D]. 长沙：湖南大学，2008.

[7]温年芳. 系统中的戏剧翻译[D]. 上海：上海外国语大学，2012.

[8]吴颖. 二十世纪二十年代外国戏剧在中国的译介研究[D]. 合肥：安徽师范大学，2007.

[9]咸立强. 创造社研究[D]. 上海：复旦大学，2005.

[10]张文静. 多元系统理论视角下中国两个历史阶段戏剧翻译的研究[D]. 兰州：兰州大学，2010.

[11]朱端民. The Intentions and Technique of John Galsworthy[D]. 武汉：武汉大学，1943.

[M]. New York: Dover Publications, 1966.

[79] Sharp J A. Judicial Punishment in England [M]. London: Faber and Faber, 1990.

[80] Shirley Frances A. Strife: Overview[C]//Kirkpatrick D L. Reference Guide to English Literature. 2nd ed. Chicago: St. James Press, 1991.

[81] Shukla S B. Social and Moral Issues in the Plays of Galsworthy [M]. Salzburg: The Edwin Mellen Press Ltd, 1979.

[82] Smith Robin Brooke. The Scramble for Africa: Documents and Debates [M]. Hampshire: Macmillan Education Ltd., 1987.

[83] Souhami D. A Woman's Place: The Changing Picture of Women in Britain [M]. Harmondsworth: Penguin Books, 1986.

[84] Sternlicht Sanford. John Galsworthy: Overview[C]//Kirkpatrick D L. Reference Guide to English Literature(2nd ed.). Chicago: St. James Press, 1991.

[85] Sternlicht Sanford. John Galsworthy[M]. Boston: Twayne Publishers, 1987.

[86] Stevens Earl E, Stevensh Ray. John Galsworthy: An Annotated Bibliography of Writings about Him [M]. De Kalb: Northern Illinois University Press, 1980.

[87] Takahashi G. Studies in the Work of John Galsworthy [M]. Tokyo: Shinozaki Shorin, 1970.

[88] Vernon Frank. The Twentieth Century Theatre [M]. London: Opoit, 1935.

[89] Wilson Asher B. John Galsworthy's Letters to Leon Lion [M]. The Hague: Mouton, 1968.

[90] Wingerder Sophia A Van. The Women's Suffrage Movement in Britain: 1866-1928 [M]. UK: Palgrave Macmillan, 1999.

[91] Wu Duncan. The Selected Works of William Hazlitt (Vol. 1) [M]. London: Kessinger Publishing, LLC, 1998.

英文期刊论文

[1]Alexander H. Galsworthy as Dramatist [J]. Queen's Quarterly, 1933.

[2]Bache William B. Justice: Galsworthy's Dramatic Tragedy [J]. Modern Drama, 1960(9).

[3]Bates Ernest Sutherland. John Galsworthy [J]. The English Journal, 1933, 22(6).

[4]Gillett Eric. Galsworthy and the Edwardian Drama [J]. Listener, 1936 (1).

[5]Gillett Eric. Galsworthy as a Propagandist[J]. Listener, 1936(2).

[6]Gillett Eric. Galsworthy's Place in the Theatre [J]. Listener, 1936(1).

[7]Herrick Marvin Theodore. Current English Usage and the Dramas of Galsworthy [J]. American Speech, 1932, 7(6).

[8]Monypenny K E. John Galsworthy [J]. The Australian Quarterly, 1933, 5(18).

[9]Moses Montrose J. John Galsworthy [J]. The North American Review, 1933, 235(6).

[10]Namigate T, Jie R. Anxiety of Reading, Ethics of Writing: A Couple's Letters in Kobo Abe's *The face of Another*[J]. Interdisciplinary Studies of Literature, 2018, 2(3).

[11]Robertson Stuart. American Speech According to Galsworthy [J]. American Speech, 1932, 7(4).

[12]Scheik W J. Chance and Impartiality: A Study Based on the Manuscript of Galsworthy's Loyalties [J]. Texas Studies in Language and Literature, 1975, XVII.

[13]Scrimgeour Gary J. Naturalist Drama and Galsworthy [J]. Modern Drama, 1964(5).

[14]Smith Jon. Faulkner, Galsworthy and the Bourgeois Apocalypse [J]. The Faulkner Journal, 1997, 13(1/2).

[15]Somerville John. Patriotism and War [J]. Ethics, 1981, 91(4).

[16] Stape J H. The Most Sympathetic of Friends: John Galsworthy's Letters to Joseph Conrad, 1906-1923 [J]. Corradiana, 2000, 32(3).

[17] Willcox Louise Collier. John Galsworthy [J]. The North American Review, 1915, 202(721).

[18] Worsnop Judith. A Reevaluation of "the Problem of Surplus Women" in 19th Century England: The Case of the 1851 Census [J]. Women's Studies International Forum, 1990, 13(1/2).

英文学位论文

[1] Carroll Lavon Brown. John Galsworthy: The Making of an Edwardian Novelist [D]. Salt Lake City: University of Utah, 1972.

[2] Coughlin Mary. A Comparison Between the Principal Social Themes and Types in the Theater of Francois De Curel and of John Galsworthy [D]. Wyoming: The University of Wyoming, 1937.

[3] Fan Ada Mei. In and Out of Bounds: Marriage, Adultery and Women in the Plays of Henry Arthur Jones, Arthur Wing Pinero, Harley Granville-Barker, John Galsworthy, and W. Somerset Maugham [D]. Rochester: The Universityof Rochester, 1988.

[4] Farris Erdmuthe Christiane. John Galsworthy and the Drama of Social Problems [D]. New York: Columbia University, 1974.

[5] Smith Philip Edward II. John Galsworthy's Plays: The Theory and Practice of Dramatic Realism [D]. Evanston: Northwestern University, 1969.

[6] Stern Faith Elaine Bueltmann. John Galsworthy's Dramatic Theory and Practice [D]. Washington: The George Washington University, 1971.

英文电子文献

[1] Dukes Ashley. England: John Galsworthy [DB/OL]. Dukes Ashley, Sergel Charles H. Modern Dramatists, 1911. Rpt. Twentieth-Century Literary Criticism, 1992(45). Detroit: Gale Research, Literature Resource Center.

［2］Gindin James. John Galsworthy: Modern British Dramatists (1900 – 1945) [DB/OL]. Detroit: Gale Research, Literature Resource Center.

［3］Kaye-Smith Sheila. An Excerpt from John Galsworthy [DB/OL]. Twentieth-Century Literary Criticism, 1992 (45). Detroit: Gale Research, Literature Resource Center.

［4］Osterling Anders. Nobel Prize in Literature Presentation Speech [DB/OL]. Nobel Prize Laureates in Literature, Part II, Dictionary of Literary Biography, 1932(330). Detroit: Gale Research, Literature Resource Center.

［5］Playwright and Their Stage Works [DB/OL]. http://www. 4-wall. com/authors/authors_g/galsworthy/galsworthy_john.htm.

［6］Sternlicht Sanford. Nobel Prize Laureates in Literature (Part 2) [DB/OL]. Dictionary of Literary Biography (Vol. 330). Detroit: Gale Research, Literature Resource Center.